Julie Cohen
Die andere Welt

Julie Cohen

Die andere Welt

Aus dem Englischen von
Babette Schröder

DIANA

Zitatnachweise:
Virginia Woolf, *Orlando. Eine Biographie.* Aus dem Englischen
von Melanie Walz. © Insel Verlag Berlin 2012
Naomi Alderman, *Die Gabe.* Aus dem Englischen von Sabine Thiele.
© Wilhelm Heyne Verlag München 2018

MIX
Papier aus verantwortungsvollen Quellen
FSC® C014496

Verlagsgruppe Random House FSC® N001967

Deutsche Erstausgabe 02/2020

Die Originalausgabe erschien 2019 unter dem Titel
Louis & Louise bei Orion Books,
an imprint of The Orion Book Group Ltd, London

in der Verlagsgruppe Random House GmbH,
Neumarkter Straße 28, 81673 München
Redaktion: Heiko Arntz
Umschlaggestaltung: t. mutzenbach design, München
Covermotive: © Shutterstock/MicroOne,
Anastasia Lembrik, Sunward Art
Satz: Leingärtner, Nabburg
Druck und Bindung: GGP Media GmbH, Pößneck

Printed in Germany
ISBN 978-3-453-36053-2

www.diana-verlag.de
Dieses Buch ist auch als E-Book lieferbar.

Für meine Mutter
Für meinen Vater
Für meinen Bruder

»Orlando war zu einer Frau geworden – das lässt sich nicht leugnen. Doch in jeder anderen Hinsicht war Orlando genau derselbe geblieben. Der Geschlechtswandel veränderte zwar beider Zukunft, doch er hatte keinerlei Auswirkungen auf ihre Identität. Ihre Gesichter blieben, wie die Porträts beweisen, gewissermaßen austauschbar.«

Virginia Woolf, Orlando

»Das Geschlecht ist ein Hütchenspiel. Was ist ein Mann? Das, was eine Frau nicht ist. Was ist eine Frau? Das, was ein Mann nicht ist. Tipp darauf, und es ist hohl. Schau unter die Hütchen: nichts.«

Naomi Alderman, Die Gabe

Daddys Mädchen

1978

Louise Dawn Alder wurde am 8. September 1978 als Tochter von Peggy und Irving Alder in Casablanca, Maine, geboren.

Peggy befand sich zwei Wochen über dem errechneten Geburtstermin, und es war heiß. Der August hatte sich geweigert, dem Herbst Platz zu machen. Noch verfärbten sich die Blätter nicht. Das Gras war gelb und verdorrt. Peggy stapfte durchs Haus, schwitzte ihr Schwangerschaftskleid durch, trank ein Glas Eistee mit Zitrone nach dem anderen und stieß mit dem Bauch gegen Möbel und Türrahmen.

»Ich will es hinter mir haben«, stöhnte sie, als sie mit ihrer besten Freundin Mary Phelps telefonierte, die vor einem halben Jahr Zwillinge zur Welt gebracht hatte.

»Das willst du nicht«, sagte Mary. Im Hintergrund schrie Allie oder Benny. »Behalte das Baby im Bauch, solange es geht. Zumindest kannst du *schlafen*, solange es noch nicht auf der Welt ist.«

Doch Peggy konnte nicht schlafen. Sie musste ungefähr einmal in der Stunde auf die Toilette, und wenn sie im Bett neben sich Irvings tiefe Atemzüge hörte, war ihr immer zu warm, und die Gedanken in ihrem erschöpften Hirn hörten nicht auf zu rasen. Hatten sie die Krippe richtig aufgebaut? Würde sie eine schlechte Mutter sein? Hatte sie die richtigen Dinge in die Tasche fürs Krankenhaus gepackt? Und wenn mit dem Baby etwas nicht stimmte?

»Es ist mir sogar egal, wenn es wehtut«, erklärte sie Mary.

»Das ist dir nicht egal«, prophezeite ihr Mary. »Bitte um alle Medikamente.«

Wie Peggy wusste, bedauerte Mary sehr, dass Benny bei der Geburt der Zwillinge zu schnell auf die Welt gekommen war, weshalb keine Zeit blieb, sie noch mit Medikamenten zu versorgen. Und obwohl Allie erst eine Stunde später gekommen war, fand der Arzt, Mary habe es beim ersten Baby so gut gemacht, dass sie beim zweiten auch nichts einnehmen müsse.

»Ich habe Angst«, flüsterte Peggy, obwohl Irving bei der Arbeit war und niemand sie hören konnte. Fest wickelte sie die Telefonschnur um ihre Finger. »Vielleicht ist es noch nicht auf der Welt, weil etwas mit ihm nicht stimmt.«

»Tritt es dich?«, fragte Mary, dann sprach sie mit ihrem Baby. »Ach, Allie, *Schluss jetzt.* Du saugst mich ja aus, lass noch etwas für deinen Bruder übrig.«

»Ja.« Wobei … wann hatte es das letzte Mal getreten? Die Stöße von innen waren so normal geworden, dass Peggy sie kaum noch bemerkte – es sei denn, ein kleiner Fuß klemmte hinter einer Rippe und ließ sie vor Schmerz um Atem ringen. Sie legte die Hand auf ihren runden Bauch und erhielt zur Antwort einen dumpfen Stoß.

»Ja, jetzt gerade«, sagte sie erleichtert.

»Na, dann ist alles in Ordnung. Wetten, dass es ein Mädchen ist?«

»Ich glaube, es ist ein Junge.«

»Nein. Jungs sind pflegeleicht. Sieh dir den kleinen

Benny an – einfach mustergültig. Seine Schwester hingegen hat Koliken und einen Windelausschlag, außerdem kann sie nicht aufhören zu essen … Jetzt ist dein Bruder dran, du kleiner Nimmersatt.«

Ihre Worte stimmten Peggy zuversichtlicher. Neben all jenen Ängsten, die sie nachts wachhielten, gab es eine, die noch nicht einmal Sinn ergab: Würde sie nach der Geburt noch sie selbst sein? Als könnte die Geburt sie ihrer Persönlichkeit berauben, als könnte das Stillen ihre Gedanken und Gefühle zum Versiegen bringen.

Doch Mary war ganz so wie immer. Sarkastisch und direkt, aber mit einem großen Herzen. Die Zwillinge hatten ihre Persönlichkeit eher verstärkt, nicht geschwächt.

»Ich denke immer, Irving hätte den Wagen früher zur Wartung bringen sollen. Den Werkstatttermin morgen hat er vor Monaten ausgemacht. Er dachte, das Baby wäre dann schon auf der Welt, aber es ist noch nicht da. Und wenn es losgeht, während das Auto in der Werkstatt ist? Wie komme ich dann ins Krankenhaus?«

»Dann fahre ich dich«, sagte Mary so prompt, dass sie nicht darüber nachgedacht haben konnte.

»Aber du hast doch Benny und Allie.«

»Die passen ins Auto. Außerdem muss Donnie irgendwann lernen, auf sie aufzupassen. Er ist ihr Vater, und er rührt keinen verdammten Finger. Weißt du, wie viele Windeln er in den sechs Monaten gewechselt hat, die sie auf der Welt sind? Exakt null. Derweil stecke ich jeden Tag bis zum Ellbogen in Babykacke. Wenn ich endlich mal zum Schlafen komme, träume ich schon davon. Und wenn ich nicht von Babykacke träume, träume ich von einem Martini. Beefeater und Wermut auf Eis mit einer Zitronenspirale. Weißt du noch, wie wir die gemacht haben?«

Peggy hörte, wie am anderen Ende der Leitung ein Feuerzeug schnipste und Mary einen tiefen Zug von einer Zigarette nahm. Sie erinnerte sich an die Martinis auf Marys Brautparty, oben am Morocco Pond. Sie hatten ausgeklügelte Drinks gemixt und versucht, Rauchringe zu blasen. Erwachsene, die am Ort ihrer Kindheit verlegen versuchten, sich wie Erwachsene zu benehmen.

Und jetzt war Mary Mutter, und Peggy würde es auch bald sein. Peggy dachte an eiskalten Gin und Zitronenöl. Wie sie im Bikini am Strand gelegen hatten, auf dem flachen Bauch ein kühles Glas, von dem Kondenswasser herabperlte. Bei der Aussicht zu heiraten, ihr eigenes Haus und Ehemänner zu haben, waren sie beide ein bisschen aufgeregt gewesen. Damals war es ihnen fast unglaublich und wundervoll erschienen.

Jetzt wusste Peggy nicht, ob sie schon bereit war, erwachsen zu sein.

Stöhnend erhob sie sich vom Küchenstuhl, ging zum Fenster und schob die geblümten Baumwollvorhänge zur Seite, die sie, kurz nachdem sie das Haus gekauft hatten, selbst genäht hatte. Oder vielmehr, nachdem Irvings Eltern das Haus für sie gekauft hatten. Sie besaßen einen großen Garten, in dem Irving den Rasen mähte und das Unkraut jätete. Er hatte bereits einen Platz für eine Schaukel ausgewählt.

Ihr Baby war das erste Enkelkind in der Familie. Solange Peggy nur Irvings Freundin gewesen war, hatten sich Irvings Eltern, Vi und David, ihr gegenüber stets distanziert verhalten – sie fanden, sie sei nicht gut genug für ihren Sohn. Kaum hatten sie jedoch geheiratet und ihnen von der Schwangerschaft erzählt, waren sie ganz aus dem Häuschen und schenkten Peggy alle Aufmerksamkeit der Welt.

Irving freute sich darauf, Vater zu werden. Er stürzte sich rückhaltlos in das Unterfangen, konnte kaum die Hände von Peggys Bauch lassen und schien sie attraktiver als je zuvor zu finden. »Ich liebe es, wenn du schwanger bist«, raunte er ihr ständig zu. »Ich wünschte, du wärst immer schwanger.«

Doch Peggy war nicht sonderlich gern schwanger. In den ersten drei Monaten hatte sie sich permanent übergeben müssen, dann bekam sie Akne, außerdem schmerzten ihre Brüste. Und sie war aufgegangen wie ein Hefeteig, und draußen war es schrecklich heiß geworden. Was, wenn sie nach diesem keine weiteren Kinder mehr haben wollte? Würde Irving sie dann immer noch lieben? Fände er sie überhaupt noch attraktiv, nachdem das Baby auf der Welt war?

Sie hatten geheiratet, weil sie schwanger war. Natürlich wollten sie es sowieso, doch aufgrund der Schwangerschaft konnte Irving es sich nicht mehr anders überlegen. Es war zwar nicht ihre Absicht gewesen, doch … Sie waren nach Portland durchgebrannt, um in der Stadt zu heiraten, und flitterten im kalten April zwei Tage an der Küste. Nicht ganz die opulente katholische Hochzeit, die Peggys Mutter erwartet, oder die aufwändige Feier, die Vi Alder sich vorgestellt hatte.

»Mary …«, begann sie zögernd, nicht sicher, wie sie es formulieren sollte. Aber Mary war der einzige Mensch, mit dem sie reden konnte, die Einzige, die nicht so tat, als wäre Muttersein ein Spaziergang. »Wünschst du dir manchmal …«

Sie merkte, wie etwas Warmes ihre Beine hinunterlief, als hätte sie sich eingenässt. Als Peggy nach unten blickte, sah sie eine kleine Pfütze auf dem Linoleumboden.

»Was soll ich mir wünschen?«, fragte Mary am anderen Ende.

»Ich glaube, meine Fruchtblase ist gerade geplatzt.«

Schweigen, das Knistern einer Zigarette, Einatmen. Mit beiden Händen umklammerte Peggy den Hörer und starrte auf die sich ausbreitende Pfütze. Einen Moment hatte sie vollkommen vergessen, was nun zu tun war. Dass sie auflegen und Irving in der Papierfabrik anrufen musste, damit er sie abholte und ins Krankenhaus brachte.

»Ich habe mich geirrt«, sagte Mary schließlich. »Es ist doch kein Mädchen, es ist ein Junge. Nur ein Junge würde ein Gespräch unterbrechen, wenn es gerade interessant wird.«

Nach neunzehn Stunden Wehen war es Peggy gleichgültig, ob sie eine gute Mutter sein würde oder nicht. Der Geburtshelfer weigerte sich, eine Epiduralanästhesie bei ihr vorzunehmen, weil sie die Wehen unterdrücke und ihr von dem Luftgasgemisch nur übel werde.

Peggy lag flach auf dem Rücken, die Füße auf Stützen, und durchlitt mit geballten Fäusten, zusammengebissenen Zähnen und schweißnassem Haar die bislang schlimmste Wehe. In den ersten Stunden hatte sie trotz der Schmerzen und der langen Warterei eine Art Hochgefühl empfunden. Sie lief über die Flure der Geburtsstation und hörte die Schreie anderer Mütter und Babys. Irving durfte sie begleiten und ihre Hand halten.

Als sich die Wehen verstärkten, brachte man sie in einen ruhigen Raum und verbannte Irving ins Wartezimmer, wo er Kaffee trinken und auf und ab laufen konnte. Inzwischen litt Peggy starke Schmerzen und war froh, dass Irving nicht dabei war. Er war um ihr Wohlergehen bemüht, und es strengte sie an, um seinetwillen so zu tun, als wäre sie nicht erschöpft, als hätte sie keine Angst und keine Schmerzen. Jetzt wollte sie es nur noch hinter sich bringen. Und dann wollte sie sich unter der kühlen Decke eines frisch bezogenen Bettes zusammenrollen und schlafen, schlafen, schlafen, bis jemand sie weckte und ihr ein sauberes, wunderschönes Baby in einem strahlend weißen Frotteetuch überreichte.

Jetzt dachte Peggy allerdings nicht mehr daran, wie es sein würde, wenn sie es hinter sich hatte. Die Zukunft existierte nicht mehr. Sie, Peggy Grenier Alder, einst »Miss Western Maine«, existierte nicht mehr. Sie war nur noch ein Körper, den es in einer Welt aus Schmerz, Gestank und Pressen zerriss. Die Worte des Geburtshelfers und der Schwester verschwammen zu einem bloßen Rauschen in ihren Ohren. Sie hätte sich genauso gut in einem mittelalterlichen Kerker befinden können, mit den Füßen an eine Streckbank gefesselt, anstatt in einem High-Tech-Krankenhaus.

»Es kommt, da ist der Kopf!«, rief die Schwester aufgeregt, und Peggy dachte: *Gott sei Dank*, und dann dachte sie nichts mehr. Sie hielt die Augen geschlossen, sah nur noch weiß und rot und presste.

»Jetzt haben wir es gleich«, erklärte der Geburtshelfer, der nur für den Endspurt erschienen war. »Da ist Ihr Baby. Noch einmal pressen! Noch einmal! Braves Mädchen.«

»Ich kann nicht«, stöhnte Peggy, doch sie ergriff die Hand der Schwester, presste trotzdem und spürte, wie etwas aus ihr herausglitt und fortgenommen wurde. Sie riss die Augen auf.

»Es ist ein Mädchen«, verkündete der Geburtshelfer.

»Das hätte ich Ihnen gleich sagen können«, bemerkte

die Schwester. »Hat sie zwei Wochen warten lassen. Wie eine Prinzessin, stimmt's?«

»Immer zu spät«, sagte der Geburtshelfer, »genau wie meine Frau.«

Das Baby begann zu weinen.

»Auf die müssen Sie aufpassen«, warnte die Schwester und hob das Baby hoch. Peggy musterte es mit leidenschaftlichen Blicken. »Die wird Ihnen noch auf der Nase herumtanzen.«

»Sie wird ihren Daddy um den kleinen Finger wickeln«, sagte der Arzt, der sich bereits auf die Nachgeburt konzentrierte.

Peggy streckte die Hände nach ihrer Tochter aus, und die Schwester legte ihr das Baby in die Arme. Und trotz all der Angst, trotz all der Schmerzen und des Schweißes würde sie diesen Moment für den Rest ihres Lebens nicht mehr vergessen. Dieses winzige, zusammengekrümmte, gerötete Wesen mit Augenschlitzen und klauenartigen Händen – ihre Tochter.

Noch nie hatte sie irgendwen oder irgendetwas so sehr geliebt wie ihr Kind in diesem Moment. Es war ein Teil von ihr, ein Mädchen wie sie, das eines Tages erschöpft und verschwitzt die Arme ausstrecken würde, um ihr eigenes Kind in den Arm zu nehmen.

Peggy merkte kaum, wie der Geburtshelfer ging und die Schwester aufräumte. Sie war nur damit beschäftigt, dieses kleine Wesen zu betrachten. Zehn Fingernägel, alle hauchdünn. Augen mit Wimpern. Falls es ein Mädchen war, wollten sie es Dawn nennen, Morgendämmerung. Weil das Baby den Beginn ihres neuen Lebens markierte. Doch im Moment dachte Peggy überhaupt nicht an einen Namen. Sie dachte nur: *Das habe ich gemacht. Dieses kleine Wesen.*

Doch dann sagte die Schwester: »Ich hole den Vater«, und Peggy nahm ihre Umgebung wieder wahr.

»Noch nicht«, bat sie. »So darf er mich nicht sehen. Ich sehe furchtbar aus.«

»Glauben Sie mir, er wird nur Augen für sein Mädchen haben.«

»Können Sie mir den Schminkbeutel aus der Reisetasche reichen? Und die Bürste?«

Die Schwester – wuschelige Haare zu einem Dutt zusammengebunden, ungeschminkt, auf den Wangen geplatzte Äderchen, die Peggy erst jetzt auffielen – verdrehte die Augen. Sie wühlte in der Tasche, zog einen geblümten Schminkbeutel und eine rosa Haarbürste heraus und reichte sie Peggy, die wegen des Babys keine Hand frei hatte. Die Schwester, die das ganz offensichtlich nicht zum ersten Mal erlebte, nahm ihr das Baby ab und legte es in das bereitstehende Kinderbettchen. Derweil klappte Peggy den Taschenspiegel auf und sah, welchen Anblick sie bot. *So bekommst du nie einen Mann*, hörte sie die Stimme ihrer Mutter.

Zum Glück war sie darin geübt, mit wenigen Handgriffen das Beste aus sich zu machen. Ein Jahr lang war sie jeden Morgen vor Irving aufgewacht und hatte sich in einem schlecht beleuchteten Badezimmer geschminkt. Bei ihrem Haar war nicht viel zu machen, doch sie bürstete die Knoten aus und strich es sich aus dem Gesicht, dann trug sie rasch Puder und Rouge sowie ein paar sorgfältige Striche Mascara auf. Zum Schluss noch rosa Lippenstift und schon sah sie aus wie eine rosige, frischgebackene Mommy aus dem *Good Housekeeping*-Magazin. Oder doch zumindest fast.

»Okay«, sagte sie. Sie zog die Decke über die untere Körperhälfte. Ihr Bauch war kaum kleiner als gestern, aber vielleicht achtete Irving nicht darauf.

Peggy nahm das Baby wieder in Empfang. Sie hatte schon Marys Zwillinge im Arm gehalten, doch ihr eigenes Baby fühlte sich anders an. Als Irving ins Zimmer kam, lächelte sie zu ihm hoch. Eine moderne Madonna mit Kind.

Er sah sie nicht einmal an. Sofort hing sein Blick an dem Baby. Eilig durchquerte er den Raum, trat neben sie und blickte auf das Kind hinunter.

Plötzlich sah Peggy das Baby mit den Augen eines Außenstehenden. Faltige Handgelenke, eine knubbelige Nase, spärliche Haare, die am Kopf klebten – ein zusammengekrümmtes, kleines puterrotes Ding. Es war hässlich, ihre Tochter war hässlich, und Peggy war hässlich. Dieses kleine Mädchen hatte sie all ihrer Schönheit beraubt, und in jenem Moment war sich Peggy sicher, dass Irving angewidert den Raum verlassen und nie wieder zurückkehren würde.

»Sie ist wunderschön«, sagte Irving.

Und auf einmal sah Peggy, dass er recht hatte, und ein wunderbares Gefühl der Erleichterung breitete sich in ihrem Körper aus. Das Baby *war* wunderschön. So sahen alle Babys aus: zerknautscht und gerötet. Sie hatte nichts falsch gemacht.

»Sie sieht aus wie du«, stellte Irving fest.

»Findest du?«, fragte Peggy zweifelnd. »Ich denke nicht, dass sie mir ähnlich sieht. Sie sieht eher aus wie du.«

»Vielleicht ein bisschen.«

Irving streckte die Arme aus, um das Baby zu nehmen, und Peggy reichte es ihm mit dem Gefühl, ein wunderbares Geschenk zu übergeben. Sobald das Baby in den Armen seines Vaters lag, wand es sich, blinzelte und legte die weiche Stirn in Falten, und da sah Peggy, mit wem es Ähnlichkeit hatte.

»Das Gemälde«, sagte sie. Und es stimmte: In diesem Moment sah ihre Tochter, die noch nicht einmal eine Stunde alt war, genauso aus wie Louis Alder, Irvings berühmter Ururgroßvater – der Gründer der Casablanca Paper Company. In Irvings Elternhaus hing am oberen Treppenabsatz ein Porträt von ihm.

Irving lachte laut auf, woraufhin sich die Augen des Babys weiteten. »Louis! Ja, sie sieht aus wie Louis Alder. Das arme Ding.« Er hob seine Tochter hoch und stupste sie mit der Nase an. »Ein neuer kleiner Lou.«

Das Baby gab ein leises Quieken von sich.

»Sie erkennt ihren Daddy«, bemerkte Peggy.

»Daddys Mädchen«, sagte Irving, legte das Baby in seine Armbeuge und wiegte es. Er wirkte wie dafür geschaffen – anders als Peggy, die sich mit dem Baby im Arm zwar glücklich, aber auch ziemlich unbeholfen fühlte.

»Wir könnten sie Lou nennen«, schlug Peggy vor.

»Lou ist kein Mädchenname.«

»Aber Louise.«

»Wir wollten sie Dawn nennen, wenn es ein Mädchen wird.«

»Louise Dawn.«

Irving blickte von dem Baby zu Peggy, und auf seinem Gesicht lag Verwunderung. »Ich glaube, das würde Dad sehr freuen.«

Peggy hörte, was er nicht sagte, was ihm vielleicht auch noch nie in den Sinn gekommen war. Sie hörte: *Meine Eltern mochten dich nie, und sie werden sich ärgern, weil du nur ein Mädchen geboren hast, das den Namen Alder nicht weitergeben kann.* Sie hörte, wie Vi Alder nach ihrer Rückkehr von ihrer heimlichen Hochzeit mit verkniffener Miene gesagt hatte: *Willkommen in der Familie.* Sie hörte ihre eigene

Mutter sagen: *Du solltest diesen Mann dazu bringen, dich zu heiraten, denn so einen wie Irving Adler bekommst du nicht noch mal. Er mag jetzt noch nicht reich sein, aber eines Tages wird er es sein.*

»Louise Dawn«, sagte Peggy. »Unbedingt.«

Mummys Junge

1978

»Hey, Irv, ist das Baby schon da?«

Irving blieb mitten im Pausenraum stehen. Donnie Phelps, Mike Beaulieu, Ed Venskis und Brian Theriault saßen zusammen am Tisch, auf dem Brotpapier und Cola-Dosen verstreut waren. Einen Moment fühlte er sich auf die Casablanca Highschool zurückversetzt, ein hagerer Teenager und notorischer Bücherwurm, der sich einem Tisch voller Sportler gegenübersah. Donnie, Mike und Brian waren alle in seiner Klasse gewesen, Ed war zwei Jahre älter. Es gab eine Zeit, da war er mit gesenktem Kopf an ihnen vorbeigehuscht, in der Hoffnung, dass sie ihn nicht bemerkten.

Jetzt lagen die Dinge natürlich anders. Er blieb stehen und lächelte. »Noch nicht«, sagte er zu Donnie. »Peggy dreht allmählich durch.«

»Wann sollte es kommen?«, erkundigte sich Ed. Wie die anderen drei trug er ein kariertes Flanellhemd über einem T-Shirt, obwohl es draußen sechsundzwanzig Grad waren. Alle vier hatten Baseballkappen auf dem Kopf: Mike und Donnie eine von den Red Sox, Brian eine von der Casablanca Paper Company mit dem grünen CPC-Kiefern-Logo, und Ed hatte eine neue Kappe, auf der *Drauf geschissen* stand.

Offiziell waren Anzüglichkeiten dieser Art im Unternehmen nicht erlaubt, doch an die Regel schien sich niemand zu halten. Irving blickte auf Eds Kinn anstatt auf die Mütze und sagte: »Vor zwei Wochen. Sie leidet ziemlich unter der Hitze.«

»Du musst doch die Wände hochgehen«, sagte Brian. »Bei BJ war Nat eine Woche überfällig. Sie wurde immer grantiger. Ich musste auf dem Sofa schlafen.«

»Du schläfst immer noch auf dem Sofa«, warf Mike ein und stieß ihn mit dem Ellbogen an. »Nat nervt dein Schnarchen.«

»Deine Frau stört das wohl nicht.«

Irving stand ein bisschen unsicher daneben und lächelte halbherzig. Er war nicht der Chef dieser Männer. Noch war er Chef von niemandem, obwohl ihn manche so behandelten. Auf jeden Fall bedienten sie die Maschinen, und er arbeitete in der Technik. Doch er war auch nicht ihr Kollege. Donnies Frau Mary war Peggys beste Freundin, wodurch er Donnie ziemlich häufig außerhalb der Arbeit sah: bei Grillpartys, am Morocco Pond. Und einmal bei einem missglückten Abendessen, nachdem sie frisch in ihr Haus gezogen waren. Damals hatte Peggy den Schmorbraten anbrennen lassen, und Mary hatte zu viel Wein getrunken. Bei diesen Gelegenheiten plauderten die Frauen, wie sie es seit ihrem fünften Lebensjahr taten, und Irving stand unbeholfen neben Donnie, beide mit einer Dose Budweiser in der Hand, und überlegte, was er sagen konnte. Nachdem sie die Themen Red Sox oder Patriots und Celtics oder Bruins abgehandelt hatten, gab es nicht mehr viel zu sagen. In der Schule hatten sie nie miteinander geredet, sodass sie auch keine Erinnerungen teilten. Und auch bei der Arbeit kannten sie nicht dieselben Leute.

Wie viel einfacher wäre es, wenn sie nicht um der Frauen willen so tun müssten, als würden sie sich mögen. Wenn Irving sagen könnte: »Ich weiß, unsere Frauen mögen sich, aber du hast danebengestanden, als dein Freund Duane Roy mich verprügelt hat, weil ich für ihn eine ›Brillenschlange‹ war. Auch wenn du dich nicht mehr daran erinnerst, ich habe es nicht vergessen.«

Doch mit Peggy ging das nicht. Peggy wollte, dass sich alle gut verstanden und Freunde waren. Also studierte er Peggy zuliebe vor ihren Treffen den Sportteil, damit er etwas zu sagen hatte.

Zumindest hatte Donnie Irving in der Schule nicht selbst schikaniert. Es war ihm nur gleichgültig gewesen. Oder es hatte ihn genervt, dass er vor dem Footballtraining auf seinen Freund warten musste, damit der einen Nerd verprügeln konnte.

Doch bald schon würden sie etwas gemeinsam haben. Sie würden beide Väter sein. Ihre Kinder konnten zusammen aufwachsen, zusammen spielen. Irving mochte Donnies Zwillinge Allison und Benedict, und auch wenn er nicht wusste, worüber er sich mit ihrem Vater unterhalten sollte, konnte er mit den Babys stundenlang irgendwelchen Unsinn plappern.

Allerdings schien Donnie die Kinder meistens zu ignorieren, und so würden sie sich vermutlich nicht über die ersten Worte und das Zahnen austauschen.

Die Plastikdose mit dem Pausenbrot, die er heute Morgen gepackt hatte, fühlte sich fettig in seinen Fingern an. Donnie und Konsorten brachten ihre Brote offenbar nicht in Plastikdosen mit. Dem Müll auf dem Tisch nach zu urteilen, benutzten sie Butterbrottüten und Frischhaltefolie. Irvings Vater war mittags immer nach Hause gekommen, um ein richtiges Essen zu sich zu nehmen, und das tat er auch heute noch. »Ich verstehe nicht, warum Peggy nicht für dich kocht«, sagte Irvings Mutter ständig, und Irving erwiderte dann: »Ach, ich habe nichts gegen Brot. Normalerweise arbeite ich sowieso die Pause durch.«

Er wünschte, er hätte auch heute durchgearbeitet. Es war durchaus nicht unangenehm, bei irgendwelchen Berechnungen zu sitzen, mit einer Hand zu tippen und in der anderen das Brot. Aber als er jetzt vor den Männern stand, hätte er ebenso gut die Brotdose mit dem Fred-Feuerstein-Motiv in der Hand halten können.

»Wie auch immer«, sagte er, weil es ihm unhöflich vorkam, einfach wegzugehen, »irgendwann wird das Baby schon kommen.«

»Setz dich.« Donnie deutete mit dem Kopf auf einen freien Stuhl. »Du machst mich nervös, wenn du da so rumstehst.«

Irving setzte sich.

»Wisst ihr, wie man die Babys am besten rausbekommt?«, fragte Brian. »So, wie man sie auch reinbekommen hat.«

»Bei Mary hat es funktioniert«, sagte Donnie. Er biss von seinem Weißbrot mit Schinken ab und redete kauend weiter. »Vielleicht sind die Zwillinge deshalb drei Wochen zu früh gekommen.«

Irving merkte, wie er rot wurde. »Nun ja, ich …«

»Das dürfte dir bei Peggy doch nicht schwerfallen, oder?«, sagte Mike. »Ich weiß noch, wie sie Schönheitskönigin war. Dass sie ausgerechnet dich ranlässt. Das hätte ich nie gedacht.«

Irving errötete noch mehr, diesmal vor Wut, doch alle grinsten, und es war doch schließlich nur freundschaftlich gemeint, oder? Sie waren nicht mehr auf der Highschool, und er war nicht mehr der kleine magere Trottel mit der Fred-Feuerstein-Brotdose. Er hatte einen Abschluss in Elektrotechnik, eine Ehefrau, und bald würde er ein Kind haben. Diese Kerle klopften nur Sprüche. Sie waren Kollegen, Ehemänner und Väter, und sie kannten sich schon ihr ganzes Leben lang. Ein paar blöde Sprüche musste er doch aushalten können …

Irving sah in die Runde, lächelte tapfer. »Ich habe mein ganzes Leben darauf gewartet, Vater zu werden«, sagte er. »Da kann ich auch noch ein bisschen länger warten.«

Alle lachten, und er zuckte vor Schreck leicht zusammen.

Sie lachen dich nicht aus, sagte er sich. Warum sollten sie?

Und doch taten sie es. Er wusste es genau so sicher wie vor zehn Jahren. Er war erwachsen geworden, auf der Hochschule gewesen – keine geringere als das MIT –, er hatte ein schönes Mädchen geheiratet und wurde Vater. Er hatte sich verändert, doch in Casablanca änderte sich niemals etwas.

Er packte sein Brot aus: Erdnussbutter und Früchtegelee. Er hatte es sich selbst geschmiert. Peggy war in ihrem Zustand kaum noch in der Lage, sich zu rühren, deswegen bestand er nicht darauf, dass sie ihm das Frühstück machte. Außerdem hatte er nichts gegen Erdnussbutter und Früchtegelee. Beim Essen war er nicht wählerisch. Und Peggy war nicht gerade die weltbeste Köchin. Kein Vergleich mit seiner Mutter … doch schließlich hatte er Peggy nicht wegen ihrer Kochkünste geheiratet.

Er dachte daran, wie sie heute Morgen im Bett gelegen hatte – im weißen Schwangerschaftsslip und einem seiner weißen Unterhemden, das sich straff über ihren Bauch spannte. Noch immer faszinierte es Irving, wie unterschiedlich ihre Körper waren. Peggy war so klein und zierlich. Er bestaunte immer wieder aufs Neue ihre zarten Handgelenke und Füße, den schlanken Hals. Oft nahm er ihre Hand in seine, nur um den Größenunterschied zu betrachten. Er war kein Mann von besonders imposanter Statur, doch neben ihr fühlte er sich wie ein großer Beschützer.

Heute Morgen hatte sie ihm den Rücken zugewandt, und wenn er nicht gewusst hätte, dass sie schwanger und zwei Wochen überfällig war, hätte er es nicht geahnt. Er hatte sich an sie gekuschelt, den Arm um ihre Taille gelegt und das T-Shirt nach oben geschoben, sodass er die Hand auf ihren nackten Bauch legen konnte. Manchmal, wenn er das tat, spürte er, wie das Baby trat, doch nicht heute Morgen. Heute Morgen spürte er nur Peggys leicht feuchte, warme Haut. Er vergrub das Gesicht in ihrem Haar, spürte, wie sie atmete, roch den Schweiß an ihrem Nacken und hätte gern die Hand über ihren gewölbten Bauch nach oben zu ihren von der Schwangerschaft geschwollenen Brüsten gleiten lassen. Doch Peggy hatte ihm in den letzten Wochen klargemacht, dass sie sich wie ein Walfisch fühlte und kein bisschen sexy.

Sie hatte es mit einem merkwürdigen Gesichtsausdruck gesagt, als ob es ihr seltsam vorkäme, dass er sie auch als Schwangere noch attraktiv fand. Vermutlich *war* es seltsam, dachte Irving. Er hatte keine Ahnung, ob andere Männer ihren schwangeren Frauen gegenüber ebenso empfanden.

Wie gern hätte er jemanden gefragt. Aber wen? Er musterte die Männer, die mit ihm am Tisch saßen, dann blickte er wieder auf sein Brot.

Irving hatte noch nie gehört, dass ein Mann einen anderen um einen Rat zum Thema Sex gebeten oder gefragt hatte, ob etwas normal sei. Männer machten Witze über Sex, so wie Donnie gerade eben. Sie witzelten unablässig darüber, aber Irving machte nicht mit. Er wollte nicht über schmierigem Butterbrotpapier über sein Intimleben sprechen und es auf eine Stufe mit Baseball stellen.

Er war sich ziemlich sicher, dass Frauen ständig darüber redeten. Peggy und Mary hörten oft abrupt zu sprechen auf, wenn er ins Zimmer kam.

»Mr. Alder!«

Melanie aus dem Büro stand in der Tür zum Pausenraum. Irving blickte sich nach seinem Vater um, der niemals hierherkam. Der Pausenraum war den Arbeitern vorbehalten. Doch Melanie kam auf *ihn* zu.

»Mr. Alder«, sagte sie. »Ihre Frau hat angerufen. Sie ist auf dem Weg ins Krankenhaus. Das Baby kommt!«

Die essenden Männer jubelten und pfiffen.

»Alles klar, Mann!«

»Gut gemacht, Irv!«

Mike Beaulieu schlug ihm auf die Schulter.

Irving ließ sein Brot auf dem Tisch zurück. Als er durch den Raum ging, klopften ihm weiter Hände auf den Rücken. Sein Magen war in Aufruhr, seine Haut kalt. Doch er hatte keine Angst. Er kam sich erwachsen vor und stark, als könnte er alles schaffen.

Er fühlte sich wie ein Mann.

Es war dermaßen heiß, dass der Schwefelgeruch von der Fabrik sogar bis in das Wartezimmer des Krankenhauses drang. Er konnte Peggy nicht hören. Sie war durch zwei Türen, einen Flur und diverse weiß gekleidete Schwestern von ihm getrennt, die keine Väter in den Kreißsaal ließen.

In Zeichentrickfilmen liefen werdende Väter nervös und gestresst auf und ab, während ihre Frauen entbanden. Für den großen Moment hielten sie Zigarren und Sekt bereit sowie einen großen Blumenstrauß.

Irving hatte sich die *Lewiston Daily Sun* geschnappt. Es war die einzige Zeitung, die es im Krankenhausladen gab. Er rauchte nicht und trank so gut wie nie – abgesehen von einer gelegentlichen Dose Bud. Und er hatte noch nie dazu geneigt, auf und ab zu laufen. Er hatte Peggy einen Blumenstrauß kaufen wollen, den größten, den er finden konnte, doch im Krankenhausladen gab es keine Blumen. Also erstand er stattdessen einen Teddybären und wartete.

Er saß auf dem Plastikstuhl unterhalb des Fensters. Ungefähr einmal in der Stunde ging er hinaus und rief mit dem Münztelefon Peggys und seine Eltern an, um ihnen zu berichten, dass das Baby noch nicht da war. Und nein, sie sollten nicht kommen, er werde sie wieder anrufen. Zweimal musste er in den Krankenhausladen zurückkehren, um Geld zum Telefonieren zu wechseln. Er kaufte eine Menge ein, weil der Laden um fünf Uhr zumachte – Kartoffelchips, einen Snickers-Riegel und eine Cola, dabei war er gar nicht hungrig. Außerdem kam seine Mutter gegen sechs Uhr mit ein paar Broten vorbei. (Hühnersalat und Schinkenpastete. Erdnussbutter war unter ihrer Würde.)

Vom Geruch einmal abgesehen, hätte dieser beigefarbene Raum überall auf der Welt sein können. Irving könnte in New York, Paris oder Vancouver warten. Er könnte eine Brücke in Südamerika bauen oder einen Damm in Kalifornien. Das Warten war überall dasselbe.

Er könnte eins der dutzenden Leben führen, die er sich einmal ausgemalt hatte. Einen der Träume leben, die er so entschieden verwirklichen wollte, bis er Peggy Grenier in ihrem kleinen Bikini am Morocco Pond begegnet war. Anstatt ihn zu ignorieren, sah sie zu ihm hoch und lächelte – und er verliebte sich sofort bis über beide Ohren in sie und fragte sie auf der Stelle, ob sie mit ihm ausgehen wollte. Es war das Mutigste, was er je in seinem Leben getan hatte.

Seit seinem siebten Lebensjahr wollte Irving Alder Casablanca verlassen. Er wollte der Fabrik entkommen, die nach faulen Eiern roch, den donnernden Lastern, die den Papierbrei transportierten, den primitiven Rüpeln mit ihren Baseballkappen, den schneereichen Wintern, die jedes Haus zu einer einsamen Insel machten. Er dachte, dass er an einem anderen Ort mutig sein könnte, selbstsicher. Dass man ihn schätzen würde. Dass man in ihm nicht nur den strebsamen Sohn von David Alder und offenkundigen Erben der Casablanca Paper Company sehen würde.

Am MIT hatte er schließlich Gleichgesinnte getroffen, junge Leute, die gern über Mathematik, Physik und Computer sprachen, die neugierig auf die Welt waren. Die wissen wollten, wie sie funktionierte, die mehr wollten als nur eine gut bezahlte Stelle, um sich ein Haus, einen Truck und irgendwann einen Altersruhesitz in Florida leisten zu können.

Doch dann war er im Sommer nach Hause gekommen, und Peggy Grenier sagte zu, dass sie mit ihm ins Kino gehen wolle. Und von jenem Moment an gab es für Irving keinen einzigen Traum mehr, in dem sie nicht vorkam. Er bewarb sich auf Stellen in Kalifornien und wollte gerade zu einem Bewerbungsgespräch fliegen, als sie schwanger wurde. Und wie konnte er von ihr erwarten, dass sie quer durchs Land zog, fort von ihrer Familie und ihren Freunden, wenn sie ein Baby bekam?

In Casablanca zu bleiben, den Job in der Fabrik anzunehmen, den sein Vater ihm anbot, weniger als eine Meile von seinen Eltern entfernt zu wohnen – all das schien ihm ein vergleichsweise geringer Preis für Peggy und das zu erwartende Baby zu sein.

Gegen zwei Uhr morgens legte sich Irving quer über drei zusammengeschobene Stühle und schlief ein. Es war ein seltsamer Halbschlaf, wie früher manchmal beim Lernen in der Bibliothek. Er träumte, dass er das Wartezimmer verließ, den Flur hinunterging, ein Heer Schwestern beiseiteschob und in den Kreißsaal stürzte, wo er Peggy schweißnass und mit schmerzverzerrtem Gesicht vorfand. »Lass mich das Baby zur Welt bringen«, sagte er im Traum, legte sich neben sie und öffnete die Arme. »Ich übernehme das. Du kannst dich jetzt ausruhen.« Er stellte die Füße auf die Stützen (in seinem Traum hatte er Schuhe an, braune Hush Puppies) und presste.

»Mr. Alder«, sagte die Schwester, und Irving öffnete die Augen. Er rappelte sich hoch und setzte sich auf.

»Was ist?«

»Sie haben einen Sohn.«

Einen Sohn. Ein Kind. Einen Sohn.

»Darf ich ihn sehen?«

»Natürlich.« Die Schwester führte ihn den Korridor hinunter und öffnete ihm die Tür, und da waren sie: Peggy wiegte ihren Sohn in den Armen. Die natürlichste Sache der Welt.

Am liebsten hätte Irving geweint. Geschrien, gelacht und getanzt. Mit federnden Schritten ging er zum Bett.

»Er ist wunderschön«, sagte er.

Er betrachtete die kleinen Finger, die kleinen Zehen.

Die Falte zwischen den rauchgrauen Augen, den Schmollmund.

Wir haben dieses Wesen geschaffen, dachte Irving erstaunt. Diesen kleinen Menschen.

»Es ist ein Junge«, sagte Peggy. »Wir haben einen Sohn.«

Er streckte die Arme aus, und Peggy reichte ihm das Baby. Es war fest, real. Es krümmte sich in seinen Armen und knautschte das Gesicht, und Peggy lachte neben ihm.

»O mein Gott«, sagte sie. »Er sieht aus wie das Gemälde im Haus deiner Eltern.«

Irving lachte. Er fühlte sich benommen, als wäre die Welt zersprungen und hätte sich um einen einzigen Punkt neu formiert, um dieses Kind in seinen Armen. »Kleiner Louis Alder«, sagte er.

»Wir … wir könnten ihn Lou nennen«, schlug Peggy zaghaft vor. »Wenn du willst.«

»Nach meinem Ururgroßvater, dem Papier-Magnaten? Das scheint mir ein sehr großer Name für so ein kleines Baby zu sein.«

»Na, auf jeden Fall besser als Irving.«

Er riss den Blick von dem Baby los und schaute zu seiner Frau. Sie sah erschöpft aus, aber wunderschön, und sie lächelte ihn an.

Jetzt waren sie eine Familie, dachte er. Eine echte Familie.

»Würde das deinen Eltern nicht gefallen?«, fragte sie. »Wenn wir ihn nach Louis Alder benennen? Wir könnten ihn sogar Louis David, nach deinem Dad, nennen.«

Am Ende zögerte sie ein wenig, als sei sie unsicher, als wüsste sie nicht, ob es ihm gefallen würde, dass sie den Familiennamen weitertragen wollte.

Ein überwältigendes Gefühl von Liebe durchströmte ihn, und Irving stellte fest, dass dieser Moment mit seiner

Frau und seinem Sohn unübertrefflich war – ganz gleich, was er sich einst erträumt hatte. Noch nie hatte er sich so sehr nach Casablanca gehörig gefühlt wie in diesem Moment, in dieser Gegenwart, die unweigerlich mit der Vergangenheit verbunden war – mit den Generationen seiner Familie an diesem Ort.

Es war Zeit, die Träume von einem Leben an einem anderen Ort zu begraben. Ihre Zukunft fand genau hier statt. Der Beweis war dieser kleine Junge in seinen Armen.

»Louis David«, sagte er. »Willkommen in Casablanca.«

Louis & Louise

1978–1982

In jenem Moment, bei der Geburt, sind Louis und Louise ein- und dieselbe Person in zwei verschiedenen Leben. Sie unterscheiden sich nur durch das Geschlecht, das der Arzt bekannt gibt, und durch ein »e« am Ende ihres Namens. Ihre Genitalien sind verschieden, ihre Gesichter jedoch gleich – und in den meisten Momenten sehen sie eher aus wie Irving als wie sein Ururgroßvater, doch sie haben auch etwas von Peggy, insbesondere wenn sie schlafen. Wenn Peggy und ihr Baby zusammen einschlafen, Louis und Louise mit dem Kopf an der nackten Brust der Mutter, sind ihre friedlich geschlossenen Augen und die entspannten Münder identisch.

Louis und Louise sind keine Zwillinge – nicht wie Marys zweieiige Zwillinge Allie und Benny, die wir mit der Zeit noch besser kennenlernen werden. Peggy und Irving Alder haben nur ein Kind. Peggy, die gleich beim ersten Mal schwanger wurde, wird kein weiteres Kind austragen. Louis und Louise sind bei der Zeugung eine Eizelle und ein Spermium. Nur dass das Spermium in der einen Version des Lebens ein X-Chromosom trägt und in der anderen ein Y-Chromosom. Spermium und Eizelle treffen aufeinander und beginnen, sich zu teilen und zu wachsen.

Beim Fötus ist Lous Geschlecht zunächst nicht zu erkennen. Ab der siebten Schwangerschaftswoche entwickeln sich die Genitalien. Da man das Baby bei einer unkomplizierten Schwangerschaft im Jahr 1978 in Peggys Bauch nicht sieht, könnte es jedes Geschlecht haben. Und so vieles andere an Louis und Louise sieht man auch nicht, obwohl es schon feststeht: die Augen- und Haarfarbe, das Lächeln, die Kurzsichtigkeit, das Muttermal auf dem Schenkel, die Veranlagung zu Heuschnupfen, die künftige Vorliebe für salziges Essen und Science-Fiction, das stete Schlagen des Herzens.

Doch als Lou geboren wird, sehen alle zuerst das biologische Geschlecht. Es ist das Erste, wonach jeder fragt. Die Grundlage jeder einzelnen Entscheidung, die über diesen kleinen Menschen getroffen wird, bevor er die Macht besitzt, eigene Entscheidungen zu treffen.

Im Augenblick der Geburt, noch vor dem ersten Atemzug und dem ersten Schrei, ist Lou Alder ein Geflecht aus den Träumen ihrer/seiner Eltern.

Doch diese Träume unterscheiden sich je nachdem, ob es sich um einen Sohn oder eine Tochter handelt.

Louise wird in Rosa gekleidet mit nach Hause genommen. (Ihr Haar ist knallrot, was sich schrecklich beißt.) Louis wird in Blau gekleidet, was sich besser mit dem roten Haar verträgt. Die Großeltern kommen mit Geschenken: mit Puppen oder mit Teddys, mit Kleidern oder mit einem winzigen Baseballhandschuh. Man stelle sich vor, wie sie in Peggys und Irvings neuem Haus im Wohnzimmer sitzen, Tee trinken und versuchen, um des Babys willen miteinander ins Gespräch zu kommen. David Alder trägt trotz der anhaltenden Hitze Anzug und Krawatte, Bob Grenier Arbeitshose und ein kariertes Hemd, das so neu ist, dass man noch die Falten aus der Verpackung sieht. Vi Alder trägt ein Twinset und Perlen, Yvette Grenier ihre beste Polyesterhose und eine ärmellose Bluse. Sie sind alle aus Casablanca, dort geboren und aufgewachsen, doch sie könnten genauso gut von unterschiedlichen Planeten stammen. Bob Greniers Vater war aus Québec ausgewandert, um für die Papierfabrik von Casablanca Holz zu schlagen, und Bob arbeitet seit seinem siebzehnten Lebensjahr in der Fabrik an Maschine zwei. David Alders Vater hatte die Fabrik von seinem Vater George geerbt, dessen Vater – der aus Pennsylvania stammende Louis Alder – sie im Jahr 1862 gegründet hatte. Yvette ist die Tochter eines Waldarbeiters, und Vis Vater dagegen besaß eine Reihe von Schuhgeschäften in Western Maine, bis er sie an seinen Sohn verkaufte und sich in Key West zur Ruhe setzte. Yvette bemerkt, dass Vi beim Teetrinken den kleinen Finger abspreizt, als hielte sie sich für die Königin von England. Und Vi muss sich stark beherrschen, wenn sich Bobs Raucherhusten meldet, er einen großen Klumpen in sein Taschentuch würgt und ohne sich die Hände zu waschen anschließend das Baby aus der Wiege nimmt. Peggys Eltern geben mehr für die Geschenke aus, als sie sich leisten können, und dennoch wirken sie schäbig und billig neben den Geschenken von Irvings Eltern, die diese bei Macy's in Portland erstanden haben.

Für beide Paare ist Lou das erste Enkelkind. Vielleicht liefert ihnen das Kind ein Gesprächsthema. Vielleicht haben sie durch Lou jetzt etwas gemeinsam, vielleicht lässt das Kind die Kluft zwischen Unternehmer und Angestelltem, zwischen Schreibtischmensch und Arbeiter, zwischen Katholik und Protestant ein für allemal verschwinden.

Die Großeltern geben sich größte Mühe mit den Puppen und dem Baseballhandschuh, mit den Kleidern und Bären, und was sie da verschenken, sind eigentlich ihre eigene Geschichte und ihre eigene beschränkte Sicht der Dinge. So engen sie unablässig die unendlichen Träume des Kindes ein.

Doch das tun alle. Es geschieht aus Liebe. Wir möchten, dass unsere Kinder in der Welt leben, die wir kennen. Dass sie sich einfügen und tun, was von ihnen erwartet wird, weil man nur so glücklich wird. Man kann nicht von *allem* träumen. Man muss von dem träumen, was möglich ist. Louis Alder wird eine Mehrheitsbeteiligung an der Casablanca Paper Company erben, was für seine Großeltern mütterlicherseits, die immer noch die Hypothek für ihr kleines Häuschen abbezahlen, einen fast unvorstellbaren Reichtum darstellt. Louise Alder … nun, bei ihr ist es nicht so einfach, doch schließlich sind es die Siebziger, fast die Achtziger – Feminismus ist kein Schimpfwort mehr, warum also sollte eine Frau nicht eines Tages eine Fabrik leiten? Und vielleicht bekommt sie noch einen Bruder, oder sie heiratet und bringt einen weiteren Erben zur Welt, auch wenn er einen anderen Nachnamen tragen wird.

Noch versteht Lou nichts von alledem. Lous Welt besteht aus Milch und Wärme, aus vertrauten Stimmen und sanften Berührungen, verwischten Farben und schemenhaften Gesichtern, dem nassen Mus einer vollen Windel und dem Wohlgefühl an einer Brust. Lou ist ein hungriges Baby. Wenn Irving es nimmt, versucht es, auch an ihm zu saugen.

Das Lieblingsspielzeug, sowohl von Louise als auch von Louis, ist ein kleines Stoff-Hühnchen, das weder rosa noch blau, sondern gelb und rot ist. Das erste Wort ist »Hü«, was »Hühnchen« bedeutet.

Hü wird geknuddelt und mit Begeisterung in den Mund gesteckt. Trotz regelmäßiger Aufenthalte in Peggys hochmoderner Waschmaschine wird das Hühnchen immer grauer und schmuddeliger. Lou, ob in Rosa oder Blau, lernt laufen, aber am liebsten rennen die zwei. Und klettern. Sie überwinden das Gitter vom Kinderbett und Peggys Treppenschutz. Einmal lässt Peggy Lou draußen auf dem Rasen allein, um ans Telefon zu gehen. Keine fünf Minuten. Doch als sie zurückkommt, ist das Kind hinten im Garten auf einen großen Felsen geklettert. Dort sitzt es quietschfidel und droht jeden Moment herunterzufallen und sich den Kopf aufzuschlagen.

»Dieser Junge schafft alles«, sagt Grandma Alder.

»Mit diesem Mädchen wirst du noch Schwierigkeiten bekommen, wenn es erst in die Pubertät kommt«, warnt Mémère Grenier.

Mit drei Jahren lernt Lou zu pfeifen. Ein echter Pfiff mit geschürzten Lippen und aus voller Lunge. Laut wie ein Matrose. Jeden Abend bringen Louis und Louise Hü ins Bett. Sie helfen Peggy die Wände im Haus zu streichen und arbeiten mit einem kleinen Pinsel an der Seite ihrer Mutter. Vier Tage später finden sie einen roten Buntstift und malen ihre Familie auf die frisch geweißte Wand: drei runde Kleckse, Mummy, Daddy und Lou.

Louis und Louise wünschen sich einen kleinen Bruder oder eine kleine Schwester, doch es kommt kein Geschwisterchen. Manchmal hören sie die Eltern nachts in der Küche flüstern, verstehen die Worte jedoch nicht.

Und es gibt noch andere Worte, die sie nicht verstehen. Worte wie »niedlich« oder »stark«. Wie »süß« oder »schlau«.

»Mädchen« oder »Junge«, »Heulsuse« oder »Rabauke«. Sie beschließen, kein Rosa oder Blau zu mögen, und lassen sich von ihrer Mutter nur noch in Rot, Gelb oder Violett kleiden, was sich *heftig* mit den roten Haaren beißt. Wenn sie können, klettern sie noch immer auf Felsen und Bäume. Doch nur Louis kuschelt jetzt noch nachts mit Hü, und wenn Louise pfeift, pfeift sie eine Melodie.

Louise

2010

Es ist zehn nach drei am Nachmittag. Lou sitzt am Pult und sieht die letzten Aufsätze ihrer Schüler durch. Die Sonne scheint durch die vergitterten Fenster der Brooklyn Middle School, an der sie seit sechs Jahren unterrichtet. *Mein Sommerabenteuer* lautete die Überschrift des Aufsatzes, doch einige Kinder haben ihren Geschichten eigene Titel gegeben.

Mein Kampf mit den Riesen-Weltraumameisen

Wie ich Brooklyn abgefackelt habe

Sommerschule in Hogwarts

Sie hätte die Aufsätze benoten und gleich zurückgeben sollen, dann hätten die Kinder sie mit nach Hause nehmen können. Doch sie wollte sie in Ruhe lesen und das Ende des Schuljahres noch ein wenig hinauszögern. Sie mag diese Klasse, die 8G, und wahrscheinlich wollten die Kinder die Aufsätze ohnehin nicht zurückhaben. Sie haben Wichtigeres im Kopf als Englisch-Hausaufgaben. Sie sind auf dem Weg zu ihren wahren Sommerabenteuern, und anschließend gehen sie auf die Highschool.

Dieser Sommer wird der beste Sommer überhaubt. Denn in diesem Sommer wird sich Justin Bieber in mich verlieben. Ich erzäle euch, wie es dazu kommt. Als Erstes beschreibe ich euch, wie ich aussehe: Ich habe langes rabenschwarzes Haar mit blauen und violetten Strähnen, und meine Augen sind groß und himmelblau. Ich trage immer schwarze Overknie-Stiefel und Spitzenkleider mit Rissen, und alle sagen, ich bin voll schön, aber ich weiß gar nicht, wie schön ich bin. Eines Tages wachte ich auf und meine Mom sagte, Sydny, du hast einen Brief. Und als ich ihn öffnete, stand da, ich habe eine Reise nach Los Angeles gewonnen, und ich war voll aufgeregt, weil Justin dort lebt. OMG, werde ich ihn endlich kennlernen!?!?!?!?

Lou lächelt. Jeder Aufsatz, den Akia Hassan in diesem Schuljahr verfasst hat, handelt davon, dass Justin Bieber sich in sie verliebt, ganz gleich, wie das eigentliche Thema gelautet hat. Für gewöhnlich sind die Aufsätze nicht sehr schlüssig, und Lou hat sich vergeblich bemüht, Akia dazu zu bringen, häufiger ihre Rechtschreibung zu überprüfen und nicht ständig »OMG« zu verwenden. In gewisser Weise bewundert sie jedoch, wie unbeirrt die Achtklässlerin ihrem Idol die Treue hält, schließlich lautet die Überschrift des Aufsatzes: »Welche kleinen Schritte wir alle unternehmen können, um die Erderwärmung zu reduzieren«.

Sie blättert zur letzten Seite, um nachzusehen, wie viele Kinder Akia alias Sydny und Justin in ihrer wundervollen, glücklichen Ehe haben werden (die Zahl variiert zwischen eins und sechs). Anstelle des normalerweise mit Herzchen verzierten Worts ENDE, das Akia sonst auf die letzte Seite schreibt, steht dort: *Ich werde Justin Bieber niemals heiraten, aber vielen Dank, dass ich das ganze Jahr so tun durfte. Sie werden mir fehlen, Ms. A!*

Lou blinzelt ein paar Tränen fort.

Sie hasst den letzten Schultag. Alle Schüler sind so fröhlich, und selbst die engagiertesten unter den Lehrerkollegen freuen sich auf sechs Wochen Ferien. Doch für Lou bedeutet der Tag, dass sie die kleine Welt, in der sie die letzten zehn Monate gelebt hat, verlassen muss. Kein Abenteuer, sondern ein Verlust.

Sie seufzt und holt eine rosafarbene Aktenmappe aus der Schreibtischschublade. Am Ende wird sie diese Aufsätze mit all den anderen unter ihrem Bett lagern. Dana wird sie damit aufziehen, und Lou wird sagen: »Das verstehst du erst, wenn du erwachsen bist«, doch tief im Inneren hofft sie, dass Dana es niemals verstehen wird. Dass es Dana deutlich leichter fallen wird, nach vorn zu schauen, loszulassen. Und dass Dana es deutlich seltener nötig haben wird loszulassen.

»Lou?«

»Dad?«, antwortet sie sofort, noch ehe sie aufsieht, obwohl ihr Vater noch nie zuvor in ihrer Schule gewesen ist und obwohl sie ihn seit dem Tag nach Weihnachten nicht mehr gesehen hat.

Ihr Vater steht im Türrahmen. Das sieht sie nicht nur, das sagt ihr auch das Gefühl in ihrer Brust. Eine Mischung aus Glück und schlechtem Gewissen.

»Hallo«, sagt sie und steht auf. »Was tust du hier?«

Er trägt noch immer dieselben kurzärmeligen weißen Button-up-Hemden, in denen sie ihn schon ihr ganzes Leben lang kennt, aber er hat eine neue Brille. Zumindest glaubt sie, dass die Brille neu ist. Oder nicht?

»Ich wollte dich besuchen«, sagt er und kommt näher.

Lou tritt hinter ihrem Pult hervor und umarmt ihn. Woraufhin er sie fest in die Arme schließt. Sie ist ein paar Zentimeter größer als er, was sie immer wieder überrascht.

»Bist du hergeflogen?«

»Gefahren.«

»Du bist sechs Stunden Auto gefahren, nur um mich zu besuchen?«

Irving zuckt die schmalen Schultern. »Du bist mein kleines Mädchen. Und außerdem fahre ich gern Auto.« Er lässt die Hand auf ihrem Ellbogen ruhen, als wollte er den Kontakt noch nicht lösen. »Ich dachte, man würde mich nicht in das Gebäude lassen und ich müsste draußen auf dich warten. Die haben Metalldetektoren! In einer Schule! Das haben wir in Casablanca nicht.«

»Ja, stimmt.« Als er ihre Heimatstadt erwähnt, weicht Lou zurück. Sein Arm sinkt herab. »Aber man hat dich reingelassen?«

»Ich habe denen erzählt, dass ich dein Dad bin. Offensichtlich sehe ich harmlos genug aus.«

Du *bist* harmlos, denkt sie und muss ihn unwillkürlich noch einmal umarmen. »Was tust du hier?«

»Ich muss etwas mit dir besprechen. Persönlich.«

»Was?«

Diesmal lässt er sie zuerst los. Er geht zu ihrem Pult und mustert die Stapel mit den Aufsätzen. »Sieht aus, als hättest du die Ferien über eine Menge zu tun.«

»Nur die Kinder haben Ferien, nicht die Lehrer.«

»Ich habe mich immer gefragt, wie deine Schule wohl aussieht.«

Sie folgt seinem Blick durch das Klassenzimmer. Seit fünf Jahren unterrichtet sie nun in diesem Raum, aber einiges fällt ihr erst jetzt auf, als sie es mit den Augen ihres Vaters sieht. Wie klein der Raum ist. Dass die Farbe von den Wänden blättert. Die Gitter vor den Fenstern. Der Verkehrslärm von draußen, die Musik und das Geschrei.

All der Lärm von Brooklyn, der trotz der rasselnden alten Klimaanlage zu hören ist.

Wie fremd das auf ihren Dad wirken muss, der die Grundschule in einem weiß gestrichenen Holzhaus am Pennacook River besucht hat, mit einem großen umzäunten Spielplatz, in dessen Mitte ein großer Findling lag. Die Kinder kletterten auf ihn rauf, um dort oben ihre Pausenbrote zu essen. Pettingill Primary. Bis zur dritten Klasse war Lou ebenfalls auf diese Schule gegangen, dann wurde in einem modernen Gebäude die neue Grundschule von Casablanca eröffnet.

»Auf den Raum achte ich gar nicht«, sagt sie, als müsse sie die Schule verteidigen. Oder rechtfertigt sie sich selbst? Ihr Leben? »Die Kinder machen ihn interessant.«

»Das glaube ich dir.« Er streicht mit dem Finger über die Tischplatte eines Schülerpults. Jemand hat *Ich* ♥ *Omar* hineingekratzt und das Herz rot ausgemalt.

»Das Umfeld ist anders«, erklärt sie, »aber die Kinder sind auch nicht anders als ich in ihrem Alter. Wahrscheinlich auch nicht anders als du früher.«

»Wo ist Dana?«, fragt er. »Hat sie jetzt nicht auch Schulschluss?«

»Sie hatte um halb drei Schluss.«

»Wo ist sie dann? Kommt sie her, um auf dich zu warten?«

»Nein, sie hat Fußballtraining, und dann fährt sie mit dem Bus nach Hause. Sie hat einen Wohnungsschlüssel, falls ich nach ihr komme.«

Sie sagt es trotzig, weil sie weiß, was ihre Mutter davon halten würde, dass ein zwölfjähriges Mädchen mit dem Bus allein durch Brooklyn fährt. Ganz zu schweigen von dem Umstand, dass sie sie allein in der Wohnung lässt, aber

Irving blinzelt nur hinter seinen Brillengläsern und sagt: »Ach, dann ist sie also da, wenn wir kommen?«

»Ihr Training geht bis halb fünf. Wahrscheinlich werden wir also vor ihr zu Hause sein.«

Ihr Vater zieht die Nase kraus, als müsse er niesen. Schließlich sagt er: »Ich freu mich, sie zu sehen. Sie ist bestimmt gewachsen. Das ist auf Bildern schwer zu erkennen.«

»Jedes Mal, wenn ich sie ansehe, kommt es mir vor, als wäre sie wieder einen Zentimeter größer geworden. Sie hat einen gesunden Appetit.«

»Genau wie du früher.« Er nimmt die Brille ab, um sie zu putzen, und Lou bemerkt, dass er nicht verändert aussieht, weil er eine neue Brille hat. Sein Haar ist ganz und gar grau geworden. Über Weihnachten war noch ein ziemlich großer Teil braun, doch kaum ein halbes Jahr später ist alles silbern und weiß.

Von Maine nach Brooklyn fährt man sieben Stunden mit dem Auto. Noch länger, wenn man in Connecticut in einen Stau gerät, und in Connecticut ist immer irgendwo ein Stau.

»Ist alles in Ordnung, Dad?«, fragt sie.

»Mir geht es gut.«

»Das ist eine ziemlich lange Reise, um mit mir über meine Arbeit mit den Schülern zu reden.«

»Nun, natürlich wollte ich dich und Dana sehen. Die Schule ist nur das I-Tüpfelchen.«

Die Stühle stehen umgedreht auf den Pulten, wie schwarze Antennen ragen die Beine in die Luft. Lou nimmt einen herunter und setzt sich darauf. »Erzähl mir, was los ist, Dad. Warum bist du hergefahren, ohne mir vorher Bescheid zu sagen? Warum kommst du zur Schule anstatt zu meiner Wohnung? Ich meine, selbstverständlich bist du willkommen, aber so etwas machst du sonst nicht. Wir sind keine Familie, die sich gegenseitig spontan besucht.«

»Ich wollte dich allein sprechen. Ohne Dana. Und was ich dir zu sagen habe, kann man nicht am Telefon besprechen.«

O Gott, er verlässt Mum, und dann bin ich für sie verantwortlich.

Es gibt keinen Grund, das zu denken – weder dass sich ihre Eltern trennen, noch dass Lou in irgendeiner Weise für ihre Mutter verantwortlich sein könnte. Vermutlich ließe ihre Mutter das überhaupt nicht zu. Sie stehen sich nicht sehr nah. Und Lou weiß nicht genug über die Beziehung ihrer Eltern, um beurteilen zu können, wie stabil ihre Ehe ist.

Die Eltern von Danas Freundin Farah trennen sich gerade. Dana hat mit Lou vor einigen Tagen bei chinesischem Essen und einer Wiederholung von *Star Trek Voyager* darüber geredet. »Sie ist ganz schön durcheinander«, hat Dana berichtet. »Letzte Woche war sie zwei Tage nicht in der Schule. Sie sagt, sie weiß gar nicht mehr, wer sie eigentlich ist. Deswegen bin ich eigentlich ganz froh.«

»Worüber bist du froh?«, fragte Lou.

»Darüber, dass ich keinen Dad habe«, antwortete Dana und schnappte mit den Stäbchen nach den Nudeln. »Farah denkt, ihre Eltern hassen sie und trennen sich ihretwegen. Ständig überlegt sie, was sie getan hat, und versucht herauszufinden, was schiefgelaufen ist. Wenn mein Dad nicht weiß, dass es mich gibt, kann er mich auch nicht hassen. Ein Problem weniger.« Sie schob sich die Nudeln in den Mund und kaute. Lou hatte sie gemustert, doch sie hätte nicht zu sagen gewusst, ob sie es ernst meinte oder nicht.

Für ihre zwölf Jahre ist Dana manchmal ziemlich zynisch.

Doch jetzt sieht Lou zu ihrem Dad, der am Lehrerpult lehnt, das Gesicht erschöpft und voller Sorge, und denkt: *Sie lassen sich scheiden.* Und ihre erste Reaktion sind Bestürzung und Panik. Nicht nur, weil sie denkt, sie müsste sich um ihre Mom kümmern. Es ist ein Gefühl, als würde ihr der Kern ihrer Identität herausgerissen. Plötzlich versteht sie, was Dana meinte, als sie sagte, ihre zwölfjährige Freundin Farah wisse nicht mehr, wer sie eigentlich sei. Mit ihren einunddreißig Jahren braucht Lou ihre Eltern schon lange nicht mehr. Sie sind nicht mehr das Dreigespann von einst, als sie noch ein kleines Kind war: Mommy, Daddy, Lou.

Doch sie empfindet genau dasselbe.

»Ihr lasst euch doch nicht etwa scheiden?«, fragt sie.

Irving legt die Stirn in Falten. »Nein. Nein, deine Mutter und ich trennen uns nicht.«

»Was ist dann los, Dad?«

»Also, es ist so …« Er schiebt die Brille nach oben, wie er es schon sein ganzes Leben lang tut. Dünner ist er auch geworden, was etwas heißen soll, denn ihr Dad ist schon vorher ziemlich dünn gewesen. Seine Wangen sind eingefallen, die Handgelenke knochig. Sie kann nicht fassen, dass ihr das nicht gleich aufgefallen ist. Sie war nur darum besorgt, wie ihr Klassenzimmer aussieht und was ihre Mutter davon halten würde, dass Dana allein ist.

»Bist du bist krank, Dad?«

»Louise …«

Vor lauter Angst fällt sie ihm ins Wort: »Du kannst doch nicht sieben Stunden Auto fahren, wenn du krank bist, Dad! Warum hast du mich nicht angerufen? Ich wäre doch gekommen.«

»Wärst du das?«, fragt er ruhig. »Du wärst ganz nach Casablanca gefahren, wenn ich dich angerufen hätte?«

»Natürlich, ich …« Doch sie hält inne. Weil sie in den dreizehn Jahren, seit sie Casablanca endgültig verlassen hat, genau sechsmal dort gewesen ist, jeweils zu Weihnachten.

»Natürlich wäre ich gekommen«, endet sie leise. »Wenn du mich gebraucht hättest.«

»Nun, ich brauche dich. Du musst nach Casablanca zurückkommen.«

»Was ist los? Warum brauchst du mich? Reden wir von Krebs?« Ihr bescheidener, sanfter, umgänglicher Vater. »Weiß Mom es?«

»Ja, wir reden von Krebs«, sagt er. »Und ja, deine Mutter weiß Bescheid. Nicht ich habe Krebs, Lou, sondern Peggy.«

»Mom?«

»Darum bin ich persönlich gekommen. Sie fühlt sich nicht stark genug für die Reise. Und sie … nun, es geht ihr nicht gut. Und so etwas erzählt man nicht am Telefon.«

»Wie lange weiß sie es schon?«

»Nicht lange.«

»Brustkrebs?«

»Ja.«

»Dann hat man es frühzeitig festgestellt. Das ist gut, oder? Dann kann man … Bei Brustkrebs gibt es gute Therapien.« Sie denkt an rosa Schleifen, Frauen, die in BHs für einen guten Zweck demonstrieren.

»Nein. Es ist ein aggressiver Typ. Sie ist lange nicht zum Arzt gegangen. Vermutlich hatte sie Angst, aber ich habe sie schließlich gedrängt. Es hat in der Brust angefangen, aber sie hat Metastasen. In der Gebärmutter, in der Bauchspeicheldrüse und in den Lungen.«

Lou bekommt keine Luft. Ihr Vater hingegen steht scheinbar ungerührt da.

»Welche Therapie bekommt sie dann?«

»Keine. Sie ist fertig mit der Therapie.«

»Dann geht es ihr jetzt besser?«

»Nein.«

Irving nimmt den umgedrehten Stuhl von dem Pult neben ihrem, rückt ihn zurecht und setzt sich dicht neben sie. Er legt den Arm um Lous Schulter, wie er es getan hat, als sie ein kleines Mädchen war. Wenn sie über ein Vorkommnis in der Schule geweint hat, eine Auseinandersetzung mit Allie, über eine schlechte Note im Zeugnis.

»Ihr Zustand wird sich nicht mehr bessern, Lou-Lou«, erklärt Irving sanft. »Ihr bleibt nur noch wenig Zeit. Der Sommer, wenn überhaupt. Und darum musst du mit Dana nach Hause kommen. Sie braucht dich zu Hause. Sie muss die Zeit, die ihr noch bleibt, mit ihrer Tochter und ihrer Enkelin verbringen.«

Als sie in den dritten Stock steigen, dringt aus ihrer Wohnung laut Musik.

»Ich dachte, heutzutage hören die jungen Leute mit Smartphone und Kopfhörern Musik«, sagt ihr Vater. Er hat nur eine leichte Reisetasche dabei und lässt nicht zu, dass Lou sie für ihn trägt. Er ist eindeutig nicht für einen Besuch gekommen, sondern nur um seine Nachricht zu überbringen.

»Eigentlich sollte sie noch nicht vom Training zurück sein.« Lou gräbt die Schlüssel aus ihrer Tasche und schließt die Tür auf. Kaum ist sie offen, schlägt ihr die vertraute Stimme entgegen. Alice Cooper sang davon, dass die Schule für diesen Sommer aus ist.

Den Song haben sie immer im Juni gesungen, sie und Allie, und für gewöhnlich auch Benny: Sie haben Allies tragbaren CD-Player auf volle Lautstärke aufgedreht und sind durchs Haus getobt und haben Luftgitarre gespielt.

Nur im letzten Jahr nicht, als sie achtzehn waren und die Schule für immer aus war. Der Streik, Allen's Coffee Brandy, ein Riss in der Decke … *School's out.*

»Dana?«, ruft Lou gegen die Musik an, und im selben Moment verstummt der Krach. Ihr klingeln die Ohren.

Ihre Tochter sitzt mit Smartphone in der Hand auf dem Sofa, völlig arglos, so als hätte sie nicht gerade einen Polizeieinsatz wegen Lärmbelästigung riskiert. »Grandpa?«, sagt sie überrascht. Sie springt vom Sofa und läuft auf ihren Großvater zu, um ihn zu umarmen.

Er nimmt sie in die Arme. »Mein kleines Mädchen«, sagt er und schließt die Augen. Er scheint Dana gar nicht wieder loslassen zu wollen. Ihr Dad ist schon immer ein großer Umarmer gewesen.

»Ich wusste nicht, dass du kommst«, sagt Dana.

»Es war ein spontaner Entschluss.«

»War das Training früher zu Ende?«, fragt Lou und dreht die Lautsprecher herunter, damit sie keinen Schock bekommen, wenn sie das nächste Mal Musik anmachen.

»Ich hatte keine Lust.«

Dana ist dafür bekannt, auch noch mit neununddreißig Grad Fieber zum Fußballtraining zu gehen. »War es wegen Farah?«, fragt Lou.

Dana blickt auf den Boden.

»Dana, ich weiß, sie macht eine schwere Zeit durch, aber du solltest sie …«

»Du weißt gar nichts darüber.« Sie wirft sich wieder aufs Sofa.

»Nach der Fahrt könnte ich einen Kaffee vertragen«, bemerkt Irving. »Ich koche eine Kanne, solange ihr Mädchen euch unterhaltet.«

Er geht in die Küche. Eine vertraute Reaktion. Das macht er auch immer, wenn Lou und ihre Mutter sich streiten. Er sucht eine Ausrede, um das Zimmer verlassen zu können, und es löst in Lou dasselbe Gefühl aus wie immer: Sie fühlt sich schuldig und hilflos. Und sie ist auch ein bisschen wütend, denn sie kann schließlich auch nicht einfach das Zimmer verlassen.

Dana taxiert sie mit gereizter Miene.

»Ich sage nur, dass du Fußball über alles liebst und es schade ist, wenn du es ausfallen lässt, weil du Probleme mit einer Freundin hast.«

»Mom, sprich nicht in deinem Lehrerton mit mir.«

»Das ist nicht mein Lehrerton! Das ist mein Mutterton.«

»Ach! Und wo ist da der Unterschied?«

Zwölf Jahre alt – und tut wie sechzehn. »Wie dem auch sei, ich muss mit dir reden.« Sie setzt sich zu ihrer Tochter aufs Sofa. »Darüber, warum dein Großvater hier ist.«

»Ja, das ist komisch. Sonst ruft er doch immer vorher an … seit er dich und Megan das eine Mal überrascht hat.«

Nicht zum ersten Mal denkt Lou, dass sie ihrer Tochter wirklich weniger erzählen sollte.

»Er musste uns etwas über Nana erzählen.«

»Was ist los? Ist Nana … gestorben?«

Dana sieht verängstigt aus, und Lou bleibt keine Zeit, zu überlegen, warum Dana sofort an den Tod denkt, während Lou als Erstes daran gedacht hat, dass sie sich jetzt um ihre Mutter kümmern muss.

»Sie hat Krebs«, sagt sie sanft. »Grandad meint, wir sollten sie besuchen.«

»Dann stirbt sie also? Ist sie schwerkrank? Kann sie noch herumlaufen und so?«

»Ich weiß es nicht«, antwortet Lou und merkt, dass sie all diese Fragen nicht gestellt hat, dass ihr der Mut dazu gefehlt hat.

»Dann fahren wir nach Maine, um uns zu verabschieden?«

»Ja.«

»Und dann kommen wir wieder nach Hause.«

»Ich weiß nicht, wie lange wir bleiben. Ich glaube, Grandad will, dass wir … bis zum Ende dort bleiben.« Wie viel konnte ihr Vater von diesem Gespräch in der Küche hören? Wahrscheinlich alles.

»Aber wie lange ist das? Den ganzen Sommer?«

»Ich glaube, es wäre ziemlich grausam, ein Datum festzulegen. Natürlich müssen wir zu Schulbeginn wieder hier sein, aber …wir müssen abwarten.«

»Aber …«

»Ich weiß, dass du enttäuscht bist, aber wir müssen das Camp absagen. Es tut mir leid.«

Auf Danas Gesicht zeichnet sich Entsetzen ab. »Aber Mom, ich muss in das Camp.«

»Ich weiß, das ist schade. Vielleicht finden wir in Maine ein Camp für dich, oder ein Team, bei dem du den Sommer über mitspielen kannst.«

»Es geht nicht ums Fußballspielen, es geht um Farah! Sie fährt auch mit.«

»Aber wenn du und Farah euch nicht versteht …«

»Du kapierst überhaupt nichts. Du magst Nana ja noch nicht einmal.«

»Dana! Das stimmt nicht.«

»Ist alles in Ordnung?« Ihr Vater steckt den Kopf aus der Küche. Er sieht unverkennbar nervös aus.

Dana springt vom Sofa, geht zu ihm und schlingt die Arme um seine Hüfte. »Es tut mir so leid wegen Nana«, murmelt sie in sein gutes Hemd.

»Ich weiß, Liebes«, erwidert Irving und klopft ihr auf den Rücken. »Ich weiß.«

»Ich packe heute Abend«, sagt Lou, »dann können wir morgen alle zurück nach Casablanca fahren.«

Zurück nach Casablanca. Plötzlich möchte sie sich der Umarmung von ihrem Vater und ihrer Tochter unbedingt anschließen.

Aber noch lieber möchte sie davonlaufen.

Louis

2010

Lou befindet sich in einem öden Hotel, dem letzten in einer Reihe von so vielen öden Hotels. Das Abendessen, das man ihm aufs Zimmer gebracht hat, hat er kaum angerührt. Er versucht, seiner Frau eine E-Mail zu schreiben, die weder kleinlaut noch überheblich klingt.

Irgendwie findet er nicht den richtigen Ton. Er ist nur zwei Wochen fort gewesen, doch diese zwei Wochen waren derart verwirrend und irreal, dass er kaum noch weiß, wie es war, locker mit Carrie zu kommunizieren. So, wie die Dinge zwischen ihnen liegen, wäre es ohnehin schwer, den richtigen Ton zu treffen.

Bislang hatte er sich vor allem bemüht, unbeschwert zu klingen. »Es ist Dienstag, also muss ich in Minneapolis sein.« Bilder von seinen überwiegend einsamen Abendessen in Restaurants, Beschreibungen der paar Museen, die er besucht hat. Er hat Witze über die Pressefrau gemacht, die Anfang zwanzig ist und so dermaßen fröhlich und gesellig, dass sie in jeder Stadt ein paar Leute kennt. Sobald ihr Flugzeug landet, verschickt sie WhatsApp-Nachrichten, um sich zu abendlichen Drinks zu verabreden. Doch Carrie hat das sofort durchschaut.

Sei nicht so zynisch, schrieb sie ihm. *Geh was mit ihr trinken.*

Flirt mit ihr oder mit ihren Freundinnen, du bist jetzt schließlich Single. Vielleicht bist du dann ausnahmsweise weniger traurig.

Er kann nicht mit Hayley oder ihren Freundinnen flirten. Das ist zu klischeehaft, es ist unprofessionell, und außerdem ist sie quasi noch ein Kind. Carries Ratschlag ist gut und zugleich nicht durchführbar, wie die meisten von Carries Ratschlägen. Sie kennt ihn so gut – und doch überhaupt nicht.

Und das ist im Grunde das Problem, oder?

Wie soll ich nicht traurig sein?, schreibt er jetzt zurück. *Ich bin wohl der einzige Mann, der in dem Moment von seiner Frau verlassen wird, da er Erfolg hat.*

Na, also das ist wirklich zynisch. Er löscht es.

Und es stimmt auch nicht. Er weiß, warum Carrie ihn jetzt verlassen will – warum sie ihn im Grunde schon verlassen hat. Eigentlich muss er nur noch seine Sachen abholen. Wenn er von dieser sommerlichen Lesereise zurückkehrt, auf der er sein Buch vorstellt, das im Winter spielt, zieht er um. Mithilfe des Internets und eines Maklers hat er eine Wohnung in Manhattan gemietet. Nachdem sein Traum nun wahr geworden ist, denkt sie, dass er sie weniger brauche. Sie war nur nett, wie immer.

In Wahrheit hat er sie nie gebraucht, nicht so, wie sie es annahm. Doch ihr das zu sagen wäre alles andere als nett.

Also hat er versucht, Carrie in dem Glauben zu lassen, dass sie recht hat. Er hat die Aufregung hochgespielt und die enttäuschenden Momente herunter. Er hat über seine Pressefrau gescherzt (*seine* Pressfrau!) und hat staunend die Eindrücke dieses großartigen Landes beschrieben. Er hat zahlreiche Fotos von seinem Buch gemacht – stilvoll in Schwarz-Weiß – vor historischen Gebäuden und berühmten Wahrzeichen. Er hat diskret die Lesungen verschwiegen, zu denen nur vier Personen erschienen waren, die alle etwas betreten wirkten. Keiner wollte als Erster gehen. Er dachte, die Welt würde sich verändern, wenn *Licht im Winter* erscheint. Dass es ein kleines Beben auslösen würde, wenn das Buch es auf die *New York Times*-Bestsellerliste schaffte. Doch in Wahrheit interessiert sich kaum ein Mensch für seine Liebesgeschichte, die in einem Holzfällerlager im neunzehnten Jahrhundert spielt, und es hat sich fast nichts verändert. In seinen E-Mails an Carrie hat er davon geschwärmt, dass sein Traum wahr geworden sei, eine etwas lustigere und weniger übertriebene Version dessen, was sein Verleger in den sozialen Medien veröffentlicht. Der kalte Hamburger mit Pommes auf dem Tablett neben sich gehört nicht dazu. Auch nicht, dass er sich jeden Abend nach den Lesungen mit der Entschuldigung zurückzieht, er wolle an seinem neuen Buch schreiben, stattdessen jedoch auf dem Bett liegt und auf der Suche nach *Star Trek*-Wiederholungen durch die Kanäle zappt. Seichte Unterhaltung. Es muss immer alles gut ausgehen, das ist so etwas wie ein ehernes Gesetz, und wieder einmal ist das Universum gerettet.

Lous Leben besteht aus diesen sorgfältig gesponnenen Lügen. Kein Wunder, dass er gern Geschichten schreibt, die nur auf wenigen bekannten Details basieren.

Doch heute Abend muss er Carrie mailen. Er muss ihr mitteilen, wann er morgen landet, und mit ihr verabreden, ob sie anwesend sein möchte, wenn er in das Haus kommt, das nicht mehr sein Zuhause ist. Vorhin hat er versucht, sie anzurufen, aber sie war in einer Besprechung. Er wusste, dass sie in einer Besprechung war, darum hat er sie dann angerufen. Jetzt ist sie nicht mehr in einer Besprechung. Heute Abend ist sie mit Freunden unterwegs. Darum mailt er ihr – weil sie ans Telefon gehen würde, aber vorerst nicht in ihre E-Mails sieht. Auch diese Vermeidungsstrategien hat er in ihrem gemeinsamen Leben perfektioniert.

Es wird merkwürdig sein, dir gegenüberzutreten, schreibt er. *Es kommt mir so vor, als wären diese zwei Wochen eine Auszeit von der Realität gewesen. Wenn ich nach New York zurückkomme, ist alles wieder, wie es vorher war. Nur dass es nicht mehr so sein wird wie vorher.*

Bist du traurig, Carrie? Ich weiß, wir haben gesagt, dass wir Freunde bleiben – keine bösen Gefühle, niemand hat Schuld –, aber wir haben uns schon andere Dinge versprochen und nicht gehalten, auch wenn wir das nicht wollten …

Ehe er den Satz beenden kann, klingelt sein Telefon, was auch okay ist, denn der Satz würde doch nur auf eine weitere Lüge hinauslaufen. Er greift nach dem Telefon und erwartet, Carries Nummer auf dem Display zu sehen, doch stattdessen ist es seine Mutter.

»Hey Mom«, sagt er. »Mittwochs rufst du doch sonst nie an. Was ist los?«

Er riecht Casablanca, noch ehe er es sieht. Es ist der Geruch von fauligen Eiern und gekochtem Kohl. Er dringt durch die geschlossenen Fenster und die Klimaanlage des Wagens, den er in Portland am Flughafen gemietet hat. Man erzählt sich hier den Witz von dem Touristen, der auf dem Weg zum Morocco Pond oder in die Berge in New Hampshire durch die Stadt kommt und eilig alle Fenster öffnet, weil er denkt, im Wagen hätte jemand gefurzt. Doch das macht es nur noch schlimmer.

In Casablanca nennt man es den »Duft des Geldes«. Als Lou klein war, hat er felsenfest geglaubt, die Casablanca Paper Company würde das Papier herstellen, auf dem das

Geld gedruckt wird. Als er seinen Vater danach fragte, sagte der: »Kommt fast aufs Gleiche hinaus.«

Er ist seit Jahren nicht mehr hier gewesen, doch als er den Geruch einatmet, wird er wieder zum Kind. Noch ungefähr eine Viertelmeile, dann biegt er um die Ecke und sieht die eigentliche Fabrik. Zwei hohe Schornsteine stoßen graue Rauchwolken in den Himmel. Früher waren es drei, aber anscheinend wurde die Fabrik verkleinert.

Früher konnte man am Rauch das Wetter vorhersagen: Wenn er gerade aufstieg, blieb das Wetter, wie es war. Wenn er flussabwärts wehte, fort von der Stadt, gab es Regen, und wenn er flussaufwärts trieb, wurde das Wetter gut. *Stimmt das überhaupt?*, fragt sich Lou. Solange er hier gelebt hat, hat er nie darauf geachtet. Er war mit wichtigeren Dingen beschäftigt, oder zumindest dachte er das.

Die Fabrik besteht aus mehreren Gebäuden – Backstein, Beton, Metall – und einem Labyrinth aus Förderbändern und Röhren. Sie erinnerte Lou immer ein bisschen an eine große glänzende Spinne, die im Tal neben dem Fluss kauert. Die Straße führt dicht an ihr vorbei, und er sieht, wie ein Laster entladen wird. Eine Maschine hebt den ganzen Laster hoch und kippt ihn um wie ein Spielzeugauto in einer Sandkiste, sodass die Holzspäne von der Ladefläche auf einen Haufen rutschen.

In der achten Klasse lernten sie in Mr. McKennas Sozialkundeunterricht, wie die Fabrik funktioniert – eine Geschichte, die sich ihnen einprägte wie ein Märchen. Holzarbeiter fällten die großen Kiefern, die hoch und üppig im Westen von Maine wuchsen. Es erforderte Wissen und Geschick, die richtigen Bäume zu finden und sie so zu fällen, dass dabei keine Arbeiter zu Schaden kamen. Die Männer stutzten die Zweige, um lange, gerade Stämme zu erhalten, die auf beiden Seiten harzten. Wenn sie nach Hause kamen, rochen die Männer nach Schweiß und Kiefern, nach Fichten und Insektenspray.

Vor hundert Jahren zogen Ochsen oder Maultiere die Baumstämme auf Karren oder Schlitten zum Pennacook River, von dort wurden sie über den Fluss nach Casablanca transportiert. Holzfäller sprangen mit Haken und Stangen von Stamm zu Stamm, um in dem gefährlichen Strom zu navigieren. Im Winter brachen sie durchs Eis, im Frühjahr trotzten sie dem Hochwasser. Heutzutage wurden die Stämme auf Holzlaster gestapelt und über kurvenreiche Straßen nach Casablanca gefahren. Jeder Achtklässler kannte diese Transporter, hatte sie mit der von Ketten gehaltenen Ladung über die Straße donnern sehen oder auf dem Weg nach Auburn oder Bethel schon einmal hinter einem von ihnen festgehangen. Die Laster polterten in den frühen Morgenstunden vor Schulbeginn durch Casablanca und fütterten die Fabrik, die mitten im Ort zwischen hohen rauchenden Schornsteinen kauerte.

Die Bäume wurden entrindet, klein gehackt, zerfasert, eingeweicht, gepresst, versiegelt und gerollt. Die Fabrik fraß Bäume und spuckte am anderen Ende Papier aus: Hochglanzpapier, auf dem Illustrierte gedruckt wurden. Auf dem Pult von Mr. McKenna lag ein Stapel von ihnen. Er hielt eine Zeitschrift nach der anderen hoch. »*Vogue. GQ. Good Housekeeping. Newsweek.* Im ganzen Land lesen die Menschen Zeitschriften auf Papier, das hier in Casablanca hergestellt wird.«

Lou, zwölf Jahre alt, hager, unsportlich und rothaarig, blickte auf das Magazin in der Hand seines Lehrers. Darauf zu sehen war das Bild einer Frau mit perfekt ovalem Gesicht, makellos heller Haut, dunkel umrandeten Augen und Lippen in der Farbe reifer Äpfel. Sie trug etwas, das aussah, als sei es aus Alufolie gefertigt. So eine Frau hatte er in Casablanca noch nie gesehen. Er hatte auch noch nie jemanden in Casablanca eine dieser Zeitschriften lesen sehen. Gab es Menschen auf der Welt, die sich so kleideten, die Magazine über Menschen lasen, die so etwas trugen? Dachten sie wohl jemals an die Menschen, die die Bäume fällten oder das Holz schlugen, oder an jemanden wie seinen Vater, der jeden Tag in der Fabrik die Computer zur Steuerung der Maschinen programmierte?

Nein. Die Menschen, die diese Magazine lasen und die in ihnen abgebildet waren, lebten in einer völlig anderen Welt. Vielleicht in New York. Er beobachtete, wie der Lehrer die Zeitschrift zurück auf das Pult legte, und fragte sich, ob er sie lesen durfte, wenn er darum bat.

»Ich dachte, die machen Klopapier«, sagte Buddy White, und alle lachten, nur Mr. McKenna nicht.

»Davon lebt die ganze Stadt«, sagte Mr. McKenna in dem strengen Ton, den er anschlug, wenn seine Schüler das wichtige Fach Sozialkunde nicht ernst genug nahmen. »Wessen Eltern arbeiten alle bei CPC? Vater oder Mutter oder beide?«

Ungefähr drei Viertel der Schüler, einschließlich Lou, hoben die Hand.

»Und die Eltern der übrigen von euch arbeiten in Branchen, die auf andere Weise von der Fabrik abhängig sind. Wenn eure Mom Krankenschwester ist, pflegt sie Fabrikarbeiter und ihre Familien. Wenn euer Dad Mechaniker ist, repariert er die Autos von denen, die in der Fabrik arbeiten.«

»Was, wenn ein Vater keine Arbeit hat?«, rief Jake Flint von hinten. Jeder wusste, dass Jakes Vater Arbeit hatte. Er war Müllmann, worüber Jake stets Witze riss, vielleicht um zu verhindern, dass andere es taten.

»Von den Steuern, die die Fabrikarbeiter zahlen, werden Arbeitslose unterstützt«, erklärte Mr. McKenna.

»Warum sollten wir für sie zahlen? Mein Dad sagt, wer keine Arbeit findet, ist faul.«

»Steuern und Sozialhilfe behandeln wir ein anderes Mal, Jake. Jetzt sprechen wir über die Fabrik.«

Allie hob die Hand und wartete mit ernstem Gesicht, bis sie drangenommen wurde. »Was passiert mit den Wäldern, wenn wir weiter Bäume fällen, um Papier herzustellen?«

»Wir pflanzen neue Bäume«, antwortete Mr. McKenna. »Für jeden Baum, der gefällt wird, muss ein neuer Baum gepflanzt werden. Und dann lässt man diese Bäume wachsen. Bäume sind ein nachwachsender Rohstoff. Und die Menschen werden immer Papier brauchen. CPC stellt vielleicht noch Papier für deine Urenkel her, Louis.«

Bei diesem letzten Satz richteten sich die Blicke der gesamten Klasse auf ihn, und Lou merkte, wie er von den Fußsohlen bis zu den Haarwurzeln rot anlief. Ihm wurde heiß, und er schwitzte, weil er wusste, dass sein Gesicht jetzt röter leuchtete als sein Haar.

»1862 hat dein Vorfahr die Casablanca Paper Company gegründet. Hätte er das nicht getan, würde keiner von uns jetzt in diesem Raum sitzen. Er hieß ebenfalls Louis Alder. Wusstest du das?«

Das wusste Lou alles von seinen Großeltern. Seine Eltern erwähnten es eigentlich nicht. Im Haus seiner Großeltern hing das Porträt eines strengen Mannes mit fuchsrotem Haar und weißen Koteletten. »Mein … Ja, ich glaube. Ich meine, ich weiß, von wem ich meinen Namen habe.«

Er spürte die Blicke der anderen auf sich lasten.

»Mein Ururgroßvater gehörte zu den ersten Arbeitern in der Fabrik«, sagte Mr. McKenna. »Er kam mit seiner Frau und seiner kleinen Tochter von Prince Edward Island. Weiß einer von euch, ob einer eurer Vorfahren auch schon damals dort gearbeitet hat?«

Niemand hob die Hand, doch wenigstens blickten nicht mehr alle auf Lou.

»Das ist eure Hausaufgabe«, sagte Mr. McKenna. »Fragt eure Eltern, wenn möglich auch eure Großeltern und, wenn ihr welche habt, eure Urgroßeltern. Findet heraus, wie und warum eure Familie nach Casablanca gekommen ist. Vielleicht erfahrt ihr nicht die ganze Geschichte, aber zumindest einen Teil. Unsere Familien, insbesondere ältere Verwandte sind sehr wichtige Quellen. Sprecht mit ihnen und schreibt mir bis Montag einen Bericht, was ihr herausgefunden habt.«

Die Schulglocke ertönte, und Lou schnappte sich seine Bücher und eilte aus dem Klassenzimmer. Im Flur hörte er Turnschuhe hinter sich, und Benny schlug ihm mit einem Schulheft auf den Kopf.

»Was soll das?«, fragte Lou und rieb sich den Kopf.

»Weil du keine Hausaufgaben machen musst, weil Big Mac sie schon für dich gemacht hat.«

»Ich muss trotzdem einen Bericht schreiben.«

Benny lief neben ihm her. Er war untersetzt, aber muskulös und in Sport ein Ass. Lou konnte natürlich nicht mit ihm mithalten, außer im Laufen, weil er längere Beine hatte. »Du solltest mal sehen, wie rot du wirst. Wie eine reife Tomate.«

»Ich verstehe nicht, was es für eine Rolle spielt, wer die Fabrik gegründet hat. Ich weiß ja nicht einmal, ob ich überhaupt dort arbeiten werde. Vielleicht gehe ich weg aus

Maine und stelle nie Papier her. Vielleicht denke ich überhaupt nicht an Papier, es sei denn, ich schreibe darauf. Aber mein Grandpa redet immer von Tradition und Familienerbe und diesem ganzen Kram.«

Benny zuckte mit den Schultern. »Mein alter Herr wird mir nur seine Waffensammlung hinterlassen. Vielleicht hat er einen anständigen Truck, wenn er abkratzt.«

»Du kannst überall hingehen«, sagte Lou unglücklich. »Du bist frei. Mein Vater hat versucht wegzugehen, aber er ist wieder zurückgekommen.«

»Kopf hoch«, tröstete Benny ihn. »Vielleicht fliegst du ja von der Schule und wirst ein Säufer.« Er vollführte einen übermütigen Sprung und schlug mit der flachen Hand gegen einen der Spinde. Es machte einen beeindruckenden Lärm, woraufhin sich eine Mädchengruppe in der Nähe umdrehte. Er grinste sie an.

»Na, wenigstens muss ich keine Hausaufgaben machen«, sagte Lou und stieß Benny mit dem Ellbogen in die Seite. Benny stieß zurück.

»Ich auch nicht«, erwiderte Benny. »Ich schreibe bei Allie ab.«

Lou sitzt im Mietwagen und schüttelt den Kopf. Er versucht, nicht an Benny zu denken. An das Casablanca, in dem er aufgewachsen ist, denkt er nur in Träumen, wenn er nicht rechtzeitig aufwacht. Doch der faulige Schwefelgeruch genügt, um die Erinnerung wachzurufen. Er hat nichts mehr mit der Fabrik zu tun. Er tritt aufs Gas und fährt schneller als erlaubt an dem Fabrikgelände vorbei, fährt weiter Richtung Innenstadt.

Die Main Street ist im neunzehnten Jahrhundert als Prachtstraße angelegt worden: ein Rathaus mit Säulen, eine Feuerwache mit Uhrenturm, eine Post, die auch ins alte Rom gepasst hätte. An Rick's Diner blinkt noch immer das orangefarbene Neonschild GEÖFFNET. Am Gemeinschaftshaus hängt ein Plakat, das Fußballspiele und Baseballspiele der Little League ankündigt. An der Ecke gibt es ein neues Dunkin' Donuts und neben dem Gerichtsgebäude ein Subway. Abgesehen davon hat sich nicht viel verändert, seit Lou achtzehn war und in seinem alten Gebrauchtwagen die Main Street auf und ab fuhr.

Die einzige Ampel der Stadt steht auf Grün, also fährt Lou den Hügel hinauf zum Haus seiner Mutter – dem Haus, in dem er aufgewachsen ist. Es ist ein zweistöckiges Gebäude aus den Siebzigern mit hohen Fenstern, weiß gestrichener Holzfassade und einem sorgsam gepflegten Garten. Obwohl es erst drei Uhr nachmittags ist, sind die Vorhänge zugezogen. Abgesehen davon ist von außen nicht zu erkennen, dass dort drinnen ein Mensch im Sterben liegt.

Louise

Louise folgt dem Wagen ihres Vaters auf der I-95, als ob sie den Weg selbst nicht genauestens kennen würde. Die Klimaanlage in ihrem alten Honda ist letztes Jahr kaputtgegangen, und sie hat sich nicht die Mühe gemacht, sie reparieren zu lassen. In New York fährt sie ohnehin kaum, und Klimaanlagen sind schädlich für die Umwelt. Darum sind sie die ganze Zeit mit offenen Fenstern gefahren. Lou ist schon sehr lange nicht mehr im Sommer hier gewesen und hat ganz vergessen, dass es auf der Schnellstraße von Maine, hinter Kittery, auf einmal nicht mehr nach Abgasen und Asphalt riecht, sondern nach Kiefern und frischer Luft. Es ist, als überquerte man eine unsichtbare Grenze: Man hat diesen Teil der Welt verlassen. Zumindest ist man nicht mehr in Brooklyn.

Dana sitzt auf der Rückbank. Sie schmollt, seit sie losgefahren sind, was eine Leistung ist, denn sie haben unterwegs bei McDonald's haltgemacht und Lou hat ihr nicht nur einen, sondern zwei Erdbeer-Milchshakes spendiert. An einem normalen Tag genügt das, um Dana in gute Laune zu versetzen, doch ein wilder Nachrichtenaustausch auf ihrem Smartphone – vermutlich mit Farah – hat sie heute Morgen missmutig werden und verstummen lassen.

»Was ist denn eigentlich los bei Farah?«, fragte Lou, als sie in Connecticut an einer Baustelle festhingen, doch Dana erwiderte: »Nichts«, und steckte sich die Kopfhörer in die Ohren.

Lou wünschte, sie hätte ihr dieses Telefon niemals gekauft. Sie wünschte auch, sie wären im Wagen ihres Vaters mitgefahren, dann hätten sie sich unterhalten können. Nach Casablanca würde sie jedoch niemals ohne eigenen Wagen fahren, mit dem sie jederzeit fliehen konnte.

Fahren ist langweilig, insbesondere wenn die eigene Tochter nicht mit einem spricht und man sich Gedanken darum macht, was einen am Ende der Reise erwartet. Darum spielt Lou ein Spiel, schaltet durch die Radiokanäle und versucht, den gerade laufenden Song in nicht mehr als fünf Sekunden zu erkennen. Daran merkt man auch, dass man in Maine ist: Siebzig Prozent der Radiosender spielen entweder The Eagles oder Bob Seger. Es ist, als hätte es die letzten fünfundzwanzig Jahre nicht gegeben.

Es geht von der Schnellstraße runter und dann über kurvenreiche Straßen durch die Berge. Lou kennt jede Biegung ebenso wie jede Textzeile von »Hotel California«. Wenn nicht die schmollende Dana auf der Rückbank sitzen würde, könnte sie sich einbilden, sie wäre auf der Highschool und käme von einem Einkaufstrip in Auburn zurück.

Willkommen in
CASABLANCA, MAINE
Gegr. 1862, 2500 Einwohner
»As time goes by«

Das Schild ist ziemlich neu. Als Lou hier aufwuchs, wusste sie nicht, dass Casablanca nach einem anderen Ort auf der Welt benannt war, bis sie auf einer Karte von Afrika Marokko entdeckte, nach dem auch ihr See, der Morocco Pond, benannt war. Und die Großstadt: Casablanca.

In Maine wimmelt es von solchen Ortsnamen. Man kann die Welt in Form von Städtenamen durchreisen. Hier gibt es Sweden, Norway, Denmark, Paris, Cairo, Carthage, Athens, Poland, Lisbon, Bangor, Naples, Moscow, Leeds. Es gibt ein berühmtes Straßenschild (nun ja, berühmt in Maine, und so berühmt wie ein Straßenschild eben sein kann), das auf all diese Städte in Maine hinweist: von China bis Mexiko.

»Die Mainer sind echt nicht besonders einfallsreich«, hatte Lou gesagt, als sie ungefähr zehn war und ihr Vater anhielt, um ihr das Schild zu zeigen.

Ihr Vater hatte mit den Schultern gezuckt und gesagt: »Vielleicht wollen sie ja auch nur ausdrücken, dass es alles, was man sich wünscht, alle Orte, die man in der Welt besichtigen kann, auch hier findet.«

Er versuchte, aus allem das Beste zu machen. Das war ihr damals schon klar gewesen.

Die Stadt war nicht nach dem Film benannt, aber Lous beste Freundin Allie liebte alte Filme. Mit dreizehn übernachteten sie und Lou zusammen und sahen *Casablanca* – in Lous dunklem Spielzimmer. In Schlafsäcke gekuschelt, teilten sie erst Popcorn und später Taschentücher.

Viermal hintereinander sahen sie sich das Ende an.

»Ilsa hätte bei Rick bleiben sollen«, sagte Lou. »Sie liebt ihn mehr als ihren Mann. Vielleicht hatte er sie vorher nicht verdient, aber jetzt, nachdem er das Opfer gebracht und sie fortgeschickt hat. Sie hätte umdrehen und zu ihm zurückgehen sollen.«

»Aber dieses Opfer ist der einzige Grund, warum er sie verdient«, bemerkte Allie. »Sie kann nicht zurück.«

»Was für eine *Verschwendung.* Was für eine Verschwendung von wahrer Liebe, wenn sie sich nie mehr wiedersehen. Und dieses *Lied.*« Lou seufzte sehnsuchtsvoll. Sie hielt nicht viel von Liebesschnulzen, doch wie Bogart und Bergman sich ansahen, das hatte etwas. Ihre Gesichter auf dem Bildschirm so dicht voreinander: ihres glatt, seins zerfurcht und verbraucht. Dieser Kuss weckte eine Sehnsucht in ihr.

»Aber vielen Menschen zu helfen ist nun einmal wichtiger als das Glück zweier Menschen«, erklärte Allie. »Sie hilft Lazlo bei seiner Arbeit. Und jetzt hilft Rick den Menschen auch. Es ist ein besseres Ende als ›Und wenn sie nicht gestorben sind …‹.«

Lou steckte sich einen Stift in den Mund und imitierte Bogart: »Ist dies der Beginn einer wunderbaren Freundschaft?«

Allie warf mit Popcorn nach ihr. »Ich finde trotzdem, dass ein Film, der mit einer Freundschaft endet, besser ist als einer, der mit Liebe endet«, sagte sie. »Freundschaft hält länger als Liebe.«

»Woher weißt du das?«

»Weil du und ich für immer Freundinnen sein werden. Aber du und Benny streitet euch ständig.«

»Ich bin nicht in Benny *verliebt.*«

»Aber du magst ihn«, sagte Allie.

»Hör auf, das stimmt nicht.«

Aber es stimmte. Allies Zwillingsbruder Benny wirkte irgendwie anziehend. Er war manchmal ziemlich grob, dann auch wieder lustig und schlau und überraschend nett. Er sah gut aus – braun, muskulös, dunkles Haar, und er hatte graue Augen, wie seine Schwester. Benny auf dem Baseballfeld machte etwas her. Lou ging zu den Spielen, nur um ihn zu sehen. Er spielte Shortstop und fing jeden Ball, sogar die höchsten, die eigentlich ins Aus gegangen wären. Er sprang mit dem Handschuh in die Luft, schnappte sich den Ball und landete auf den Füßen. Manchmal hob er den Handschuh, und der Ball schien wie magisch von ihm angezogen zu werden. Dann ließ er den Ball mit einer lockeren Bewegung aus dem Handgelenk durch die Luft segeln – zur ersten Base, zur zweiten, um den Runner auszulösen, und Benny war immer noch ruhig und aufmerksam, als hätte er sich nie bewegt. Von der Tribüne aus beobachtete sie, wie er auf das Spiel wartete, und spürte ein neues, aufregendes Stechen in ihrer Brust. Eine Sehnsucht, wie wenn sie Rick und Ilsa beobachtete.

Allie pflückte ein Stück Popcorn aus Lous Haar. »Es ist okay, wenn du ihn magst. Wenn ihr zwei heiratet, sind wir Schwägerinnen. Wenn ihr Kinder bekommt, bin ich ihre Tante. Wie unsere Mütter könnten wir jeden Tag zusammen reden.«

»Ich werde keine Kinder mit Benny bekommen. Außerdem bleibe ich nicht in Casablanca, und du auch nicht. Wir ziehen nach New York, schon vergessen?« Das hatten sie beschlossen, nachdem sie an einem anderen Filmabend *Harry und Sally* gesehen hatten.

»Vielleicht zieht Benny ja mit uns nach New York. Es wäre cool, meinen Bruder da zu haben. Er könnte bei den Yankees spielen.«

»Er würde niemals bei den Yankees spielen.«

»Wenn du ihn bittest, vielleicht schon.«

»Ich glaube nicht, dass er mich mag.«

Allie lächelte nur.

»Wenn er mich mag, dann nicht so, wie Rick Ilsa mag. Wir haben kein Lied.«

»Außer ›Bat Out of Hell‹.«

»Das ist nicht gerade romantisch, oder? Aber egal, wen magst du?«

Allie überlegte.

»Buddy White?«, schlug Lou vor. Buddy folgte Allie wie ein Schatten.

»Ist nicht mein Typ.«

»R. J. Arsenault?«

»Der ist süß, aber irgendwie auch ein Idiot. Ich glaube, ich mag keinen.«

Nachdenklich nahm Lou sich eine Handvoll Popcorn. »Ich würde gern wissen, wie es ist, jemanden zu küssen.«

»Ich auch.«

»Vielleicht sollten wir uns jemanden suchen und ihn küssen.«

»Du kannst Benny küssen«, schlug Allie vor. »Ich bin nicht eifersüchtig.«

»Ich meine, wir suchen uns beide denselben Jungen, damit wir unsere Erfahrungen vergleichen können. Benny ist dein Bruder.«

Allie lachte. Dann beugte sie sich vor, ihr Schlafsack bauschte sich um ihre Taille, und küsste Lou auf die Lippen. Ihr Mund war weich und salzig vom Popcorn, und ihr Haar roch nach Apfel-Shampoo. Lou machte große Augen, dann wich Allie zurück.

»Ein Kuss ist nur ein Kuss«, bemerkte Allie und angelte nach der Fernbedienung. »Willst du noch einen anderen Film sehen?«

Als Lou jetzt an dem Schild vorbeifährt, geht ihr der Song nicht mehr aus dem Kopf. Seit jenem Abend hat sie sehr viele Menschen geküsst, doch sie hat nie wieder *Casablanca* gesehen. Sich für eine größere Sache zu opfern ist vielleicht eine von diesen Ideen, die sich besser anhören, als sie in Wirklichkeit sind – so, wie die ganze Welt zu bereisen, ohne Maine zu verlassen.

Sie folgt dem Wagen ihres Vaters und passiert die verlassenen Gebäude der alten Casablanca Paper Company. Normalerweise kommt sie im Winter her, im Schnee ist es leichter, die Gebäude und Transportbänder zu ignorieren. Einer der Schornsteine steht noch, der andere ist entweder eingestürzt oder abgerissen worden. Verfallen ist die Fabrik auf keinen Fall attraktiver als früher, als sie noch in Betrieb war – eine tote Spinne sieht nicht besser aus als eine lebendige –, aber zumindest riecht es jetzt besser. Ein kleiner Vorteil.

Anstatt geradeaus über die Ampel und den Hügel zum Haus hinaufzufahren, blinkt ihr Vater nach rechts. Lou folgt ihm. Das ist neu: Seit 1991 ist sie immer über dieselbe Strecke in die Stadt gekommen. Runter von der Schnellstraße, über die Route 2, an der Fabrik vorbei, geradeaus hoch zum Haus. Sie kurvt nicht durch Casablanca und schwelgt in Erinnerungen. Normalerweise kommt sie Heiligabend nach Hause, verbringt Weihnachten hier, erträgt um ihres Vaters und ihrer Tochter willen den zähen Truthahn, reist am 26. Dezember wieder ab und fährt direkt nach Brooklyn zurück.

»Wohin fahren wir?«, fragt Dana von der Rückbank. Es ist das erste Mal seit Connecticut, dass sie etwas sagt.

»Ich kann nur raten. Vermutlich fahren wir zum Krankenhaus. Oder vielleicht holen wir auch Pizza.«

»Ich hoffe, wir holen Pizza«, sagt Dana. »Ich hasse Krankenhäuser.«

»Du bist seit deiner Geburt nicht mehr in einem Krankenhaus gewesen.«

»Trotzdem hasse ich sie.«

»Ich auch.«

Ohne Schnee sieht die Stadt anders aus. Die Rasenflächen sind braun. Ein paar Häuser sind mit Brettern vernagelt, vor anderen stehen Verkaufsschilder. Früher einmal kannte Lou den Namen jeder einzelnen Familie, die in diesen Häusern wohnte, jetzt nicht mehr. Sie sieht einen alten Mann auf einem Liegestuhl in der Sonne sitzen und eine Zigarette rauchen, neben ihm ein pudelähnlicher Hund mit räudigem Fell.

Dana hängt zwischen den Vordersitzen und sieht auf die Straße. »Wo sind die Kinder?«, fragt sie. »Das sieht ja aus wie eine Geisterstadt.«

»Vielleicht sind alle hoch zum See gefahren, um … *Verdammt.*«

Sie tritt auf die Bremsen. Ihr Vater ist auf einen Parkplatz neben einem großen neuen Gebäude aus Glas und Beton abgebogen. Es ist höher und größer als alle anderen und deutlich moderner. Als wäre zwischen den kunststoffverkleideten, einstöckigen Häusern ein Raumschiff gelandet.

»Ist das das Krankenhaus?«, fragt Dana. Sie klingt beinahe beeindruckt. »Ich dachte, das hier wäre ein Kaff.«

»Dieses Gebäude habe ich noch nie in meinem Leben gesehen.« Das Krankenhaus ihrer Kindheit ist ein niedriges Backsteingebäude aus den fünfziger oder sechziger Jahren. Das sah sie immer vor sich, wenn ihr Vater von seiner Stelle im Krankenhaus sprach, wo er sich um das Computersystem kümmerte – nicht *das hier.*

Sie parkt auf dem fast vollen Parkplatz. Dana ist vor ihr ausgestiegen, steckt das Smartphone in die Hosentasche und lässt die Kopfhörer um den Hals baumeln. »Hey, Grandad, können wir Pizza mitnehmen?«, ruft sie und hüpft auf ihn zu.

»Klingt gut«, sagt er und legt den Arm um ihre Schulter. »Wir holen eben die Medikamente für deine Großmutter ab, dann können wir zur Pizzeria fahren. Lou-Lou?«

Lou hört ihn nicht. Sie steht vor dem neuen Gebäude und liest die Worte, die dort in großen Lettern aus gebürstetem Aluminium stehen.

BENEDICT K. PHELPS-ZENTRUM FÜR KREBSTHERAPIE

Bennys Name in gut einem halben Meter hohen Buchstaben direkt vor ihr.

»Lou-Lou? Kommst du mit rein?«

»Ich …«

Sie wendet den Blick von dem Schild ab und konzentriert sich auf ihren Vater und ihre Tochter, die auf sie warten.

»Ich bleibe lieber hier draußen, wenn ihr nichts dagegen habt«, sagt sie. »Ein bisschen die Beine vertreten nach der langen Fahrt.«

»Wir brauchen nur ein paar Minuten«, sagt ihr Vater, und er und Dana treten in das Gebäude. Die Glastüren öffnen und schließen sich geräuschlos.

Lou ist übel. Sie wendet dem Gebäude den Rücken zu, steckt die Hände in die Hosentaschen und versucht, ruhig zu atmen. Es ist ein Name. Nur ein Name. Mehr nicht.

Ein Name ist nur ein Name. *Ein Kuss ist nur ein Kuss.*

Sie würgt, schlägt sich die Hand vor den Mund und läuft an den Rand des Parkplatzes, damit sie sich notfalls ins Gras übergeben kann. Ihr Magen rebelliert, sie stößt sauer auf.

Es war wirklich eine schlechte Idee herzukommen. Die schlechteste Idee in einer Reihe schlechter Ideen. Vielleicht können sie zum Haus fahren, Mom besuchen und wieder nach Brooklyn abreisen. Vielleicht ist der Krebs nicht so schlimm, wie Dad sagt. Vielleicht kann Lou sich und ihre Tochter in Sicherheit bringen.

»Alles in Ordnung?«

Sie steht vornübergebeugt da und kämpft mit dem Würgereiz, doch als sie die Stimme hört, richtet sie sich auf. Den Handrücken auf den Mund gepresst dreht sie sich um.

Dort steht Allie in grüner OP-Kleidung. An den Füßen Laufschuhe. Dieselbe Frisur mit dem dichten Pony wie auf der Highschool. Sie erkennt Lou sofort. Das merkt Lou daran, wie sie die Brauen hebt und wieder senkt.

»Oh«, sagt sie nur.

»Allie«, sagt Lou. Sie will sich nicht mehr übergeben, jetzt will sie nur noch wegrennen. »Wie … wie geht es dir?«

»Deine Mutter ist zu Hause«, sagt Allie, ohne auf ihre Frage einzugehen. »Sie war gestern bei mir.«

»Ich weiß, wir holen nur Medikamente.«

Allie wechselt die Autoschlüssel von einer Hand in die andere. Es macht ein klirrendes Geräusch. Sie sieht müde aus. Offenbar ist es das Ende ihrer Schicht. »Ich hätte nicht gedacht, dass du zurückkommst.«

»Meine Mutter ist krank, da bleibt mir nicht viel anderes übrig.«

»Ja, so ist das.«

Lou weiß nicht, was sie darauf antworten soll.

»Willkommen zurück in Casablanca«, sagt Allie. »Es hat sich ein bisschen verändert, seit du weg bist.«

»Arbeitest du …« Sie deutet auf das Raumschiff hinter Allie, das den Namen ihres Bruders trägt.

»Ich bin Onkologin. Darum weiß ich von deiner Mutter. Wobei in einer Stadt wie dieser sowieso nichts geheim bleibt. Ich wüsste es auch so. Meine Mutter ist übrigens vor fünf Jahren gestorben. Danke für die Karte.«

»Das … das tut mir leid. Das wusste ich nicht.«

Sie wusste es. Irving hat es ihr erzählt. Sie hatte eine Karte gekauft, die lange auf dem Esstisch lag und sie vorwurfsvoll ansah. Eines Abends, während Dana schlief, hat sie ein paar Gläser Wein getrunken und sie schließlich weggeworfen, anstatt sie zu schreiben.

»Krebs. Ironischerweise.« Sie deutet mit dem Kopf auf das Gebäude. »Benny hat das hier bereits gebaut, als sie die Diagnose erhielt, und ich war schon Onkologin. Manchmal ist das Leben komisch.«

»Es tut mir leid«, sagt Lou wieder.

Allie schüttelt den Kopf. »Nein, tut es nicht. Es ist dir scheißegal. Vielleicht war es das immer. Das spielt keine Rolle mehr. Wir haben uns alle verändert. Bis dann.« Sie macht kehrt und geht zu ihrem Wagen, einem schwarzen SUV mit Schlammspritzern an der Seite, als wäre sie damit über unbefestigte Straßen gefahren.

Lou beobachtet, wie sie einsteigt, den Motor aufheulen lässt und davonbraust. Fast ohne an der Ausfahrt abzubremsen, fährt sie schlingernd und mit quietschenden Reifen auf die Straße.

Allie ist wütend. Viel wütender als man es von einer Person erwarten würde, die nach dreizehn Jahren ihre ehemals beste Freundin wiedersieht. Eine dunkle Vorahnung legt sich kalt und schwer wie ein Geist auf ihre Schultern.

Vielleicht weiß sie Bescheid. Vielleicht gibt sie mir die Schuld.

Louis

Er parkt in der Auffahrt und atmet tief durch. Es ist seine Mutter. Einfach seine Mutter, okay? Egal wie krank sie ist, egal wie schwach sie am Telefon klang, sie ist seine Mutter. In ihrem Inneren ist sie noch dieselbe Person.

Warum hast du es mir nicht gesagt, hat er sie gestern am Telefon erschrocken gefragt. Und sie hat nur erwidert: *Bitte, komm.*

Raus aus dem Wagen, zur Hintertür, die Hand auf den Türknauf – dann zögert er, unsicher, ob er klopfen soll oder nicht. Früher war dies einmal sein Zuhause, aber das ist es jetzt nicht mehr.

Schließlich dreht er den Knauf und tritt ins Haus.

Die Hintertür führt direkt in die blitzsaubere Küche. Seit er das letzte Mal hier war, ist sie gestrichen worden. In einem hellen Buttergelb. Auf dem Tisch steht eine Schale mit Zitronen, Nektarinen und Orangen, viel zu schön, um sie zu essen.

Er öffnet den Mund, um nach seiner Mutter zu rufen, doch ehe er dazu kommt, tritt eine Frau vom Wohnzimmer in die Küche.

Sie trägt grüne OP-Kleidung und hat das braune Haar zu einem Pferdeschwanz zusammengebunden. Er hat sie seit dem Abschlussball der Highschool nicht mehr gesehen, doch das ovale Gesicht mit den graublauen Augen, den Sommersprossen und dem dichten, geraden Pony ist noch immer dasselbe. Und doch hat es sich verändert, weil sie beide älter geworden sind.

»Allie?«, sagt er im selben Moment, in dem sie »Louis?« sagt.

Er bleibt an der Hintertür stehen, sie an der Wohnzimmertür, und sie blicken sich an. Als sie sich das letzte Mal gesehen haben, sind sie auch so erstarrt. Allie am Fuß der Treppe und Lou in dem Kellerraum mit Blut an Händen und im Gesicht.

Allie spricht als Erste. »Ich wusste nicht, dass du kommst.«

»Mom hat mich angerufen, um mir zu sagen, dass sie krank ist. Ich hab den ersten Flug genommen … Ich war in Minneapolis«, fügt er hinzu, obwohl sie das vermutlich nicht interessiert. »Auf Lesereise.«

»Ach ja, das Buch«, sagt sie. Sie sagt nicht, was alle sonst zu sagen pflegen, gratuliert ihm nicht oder fragt, wie sich das Buch verkauft oder wann er das nächste schreiben wird. Sie steht da und blickt ihn an, als wäre er ein Außerirdischer oder ein Geist.

»Bist du …«, setzt er an und verstummt, weil es zu viele Möglichkeiten gibt, den Satz zu beenden. Bist du glücklich? Bist du verheiratet? Bist du Mutter? Bist du dieselbe Person, die mir gesagt hat, ich soll gehen und nicht mehr zurückblicken? Oder bist du ein anderer Mensch geworden?

»Ich bin Krankenschwester«, erklärt sie, obwohl er das natürlich weiß. Früher wollte sie einmal Ärztin werden, aber manchmal entwickeln sich die Dinge anders. »Palliativkrankenschwester«, fügt sie hinzu. »Ich habe mit deiner Mom ihre Medikation besprochen.«

»Palliativ?«, fragt er dümmlich.

»Ja. Nachdem meine Mutter gestorben ist, habe ich mich auf die Pflege am Lebensende spezialisiert.«

»Das tut mir leid.« Er sagt es, ohne nachzudenken. »Auch wegen deines Vaters.«

Allie nimmt die ungelenke Beileidsbekundung, die Jahre zu spät kommt, mit einem Nicken zur Kenntnis. »Meine Mom war noch keine Fünfzig, aber sie war bereit zu gehen. Deine Mutter ist noch nicht so weit.«

»Wie geht es ihr?«

»Ich glaube, sie wird nicht leiden.«

»Das habe ich nicht gemeint.«

»Ich weiß. Aber das ist mein Job. Zu etwas anderem kann ich im Grunde nichts sagen. Ich kenne deine Mom nicht richtig.«

Früher kanntest du sie. Früher hast du genauso viel Zeit bei uns verbracht wie bei dir zu Hause. Du und Benny.

»Na, es ist jedenfalls nett, dass du dich um sie kümmerst«, sagt er.

»Das ist nicht nett, das ist mein Job. Ich muss jetzt los.«

Er merkt, dass er ihr im Weg steht. »Oh! Ja, natürlich. Tut mir leid.« Er zieht seinen Koffer zur Seite und öffnet ihr die Tür. Sie geht an ihm vorbei, und er atmet ihren Geruch ein: Waschmittel und Shampoo.

»Schön, dich zu sehen«, sagt er lahm, obwohl es nicht schön ist. Es ist kompliziert, beunruhigend und sehr traurig, und etwas, für das es noch kein Wort gibt – das bedrückende Gefühl von allem, was hätte sein können.

Allie nickt und geht aus der Tür.

Er schließt sie hinter ihr und blickt ratlos auf die Schale mit den Früchten. Dann atmet er tief durch.

Auf dem Weg hierher hat er inständig gehofft, dass sich,

wenn er erst in Casablanca eingetroffen wäre, die Lage als weniger ernst herausstellen würde, als sie seine Mutter beschrieben hat. Dass sie zugeben würde, vielleicht ein bisschen übertrieben zu haben, weil sie einsam ist. Weil sie möchte, dass er kommt und sie besucht. Doch so manipulativ ist seine Mutter nicht, und sie ist nicht fordernd – in all den Jahren, seit er weg ist, hat sie ihn kein einziges Mal gebeten, nach Hause zu kommen.

Und die Tatsache, dass Allie hier war, bestätigt alles.

Ihm ist übel. Er ruft: »Mom?«

»Louis?«

Ihre Stimme klingt schwach. Sie kommt von oben. Er geht durchs Haus. Polierte Möbel, staubfreie Spiegel, passend aufeinander abgestimmte Vorhänge und Teppiche. Ein Haus wie aus einem jener Hochglanzmagazine, für die die Fabrik einst das Papier hergestellt hatte. Schließlich geht er nach oben ins Schlafzimmer, das früher das seiner Eltern war und jetzt nur noch das seiner Mutter ist. Vollkommen bekleidet liegt sie auf der Tagesdecke ihres Betts. Wenn die Begegnung mit Allie war, als würde eine Erinnerung lebendig werden, so ist es mit seiner Mutter, als würde ein lebendiger Mensch zu einer Erinnerung verblassen.

Sie ist so dünn. So viel dünner als das letzte Mal. Sie dreht den Kopf auf dem Kissen, um ihn anzusehen, und lächelt. Er setzt sich zu ihr auf die Bettkante und nimmt die magere Hand.

»Hallo, Mom«, sagt er. Er beugt sich vor und küsst sie auf die Wange. Sie trägt noch immer Chanel No. 5, ein Parfum, das für Lou so sehr mit ihr verbunden ist, dass er sich mit einer Frau, die es ebenfalls benutzte, nicht mehr treffen konnte, weil es ihm zu merkwürdig vorkam.

»Louis.« Sie drückt seine Hand, und er ist erleichtert, dass sich ihr Griff kräftig anfühlt. »Ich bin so froh, dass du gekommen bist.«

»Nichts hätte mich davon abhalten können.«

»Wie sehe ich aus? Geht es?«

»Du siehst gut aus.« Er setzt sich auf, sodass er sie ansehen kann, und er lügt nicht: Sie ist noch immer eine attraktive Frau, auch wenn sie jetzt sehr geschwächt wirkt. Sie ist geschminkt, und ihr Haar ist glatt und perfekt frisiert. »Wie geht es dir?«

»Gut, jetzt, wo du zu Hause bist«, antwortet sie.

Doch Lou, dem Lügner, kann man nichts vormachen, und hier handelt es sich gleich um zwei Lügen. Es geht ihr nicht gut, und er ist nicht zu Hause.

Louise

Das Esszimmer im Erdgeschoss ist zum Schlafzimmer für Lous Mutter umfunktioniert worden. Der große, immer auf Hochglanz polierte Tisch, an dem sie an Weihnachten, zu Thanksgiving und bei allen anderen besonderen Gelegenheiten gegessen haben, ist weggeräumt, und nur zwei der Stühle sind geblieben. Einer in einer Ecke, der andere neben dem Krankenhausbett, das mitten im Raum steht wie ein Fremdkörper. Daneben steht der Fernsehsessel ihres Vaters. Der Teppich ist noch der alte, ebenso die Vorhänge, und beim Fenster steht noch das Sideboard aus Mahagoni. Anstelle der Kerzenleuchter, die normalerweise darauf standen, ist dort jetzt ein Fernseher.

Als Lou ins Zimmer tritt, sieht sie zuerst den Fernseher, nicht ihre Mutter. Sie fragt sich, ob das Sideboard noch voller Besteck und Porzellan, Tischdecken und Kerzenleuchter ist, oder ob man es leer geräumt und stattdessen die Kleider und Medikamente ihrer Mutter hineingetan hat. Aus dem Bett dringt ein leiser Laut, und als Lou genauer hinsieht, liegt dort ihre Mutter, fast genauso weiß wie die Laken und dünner als jemals zuvor. Das Kopfteil des Bettes ist aufgestellt, sodass sie gestützt von Kissen halbwegs sitzt.

»Hallo, Mom«, sagt sie unsicher von der Tür aus.

»Louise.«

Auch die Stimme klingt anders: heiser – als bekäme sie nicht genug Luft.

»Wie geht es dir, Mom?«

»Ging mir schon besser.«

Lou zögert. Soll sie ihre Mutter küssen? In der Küche hört sie, wie sich Irving und Dana unterhalten und Teller für die Pizza herausholen. Wie gern wäre sie jetzt bei ihnen. Schließlich geht sie zum Bett und berührt die Hand ihrer Mutter. Sie ist kalt.

»Schön, dass du gekommen bist«, sagt Peggy Alder, als wäre Lou ein Gast, den sie zum Kaffee eingeladen hat.

»Das … das ist doch selbstverständlich.«

Soll sie das Thema Tod ansprechen? Spricht man so etwas überhaupt an? Es kommt ihr unangemessen vor. Peggys Haar ist makellos frisiert und fällt in weichen Locken um ihren Kopf auf das Kissen. Sie trägt Lippenstift, und ihre Nägel sind manikürt. All das ist ganz und gar normal für ihre Mutter, doch bei einer Frau, die in ihrem ehemaligen Esszimmer in einem Krankenhausbett liegt, wirkt es irgendwie sonderbar.

»Allie sagt, ich habe nur noch ein oder zwei Monate«, sagt Peggy. »Du musst also nicht lange bleiben.«

Lou zuckt zusammen. »Wir bleiben so lange, wie du uns brauchst. Es sind Sommerferien, von daher …«

»Gut, dass du dir nicht freinehmen musst.«

»Das habe ich nicht gemeint.«

Mom seufzt, und es wirkt, als schrumpfte sie noch ein wenig mehr. »Ich würde Dana gern sehen.«

»Ich hole sie.« Erleichtert wendet sich Lou zur Tür, doch da kommt Dana schon herein.

»Nana«, sagt sie, geht zu der schmächtigen Frau auf dem

Bett und umarmt ihre Großmutter, ohne zu zögern. Peggy hebt die Hände und legt die Arme um ihre Enkelin. Dana hatte immer ein deutlich unkomplizierteres Verhältnis zu Peggy als Lou.

»Ich helfe Dad«, erklärt Lou. Niemand beachtet sie, und sie tritt eilig den Rückzug in die Küche an.

Irving hat drei Teller und Besteck herausgeholt und faltet Papierservietten. Die Pizzakartons stehen ungeöffnet in der Mitte des Tisches. »Stilvoll«, sagt Lou und holt Gläser aus einem Schrank. »Wenn Dana und ich Pizza holen, essen wir sie vor dem Fernseher direkt aus der Schachtel.«

»Nun, es ist ein besonderer Anlass.« Irving legt eine Serviette unter eine Gabel. Er zögert, dann sagt er: »Sie freut sich, dass du da bist.«

»Jedenfalls ist es gut für Dana, dass sie ihre Großmutter sieht.«

»Ich wünschte, ihr zwei würdet ins Reine kommen.«

Darauf erwidert Lou nichts. Sie geht zur Spüle, um Wasser in die Gläser zu füllen.

»Ich … weiß nicht, was zwischen euch vorgefallen ist«, fährt Irving fort. »Und vielleicht will ich es auch gar nicht wissen. Sie hat mir nie erzählt, was passiert ist. Warum du weggegangen bist und nicht mehr zurückkommen wolltest.«

Ihr Herz schlägt schneller, und der eben noch köstliche Geruch der Pizza kommt ihr auf einmal zu intensiv und geradezu beißend vor. Sie betrachtet das Glas in ihrer Hand. Kaltes Wasser. Klar und erfrischend. Tropfen laufen an der Seite herunter.

»Du musst darüber hinwegkommen«, sagt Irving. »Bitte. Lass es gut sein, Louise. Um ihretwillen. Wir werden sie nicht mehr lange bei uns haben.«

»Hast du *ihr* das auch gesagt?«

»Nein. Weil sie stirbt, Lou-Lou. Darum sind wir diejenigen, die sich alle Mühe geben müssen.«

Sie sieht ihren Vater an, und er errötet heftig. In den dreizehn Jahren, seit sie aus Casablanca fortgegangen ist, in dem Glauben, dass es endgültig wäre, hat er sie nie nach dem Grund gefragt. Er hat ihre Entscheidung einfach hingenommen und akzeptiert. Er hat sie allein in Brooklyn besucht und hat sie bei ihren weihnachtlichen Kurzbesuchen in Empfang genommen. Sie hat es nie über sich gebracht, ihm zu erzählen, warum sie gegangen ist, und er konnte oder wollte sie nicht danach fragen.

Und so sehr sie ihren Vater liebt, auch das schmerzt: dass er sie nie gefragt hat. Dass er jetzt nicht danach fragt.

Sie schluckt. »Ich werde es versuchen.«

Nach dem Abendessen bringt Irving noch einen Stuhl ins Esszimmer, das jetzt das Sterbezimmer ihrer Mutter ist, und schaltet den Fernseher ein. Sie sitzen in einer Reihe nebeneinander, um eine Folge von *Der gefährlichste Job Alaskas* zu sehen – Irving im Fernsehsessel, ihre Mom im Bett, das Kopfteil aufgerichtet, daneben Dana, dann Lou. Mom dämmert nach fünf Minuten weg, der Kopf sackt zur Seite. Ihre Atmung ist laut – lauter als ihre Stimme geklungen hat.

Lou hält es noch fünf Minuten aus, dann steht sie auf. »Ich gehe ein Stück«, sagt sie und verlässt das Haus.

Es ist noch nicht dunkel. Sie geht einfach los. Fortzukommen ist wichtiger, als ein Ziel zu haben. Sie geht an Häusern vorbei, ohne sie zu sehen. Hauptsächlich sieht sie ihre Mutter. Wächsernes Gesicht, eingefallene Wangen, der Lippenstift wie eine Verhöhnung des Lebens. Wie ist das so schnell passiert?

Aber vielleicht war es gar nicht schnell passiert. Woher sollte Lou das wissen? Vor einem halben Jahr hat sie ihre Mutter zum letzten Mal gesehen, und auch da war sie nur so lang geblieben wie unbedingt nötig. Der Krebs muss sich damals schon in ihrem Körper ausgebreitet haben, in dem Körper, in dem sie, Lou, einst gewachsen ist. Lou sieht den Krebs vor sich wie die albtraumhafte Karikatur eines Embryos, ein grausames Wesen, das seinem Wirt das Leben aussaugt

Lou denkt daran, wie sie mit Dana schwanger war. In den ersten Monaten, als Lous Bauch noch flach war und das Baby nicht mehr als eine Idee, stellte sie es sich manchmal wie eine Art Tumor vor. Etwas, das unablässig wachsen würde, egal ob sie es wollte oder nicht. Etwas, das sie und ihr Leben komplett verändern würde. Tag und Nacht war ihr übel gewesen, immer wieder musste sie bei der Arbeit Pausen einlegen und zur Toilette eilen. Anschließend schminkte sie sich nach, frischte den Lippenstift auf und kehrte lächelnd zurück. Nachts lag sie wach, ängstlich eine Hand auf dem Bauch. Damals hatte sie sich gefragt, ob sie abtreiben sollte. Oder ob sie es abgeben sollte. Wie gern hätte sie ihre Mutter angerufen, oder Allie. Doch sie wusste, dass das das Schlimmste war, was sie tun konnte.

Es wurde besser. Nach den ersten drei Monaten hörte die Übelkeit auf, und sie fühlte sich gut, vielleicht sogar so gesund wie nie zuvor. In den letzten drei Monaten, als ihr Bauch kugelrund war und Dana sie fortwährend trat, sodass sie kaum noch schlafen konnte, war es toll, weil das Wesen in ihrem Bauch jetzt ein Baby war. Ein richtiges Baby mit Beinen und Fäusten, schon damals eine Fußballerin. Sobald das Baby anfing zu treten, wusste Lou, dass sie es niemals weggeben könnte. Sie sprach zu Dana und plante ihre Zukunft. Sie würde ein Baby haben, das nur ihr gehörte. Sie würden ein Team sein. Freunde. Zwei gegen den Rest der Welt.

Nur, dass es nie nur sie zwei gab. So einfach war das nicht.

Inzwischen hat sie das Viertel verlassen und befindet sich auf der Main Street. Irgendwann waren die Säulen des Rathauses mit Graffitis besprüht worden, und obwohl man versucht hat, sie zu entfernen, sind noch immer Überbleibsel zu sehen. Sie erkennt die Buchstaben TUN, der Rest ist verschwommen. Rick's Diner hat noch geöffnet. An den Tischen sitzen ein paar Leute. Früher gab es dort das beste Frühstück der Stadt: Eier, Bacon, hausgemachte Pommes frites, hausgemachtes Brot und Butter. Nirgends hat sie bessere Zwiebelringe gegessen als dort. Daneben befindet sich das alte Woolworth, das inzwischen zugemacht hat. Die großen Fenster sind mit Brettern vernagelt. Das Büro des *Casablanca Herald* ist ebenfalls verrammelt. Es gibt einen Subway-Laden, der aussieht, als wäre er noch in Betrieb. Jetzt ist er allerdings geschlossen.

Oben im Gemeinschaftshaus brennt Licht. Lou erinnert sich, wie sie im ersten Jahr auf der Highschool einmal im Monat zum Tanzen ins Gemeinschaftshaus gegangen war. Fanta bis zum Abwinken und Power-Rock-Balladen. Stets hatte sie gehofft, dass Benny sie zum Tanzen auffordert, doch er hat es nie getan.

Sie beschleunigt ihre Schritte.

Warum leben überhaupt noch Menschen in Casablanca? Es gibt keine Papierfabrik mehr und auch sonst keine Industrie. Es gibt den Morocco Pond, aber der war immer mehr für die Einheimischen als für die Touristen. Der See liegt zu weit von der Schnellstraße entfernt und ist nicht groß genug, um mit Orten wie Rangeley oder Sebago mithalten zu können, wo es Sommercamps und Ferienanlagen gibt. Sie versteht, warum ihre Eltern geblieben sind – sie sind hier aufgewachsen, sie kennen nichts anderes, abgesehen von den Jahren, die ihr Vater auf dem College war. Aber warum sollten die jungen Leute hierbleiben? Warum sollte man irgendwo eine Familie gründen, wo es keine Arbeit gibt, nur eine Ampel, ein Schnellrestaurant und Graffitireste am Rathaus?

Warum hat sie geschwiegen, als ihre Mutter sie darum bat? Wen hat sie geschützt? Wozu war es am Ende gut?

Lou steigt den Hügel hinauf, mehr, weil sie die Anstrengung spüren will, als weil sie dort oben etwas Besonderes sehen möchte. In einigen Häusern flackert bläuliches Fernsehlicht, viele sind dunkel. In den Einfahrten stehen keine Autos. ZU VERKAUFEN-Schilder auf den ungemähten Rasenflächen. Einst stand das Haus ihrer Großeltern hier oben hinter einem hohen schwarzen Tor. Ganz oben auf dem Hügel mit Blick hinunter auf die Fabrik und die Ausläufer der Stadt. Ein großes viktorianisches Haus mit zwei Türmen und einer Wetterfahne in Form eines Blitzes, das für den ersten Louis Alder gebaut worden war.

Es wurde abgerissen. Am Zaun steht GRUNDSTÜCK ZU VERKAUFEN.

Sie geht weiter, jetzt hügelabwärts. Unvermittelt steht sie vor dem Krankenhaus, vor dem nagelneuen Raumschiff. Und hier ist alles anders. Der Parkplatz ist voll. Viele der Wagen haben Nummernschilder aus New Hampshire oder Massachusetts. Hinter allen Fenstern brennt Licht. Sie sieht die Silhouetten der Menschen, die dort hin und her laufen.

Das, denkt sie, hält die Stadt am Leben. Alles in Casablanca ist verfallen, schmutzig und verlassen, nur das hier nicht. Das »Benedict K. Phelps-Zentrum für Krebstherapie«, errichtet von dem Bruder ihrer ehemals besten Freundin. Hier brummt das Geschäft. Die Leute haben zu tun. Man kommt von überall her.

Das Einzige, womit sich heutzutage in Casablanca Geld verdienen lässt, ist Krebs.

Louis & Louise

1983–1992

Casablanca, gegründet 1862, ist eine Stadt, die zwischen Bergen an einem Fluss liegt. In der Mitte kauert die Fabrik. Als Lou dort aufwuchs, wurde in drei Schichten gearbeitet: von sieben bis drei, von drei bis elf und von elf bis sieben. Der Schichtwechsel wurde mit einem Pfiff angekündigt, der von den Bergen widerhallte und signalisierte, dass ausgeruhte Arbeiter gebraucht wurden. Die Casablanca Paper Company hatte gerattert und gedröhnt, gepfiffen und gebrummt, Rauch ausgestoßen und niemals stillgestanden. Wenn man in der Stadt geboren war, erschien einem dieses Ungeheuer so normal, dass man es gar nicht bemerkte. Ein unsichtbarer Drache, ein Teil des Lebens.

Um die Fabrik herum standen Häuser, die sich den Hügel hinauf und an beiden Seiten des Flusses entlangzogen. Darunter einige alte, prachtvolle Gebäude aus dem neunzehnten Jahrhundert, die für die leitenden Angestellten der Fabrik und die Gründer gebaut worden waren. Sie hatten Türme, Giebel und Erkerfenster, weiße Holzfassaden, Dienstboteneingänge und aufwändig gestaltetes, von Lebkuchenhäusern inspiriertes Fachwerk unter dem Dach. Einige waren neu – für jene, die sich in die gehobene Mittelschicht hochgearbeitet hatten. Es gab dreistöckige Wohnblocks mit Außentreppen und kleine Eigenheime mit gepflegten, von Lattenzäunen umschlossenen Rasenflächen. Eckgeschäfte, die Süßigkeiten für ein paar Pennys verkauften. Es gab Parks mit Schaukeln und Rutschen, Schulen und nicht weniger als sieben Kirchen: zwei katholische (eine französisch, die andere irisch – die Litauer und Italiener besuchten die irische), eine für Methodisten, eine für Baptisten, eine episkopale, eine evangelische und einen kleinen Wohnwagen, in dem sich die Zeugen Jehovas trafen. 1870, als die Fabrik florierte, baute Louis Alder erschwingliche Häuser für seine Arbeiter: Doppelhäuser aus Backstein, die aussahen wie die Häuser in Philadelphia, dem Geburtsort von Louis Alder und dem der Vereinigten Staaten. Backstein ist kein gutes Baumaterial für Maine. Ihm fehlt die Nachgiebigkeit von Holz. Backstein verzieht sich und bröckelt bei Frost und Tauwetter. Durch diese Häuser unterschied sich Casablanca jedoch von anderen Orten in Maine, und als Lou aufwuchs, erinnerte der sogenannte »Backstein-Park« an die Wohltätigkeit der Casablanca Paper Company. Lou war ein Kind – es gab viele Kinder – und bemerkte die Risse im Backstein nicht. In Casablanca war man überall sicher. Jeder kannte jeden. Jeder wusste, was von dem anderen zu halten war.

Benny und Allie waren Zwillinge, und obwohl sie keine eineiigen Zwillinge waren, machte sie das zu etwas Besonderem. Sie sahen sich ähnlich. Beide hatten dunkles Haar und graublaue Augen, einmal als Junge, einmal als Mädchen – ein Paar, das sich ergänzte. Benny war laut, Allie höflich. Allie war klug, Benny schnell. Sie passten aufeinander auf, teilten Spielzeug (allerdings nicht ohne sich zu zanken), tauschten Butterbrote und wussten oft, was der andere dachte. Wenn Allie traurig war, wurde Benny unruhig, wenn Benny traurig war, weinte Allie. Neben ihnen wirkten Louis und Louise ein bisschen schräg – mit den roten Haaren und ein ganzes Stück größer als die zwei. Lou wünschte sich manchmal, auch einen Zwilling zu haben, jemanden, mit dem man sich streiten, um den man sich kümmern konnte, doch da Louis und Louise keine Geschwister hatten, nahmen sie Allie und Benny.

Die drei besuchten die Grundschule von Casablanca, ein einstöckiges Gebäude aus den sechziger Jahren, in dem alle Oberflächen glänzten. Louis und Louise waren nicht Klassenbeste – das war Allie. Obwohl sie immer eifrige Leser waren, taten sie sich im Unterricht schwer, bis die Lehrerin, Miss Gallant, herausfand, dass sie nicht erkennen konnten, was an der Tafel stand. Daraufhin bekam Lou eine Brille, und sofort die Welt wurde klarer, schärfer. (Als Louise vierzehn war, ermunterte ihre Mutter sie, Kontaktlinsen zu tragen. »Deine Augen sind zu hübsch, um sie zu verstecken«, sagte Peggy, und Louise hörte, was sie nicht sagte: *Sie sind das einzig Hübsche an dir.* Louis trug seine Brille, bis er aufs College ging.)

Louise saß in der Klasse vorn neben Allie. Louis hinten neben Benny. Sie hatten beide Einsen und Zweien, doch in Louises Zeugnis stand: »Louise könnte besser sein, wenn sie nicht ständig reden würde«, und in Louis' Zeugnis: »Louis macht sich gut, obwohl er häufig abgelenkt ist.«

Das Haus, in dem Louis und Louise wohnten, befand sich auf einem Hügel – nicht so weit oben wie Großvater Alders Haus mit den Türmen. Allie und Benny lebten im Tal, näher bei Fabrik und Fluss. Die Geografie oder die

Stadtplanung oder vielleicht auch nur die Existenz einiger sehr großer unbeweglicher Felsen bedingte, dass hinter Lous Garten ein unerschlossener Waldstreifen entlangführte. Er erstreckte sich über den Kamm, führte an Allies und Bennys Garten vorbei, hinunter zum Fluss und bis zu den Casablanca Falls. Lou konnte zu Fuß zu Allie und Benny gehen, ohne den Fuß auf eine Straße setzen zu müssen. Wenn man weiterging, erreichte man den weiß schäumenden Wasserfall mit seinen gefährlich Stromschnellen, die im Frühjahr tosten und im Winter knackten.

Das war ihr Spielplatz. Ihr Narnia, ihr Tatooine, ihr Mittelerde. Der größte der Felsen war eine Festung, ein Todesstern, die Bäume waren ihre Feinde oder ihr Schutz. In der Ferne pfiff und dröhnte die Fabrik, und in ihrem wilden Waldstück kämpften Lou, Allie und Benny gegen Ungeheuer und siegten immer. Sie kannten jede Mulde im Boden, jeden Findling, der Tausende von Jahren zuvor von Eismassen hierhergeschoben worden war. Im Winter zogen sie Pfade durch den Schnee, im Herbst häuften sie Laubberge auf, im Frühling pflückten sie Blumen, und im Sommer ritzten sie Botschaften in die Birkenrinde. Sie hinterließen Spenden für Boo Radley, in dem Wissen, dass er niemals kommen würde. Sie waren Prinzessin Leia, Darth Vader und Luke Skywalker (Lou, sowohl als Junge als auch als Mädchen, war immer Darth Vader, weil die beiden anderen Zwillinge waren). Manchmal hörten sie, wie ihre Mütter nach ihnen riefen, und manchmal hörten sie es nicht und bekamen Ärger, weil sie zu spät waren. Doch es war egal, am nächsten Tag spielten sie wieder hier und hatten Namen für all die Plätze. Den Burgfelsen. Den Gesichtsfelsen. Den Dinosaurierfelsen. Den Toten Baum. Die Höhle. Den Großen Wasserfelsen. Sie sahen

Waschbären, Füchse und Eichhörnchen und manchmal einen Hirsch. Einmal schwor Benny, er habe Spuren von einem Bären gesehen, doch Allie sagte, die stammten von Mr. Thompsons entlaufenem Rottweiler. Dennoch hielten sie lange Zeit Ausschau nach einem Bären – begeistert und ängstlich zugleich.

Später, als Teenager, gaben sie die Spiele auf. Doch sie benutzten den Wald weiterhin als Abkürzung. Sie spielten jetzt andere Dinge dort. Als sie dreizehn waren, stahl Benny seinem Vater eine Schachtel Camel. Allie weigerte sich, eine Zigarette anzurühren, doch Benny und Lou (diesmal sowohl Louis als auch Louise – manche Rituale sind geschlechterübergreifend) kauerten sich hinter den Gesichtsfelsen und verbrauchten ein halbes Dutzend Streichhölzer, bis es ihnen gelang, eine anzuzünden.

»Du zuerst«, sagte Benny, doch Lou schüttelte den Kopf und sagte: »Nein, du.« Benny nahm die Herausforderung an und inhalierte. Er hielt den Rauch in den Lungen, dann stieß er eine Wolke aus und reichte die Zigarette an Lou weiter.

Lou inhalierte, hustete und krümmte sich. Benny lachte und klopfte Lou auf den Rücken. Der zweite Zug klappte besser, und der dritte schmeckte beinahe gut. Sie reichten die Zigarette hin und her, bis sie aufgeraucht war. Es entstand eine seltsame neue Intimität zwischen ihnen, so rätselhaft wie Sex.

In stillschweigender Übereinkunft zündeten sie sich nicht noch eine an. Dieser Moment war zu besonders, um ihn zu verlängern. Verschworen vergruben sie die Kippe, versteckten Schachtel und Streichhölzer in einem Baum und gingen zurück nach Hause – erwachsener als sie aufgebrochen waren.

An diese Landschaft – nicht ganz wild, nicht ganz kultiviert, nicht ganz abgeschieden, nicht ganz real – denken Louis und Louise seither, wann immer sie an Casablanca denken. Wenn sie das Gefühl zulassen, dass sie ihnen fehlt. Die Weite ihrer Kindheit zwischen dem tückischen Wasserfall und ihrem Zuhause.

Louis

Seine Mutter hat Krebs im Endstadium. Sie hat keine Symptome gezeigt, hat sich nur etwas schlaff gefühlt und Gewicht verloren. Darum ist sie zu Dr. Jacobson gegangen und hat gefragt, ob sie vielleicht anämisch sei. Dr. Jacobson, der ein halbes Jahr vor der Rente stand, hat ihr Eisentabletten verschrieben. Sie haben natürlich nichts bewirkt. Sie hat weiterhin Gewicht verloren, ist morgens nicht aus dem Bett gekommen, hat ihren Buchclub und Verabredungen zum Mittagessen abgesagt und gedacht, es müsse wohl eine Grippe sein. Peggy fällt nicht gern jemandem zur Last, doch sie hat einen weiteren Termin ausgemacht, und da Dr. Jacobson krank war, hat sie sein Kollege, Dr. Allardyce, untersucht. Der hat nur einen Blick auf Peggy geworfen und sie sofort zu weiteren Untersuchungen ins Krankenhaus geschickt.

Man vermutet, dass es in ihrer Brust angefangen hat, obwohl Peggy nie auch nur einen Knoten ertastet hat. Doch warum sollte sie auch ihre Brüste abtasten, fragt sie ihren Sohn, der den Kopf schüttelt, weil er darauf keine Antwort hat. Er weiß, dass er als Baby von ihren Brüsten getrunken hat, dass er als Kind an ihrer Brust eingeschlafen ist. Die Brüste seiner Mutter sind eine tröstliche Erinnerung aus fernen Zeiten, und es kommt ihm irgendwie falsch vor, dass sie ihrem Tod den Weg bereitet haben.

»Mary hatte auch Brustkrebs«, sagt Peggy zu Lou. Sie liegt im Bett und isst nichts von der Dosensuppe, die Lou für sie warm gemacht hat. »Komische Vorstellung, dass beste Freundinnen beide an derselben Sache sterben. Aber sie hat diese ganzen Behandlungen mitgemacht. Operation, Bestrahlung, Chemo. Es war schrecklich. Ich bin froh, dass ich das nicht durchstehen muss.«

Nachdem die Untersuchungen abgeschlossen waren und Peggy in dem Zimmer im »Central Main Medical Centre« in Auburn wartete – der nächstgelegenen Fachklinik, fünfundvierzig Minuten Autofahrt von Casablanca entfernt –, hat ihr der Onkologe die Scans gezeigt. Sie hat selbst gesehen, dass der Krebs Metastasen gebildet hatte. Er hat sie auf die großen Wucherungen in Bauchspeicheldrüse und Lunge hingewiesen. Hässliche graue Kleckse. Sie hat es nicht sehen können, doch der Krebs war auch in ihrem Blut.

»Dann ist eine Behandlung sinnlos?«, hat sie den Arzt gefragt.

»Ich fürchte, ja.« Der Arzt ist sehr freundlich gewesen, aber er kennt sie nicht. »Ich werde Sie an die Palliativstation im Krankenhaus von Casablanca überweisen. Sie sollen keine Schmerzen leiden.«

»Ich möchte zu Hause bleiben«, hat Peggy mit Nachdruck erklärt. »Ich mag keine Krankenhäuser.«

»Mit etwas Unterstützung ist das zu bewerkstelligen. Haben Sie jemanden, der Ihnen helfen kann, Mrs. Alder?«

»Mein Sohn«, hat sie geantwortet. »Mein Sohn wird nach Hause kommen und sich um mich kümmern.«

Jetzt blickt ihr Sohn auf die Suppe in der geblümten

Schale, die auf einem Tablett auf dem Schoß seiner Mutter steht. Hühnersuppe mit Sternchennudeln. Die Suppe hat sie ihm früher als Kind immer gemacht, wenn er krank war. Er mochte sie lieber als die normale Hühnersuppe mit Nudeln, einfach weil die Nudeln sternförmig waren, obwohl sie vermutlich genauso schmeckten.

»Ich möchte dir helfen«, sagt er, »und ich kann bleiben, solange …« *Solange du noch lebst.* Er lässt den Satz unvollendet. »Aber ich weiß nicht, was genau ich tun muss. Ich kann gerade mal eine Suppe warm machen.«

»Was zu tun ist, weiß Allie. Und ich habe jede Menge Flyer aus dem Krankenhaus von Stellen, die du anrufen kannst.« Sie seufzt und verschränkt die Hände. »Ich habe sowieso keinen Appetit. Schon ewig nicht mehr.«

»Warum hast du mich nicht schon vor Monaten angerufen?«

»Weil ich es vor Monaten noch nicht wusste. Ich habe es erst letzte Woche erfahren, und du warst auf deiner Lesereise.« Jetzt beugt sie sich vor und streicht ihm über die Wange. »Ich bin so stolz auf meinen Sohn, den Schriftsteller.«

»Mom, die Lesereise war nicht so wichtig wie das hier. Nichts ist so wichtig. Du solltest nicht allein sein.«

»Na, ich habe dich ja angerufen, und jetzt bist du hier. Ich bin nicht mehr allein. Du kannst dich um alles kümmern. Ich habe mich selbst lange genug um alles gekümmert.«

Schuld. Lou neigt den Kopf und wechselt das Thema.

»Hast du … weiß Dad Bescheid?«

Sie schüttelt den Kopf.

»Du hast ihn nicht angerufen? Warum nicht, Mom?«

»Ich wollte ihn nicht damit belästigen.«

»Du *belästigst* ihn nicht, wenn du ihm sagst, dass du an Krebs erkrankt bist.«

»Es ist in Ordnung. Vielleicht schreibe ich ihm.«

»Mom!«

Wieder schüttelt sie den Kopf, und sie sieht so geschwächt aus, dass er sie nicht weiter drängt.

Lou seufzt. »Möchtest du stattdessen eine Tasse Tee haben? Oder vielleicht etwas Kaltes zu trinken?«

»Ich brauche nichts. Die Medikamente machen mich müde. Sitz einfach bei mir.«

Er möchte etwas tun. Lou ist kein besonders praktisch veranlagter Mensch, keiner, der Dinge eigenhändig repariert. Carrie sagt immer, dass er die besondere Begabung besitzt, für jeden Job, der erledigt werden muss, den richtigen Bekannten zu kennen. Aber jetzt würde er am liebsten alles Mögliche tun: noch mehr Suppe warm machen, den Rasen mähen, das Zimmer neu streichen, einen Ölwechsel bei Moms Wagen vornehmen, die Ärzte anrufen, unverzüglich mit ihnen sprechen und herausfinden, ob ihnen vielleicht ein Fehler unterlaufen ist.

Doch er sitzt nur herum.

Seine Mutter wirkt jetzt abwesend. Vermutlich liegt es an den Medikamenten, von denen er bislang weder die Namen noch die Dosierung kennt. Das ist etwas, was er tun kann: sich ihre Medikamente ansehen. Er muss wissen, wozu sie gut sind, welche Nebenwirkungen sie haben. Damit er sie ihr verabreichen kann, wenn sie selbst nicht mehr dazu in der Lage ist.

»Krebs …«, sagt sie ein bisschen schleppend. »In Casablanca bekommen alle Krebs. Die Umweltverschmutzung von der Fabrik. So war es bei Mary und bei meiner Mutter. Ich konnte nicht bei meiner Mutter sein, als sie starb.

Wir haben nicht miteinander gesprochen. Sie wollte mich nicht sehen.« Sie seufzt, und ihr fallen die Augen zu. »Jetzt bin ich dran.«

Als seine Mutter eingeschlafen ist, geht Lou durchs Haus. Er ist seit Jahren nicht mehr hier gewesen, und einiges hat sich verändert. Peggy hat einen neuen Teppichboden auf der Treppe verlegen lassen, und das Wohnzimmer ist jetzt in Blau- und Grüntönen eingerichtet. Lou steht mitten im Raum und blickt auf den Platz, an dem früher der Fernsehsessel seines Vaters gestanden hat. An seiner Stelle steht dort jetzt ein tannengrüner Ohrensessel. Es ist genau die Art von Sessel, die Lou selbst immer haben wollte, um darin zu versinken, zu lesen und vielleicht eine altmodische Pfeife zu rauchen (er hat nie geraucht, nicht seit jener ersten Zigarette mit Benny, aber etwas an viktorianischen Detektiv-Romanen weckt in ihm das Verlan2gen danach). Es ist merkwürdig, den neuen Ohrensessel an dem Ort zu sehen, an dem sein Vater immer in seinem Fernsehsessel gesessen hat.

Soweit er weiß, ist der alte Sessel schon vor über sechs Jahren verschwunden. Kurz nach der Beerdigung seines Großvaters.

Damals rief Irving so früh an, dass er noch im Bett war. Er sprang auf, um schnell nach unten zu gehen, damit Carrie nicht aufwachte.

»Habe ich dich aus dem Bett geholt?«, fragte Irving am anderen Ende der Leitung.

»Äh, nein, schon okay, ich muss sowieso gleich zur Arbeit, in …« Lou blickte auf die Uhr. Siebzehn nach sechs. »… in ein paar Stunden.« Ungefähr in vier, aber egal. Sein Vater war ein Frühaufsteher, doch normalerweise rief er nicht vor acht Uhr an. »Ist etwas passiert?«

»Nein. Deiner Mutter und mir geht es gut. Nun ja … wir sind gesund. Kein Unfall oder so etwas.«

»Okay, gut. Wenn das Telefon schon vor Sonnenaufgang klingelt, bin ich immer beunruhigt.«

»Ich dachte, du solltest wissen, dass ich meinen Anteil an CPC verkaufe.«

Lou hatte, ohne groß nachzudenken, begonnen, Wasser in die Kaffeekanne zu füllen, doch jetzt hielt er inne. »Okay. Ich … Okay. Wirklich?«

»Kurz nach dem Tod deines Großvaters habe ich ein Angebot von Global erhalten. Die sitzen in Oregon. Ich weiß, dass mein Vater das nicht gewollt hätte. Es ist das Familienerbe. Aber ich bin nicht dazu gemacht, eine Papierfabrik zu führen.«

»Familienerbe«, wiederholte Lou. »Ja, Dad, das ist ein bisschen seltsam. Ich dachte …«

Er dachte, dass alles immer so weitergehen würde, wie es immer in Casablanca gewesen war.

»Wie du weißt, besitzt die Familie einundfünfzig Prozent. Und das lässt sich nicht anständig in Drittel teilen, aber ich habe Folgendes vor. Ein Drittel für mich, eins für deine Mutter, eins für dich. Deine Mutter und ich möchten unsere Anteile beide verkaufen. Aber das musst du nicht auch machen. Es ist dein Erbe. Und ich weiß, damit hast du keine Mehrheitsbeteiligung, aber du könntest dich trotzdem einbringen, wenn du das willst.«

»Ich möchte nichts mit CPC zu tun haben. Das weißt du doch. Ich bin nur überrascht, dass du eine derart große Veränderung wagst.«

Langes Schweigen, so lange, dass Lou dachte, die Verbindung sei unterbrochen.

»Dad?«

»Dann möchtest du also, dass ich deinen Anteil auch verkaufe?«

»Klar. Ja. Wenn du das möchtest.«

»Das wird Global freuen. Die wollen eine Hygienepapiermaschine dort aufstellen. Klopapier brauchen die Menschen immer. Und dann kannst du das Geld jetzt haben anstatt erst, wenn ich sterbe.«

»Dad, du bist noch keine fünfzig. Wer redet denn von Sterben.«

»Du hast recht. Umso lieber ist es mir, wenn du das Geld jetzt bekommst. Es kann dir und Carrie helfen, eine Familie zu gründen.«

»Na ja, wir … Das haben wir noch nicht vor.«

»Aber vielleicht irgendwann. Ihr seid noch jung. Oder du nimmst dir eine Auszeit von der Arbeit und schreibst diesen Roman, von dem du immer sprichst.«

»Das … wäre gut.« Lou setzte sich an den Küchentisch. »Von wie viel Geld sprechen wir?«

Irving sagte es ihm. Es war kein Riesenbetrag, kein Jackpot im Lotto. Aber … immerhin. Wenn er wollte, könnte er aufhören zu unterrichten und einige Jahre schreiben. Endlich das Buch über Gill Lafayette beginnen, über das Holzfällercamp im winterlichen Maine, das ihn schon so lange verfolgte.

Oder ein für allemal herausfinden, dass er nicht für das Schreiben von Büchern geschaffen war. Das konnte auch passieren.

»Wow«, sagte Lou. »Das sind ja Neuigkeiten am frühen Morgen.«

»Ja. Und ich … also eigentlich … Louis, ich …«

An seinem Küchentisch konnte Lou sich ganz genau vorstellen, wie sein Vater, achthundert Meilen weit entfernt, die Brille abnahm, sie am Hosenbein abwischte und wieder aufsetzte. Das machte er, solange Lou denken konnte. Lou machte es selbst manchmal.

»Was ist los, Dad?«

»Nun, es ist nicht leicht, das zu sagen. Darum habe ich dir die gute Nachricht zuerst mitgeteilt. Und es wird sich alles finden, alles kommt in Ordnung. Deine Mutter und ich haben viel darüber gesprochen. Ich meine, sie weiß, dass ich nie in Casablanca bleiben wollte, oder überhaupt in Maine. Ich wollte immer reisen, Dinge sehen, etwas anderes tun, als Papier herzustellen. Doch dann bist du gekommen … Es war natürlich nicht deine Schuld. Wir hatten ein gutes Leben in Casablanca, die Familie, die Fabrik, alles. Wir waren glücklich.«

»Ihr zieht weg aus Casablanca? Das ist doch fantastisch, Dad. Du gehst vorzeitig in den Ruhestand, und ihr macht Reisen? Wohin möchte Mom?«

Carrie kam im Bademantel in die Küche und gähnte. Sie sah Lou forschend an. Er machte ihr ein Daumen-hoch-Zeichen, und sie kümmerte sich um den Kaffee.

»Nun, das ist der Punkt, Sohn. Deine Mutter bleibt in Casablanca. Sie will nicht weg. Es ist ihr Zuhause. Hier sind ihre Freunde … Und Mary braucht sie jetzt, wo sie krank ist.«

Lou setzte sich kerzengerade auf, das Luftschloss brach zusammen. »Sie reist nicht mit dir?«

»Nun, also, das ist der schwierige Teil der Nachricht. Deine Mutter und ich, wir werden uns trennen.«

Jetzt sitzt Lou in dem tannengrünen Ohrensessel, der den Sessel seines Vaters ersetzt. Leise, um seine Mutter nicht zu stören, schaltet er den Fernseher ein und zappt durch die Kanäle, bis er einen Naturfilm findet – über Pinguine.

Monatelang war er wütend auf seinen Vater, weil er seine Mutter verließ, nicht zuletzt deshalb, weil er selbst, Louis, genau das Gleiche getan hatte. Es brachte ihn auf den Gedanken, dass er vielleicht egoistisch war, obwohl er sich immer wieder sagte, dass es für alle das Beste gewesen war.

Wenn sein Vater geblieben wäre, hätte er Peggys Krebs früher bemerkt. Er hätte sie zum Arzt geschickt. Sie war noch nicht alt, vielleicht hätte man noch etwas tun können.

Doch was, wenn Louis geblieben wäre? Wäre seine Mutter jetzt auf dem Weg der Besserung, anstatt im Bett zu liegen und auf den Tod zu warten?

Nichts im Leben ist nur schwarz oder weiß. Sie tragen beide Schuld, und Irving weiß noch nicht einmal, dass er schuldig ist. Er ist unten in Florida und hat keine Ahnung, dass etwas nicht in Ordnung ist.

Louis lässt den Fernseher laufen, doch er sieht nicht hin. Er sieht sich im Zimmer um. Alles ist so wie immer. Seine Mutter war nie eine große Hausfrau gewesen. Das Haus hat allerdings immer tadellos ausgesehen. Sie hat einfach alles in die Schränke gestopft und unter das Bett, und Staub gesaugt hat meist sein Vater. Doch seitdem sein Vater weg war, hatte ein regelrechter Ordnungsfimmel von ihr Besitz ergriffen. Jedes Mal, wenn er im Laufe der Jahre nach Hause kam, wirkte alles noch aufgeräumter als beim letzten Mal, sogar in den Schränken und Schubladen. Er hatte das Gefühl, als versuchte seine Mutter auf diese Weise, die Welt zu ordnen und in den Griff zu bekommen.

Das Haus ist ihr Reich. Wenn sie nach New York kommt oder sie sich irgendwo in der Mitte treffen, wie an Thanksgiving in ihrem Lieblingsrestaurant im North End von Boston, scheint sie sich nicht wohlzufühlen. Sie ist gereizt, überprüft ständig ihre Nägel und streicht ihr Haar glatt. Ihr Akzent verstärkt sich, als wollte sie beweisen, dass sie keine von diesen Französischkanadierinnen aus Maine ist. Peggy sagt, sie liebe New York und Boston, doch wenn sie Maine verlässt, ist ihr sofort anzumerken, dass sie ein Mädchen aus Casablanca ist, eine Kleinstädterin.

Neben dem Ohrensessel steht ein glänzender Beistelltisch, darauf ein Untersetzer, die Fernbedienung und ein Fotoalbum, das angefüllt ist mit Zeitungsausschnitten. Seine Mutter hat unermüdlich Buch über die Leistungen der Familie geführt. Lou ist es immer ein bisschen peinlich gewesen, dieser Stolz seiner Eltern. Er ist ihm unangenehm, doch zugleich braucht er ihn. Er hat sich dieses Album nur selten angesehen, aber sein Vorhandensein hat ihn immer motiviert, die an ihn gerichteten Erwartungen erfüllen zu wollen.

Auf dem Bildschirm rutschen Pinguine eisige Hänge hinunter und plumpsen ins Wasser der Antarktis. Lou nimmt das Album in die Hand und schlägt es auf.

Als er ein Kind war, kam er sich immer furchtbar ungelenk vor, weil er so dünn war und größer als seine beiden besten Freunde. Auf diesen Fotos jedoch, die aus dem *Casablanca Herald* ausgeschnitten und auf die dicken Seiten des Albums geklebt wurden, sieht er aus wie ein ganz normales niedliches Kind. Bei einem Leichtathletik-Wettkampf mit Zahnlückengrinsen und in Shorts, die seine knochigen Knie zeigen. Angemessen feierlich nimmt er von Rektor George eine Ehrenurkunde für null Fehlstunden entgegen. Fotos, auf denen er in einer Reihe neben Benny steht – in Baseball- und Basketball-Teams. Jedes Jahr ein anderes Foto. An der Größe der Kinder ist der Lauf der Zeit abzulesen. Die drei, Lou, Allie und Benny, für Halloween als

Cowboys und Cowgirl verkleidet. YEE-HAW, HAPPY HALLOWEEN lautet die Überschrift.

Er blättert durch die Seiten. Von Irving gibt es ebenfalls Aufnahmen, wie er mit einem Schutzhelm einen Vortrag über die Arbeitssicherheit bei CPC hält. Bei seiner Wahl zum Vizepräsidenten einer örtlichen Unternehmervereinigung. Von seiner Mutter gibt es mindestens ebenso viele Fotos, wohl nicht zuletzt, weil sie immer so fotogen war. Mom mit einem Strauß Blumen bei einer Feier zum 1. Mai. Mom mit einem Buch bei der Wiedereröffnung der Stadtbibliothek. Mom, die bei einem Wohltätigkeitsessen dem Bürgermeister die Hand schüttelt. Ein gefaltetes, wohlbehütetes Bild von Peggy in Abendkleid und Diadem mit einer Schärpe, auf der steht: MISS WESTERN MAINE 1976. Es gibt einige Bilder von Lous Großvater, David Alder, stets im Anzug und mit strengem Blick, was ziemlich genau Lous Erinnerung an ihn entspricht.

Lou lebt jetzt seit dreizehn Jahren mit Lügen – kennt ihre Struktur, die Art, wie sie beharrlich als rote Schatten mitten in der Nacht auftauchen. Diese Schwarz-Weiß-Fotos zeigen ein glücklich verheiratetes Paar und ihren wohlgeratenen Sohn. Gut situiert, optimistisch, verantwortungsbewusste Bürger, die mit ihrem Platz in der Welt zufrieden sind. Sie zeigen nicht die Risse, die es in der Ehe gegeben haben muss, oder die Zellen, die vielleicht auch damals schon zu etwas Tödlichem mutierten. Sie zeigen nicht den verunsicherten Louis, den Jungen, der sich fragte, wer er war, was er wollte und ob etwas mit ihm nicht stimmte.

Auf der letzten Seite findet sich ein Ausschnitt von der Casablanca Higschool mit der Liste der besten Schüler. (Seine Mutter hat seinen Namen mit Kugelschreiber unterstrichen.) Darüber befindet sich Allies Abschlussfoto.

»Allison Phelps wird die Abschlussrede halten«, steht in der Bildunterschrift. Sie ist ernst, die Augen unter ihrem geraden braunen Pony leuchten, sie ist leicht geschminkt. Mit achtzehn sieht sie nicht anders aus als vorhin in Moms Küche.

Er dreht die Seite um und erwartet, vielleicht Fotos von der Abschlussfeier zu sehen, doch stattdessen klebt ein einzelner Artikel mitten auf der Seite. Das Abschlussfoto von Benny. Anders als seine Zwillingsschwester grinst er, und obwohl das Foto nicht in Farbe ist, kann Lou sich genau den Ton seiner Augen vorstellen. So eine Miene hat Benny aufgesetzt, wenn er einen Baseballhandschuh in die Hand nahm. »Spielen wir«, hat er dann gesagt und mit einer Art grimmiger Freude grinsend nach dem Baseball gegriffen, als wollte er sagen: *Ich mach dich fertig, weil ich das gut kann.*

Benny sieht so lebendig aus. So attraktiv und jung, so übermütig und frisch, ein vollkommener Widerspruch zur Überschrift des Artikels.

CASABLANCA TRAUERT UM JUNGEN BASEBALLSTAR.

Louise

Als Lou klein war, gab es drei Supermärkte: den IGA, in dem man einkaufte, wenn man nicht viel Geld hatte, den Safeway, in den man ging, wenn man es hatte, und Food Town, in dem niemand einkaufte, weil es dort komisch roch, der aber dennoch irgendwie weiter existierte. Jetzt gibt es nur noch einen Supermarkt in Casablanca, und zwar an der Stelle, wo sich früher der IGA befand. Dort kaufen alle ein.

Seit vier Tagen ist Lou nun wieder in der Stadt und heute zum ersten Mal im Supermarkt. In der Kassenschlange geht sie noch einmal die Punkte auf ihrer Einkaufsliste durch. Nicht weil sie ernsthaft glaubt, etwas vergessen zu haben, sondern weil sie sich dann nicht umsehen muss. Sie sieht schrecklich aus mit ihrer Jeans und ihrem heißgeliebten Sufjan-Stevens-T-Shirt mit dem Loch an der Schulter. Sie ist ungekämmt, trägt Brille anstatt Kontaktlinsen und hat schon sieben Bekannte getroffen, mit denen sie ein Schwätzchen halten musste, einschließlich ihrer alten Lehrerin aus der sechsten Klasse, Mrs. Deannis. *Ach, du bist Lehrerin. Ach, du lebst in Brooklyn. Wie ist das, gibt es da nicht viele Kriminelle? Ja, sehr traurig mit deiner Mutter. Ich hoffe, sie muss wenigstens nicht leiden. Ich habe dich so lange nicht mehr gesehen, aber du siehst noch genauso aus wie früher. Deine roten Haare würde ich überall wiedererkennen!*

In Brooklyn kennen die Leute sie auch, aber das ist etwas anderes. Es kennt sie nicht fast *jeder*. Es kann durchaus vorkommen, dass man ein paar Tage lang keinem Nachbarn, ehemaligen Schülern oder Ex-Lovern begegnet. Dort leben so viele Menschen, dass man in der Menge untergeht. Hier nicht.

Mrs. Deannis hat sie bei den Gemüsekonserven abgefangen. »Manchmal treffe ich deinen Vater«, hat sie gesagt. »Er ist mächtig stolz auf dich!«

Lou war gerade dabei, Dosentomaten in ihren Wagen zu laden, und hielt mitten in der Bewegung inne. »Ach ja?« Auf die alleinerziehende Mutter, auf die sich abmühende Lehrerin?

»Oh, wir alle hier! Ich wusste immer, dass du etwas Besonderes aus deinem Leben machen würdest. Früher hast du diese tollen Geschichten geschrieben. Was für eine Fantasie du hattest!«

»Ich bin nur Lehrerin«, widersprach sie, dann fiel ihr ein, mit wem sie sprach, und sie errötete.

»Es gibt nichts Wichtigeres als Lehrer. Seit ich pensioniert bin, vermisse ich die Kinder sehr. Ich wette, du liebst sie alle, selbst die kleinen Störenfriede, oder?«

Sie hatte recht. »Vor allem die Störenfriede.«

Mrs. Deannis lachte. »Und was ist mit dem Buch, das du schreiben wolltest? Ist es fertig? Ich hätte so gern ein Exemplar mit Widmung.«

»Ähm.« Mit etwas weniger schlechtem Gewissen rückt sie zur Spaghettisauce vor. »Ich arbeite daran.«

Immerhin – es beweist zumindest, dass sie nicht unsichtbar ist. Ihre Mutter spricht nicht mit ihr. Heute Morgen hat Lou ihr einen Becher Tee gebracht, und sie hat ihr fast unmerklich zugenickt. Als wäre alles Lous Schuld, als hätte ihre Mutter noch nie in ihrem Leben etwas falsch gemacht. Als hätte Lou sie verraten und nicht andersherum.

Mit dem Einkauf büßt sie für ihre Wut. Sie darf nicht wütend auf eine sterbende Frau sein. Es ist falsch … und es ist alles so lang her. Warum kann sie sich nicht überwinden, ihr zu vergeben? Warum kann sie ihrem Vater diese Bitte nicht erfüllen?

»Dreiundzwanzig zweiundfünfzig«, sagt die Kassiererin. Lou zieht ihre Karte durch das Gerät und blickt zur anderen Kassenschlange. Mit dem Rücken zu ihr steht Allie. Sie trägt Jeans und ein gelbes T-Shirt, das Haar ist auf dem Kopf zu einem Knoten frisiert. Lou würde sie überall wiedererkennen.

»Pin?«, fragt die Kassiererin.

»Oh. O ja. Tut mir leid.« Lou gibt die Nummer ein, und während die Kassiererin den Bon ausdruckt und eine Hilfskraft ihre Sachen einpackt, hat sich Allie gerade ihre Tüte geschnappt und verlässt, ohne sich umzudrehen, das Geschäft.

»Sind sie nicht Louise Alder?«, fragt die Kassiererin.

»Ja.«

»Soll ich Ihnen die Tüten raustragen, Miss?«, fragt der junge Mann, der die Sachen eingepackt hat. »Die Dosen sind ganz schön schwer.«

»Wie bitte? Oh … nein, danke. Tut mir leid, ich muss los.« Sie eilt zur Tür.

Vermutlich ist es eine schlechte Idee, aber sie muss wissen, ob Allie weiß, was passiert ist. Ob sie deshalb wütend auf Lou ist. Denn wenn Allie *deshalb* wütend auf Lou wäre, wäre das sogar ein bisschen erleichternd. Es würde bedeuten, dass es noch jemand anders weiß, dass die Bürde des Geheimnisses nicht mehr allein auf ihr lastet.

Und sie waren einmal so gute Freundinnen. Sie waren alles füreinander. Sie kannten sich von Geburt an, verbrachten Stunden am Telefon, steckten sich in der Schule Nachrichten zu, übernachteten jedes Wochenende zusammen. Tratschten und lachten, hielten sich an den Händen und teilten sich ein Eis. Bis zum Abend ihres Highschool-Abschlusses wussten Allie und Lou absolut alles voneinander. Allie ist die beste Freundin, die Lou jemals hatte.

Die Henkel der Tüten schneiden ihr in die Hände, als sie hinter Allie her aus dem Laden eilt. Lou erkennt das Auto vom Krankenhausparkplatz wieder. »Allie!«, ruft sie, und Allie bleibt stehen und dreht sich um. Sofort weiß Lou, dass sie einen Fehler begangen hat.

»Wenn du mit mir über deine Mutter reden willst, ruf in der Praxis an und mach einen Termin aus«, sagt Allie mit eisiger Stimme.

»Ich will nicht mit dir über Mom reden. Oder … doch, aber darum bin ich dir nicht gefolgt.«

»Worüber willst du dann reden?« Sie tippt mit der Fußspitze auf den Boden, die Hand fest um ihre Einkaufstüte geklammert.

Ein heißer Parkplatz ist nicht der richtige Ort für dieses Gespräch, aber sie stehen nun einmal hier, also fängt Lou einfach an. »Es tut mir leid, dass ich mich nicht gemeldet habe. Es tut mir leid, dass ich weggegangen bin, ohne mich zu verabschieden. Dass ich es dir nie erklärt habe, aber ich hatte keine Wahl. Du bist meine beste Freundin, und ich hätte dich besser behandeln, dir vertrauen sollen, aber ich war achtzehn und wusste nicht, wie.«

»Das ist totaler Blödsinn.«

»Allie …«

»Wir haben uns jeden Tag gesehen. Wir wollten zusammen aufs College gehen. Wir wollten alles zusammen machen, und dann warst du einfach weg. Verdammt. Nicht einmal eine Nachricht. Weißt du, wie viele Nächte ich nicht schlafen konnte, weil ich mich gefragt habe, was ich getan habe, dass du mich so hasst?«

»Du hast nichts getan.«

»Nein. Ich habe nichts getan, um so behandelt zu werden. Heute weiß ich, dass du eine egoistische, verbitterte Person bist und ich dir einfach scheißegal war.«

»Das stimmt nicht. Du warst mir nicht egal. Du bist mir nicht egal.«

»Wenn einem jemand etwas bedeutet, verlässt man ihn nicht. Ich bin geblieben, ich habe Medizin studiert und bin zurückgekommen, als meine Mutter starb. Auch Benny hat getan, was er konnte. Wo warst du?«

»Ja, *Benny* ist natürlich der Held!«, platzt sie heraus. Sie wollte sich entschuldigen, alles besser machen, aber das ist zu viel.

»Ja. Benny, mein Bruder. Er hat mehr für die Menschen in dieser Stadt getan als jeder andere sonst. Weißt du, wie vielen Menschen er mit diesem Krebszentrum hilft? Nicht nur den Menschen, die dort behandelt werden, sondern auch denen, die dort arbeiten. Einschließlich übrigens deinem Dad, falls du das vergessen hast. Aber du konntest uns ja gar nicht schnell genug loswerden. Und jetzt erwartest du, wenn du zurückkommst, dass alles wieder in Ordnung ist?«

»Ich habe euch nicht verlassen.«

»Es fühlte sich aber ganz so an.« Allie dreht sich um und

schließt den Wagen auf. »Weißt du was? Vergiss es. Wir sind keine Freundinnen mehr. Es ist egal. Du hast mich damals sehr verletzt, aber ich bin darüber hinweg. Wenn du über deine Mutter sprechen willst, mach einen Termin aus.«

Sie steigt auf den hohen Sitz ihres Autos und schlägt derart heftig die Tür zu, dass Lou zurückweicht. Dabei bemerkt sie die anderen Leute, die mit ihren Einkaufswagen und Tüten auf dem Parkplatz stehen geblieben sind und sie beobachten. Einschließlich Mrs. Deannis.

Am liebsten würde Lou schreien: »Kümmert euch um eure eigenen Angelegenheiten!« Aber das darf sie der netten Mrs. Deannis, die auch die Störenfriede am liebsten mag, nicht antun. Darum hastet sie stattdessen mit hochgezogenen Schultern zu ihrem Wagen.

Als sie das Haus betritt, hört sie leise Stimmen aus dem Esszimmer. Eigentlich arbeitet Irving im Krankenhaus und kümmert sich um das Computersystem, doch seit Peggys Diagnose hat er die Arbeitszeit reduziert. »Nur für den Sommer«, hat er Lou mitgeteilt. »Ich brauche meinen Urlaub auf. An den Tagen, die ich hier zu Hause bin, haben sie einen Studenten eingestellt. Gut zu wissen, dass ich so leicht zu ersetzen bin.«

Doch ihr Vater ist nicht zu ersetzen. Er sitzt an Peggys Bett, hält ihre, Hand und spricht mit ihr. Die zwei schauen sich DVDs an. Nachts schläft er in seinem Fernsehsessel. Er beschriftet ihre Medikamente und sorgt dafür, dass etwas zu trinken an ihrem Bett steht, auch wenn sie es selten anrührt. Er hilft ihr, aus dem Bett zu steigen und den langsamen, qualvollen Weg ins Bad zu bewältigen. Er wärmt Suppe auf, macht Pudding und versucht, sie zum Essen zu animieren. Wenn er arbeitet, übernimmt Lou einige dieser Dinge, dann hilft sie ihrer Mutter, zur Toilette zu gehen, und versorgt sie mit Getränken und Pudding.

Doch sie kann in diesem zum Krankenzimmer gewordenen Esszimmer nicht ruhig sitzen bleiben. Sie kümmert sich um die Wäsche, putzt, sieht nach, was Dana treibt, liest ihre E-Mails (sie bekommt nicht viele), informiert sich über Naturheilmittel oder erledigt kleine Aufgaben im Haus. Nichts davon kann sie besonders gut. Gestern hat sie versucht, ein Rollo zu reparieren, und es dabei nur noch mehr ramponiert. Aber es fällt ihr schwer, nichts zu tun. Die Stille ist viel zu laut.

Doch wenn ihr Dad und ihre Mom zusammen sind, herrscht niemals Stille. Sie reden die ganze Zeit. Lou hat keine Ahnung, was ihnen nach über dreißig Jahren noch einfällt. Worüber würde sie mit jemandem reden, mit dem sie so viele Jahre jeden Tag zusammen war? Lou glaubt, dass ihr die Ideen ausgehen würden, insbesondere in einer Kleinstadt wie dieser. Noch nie war sie länger als zwölf Monate mit jemandem zusammen. Sie hat Kollegen und Freunde, aber als alleinerziehende Mutter bleibt ihr nicht viel Zeit für sie. Nur Dana ist ihr vertraut genug, dass sie mit ihr schweigen kann. Mit ihr fühlt sie sich wohl, wenn ein Gespräch verstummt und sie es später fortsetzen. Doch in letzter Zeit fiel es ihr auch mit Dana schwer. Früher hat sie das mit Allie getan, aber … nun ja.

Als sie jetzt die Lebensmittel einräumt, lauscht sie auf die Worte ihrer Eltern. Auf die Unterhaltung zwischen ihnen, die vor ihrer Geburt begann und die diesen Sommer enden wird.

Jetzt singt ihr Dad. Er hat keine kräftige Stimme. Wenn er früher Songs aus dem Radio mitsang, hat Lou demonstrativ gestöhnt und sich die Finger in die Ohren gesteckt. Doch Lou erkennt die Melodie. Sie hält inne, hört auf, Thunfischdosen ins Regal zu stellen, und lauscht. Es ist Buddy Hollys »Peggy Sue«.

Und das leise gesummte Liebeslied sollte sie rühren, und das *tut* es auch. Doch während Lou ihren Vater singen hört, blickt sie auf die Thunfischdosen und stellt sich vor, dass alles anders wäre. Dass sie in einer Welt leben würde, in der sie noch mit Allie befreundet wäre, in der sie in diesem Krankenzimmer sein könnte und ihrer sterbenden Mutter etwas vorsingen würde.

Louis

Man hat Lou informiert, dass die Palliativkrankenschwester, die am Dienstagmorgen zu einem Gespräch bei ihnen vorbeikommen soll, Fiona DiConzo heißt. Doch als es an der Tür klopft und er öffnet, steht zu seiner Überraschung Allie davor.

»Oh«, sagt er. »Hallo. Ich habe mit einer … Fiona gerechnet.«

»Fionas Kind ist krank. Darum müsst ihr mit mir vorliebnehmen.«

Allies Miene wirkt angespannt. Lou denkt, dass er wahrscheinlich genauso aussieht.

»Okay, kein Problem«, sagt er und versucht, herzlich zu lächeln. »Mom ist oben. Eigentlich wollte sie herunterkommen und eine gute Gastgeberin sein. Sie hat mir erklärt, welche Kekse ich besorgen soll und alles. Als ich versucht habe, ihr aus dem Bett zu helfen, wurde ihr schwindelig. Darum ist sie oben geblieben.«

»Wir gehen hoch«, sagt Allie. »Ich bin Bettkanten gewohnt. Aber ihr solltet mal darüber nachdenken, ob deine Mom auf Dauer oben in ihrem Zimmer bleiben kann. Sie sollte vielleicht besser nach unten umziehen. Oben kommt sie von ihrem Zimmer direkt ins Bad, das ist praktisch, solange sie noch aufstehen kann. Aber wenn sie unten ist, kannst du sie tagsüber leichter im Auge behalten. Hat beides Vor- und Nachteile. In jedem Fall können wir ihr ein Krankenbett besorgen. Da kann sie sich leichter aufsetzen, und du kannst ihr besser hinein- und hinaushelfen.«

»Das ist … merkwürdig«, sagt er, als sie die Treppe zum Schlafzimmer seiner Mutter hinaufgehen. Wenn er gewusst hätte, dass Allie kommt, hätte er vielleicht etwas Besseres angezogen als sein altes Sufjan-Stevens-T-Shirt mit dem Loch an der Schulter.

»Das ist mein Job«, erwidert sie nüchtern, doch als sie in Peggys Zimmer tritt, lächelt sie und ist voller Wärme. Lou holt einen Stuhl für sie, und sie setzt sich, legt ihre Hand auf Peggys und redet.

Sie bespricht mit ihnen, was bei dem langen oder langsamen Sterbeprozess von Peggy passieren wird, klärt sie über die Vorteile der patientengesteuerten Schmerztherapie auf und erklärt ihnen, dass sie Peggy beibringen kann, ein entsprechendes Gerät zur Analgesie, eine sogenannte »Schmerzpumpe«, zu bedienen. Sie spricht von Toilettenstühlen und Bettpfannen, von Infusionen und künstlicher Ernährung – alles jedoch auf eine so selbstverständliche Art, dass es nicht unangenehm ist. Sie erklärt, dass sie oder eine andere Schwester vor Ort sein werden oder telefonisch zur Verfügung stehen, wann immer sie sie brauchen.

Peggy nickt. Lou ist ziemlich schockiert. Er versucht, sich alles zu merken, aber es bleibt kaum etwas hängen. Allie verabschiedet sich von seiner Mutter, und er begleitet sie die Treppe hinunter in die Küche.

»Ich schreibe dir alles auf«, sagt sie, und er kommt sich wie ein Idiot vor.

»Möchtest du einen Kaffee?«

»Nein, vielen Dank.«

Lou schenkt sich einen Becher ein. Seine Hände sind etwas zitterig, und er wendet Allie den Rücken zu, damit sie es nicht sieht.

»Das ist schwer«, sagt sie. »Die praktischen Dinge helfen, weil du auf die entsprechenden Situationen vorbereitet bist und weißt, was zu tun ist. Doch die nackte Wahrheit ist ziemlich hart. Darüber zu reden heißt, sich dem zu stellen.«

»Es ist so plötzlich gekommen«, sagt Lou. Er nippt an seinem Kaffee und dreht sich um. Allie lehnt an der Wand neben dem Tisch, sie setzt sich nicht, macht jedoch auch keine Anstalten zu gehen.

»Der Tod kommt immer plötzlich«, sagt sie. »Auch wenn man mit ihm rechnet.«

Danach kann er sie nicht ansehen, denn sie wissen beide, wie wahr ihre Worte sind. Er setzt sich. »Wie dem auch sei – danke. Ich glaube, es hilft Mom, jemanden zu haben, der weiß, wie sie eigentlich ist. Nicht jemanden, der sie nur als schwache Frau sieht.«

»Vielleicht. Sie ist eine tapfere Frau.« Allie zögert, und er denkt schon, sie wolle sich verabschieden, doch dann sagt sie schnell, als habe sie es einstudiert: »Es kann gut sein, dass ich sehr oft hier sein werde, und ich würde gern mit Fiona tauschen und als Pflegerin für deine Mutter zuständig sein. Wegen der Beziehung zwischen unseren Familien. Aber wenn, dann dürfen wir nicht über die Sache reden. Das muss klar sein.«

Nun sieht er sie an. Er weiß genau, was sie mit »die Sache« meint.

»Ich kann nicht«, erklärt sie. »Ich … es ist einfach zu bedrückend. Und obwohl ich in einem traurigen Umfeld arbeite, bin ich kein trauriger Mensch. Ich musste positiv bleiben. Auf der Uni hatte ich lange mit Depressionen zu tun. Doch das habe ich jetzt überwunden und will nicht, dass mir das noch einmal passiert. Ich will arbeiten und glücklich sein. Wenn ich also die Pflege deiner Mom übernehme, dürfen du und ich nur über deine Mom reden. Über nichts anderes.«

Ihre Stimme klingt angespannt, was nicht der Fall war, als sie die ganzen technischen Dinge rund ums Sterben erklärt hat. Auch wenn sie Lou nicht erklären konnte, was sie durchgemacht hat, kommt es ihm so vor, als hätte er es wissen müssen. Doch er ist weggelaufen.

»Okay«, sagt er. »Wir reden über meine Mom, das ist alles.«

Sie stößt die Luft aus und entspannt sich, als hätte sie eine tickende Bombe entschärft. »Ich meine, das dürfte nicht so schwer sein, oder? Schließlich haben wir seit der Highschool nicht mehr miteinander gesprochen.«

Aber ich habe dich vermisst. Ich hätte am liebsten jeden Tag mit dir gesprochen.

Aber das sagt er ihr nicht. Er nickt und sagt: »Ich bin froh, dass du da bist, um meiner Mom zu helfen.«

»Ich bin auch da, um dir zu helfen. Ruf mich an, wann immer du mich brauchst.« Sie blickt auf ihre Armbanduhr. »Ich muss los, aber wir sehen uns bald wieder.«

Er steht auf, eine automatische Reaktion, wenn eine Frau den Raum betritt oder ihn verlässt. Das hat ihm sein Vater beigebracht, nicht mit Worten, sondern indem er es ihm vorgemacht hat. »Danke«, sagt er noch einmal, dann ist sie weg. Er tritt ans Fenster und sieht, wie sie ins Auto steigt, einen olivgrünen Subaru. Kurz denkt er, sie würde sich noch einmal zu ihm umdrehen, doch dann startet sie den Wagen und fährt los.

Als er zurück nach oben geht, erwartet er, dass seine Mutter eingeschlafen ist, doch sie ist wach. Sie liegt so klein zusammengerollt unter der Decke, dass man sie leicht übersehen könnte. Sie hat ein Taschentuch in der Hand, wirkt allerdings nicht, als hätte sie geweint.

»Was hast du da an?«, fragt sie ihn. »Du siehst aus wie ein Landstreicher. Kauft deine Frau dir nichts zum Anziehen?«

»Das ist mein Lieblings-T-Shirt.« Er setzt sich zu ihr. »Ich habe nicht damit gerechnet, Allie zu sehen.«

»Sie ist ein gutes Mädchen«, sagt Peggy. »Mary wusste das nicht genug zu schätzen.«

»Meinst du?«, fragt Lou überrascht. »Sie war Klassenbeste, sie war immer und überall erfolgreich.«

»Benny war immer der Mittelpunkt der Familie. Man hat Großes von ihm erwartet. Dass Allie gute Leistungen brachte, wurde als selbstverständlich angesehen. Sie kam zurück, um Mary zu pflegen, als sie starb, und ich glaube nicht, dass Mary sich dafür jemals bei ihr bedankt hat.« Peggy sieht ihn an. »Wenn ich eine Tochter anstelle eines Sohnes gehabt hätte, hätte ich sie genauso ermutigt wie einen Jungen.«

»Da bin ich mir sicher.«

»Andererseits, vielleicht hat Benny gerade diesen Druck nicht mehr ausgehalten. Vielleicht dachte er, er könnte ihm nicht gerecht werden.« Sie seufzt. »Sein Tod hat Mary bis zum Ende verfolgt. Sie fühlte sich irgendwie schuldig. Ich habe immer wieder versucht, ihr das auszureden. Aber sie fühlte sich trotzdem verantwortlich für das, was ihm passiert ist.«

»Sie war nicht verantwortlich.« Er denkt an die Abmachung, die er gerade unten mit Allie getroffen hat. Den Pakt, den sie vor dreizehn Jahren in einem blutgetränkten

Keller geschlossen haben. Er sagt noch einmal, diesmal fester: »Es war nicht ihre Schuld.«

Die Worte, die dann folgen müssten, sagt er nicht. »Weil es meine Schuld war.«

Louis

1986–1992

Louis Alder heiratete Allie Phelps zum ersten Mal auf dem Spielplatz der Schule, neben der Schaukel. Aus dem Verschluss einer Ananasdose bastelte er einen Ring, der ihr zu groß war, woraufhin er ihn mit Alufolie umwickelte. Roy Pelletiers Onkel war katholischer Priester, und Roy sagte, durch seinen Onkel habe er an vielen Hochzeiten teilgenommen. Zudem sang seine Mutter im Kirchenchor, sodass Roy jeden Sonntag zweimal in die Kirche musste – morgens und abends. Und so traute er sie, obwohl nur Allie katholisch war und Lou Presbyterianer.

Roy sagte viele Worte, die Lateinisch waren oder vielleicht nur ausgedacht, und dann sagte er: »Willst du, Louis Alder, Allison Phelps zu deiner rechtmäßig angetrauten Ehefrau nehmen?«, und Lou sagte: »Ja.«

»Du musst sagen: ›Ja, mit Gottes Hilfe‹«, erklärte Roy.

»Ja, mit Gottes Hilfe«, sagte Lou.

»Aber noch nicht. Erst muss ich sagen: ›In guten wie in schlechten Zeiten, bis ihr beide tot seid‹.«

»Ich glaube, dass du erst mich fragen musst, ob ich ihn heiraten will«, schaltete Allie sich ein. »Weil ich das Mädchen bin.«

»Warum muss man ein Mädchen zuerst fragen?«, wollte Lou wissen.

»Das gehört sich einfach so«, erklärte Allie.

»Damit sie nicht weglaufen kann«, sagte Benny, der ihr Trauzeuge war. Was hieß, dass er auf der Schaukel saß, die Spitzen seiner Turnschuhe in den Sand stieß und versuchte, Lou damit zu treffen.

»Ich lauf nicht weg«, protestierte Allie.

»Du musst versprechen, ihn zu ehren und ihm zu dienen«, sagte Roy.

»Dienen?«, wiederholte Allie.

»Das bedeutet, du musst tun, was er sagt«, erklärte Benny.

»Ich weiß, was das bedeutet. Das mache ich nicht.«

»Warum nicht?«, wollte Lou wissen.

»Weil mein Vater …« Allie brach ab, als Benny nach vorne schwang und sie gegen das Bein trat. »Au! Lass das, Benny!«

»Tut mir leid«, sagte Benny.

»Du musst das nicht sagen«, bot Lou an. »Lass das einfach weg, Roy.«

»Willst du, Allison Phelps, Louis Alder zu deinem rechtmäßig angetrauten Ehemann nehmen, in guten wie in schlechten Zeiten, bis in alle Ewigkeit?«

»Ja, mit Gottes Hilfe.«

»Jetzt seid ihr verheiratet. Spiritus sancti Domine. Ihr dürft euch jetzt küssen.«

Allie und Lou beugten sich vor und berührten sich mit den Lippen.

»Ei, ei, ei, was seh ich da, ein verliebtes Ehepaar!«, sang Benny.

Lou zog Benny von der Schaukel und versetzte ihm eine Kopfnuss. Benny packte seinen Arm mit beiden Händen und verpasste ihm eine Ladung »Brennnesseln«. Die zwei rollten fröhlich durch den Staub und balgten sich, bis Allie an Lous Fuß zerrte und sagte: »Du hast vergessen, mir den Ring zu geben.«

»Ach ja.« Lou kramte in der Hosentasche nach dem Dosenverschluss. Er streifte ihn Allie über den Finger, und sie trug ihn für den Rest des Tages.

Sie trug ihn auch noch am nächsten Morgen, einem Samstag, als Lou durch den Wald lief, um im Garten der Zwillinge zu spielen. Mrs. Phelps hängte im Garten Laken auf die Leine (Lous Mutter tat das nicht, sie hatte einen Trockner, aber Lou liebte es, wenn die Laken wie Segel im Wind flatterten. Manchmal setzte er sich darunter und tat, als wäre er auf einem Schiff).

Mr. Phelps kam mit einer Zigarette im Mund nach draußen, die er gerade anzünden wollte, und sagte: »Was hast du da an der Hand, Allison?«

Stolz hob Allie die Hand. »Lou und ich haben geheiratet.«

»Bist gerade mal sieben und versuchst schon eine bessere Partie zu machen als deine Mutter, was?«

»Donnie«, mahnte Mrs. Phelps leise.

»Was ist? Wenn sie heiratet, kann sie doch auch Geld heiraten, oder nicht? Das hast du doch auch zu Peggy gesagt, oder nicht?«

»Nicht vor den Kindern«, sagte Mrs. Phelps.

»Du bist sauer, weil deine eigene Tochter schlauer ist als du.« Mr. Phelps zündete sich mit dem Zippo, das er immer in der Hosentasche bei sich trug, die Zigarette an. Manchmal zeigte er Benny und Lou, wie er mit einem Daumen erst den Deckel zurückschnippen ließ und dann in einer fließenden Bewegung die Flamme entzündete. »Sie musste sich nicht mal vorher schwängern lassen.«

Mrs. Phelps stellte den Wäschekorb ab und ging ins Haus. Mr. Phelps folgte ihr, schob das Feuerzeug in die Hosentasche und schlug die Fliegengittertür hinter sich zu.

»Ich dachte, er darf im Haus nicht rauchen«, sagte Lou.

Allie beobachtete die Tür und nagte an ihrer Lippe.

»Komm, wir spielen Baseball«, schlug Benny vor. »Komm, Allie. Du darfst Catcher sein. Ich werfe auch nicht zu fest.«

»Mein Dad ist nicht reich«, bemerkte Lou. Sein Großvater war reich, das wusste er. Aber nicht sein Dad. Sie waren … normal.

Doch dann dachte er an ihr Haus mit den zwei zusätzlichen Schlafzimmern und an das neue Auto, das sein Dad im Frühjahr gekauft hatte, und an den alten klapperigen Truck von Mr. Phelps. Und daran, dass Mrs. Phelps ihr Nähzeug in Allies Zimmer aufbewahrte und Bennys Zimmer so klein war, dass er seine Baseballkarten-Sammlung in einer Plastikdose in der Garage aufbewahren musste. Jedes Mal, wenn Lou bei ihm übernachtete, lag er halb unter Bennys Bett, weil er mit seinem Schlafsack nicht genug Platz auf dem Boden fand.

Er hatte noch nie zuvor darüber nachgedacht. So waren die Dinge eben.

»Ja«, sagte Allie. »Spielen wir Baseball.«

Normalerweise dauerte es Ewigkeiten, bis Benny und Lou sie zum Spielen überreden konnten.

»Spielen wir bei dir, Lou?«

Lou hatte keine große Lust, Ball zu spielen, stimmte aber trotzdem zu. Und er sagte nichts, als er bemerkte, dass Allie ihren Dosen-Ring vom Finger genommen hatte.

Sie lagen langgestreckt auf dem Wohnzimmersofa der Phelps. Alle drei waren jetzt zehn Jahre alt. Lou hatte in der

Woche zuvor Geburtstag gehabt. Bennys Baseballkarten-Sammlung lag nach Team und Position geordnet auf dem Sofatisch, doppelte Karten übereinander. Lous eigene Sammlung war im Vergleich dazu klein. Benny gab sein ganzes Taschengeld für Baseballkarten aus. Allie las wieder einmal *Unsere kleine Farm*, und Lou sah zu, wie Benny seine Karten neu sortierte.

»Hast du die?«, fragte Benny. Er hielt Roger Clemens hoch.

»Nein, den versuche ich schon ewig zu kriegen.«

»Ich habe die vom letzten und von diesem Jahr. Wenn du willst, kannst du die vom letzten Jahr haben.«

Lou steckte den Schatz vorsichtig in die Gesäßtasche seiner Hose, als Mr. Phelps in der Tür erschien. »Jungs? Kommt mal kurz mit raus.« Er drehte sich um und ging hinaus.

Alle drei standen auf und folgten ihm in den Garten. Mr. Phelps trat neben den Holzstapel. Er hielt ein Gewehr in der Hand.

Das war nicht ungewöhnlich. Mr. Phelps hatte oft eine Waffe in der Hand. Er hatte einen ganzen Schrank voller Waffen, denn er ging auf die Jagd. Und abends, wenn Lou hier übernachtete, saß er manchmal vor dem Fernseher und reinigte seine Waffen mit WD-40 und vielen kleinen Bürsten. Lou hatte ihn noch nie etwas anderes putzen sehen. Anders als Lous Vater half er nicht beim Abwasch oder bei der Hausarbeit, und seit Jahren war es Bennys Aufgabe, Auto und Truck zu waschen. Manchmal half Lou ihm dabei.

»Du kannst reingehen und deiner Mutter helfen«, sagte Mr. Phelps zu Allie. Sie zuckte mit den Schultern und ging wieder ins Haus. Dann wandte sich Mr. Phelps an Benny und Lou. »Das ist Männersache. Ihr zwei werdet eines Tages Männer sein, und es wird Zeit, dass ihr das lernt.«

»Schießen?«, fragte Lou gleichermaßen fasziniert und ängstlich.

»Erst müsst ihr lernen, wie man eine Waffe lädt. Hier.« Er reichte Benny das Gewehr. »Du darfst es nicht auf einen Menschen richten!«

Benny hielt den Lauf Richtung Boden.

»Weißt du, was du tun musst?«

»Den Bolzen zurückziehen«, antwortete Benny, ohne zu zögern.

»Na dann, worauf wartest du?«

Benny hob eine Art Hebel oben auf dem Gewehr an und zog ihn zurück, woraufhin sich ein Fach öffnete. Seine Bewegungen waren sicher, als täte er das nicht zum ersten Mal. Eigentlich machte sich Lou nichts aus Waffen, dennoch war er neidisch, dass Benny mit diesem Gewehr so vertraut umging.

»Jetzt die Brenneke«, sagte Mr. Phelps zu Lou.

»Die was?«

»Die Munition. In der Schachtel.« Er deutete mit dem Kopf auf eine rote Pappschachtel, die auf dem Holzstapel lag. Lou nahm sie. Sie war irrwitzig schwer, und als er sie öffnete, war sie voller gold glänzender Geschosse, alle völlig identisch, jede mit der Spitze nach oben. Der Anblick erinnerte Lou an die Tampax-Schachtel seiner Mutter, die er einmal aus Neugier geöffnet hatte. Reihenweise verpackte Zylinder, dicht an dicht, deren Zweck ihm rätselhaft war.

Mit Daumen und Zeigefinger zog er eine der Metallhülsen heraus. Sie war ein bisschen dicker als sein Finger und wie eine Minirakete geformt. Er ließ sie in seiner

Handfläche hin und her rollen. Sie war kalt und schwer. »Ist das eine Kugel?«

»Das ist eine Patrone. Die Kugel ist zusammen mit Schießpulver da drin.«

Mr. Phelps hatte Lou noch nie zuvor etwas erklärt, er hatte bislang überhaupt kaum mit Lou gesprochen. Er war groß, hatte breite Schultern und war laut, und er roch nach Tabak und Flanell, manchmal auch nach Bier. Und er war meistens unrasiert. Er war anders als Lous Vater oder Grandpa Alder – ein ganz anderer Typ Mann. Sein Vater und sein Großvater trugen weiße Hemden, Krawatte und Brille und saßen den ganzen Tag am Schreibtisch. Grampy Grenier bediente die Maschinen in der Papierfabrik. Er ging auch manchmal jagen, trotzdem war er nicht wie Mr. Phelps. Er war schmächtig und bekam eine Glatze. Neben der rundlichen Mémère Grenier wirkte er ein bisschen wie ein kleines Vögelchen. Er war die Art von Mann, der viel Zeit mit dem Umgraben von Gemüsebeeten verbrachte und leise vor sich hin summte. Lou hatte ihn nie mit einer Waffe gesehen.

Lou blickte ehrfürchtig zu Mr. Phelps hoch. Dass dieser Mann, der Kinder nicht sonderlich zu mögen schien, sich mit ihnen abgab, war etwas Besonderes. Lou spürte das Gewicht der Patrone in seiner Hand. Er hätte gern gefragt: »Kann man damit jemanden umbringen?«, doch das schien ihm irgendwie falsch, darum fragte er stattdessen: »Kann man damit einen Hirsch töten?«

»Wenn man den Hirsch an der richtigen Stelle erwischt, ja. Los, steck die Patrone ins Magazin.«

Wieder ergaben die Worte keinen Sinn für Lou. Mr. Phelps schien eine andere Sprache zu sprechen. Ein Magazin war für Lou eine Zeitschrift, deren Papier sein Vater und sein

Großvater herstellten. Doch die Verwirrung dauerte nur einen Sekundenbruchteil, dann schob Lou die Patrone in die leere Öffnung des Gewehrs. Sie glitt mit einem glatten, befriedigenden Gefühl hinein. Die Waffe war ein perfekt gearbeitetes Werkzeug.

»Dürfen wir damit schießen?«, fragte Benny und beobachtete, wie Lou eine weitere Patrone in das Magazin schob.

»Nicht im Garten, dann bringt deine Mutter mich um. Wir können hoch zu McFarlanes gehen und deren Feld benutzen.«

»Darf ich auch?«, fragte Lou, obwohl er sich nicht sicher war, ob er es überhaupt wollte, doch bevor Mr. Phelps antworten konnte, öffnete Mrs. Phelps die Fliegengittertür.

»Lou, deine Mom möchte, dass du zum Abendessen nach Hause kommst«, sagte sie und dann: »Donnie? Was machst du mit den Jungs und dem Gewehr?«

Lou ließ die dritte Patrone zurück in die Schachtel fallen. Diesen Ton in Mrs. Phelps Stimme hatte er schon einmal gehört. »Bis später«, sagte er schnell und wandte sich um und lief davon. Durch den Wald, zurück nach Hause.

»Was habt ihr heute Nachmittag gemacht?«, fragte seine Mutter, als er hereinkam, und er sagte: »Mit Bennys Baseballkarten gespielt. Er hat mir eine Roger Clemens gegeben.«

Als sie dreizehn waren, küsste Louis Allie zum ersten Mal.

Jeden dritten Freitag im Monat fand im Gemeinschaftshaus in der Main Street für die Mittelstufenschüler Disko statt. Im Saal im oberen Stockwerk wurde ein Großteil der Beleuchtung ausgeschaltet, die Billardtische wurden an die Seite geschoben und zwei große Lautsprecher aufgestellt.

Für einen Dollar Eintritt erhielt man an der Tür von einem gelangweilten Highschool-Schüler einen Stempel auf die Hand gedrückt, sodass am nächsten Tag alle sehen konnten, dass man beim Tanzen gewesen war. Lou steckte zusätzlich Vierteldollar-Münzen für den Getränkeautomaten und den Kickertisch ein.

Die Disko ging von sieben bis neun, und in der ersten Stunde tanzte kaum jemand. Normalerweise war entweder Benny oder Lou frühzeitig da, um sich den Kickertisch zu reservieren. Wenn sie nicht als Erste da waren, sahen sie den anderen Jungs beim Spielen zu. Einige Mädchen standen auf und tanzten zu »Rock Lobster« oder Songs aus *Grease*, doch wenn ein langsames Stück kam, setzten sie sich wieder hin. Die meisten Jungs saßen auf der Seite mit dem Kickertisch, die meisten Mädchen gegenüber bei den Getränkeautomaten. Wenn man eine Cola haben wollte, musste man also an den Mädchen vorbei, die dann aufblickten, weil sie hofften, dass man sie zum Tanzen aufforderte. Auf der einen Seite des Raums dominierten Red-Sox-Mützen und Turnschuhe, auf der anderen gelocktes Haar und Lipgloss mit Kaugummigeschmack. Diese zwei Welten existierten bis halb neun mehr oder weniger getrennt voneinander – dann stürmten plötzlich alle auf die Tanzfläche, weil ihnen klarwurde, dass die Zeit ablief.

Lou tanzte immer nur mit Allie. Er musste sie nicht einmal fragen. Sie tanzten immer zu ihren Lieblingssongs: »November Rain« von Guns N' Roses, und zum letzten Stück, das immer »Freebird« von Lynyrd Skynyrd war. Sobald diese Songs gespielt wurden, suchte er Allie oder sie ihn, und sie gingen gemeinsam in die Mitte des Raums. Er legte die Arme um ihre Taille, sie ihre um seine Schultern, und sie wiegten sich im Takt. Es gab keine peinlichen

Verhandlungen darüber, wie eng man tanzen sollte. Sie passten gut zusammen. Es war angenehm, nicht so dicht aneinandergepresst wie bei einigen anderen Paaren, sondern locker. Es fühlte sich gut an. Die Musik war zwar laut, dennoch konnten sie sich so nah beieinander gut verstehen. Sie unterhielten sich über ganz normale Dinge – was sie im Fernsehen gesehen und welche Bücher sie gelesen hatten. Dann sprachen sie so miteinander, wie sie es nicht mehr oft taten – wie früher, als Kinder. Jetzt hing Lou meist mit Benny herum, und Allie hatte Freundinnen.

Nur manchmal, wenn Allies Hüfte sich an seiner rieb oder wenn ihnen für einen Moment der Gesprächsstoff ausging, spürte er nur ihren warmen Arm um seinen Hals, ihren Atem an seiner Wange. Dann sah er in ihr nicht mehr die Schwester seines besten Freundes oder die Person, die er schon sein ganzes Leben lang kannte. Dann spürte er, dass er ein *Mädchen* in den Armen hielt, und das war ungewohnt und aufregend. Manchmal stellte er sich vor, wie es wäre, sie zu küssen. Nicht die harmlosen Küsschen, die sie bei ihrer Kinderhochzeit auf der Grundschule getauscht hatten, sondern richtig. Mit weichen Lippen und offenem Mund.

Er fragte sich, wie sie reagieren würde, wenn er es versuchte, vielleicht in dem langsamen Teil von »Freebird«, ganz am Ende des Abends. Würde sie seinen Kuss erwidern oder nur lachen?

Und was würde Benny sagen? Er würde sich über sie lustig machen und lachen. Insbesondere wenn Lou versuchte, Allie zu küssen, und Allie ihn nicht küssen wollte. Bennys Spott wäre genauso schlimm wie die Zurückweisung durch Allie. Vielleicht noch schlimmer.

Über all das dachte er auf dem Weg zur Disko in dieser Woche nach und achtete kaum auf seine Umgebung, als er den Hang hinunterging, die schweren Türen des Gemeinschaftshauses aufstieß, seinen Dollar bezahlte und sich die Hand stempeln ließ. Dies war der letzte Disko-Abend der achten Klasse. Danach kam der Sommer, und anschließend wechselten sie auf die Highschool, dann würde es solche Veranstaltungen für sie nicht mehr geben. Es gäbe das Fest für die Ehemaligen und den Winterkarneval, an denen die Erstsemester jedoch üblicherweise nicht teilnahmen.

Lou stieg die Treppe hinauf und sah, dass Roy Pelletier und Buddy White schon den Kickertisch besetzt hatten. Also stellte er sich dazu, sah ihnen beim Spielen zu, hielt jedoch insgeheim nach Allie Ausschau. Als er Bennys Baseballkappe und sein Red-Sox-T-Shirt sah, tat sein Herz einen Sprung.

»Mist«, sagte Benny, als er zu Lou kam. »Die haben den Kicker.«

»Was ist mit deinem Mund passiert?«

»Foul Ball.« Mit der Faust deutete er an, wie ihn der Ball an der Lippe getroffen hatte. Das war nichts Neues. Benny war ein hervorragender Spieler, aber er war ziemlich oft verletzt

»Wo ist Allie?« Lou versuchte, beiläufig zu klingen.

»Irgendwas mit ihrer Periode. Bäh.« Benny steckte eine Hand in die Hosentasche. »Hast du noch einen Vierteldollar? Ich will mir eine Sprite holen.«

Lou reichte ihm drei Vierteldollar-Münzen. »Bring mir eine Fanta mit.« Er schnappte sich zwei Stühle für sie beide und versuchte herauszufinden, ob er eher Erleichterung oder Enttäuschung verspürte, weil Allie nicht da war.

»Du siehst aus, als wärst du auch nicht gut drauf«, sagte Benny, als er mit den Dosen zurückkam. »Bist du traurig, weil du niemanden zum Tanzen hast?«

»Ich kann ja mit dir tanzen«, sagte Lou und war überrascht, Wut in Bennys Gesicht aufflackern zu sehen. »Nur ein Scherz«, fügte er schnell hinzu. »Du würdest mir auf die Füße treten.«

»Idiot.« Benny ging auf die andere Seite des Kickertisches und fing mit Buddy ein Gespräch über die Red Sox an.

Verwirrt öffnete Lou seine Fanta und überlegte, was er falsch gemacht hatte. War Benny sauer, weil er sich mehr darauf gefreut hatte, Allie zu sehen als ihn? Oder glaubte er wirklich, dass Lou ihn zum Tanzen aufgefordert hatte?

Mädchen tanzten mit anderen Mädchen zu schnellen Stücken – und manchmal auch zu langsamen. Sie hakten sich unter und sangen aus voller Kehle mit. Und manchmal spielten Lou und Benny Luftgitarre und sangen mit, wenn »Bat Out of Hell« gespielt wurde, weil das ihr Lieblingssong war. Doch Jungs tanzten nicht mit Jungs. Die Leute hätten sie ja für schwul gehalten.

Er blickte zu Benny hinüber. Er war wie immer – ständig in Bewegung: wippte mit dem Fuß, trommelte mit den Fingern auf den Kickertisch und auf die Lehne des Plastikstuhls neben sich und hielt sich die kühle Sprite-Dose an die geschwollene Lippe. Manchmal wirkte es, als wären Bennys Muskeln voll aufgestauter Energie, als würde er niemals die Glieder stillhalten. Sogar im Schlaf, wenn Lou auf dem Boden des frisch renovierten Kellers der Phelps bei ihm übernachtete, warf sich Benny hin und her und murmelte vor sich hin.

Er beobachtete, wie sich Benny vorbeugte, um zu hören, was ein anderer Junge sagte, und dann die Nase rümpfte. Lou konnte nicht hören, was sie sagten, aber er konnte Bennys Lippen lesen. »Auf keinen Fall.« Die Jungs blickten beide zur Mädchenseite des Raums und lachten noch mehr. Der andere Junge drückte von innen mit der Zunge gegen die Wange und bewegte sie hin und her.

Der DJ spielte Shakespears Sister. Niemand tanzte. Lou hatte genug. Benny war sauer auf ihn, und Allie war nicht da. Er quetschte die leere Dose zusammen, warf sie in den Recyclingmülleimer und verließ den Saal.

Als er gerade die Treppe hinunterging, öffnete sich unten die Glastür, und Allie kam herein. Sie trug Jeans und ein T-Shirt mit einem Regenbogen darauf. Sie war allein und sah zu ihm hinauf.

»Hey«, sagte sie lächelnd. »Gehst du?«

Ohne darüber nachzudenken, sprang er den Rest der Stufen hinunter, legte die Hand unter ihr Kinn, hob es an und küsste sie. Ihr Mund war so weich und warm, wie er es sich vorgestellt hatte, doch er spürte auch ihren Atem auf seiner Haut und das sanfte Gefühl ihres Haars an seiner Hand. Sie fühlte sich einfach toll an.

»Hey«, sagte der Junge aus der Highschool, der die Tür und den Stempel bewachte. »Spart euch das für die Tanzfläche auf.«

Lou rückte ein Stück ab, doch Allie lächelte ihn an. Er lächelte zu ihr hinunter.

»Willst du tanzen?«, fragte sie, und er nickte.

Oben war niemand auf der Tanzfläche, doch sie gingen in die Mitte des Saals und fingen an zu tanzen. Nur sie zwei, egal welche Musik spielte. Sie tanzten den ganzen Abend, manchmal allein, manchmal mit anderen zusammen, und als der langsame Teil von »Freebird« kam, küsste Lou sie noch einmal, und sie erwiderte seinen Kuss.

Das war das Ende der Junior Highschool. Und er dachte, es wäre der Anfang von allem.

Louis & Louise

Auf die Nachbarschaftshilfe ist Lou nicht vorbereitet.

Lou ist den zweiten Tag da. Sie lesen in der Küche die *Lewiston Daily Sun*, als draußen auf dem Weg Schritte zu hören sind. Es klopft jedoch niemand an die Hintertür. Leises Scharren, dann entfernen sich die Schritte wieder. Ein Wagen wird gestartet.

Als Lou die Hintertür öffnet, steht dort auf der Stufe eine mit Alufolie abgedeckte Schale. Oben drauf klebt ein gelber Klebezettel: *Beste Grüße an Peggy! Joyce und Bill.* Unter der Alufolie befindet sich eine Lasagne.

Anschließend folgen weitere Essensspenden, im Schnitt jeden zweiten Tag eine, manchmal auch zwei an einem Tag: Hähnchensalat, Nudelauflauf, Makkaroni mit Käse, Rindergulasch, Chili, gebackene Bohnen. Manchmal nichts Herzhaftes, sondern ein Kuchen oder eine Dose mit Keksen, aber immer sehr nahrhafte Sachen, mit vielen Kalorien, und sie schmecken alle köstlich. Manchmal lassen die Leute das Essen mit einer Nachricht an der Tür zurück, weil sie helfen, aber nicht stören wollen. Manchmal klopfen sie an, und Lou bittet sie auf eine Tasse Kaffee herein oder – wenn Peggy wach ist – auf einen kleinen Besuch bei ihr. Während dieser Besuche bleibt Lou in der Küche.

Ein pflichtbewusstes Kind würde sich anders verhalten, aber Lou fällt es schon schwer genug, mit den Geheimnissen und Peggys Sterben umzugehen. Small Talk wäre zu viel.

Louis und Louise treffen Leute, die sie seit Jahren nicht gesehen haben. Die meisten gehören der Generation ihrer Eltern an oder sind älter: ihre Nachbarn, die Rouleaus, deren Tochter früher auf Lou aufgepasst hat. Mrs. Kozaks, die den Eckladen betreibt. Grandma Alders älteste Freundin Esther Ames, die immer noch mit ihrem großen Pontiac in der Stadt herumfährt, obwohl sie die stärkste Brille der Welt trägt. Sie hat Gläser wie Flaschenböden. Einige sind auch in Lous Alter, einschließlich Georgia Bigelow, die früher mit ihren mächtigen Brüsten eine faszinierende Wirkung auf die meisten Jungs (und Mädchen) der Casablanca High ausübte. Jetzt führt sie das Bestattungsinstitut in der Aroostook Street.

»Du solltest deine Karte dalassen«, scherzt Lou und zuckt dann innerlich zusammen, weil das der Wahrheit zu nahkommt.

Doch Georgia sagt ernst: »Du weißt, wo du mich findest. Es ist mir eine Ehre, Peggy zu helfen.«

Lou und Louise konnten nie besonders gut kochen. Sie lassen sich zu leicht ablenken, sind zu ungeduldig, die Mahlzeiten brennen entweder an oder sind noch halb gar. Diese unverhofften Essensgaben grenzen an ein Wunder. Je weniger Peggy braucht, je mehr Essen scheint einzutreffen. Lou füllt es portionsweise in Plastikdosen und stellt es in den Gefrierschrank, der sich von Tag zu Tag mit dem Wohlwollen der Menschen von Casablanca füllt.

Seit 1971, seit ihrem vierzehnten Lebensjahr, war Peggy fast unablässig auf Diät. Damals fing sie mit den Schönheitswettbewerben an, wobei sie nur an den lokalen Veranstaltungen teilnehmen konnte, weil nicht genug Geld zum Reisen da war. »Miss Junior Oxford County 1973«, »Casablanca High Homecoming Queen 1974«, »Casablanca High Prom Queen 1975«, »Miss Western Maine 1976«, dritter Platz bei der Wahl der »Miss Maine 1976«. Mit sechzehn jobbte sie im IGA als Einpackerin, um genügend Geld für eine Bewerbungsmappe zusammenzubekommen. Mit ihrem alten Ford fuhr ihre Mutter sie zu einem Fotografen in Norway. Katalogaufnahme, Modeaufnahme, Aufnahme im Badeanzug.

»Du schafft das nicht«, sagte ihre Mutter auf dem Heimweg. »Du bist hübsch, aber diese Models sind lang und dünn.«

Sie schickte ihre Mappe an Agenturen in Portland in Maine, Manchester in New Hampshire und Boston in Massachusetts. Derweil konnte sie zwar nichts an ihrer Größe ändern – ihre Mutter maß nur knapp einen Meter sechzig, und Peggy kam in dieser Hinsicht ganz nach ihr –, aber an ihrem Gewicht.

Sie machte eine Kohl- und eine Eierdiät. Sie lebte von Selleriestangen und Radieschen und gab ihr IGA-Geld für Slim-Fast-Shakes aus. Wenn ihre Freundinnen im Rick's Pommes frites aßen und Vanille-Cola tranken, bestellte sie Kaffee und Wasser. Sie erhielt nie einen Modelvertrag, doch als sie schwanger war und Irving heiratete, war sie so sehr an die Entbehrung gewöhnt, dass sie erst wieder lernen musste, ihren Hunger nicht zu ignorieren, sich Dinge zu gönnen wie Erdnussbutterbrote, Spiegeleier, Schweinekoteletts, gebackene Kartoffeln mit Sour Creme, Apfelkuchen. Wie merkwürdig es sich anfühlte, ein Bedürfnis zu empfinden und sofort zu stillen. Während der Schwangerschaft nahm sie vierzig Pfund zu und behielt zwanzig, solange sie stillte. Doch sobald Lou entwöhnt war, kehrte sie zu Sellerie und fettreduziertem Hüttenkäse zurück, zu Toast ohne Butter und Hähnchen ohne Haut.

Jetzt, wo sie hier im Bett liegt und stirbt, denkt sie an die Zeit, in der sie mit Lou schwanger war. Nachdem der Krebs ihren Körper nun von innen auffrisst, erinnert sie sich, wie es war, so dick zu sein, dass sie im Auto kaum hinters Lenkrad passte. Als ihre Brüste wie mit Wasser gefüllte Ballons waren, als ihr Bauch rund und straff war. Daran, wie Irving sie die ganze Zeit berühren wollte. Sie streicht sich mit den Händen über Hüftknochen und Rippen, die durch das Nachthemd deutlich zu spüren sind, und denkt, wie verrückt sie war, das nicht zu genießen. Wie dumm sie ihr ganzes Leben lang war, keine Pommes frites zu essen und keine Vanille-Cola zu trinken. Als ob ihre Schlankheit und Schönheit das Wertvollste waren, was sie erlangen konnte.

Die Leute bringen Essen – bei Krankheit oder Tod bringen sie immer Essen –, und jemand gibt einen selbst gebackenen, noch warmen Apfelkuchen ab. Peggy kann ihn vom Bett aus riechen. Sobald er angeschnitten ist, bittet sie Lou, ihr ein Stück zu bringen. Eis schmilzt, läuft über den Rand und sammelt sich in dem mit Zimt gesprenkelten Saft der Äpfel. Peggy schafft einen Bissen. Einen köstlichen, süßen, knusprig-cremigen Bissen, und das ist genug.

Louise

Dana findet, Casablanca ist ein Kaff. Ein totales Kaff. Brooklyn ist dreckig und laut, es laufen Verrückte herum, und manchmal riechen die Stufen zu ihrer Wohnung nach Pisse, aber Casablanca ist … nichts. Seit einer Woche ist sie jetzt hier, und es ist der langweiligste Ort der Welt. Geschlossene Läden, beschissener Handy-Empfang, alle Leute sehen gleich aus, und man kann nichts tun. Kein Wunder, dass ihre Mutter so schnell wie möglich abgehauen ist. Und jetzt müssen sie wahrscheinlich den ganzen Sommer hier verbringen, und ihre Großmutter stirbt, ihr Großvater versucht, nicht traurig zu wirken, und ihre Mom ist die ganze Zeit gereizt.

In der Garage findet Dana das alte Fahrrad ihrer Mutter – ihre Großeltern werfen nichts weg. Sie ölt die Kette, repariert die Bremsen, pumpt die Reifen auf und fährt im beschissenen Casablanca herum. Eine Sache ist gut: Es gibt nicht viel Verkehr, sodass ihre Mutter keinen Aufstand macht, wenn sie allein mit dem Rad unterwegs ist. Sie fährt zu McDonald's und an den See, wobei sie sich ziemlich sicher ist, dass ihre Mutter ausrasten würde, wenn sie wüsste, dass sie so weit gefahren ist. Die Stadt mit der geschlossenen Fabrik liegt in einer Senke, sodass sie einen

Hügel hinauffahren muss, um mehr als zwei Balken auf dem Smartphone zu bekommen.

Farah hat ihr nur einmal geschrieben. Auf ihrer Facebook-Seite steht, was sie alles mit Hunter unternimmt. Dana sollte aufhören, es zu lesen, aber sie kann nicht.

Wenn sie etwas falsch gemacht hätte, würde sie es ja noch verstehen, aber das hat sie nicht. Die ganze Zeit war Farah ihre beste Freundin, hat ihr alles anvertraut, hat sich bei ihr ausgeweint wegen ihrer Eltern – und von einem Tag auf den anderen gab es nur noch Hunter hier und Hunter dort. Sie gehen allein aus, ohne Dana zu sagen, was sie machen oder wohin sie gehen. Sie sieht es nur auf Facebook. All ihre Hoffnungen haben auf dem Fußballcamp geruht. Dass sie und Farah dort wieder Freundinnen werden würden, weil Hunter nicht mitkommen würde, aber da sie nun hier ist, ist der Plan gescheitert.

Warum magst du mich nicht mehr?, schreibt sie Farah, löscht die Nachricht jedoch, ohne sie abzusenden. Sie versucht, ihre Würde zu bewahren.

Es gibt ein paar Jugendliche, doch die grüßen sie nicht, sondern beobachten sie nur, wenn sie vorbeifährt. Sie tut, als wäre ihr das egal. Alle tragen Baseballkappen und sehen wie Landeier aus. Es gibt keinen einzigen Menschen, der nicht weiß ist.

Wenn sie hier den ganzen Sommer bleiben muss, wird sie verrückt. Buchstäblich verrückt. Die Sehnsucht nach Brooklyn ist so stark, sie könnte heulen.

Als Dana am Sportplatz neben der Highschool vorbeiradelt, sieht sie dort ein paar Jungen Fußball spielen. Fünf gegen vier. Also hält sie an und sieht zu. Ein paar von den Jungen sind nicht schlecht, und als sie eine Pause machen, geht sie zu ihnen.

»Darf ich mitspielen?«, fragt sie.

»Du bist ein Mädchen«, sagt ein Junge mit rotem Gesicht, der von Kopf bis Fuß in Adidas gekleidet ist.

»Na und? Euch fehlt ein Spieler.«

»Hast du denn schon mal gespielt?«

»Ich zeig's euch.«

Ein anderer Junge mit Sommersprossen zuckt die Schultern. »Frag Hosenpisser.«

»Wer ist Hosenpisser, und warum soll ich ihn fragen?«

»Er ist der Trainer.« Mit dem Kopf deutet er auf einen Typen, der am Rand des Spielfelds steht und telefoniert. Ein Erwachsener in Shorts und einem Red-Sox-T-Shirt.

»Vermutlich sollte ich ihn nicht Hosenpisser nennen«, sagt Dana.

»Mr. Phelps«, meldet sich ein kleiner Junge, der im Tor gestanden hat. »Er hat früher für die Red Sox gespielt, jetzt trainiert er die Highschool-Mannschaften. Man nennt ihn Hosenpisser, weil er mal einen Anfall oder so etwas hatte.«

»War er betrunken?«, erkundigt sich Dana interessiert.

Der kleine Junge zuckt die Schultern. »Keine Ahnung. Hab es nicht gesehen. Als Trainer ist er ziemlich gut.«

»Wie wäre es, wenn ich ihn nicht frage und wir einfach spielen?«

Wieder zuckt der kleine Junge die Schultern. Er muss einer der Anführer sein, denn die anderen Jungs widersprechen nicht, nicht einmal der Adidas-Kerl.

Erst als sie schon zehn Minuten gespielt haben und Dana zwei Tore geschossen hat, scheint der Trainer zu bemerken, was Sache ist. Er läuft quer über das Feld und ruft: »Hey!«

Dana stoppt und fragt sich, ob sie Ärger bekommt.

Der Trainer bleibt vor ihr stehen. Obwohl er gelaufen

ist, ist er nicht außer Atem, und trotz seines Spitznamens wirkt er ganz normal.

»Ich bin Benny Phelps, der Trainer. Wie heißt du?«, fragt er.

»Dana.«

»Wo hast du vorher gespielt, Dana?«

»In der Schulmannschaft. Und in einem Sommerkurs.«

»Bist du den Sommer über hier?«

Dana nickt. »Mm-mh.«

»Okay. Dann zeig mal, was du draufhast.«

»Sie ist ein Mädchen«, bemerkt Adidas.

»Das ist mir nicht entgangen, Shaun. Jim, du gehst ins Tor. Sie schießt ein paar Elfmeter.« Er kickt ihr den Ball zu und läuft zurück an die Seitenlinie, um zuzusehen.

»Das ist eine Jungenmannschaft«, murmelt Shaun.

»Gibt es denn eine Mädchenmannschaft?«, fragt Dana.

»Keine Ahnung.«

»Das US-Team der Frauen ist die erfolgreichste Mannschaft im Frauenfußball weltweit«, bemerkt der kleine Junge, Jim, und baut sich im Tor auf.

Er ist kein schlechter Torwart. Besser als Farah. Dana bekommt sechs von zehn Schüssen rein, die letzten vier hintereinander. Anschließend sieht sie erwartungsvoll zum Trainer, der noch immer keinen Anfall hat.

»Darf ich mitspielen?«, ruft sie.

»Du bist heute Stürmer«, ruft er zurück. »Aber reiß den Ball nicht an dich.«

»Ich reiße nie den Ball an mich«, murmelt sie. Doch als sie ihre Position einnimmt, fühlt sie sich zum ersten Mal, seit sie in diese gottverlassene Stadt gekommen ist, wieder wie ein Mensch.

»Woher kommst du?«, fragt Jim, nachdem das Training

zu Ende ist. Der Trainer hat gesagt, sie solle morgen wiederkommen, und wenn ihre Eltern einverstanden seien, könne sie am Dienstag an einem Spiel teilnehmen. Das dürfte kein Problem sein. Mom wird froh sein, wenn sie etwas anderes mit ihrer Zeit anstellt, als nur zu schmollen.

»Brooklyn«, antwortet sie. Sein Fahrrad sieht fast so alt aus wie ihres und ist zu groß für ihn. Er steigt auf, und sie fahren zusammen.

»Cool. Ich war noch nie weiter als bis Massachusetts. Warum bist du hier? Machst du Ferien oben am See?«

»Schön wär's. Meine Mom und ich sind hier bei meinen Großeltern.« Den Krebs oder dass Nana in ihrem Esszimmer stirbt, erwähnt sie nicht. So etwas erzählt man nicht, wenn man jemanden zum ersten Mal trifft.

»Was ist mit deinem Dad?«

»Ich habe keinen Dad. Meine Mom sagt, er war Fernfahrer. Sie hat ihn kennengelernt, als sie als Kellnerin gearbeitet hat. Er hat sie geschwängert und ist weggefahren. Sie hat ihn nie wiedergesehen.« Das ist vielleicht noch persönlicher als Nanas Krebs, aber sie hat das schon so oft erzählt, dass es ihr leicht über die Lippen geht.

»Wow. Bist du nicht neugierig?«

»Nein, wahrscheinlich ist er ein Idiot. Und du?«

»Ich habe eigentlich auch keinen Dad, aber das liegt daran, dass er in New Hampshire wohnt. Meine Mom leitet das Bestattungsinstitut in der Aroostook Street. Wir wohnen oben drüber.«

»Was? Direkt darüber?«

»Direkt darüber.«

»Ihr habt Leichen im Haus?«

»Manchmal, aber nicht da, wo wir wohnen. Die sind in dem Teil mit dem Bestattungsinstitut.«

»Cool«, sagt sie mit ehrlicher Bewunderung.

Er zuckt die Schultern. »Die meisten Leute finden das merkwürdig.«

»Ich habe nichts gegen merkwürdig. Wie lange spielst du schon Fußball?«

»Seit der fünften Klasse. Und du?«

»Schon ewig. Es ist das Einzige, was ich gut kann.«

»Ich bin auch gut in Computerspielen. Wie gefällt dir Casablanca?«

»Ich hasse es.«

Jim lacht. »Wenigstens musst du nur den Sommer über hier sein. Na dann, ich biege jetzt hier ab. Bis morgen?«

»Ja«, sagt sie. Er radelt in die andere Richtung davon, und während sie weiter nach Hause fährt, fragt sie sich, ob sie vielleicht tatsächlich so etwas wie einen Freund gefunden hat.

Lou und ihre Mutter sind allein im Haus. Dana ist mit dem Fahrrad unterwegs, Irving bei der Arbeit. Mom liegt im Esszimmer und schaut Seifenopern. Früher tat sie das heimlich, wenn Lou in der Schule war. Lou wusste es nur, weil sie einmal früher aus der Schule heimgekommen war und ihre Mutter mit einer Packung Taschentüchern bei *Schatten der Leidenschaft* erwischt hatte. »Oh«, hatte sie gesagt und war rasch aufgestanden, als Lou durch die Tür kam, »ich habe das gerade erst angestellt.« Sie schaltete den Fernseher aus, als hätte man sie beim Pornogucken erwischt.

Lou verstand damals nicht, warum ihre Mutter sich dafür schämte, Seifenopern zu mögen. Viele Leute sahen solche Serien. Heute glaubt sie, dass es wahrscheinlich mit ihrer eigenen Mutter zu tun hatte, denn Mémère Grenier war ein bekennender Fan. Sie stand morgens extra früh auf, um rasch alle Aufgaben zu erledigen und sich einen Becher Kaffee zu kochen, bevor *General Hospital* lief. Dann schaute sie eine Serie nach der anderen, bis es Zeit war, den Fernseher auszuschalten und das Abendessen für Grampy Grenier zu kochen. Bei Mémère Grenier lagen immer ein Stapel Fernsehzeitungen und ein eigenes Serien-Magazin neben dem Sessel. Aus den alten durfte Lou Collagen basteln.

Weil die Magazine im Lebensmittelgeschäft an der Kasse neben den Klatschzeitschriften lagen, dachte Lou lange, ihre Mutter gebe vor, Seifenopern nicht zu mögen, weil sie zu sehr auf die Unterschicht abzielten. Weil es dort zu viele Charaktere gab, die ganz offensichtlich um den sozialen Aufstieg kämpften. Das passte nicht zu dem sorgsam konstruierten Leben, das sich ihre Mutter als Mitglied der Familie Alder aufgebaut hatte, der wichtigsten Familie der Stadt.

Doch heute Morgen hat Lou einen Karton mit alten Sachen von sich durchgesehen, den ihre Eltern auf dem Dachboden gelagert haben, und ist auf eine Ausgabe von *Der Magier der Erdsee* von Ursula K. Le Guin gestoßen. Mit dem Buch ist sie zu Dana ins Zimmer gegangen. »Das wird dir gefallen«, hat sie zu ihrer Tochter gesagt, die wie üblich mit ihrem Smartphone beschäftigt war.

Dana hat es schulterzuckend betrachtet.

»Das ist toll. Es ist Harry Potter vor Harry Potter, nur fantastischer und mitreißender.«

Dana hat das Buch genommen, und Lou hat gewartet, dass sie einen Blick hineinwirft. Dana liebt Science-Fiction und Fantasy. Schließlich hat Lou sie mit *Star Trek, Akte X* und *Herr der Ringe* aufgezogen. Doch Dana hat das Buch neben sich aufs Bett gelegt und sich wieder ihrem Smartphone gewidmet, woraufhin Lou merkwürdig ernüchtert auf den Dachboden zurückgegangen ist.

Als sie jetzt in der Küche Tee zubereitet und im Hintergrund *General Hospital* hört, denkt Lou, dass ihre Mutter vielleicht aus demselben Grund so tut, als würde sie Seifenopern ablehnen, wie Dana, die tut, als würde das Buch von Ursula Le Guin sie nicht interessieren. Es ist ganz natürlich, dass Töchter sich von ihren Müttern abgrenzen, dass sie versuchen, sich anders zu definieren. Hat sich Lou nicht deshalb mit dreizehn Jahren die Haare kurz geschnitten, hat sie nicht darum Sport getrieben und lieber Jeans als Kleider getragen? Hat sie nicht deshalb nie mit Puppen gespielt, bis sie ein eigenes Baby hatte?

Mit zwei Tassen Tee geht sie ins Esszimmer. Wie immer erschrickt sie darüber, wie dünn ihre Mutter geworden ist. Ganz gleich, wie oft sie sie sieht, und sie sieht sie mehrmals am Tag, sie kann sich nicht daran gewöhnen. Lou ist erst seit einer Woche wieder zu Hause, und Peggy hat merklich an Gewicht verloren. Es ist, als würde sie schmelzen.

Früher hatte ihre Mutter eine tolle Figur. Es gibt Fotos von ihr, die sie als junge Frau im Bikini am Morocco Pond zeigen. Umwerfend. Lou dagegen war rothaarig, trug eine Brille und wusste nie wohin mit ihren langen Armen und Beinen. Ihre Mutter lebte Lou vor, wie man sich weiblich gab, doch das war eindeutig nicht Lous Welt.

Als Lou näher tritt, sieht ihre Mutter vom Fernseher auf. Es ist kein guter Tag. Obwohl ihre Mutter nicht über Schmerzen klagt, erkennt Lou es an ihren Augen, den eingefallenen Wangen, daran, wie ihre Schönheit fortgewischt wurde und sie so leidend zurückließ. Sie stellt eine Tasse Tee neben ihre Mutter und setzt sich zu ihr in den Sessel.

Sie wird sich nicht mit ihr streiten, das wäre gefühllos. »Was ist heute los in Port Charles?«

»Ach«, sagt ihre Mutter, »ich weiß nicht, warum ich diesen Quatsch überhaupt gucke. Jeder hat mit jedem Sex.«

»Na, wenigstens hat überhaupt noch jemand Sex.«

Wann hat sie das letzte Mal versucht, mit ihrer Mutter zu scherzen? Auf Moms Lippen erscheint zwar kein Lächeln, aber sie zucken ein bisschen.

»Mich interessiert mehr die Mode als der Sex«, erklärt sie.

»Ich habe eine Idee«, sagt Lou. »Ich wasche dir die Haare, ich könnte dir auch die Nägel machen und dich schminken. Was meinst du?«

Ihre Mutter blickt sie an. Beiden ist klar, was dieses Angebot bedeutet: Waffenstillstand.

»Das wäre schön«, antwortet ihre Mutter schließlich. »Bei aller Liebe, vom Nägellackieren hat dein Vater keine Ahnung.«

Es gibt ein aufblasbares Waschbecken, das extra für die Haarwäsche entwickelt wurde. Das hat Irving Lou gleich bei ihrer Ankunft gezeigt, zusammen mit dem Toilettenstuhl, den Bettpfannen und den Nierenschalen. Bislang hat Lou noch nichts davon benutzen müssen. Irving hat diese Dinge erledigt. Sie fürchtet den Tag, an dem sie es tun muss. Doch ein Becken zum Shampoonieren der Haare ist ganz harmlos. Es hat eine ähnliche Form wie die Becken beim Friseur, mit hohen Seiten, einer Aussparung für den Nacken und einem Gummischlauch, um das Wasser anschließend abzulassen. Lou bläst es auf und zeigt es ihrer Mutter.

»Habt ihr das schon mal benutzt?«, fragt sie.

»Nein. Dein Vater hat mir beim Baden geholfen.«

Es ist ein Beleg dafür, wie stark ihre Mutter in der einen Woche, die sie hier ist, abgebaut hat. Lou kann sich nicht vorstellen, ihrer Mutter in die Wanne und wieder herauszuhelfen, ganz zu schweigen davon, sie überhaupt die Treppe zum Bad hinauf zu schaffen.

»Also«, sagt sie und bemüht sich um einen heiteren Ton. »Ich glaube, ich sollte das Bett abdecken, falls es tropft oder etwas überschwappt. Bin gleich zurück.«

Sie kehrt mit einem Stapel Handtücher und sicherheitshalber auch mit einigen Mülltüten zurück. Noch ein Gang, diesmal, um Shampoo und eine Schüssel mit warmem Wasser zu holen. »Okay, Mom, kannst du dich aufsetzen?«

Sie muss ihrer Mutter einen Arm um die Schultern legen und ihr beim Aufsetzen helfen. Peggys Rückgrat besteht aus einer Reihe harter Perlen unter dünner Haut. Als Peggy vor Schmerzen keucht, sagt Lou: »Tut mir leid, tut mir wirklich leid …«

»Du kannst nichts dafür«, erwidert Peggy. »Nur … mach schnell, okay?«

Lou deckt das Bett ab, richtet das Becken aus und hilft ihrer Mutter, den Kopf hineinzulegen. »Stell dir vor, ich wäre Sally«, sagt Lou. »Arbeitet Sally überhaupt noch als Friseurin?«

»Sie ist nach South Carolina gezogen.« Keuchend lässt sich Peggy sinken und schließt die Augen. »Ich habe nie wieder einen Friseur gefunden, der auch nur halb so gut war.«

»Ich bin immer noch sauer auf sie, weil sie mir in der dritten Klasse diesen Topfschnitt verpasst hat.«

»Einen Pagenschnitt. Du sahst süß aus. Es war modern.«

»Das war nie modern, Mom.« Sanft lässt sie mit einem Plastikbecher Wasser über das Haar ihrer Mutter fließen.

Zwischen dem Kastanienbraun schimmern ein paar silberne Fäden, aber nicht viele. Sie ist erst zweiundfünfzig. Mom war immer die Erwachsene, diejenige, die wusste, was am besten ist. Jetzt, wo Lou selbst erwachsen und Mutter ist, kommt ihr zweiundfünfzig schrecklich jung vor.

»Ich weiß noch, wie ich dir früher die Haare gewaschen habe«, sagt Peggy, als Lou Shampoo in ihre Handfläche drückt. »Du wolltest sie dir nie bürsten und hattest überall Knoten. Und dann hast du einmal mit Allie …«

»… einen Kaugummiblasen-Wettbewerb veranstaltet, und die Blase ist über meinem Kopf explodiert.«

»Ich habe es mit Erdnussbutter entfernt«, sagt Peggy. »Was für eine Sauerei!«

Lou war damals wütend, weil Allies Blase größer gewesen war als ihre, aber vor allem, weil ihr Haar aus einem Klumpen pinkfarbenem Kaugummi bestand und sie Angst hatte, dass ihre Mutter mit ihr schimpfen würde.

Doch Peggy hatte nicht geschimpft. Sie hat sich zu Lou in die Küche gesetzt und Erdnussbutter und einen Kamm geholt. Es dauerte ewig, das ganze Kaugummi zu entfernen. Doch Peggy riss oder zog kein einziges Mal an ihren Haaren. Sie strich das Kaugummi Strähne für Strähne heraus, bis alles weg war und Lou nach Erdnussbutter roch. Dann sagte sie: »Wenn du das nächste Mal mit Allie Blasen machst, setz eine Badekappe auf.«

Lou bemüht sich, so sanft zu sein wie ihre Mutter damals, als sie etwas Dummes getan hatte und damit rechnete, ausgeschimpft zu werden. Sie erinnert sich, wie sie Dana in ihrer ersten kleinen Wohnung die Haare in der Wanne gewaschen hat. Danas Kopf war so klein, dass er in Lous Hand gepasst hat. Sie hat aus ihren Babyaugen zu Lou aufgesehen und ganz ruhig in dem warmen Wasser gelegen.

Peggys Haar ist nicht so fein wie Danas damals, aber fast. Wie Seide breitet es sich im Becken aus, und Lou lässt langsam, Becher für Becher, Wasser darüber fließen, um den Schaum auszuspülen. Peggy hat die Augen geschlossen, ihr Gesicht ist entspannt. Sie könnte eingeschlafen sein, und als Lou fertig ist, meint sie einen Moment, sie sei tatsächlich eingeschlafen, doch dann öffnet Peggy die Augen und blickt zu Lou hoch.

»Das fühlt sich wunderbar an«, sagt sie.

»Du hast noch einen ziemlichen Schopf.«

»Das ist der Vorteil, wenn man keine Chemo kriegt.«

Lou hilft ihr, sich wieder aufzusetzen, und wickelt ein Handtuch um ihr nasses Haar, dann entfernt sie das Becken und lässt das Wasser ab. Sie legt Handtücher auf das Kopfkissen, nimmt das Handtuch von Peggys Kopf und kämmt das Haar mit langsamen, sanften Strichen. Dann nimmt Lou ihre Mutter in den Arm, und die lässt sich zurücksinken aufs Kissen. Lou fragt sich, wann sie das letzte Mal so zärtlich zu jemandem war. Dana braucht schon seit geraumer Zeit keine Zärtlichkeit mehr von ihr – oder sie würde sie nicht zulassen. Und Geliebte sind selten.

Schon diese Aktion scheint ihre Mutter erschöpft zu haben. Schweigend geht Lou hinaus, um das Wasser wegzubringen. Dana ist in der Küche. Sie trägt Shorts, T-Shirt und Fußballschuhe und füllt eine Wasserflasche.

»Fußballtraining«, erklärt sie. »Ich habe gestern mit ein paar Jungs gespielt, und sie haben mich gefragt, ob ich in ihrer Mannschaft mitspielen will. Der Trainer sagt, ich darf am Dienstag bei einem Spiel dabei sein.«

»Gut«, sagt Lou, zugleich erfreut über Danas Initiative und erschrocken, dass ihre kleine Tochter all das ohne Lous Hilfe arrangiert hat. »Wer ist der Trainer?«

»Sie nennen ihn Hosenpisser.«

»Hosenpisser?«

Dana zuckt die Schultern. »Ein Spitzname. Er scheint okay zu sein. Er trainiert auch die Highschool-Mannschaft. Grandad sagt, er holt mich auf dem Heimweg von der Arbeit ab.«

»Kommst du allein hin? Ich muss bei Nana bleiben.«

»Ich nehme mein Fahrrad.« Was bedeutet, Lous altes Fahrrad, mit dem sie ständig in der Stadt unterwegs war und mit dem sie regelmäßig heimlich zum Morocco Pond gefahren ist.

Dana geht zur Tür, und als sie an ihr vorbeikommt, tippt Lou ihr auf die Schulter. Sie deutet auf ihre Wange und wartet auf einen Kuss. Dana gibt ihn ihr und eilt aus der Tür.

Lou geht nach oben ins Schlafzimmer ihrer Eltern, um eine Nagelfeile und Nagellack zu holen. Die Fläschchen stehen aufgereiht auf der Frisierkommode ihrer Mutter neben der Schminktasche mit dem Rosendekor. Sie erinnert sich, als sie, fasziniert von den kleinen Puderdosen, Fläschchen und Bürsten, auf die Idee kam, mit Peggys Schminktasche zu spielen. Peggy setzte sich mit Lou hin und zeigte ihr, wie man mit einem Pinsel Rouge auf die Wangenknochen stäubte, wie man Mascara mit einem sanften Schwung aufträgt, wie man Parfum in die Luft sprüht und anschließend durch die kühle Wolke läuft. Es kam Lou wie eine geheime Kunst vor, der Schlüssel zum Reich des Erwachsenseins, des Frauseins, in das sie eigentlich noch keinen Zutritt hatte.

Sie sieht die Fläschchen durch und wählt ein fröhliches leuchtendes Pfingstrosenpink.

Als sie wieder ins Esszimmer kommt, schläft ihre Mutter. Ihr feuchtes Haar lockt sich, genau wie Danas früher nach dem Baden. Manchmal saß Lou an Danas Bett und sah ihr beim Schlafen zu, obwohl sie Wäsche zu waschen, Rechnungen zu bezahlen und Hausarbeit zu erledigen hatte. Manchmal kam es ihr vor, als sei es ihre wichtigste Aufgabe überhaupt, ihrer Tochter beim Schlafen zuzusehen und auf sie aufzupassen.

Lou stellt den Nagellack zur Seite. Sie setzt sich neben ihre schlafende Mutter und trinkt einen Schluck kalt gewordenen Tee. Während des Waffenstillstands wird sie eine Weile auf sie aufpassen, auch wenn er nur vorübergehend ist. Und im Fernsehen hinter ihr läuft stumm die Seifenoper.

Louise

1985–1992

Wenn Lou Großmutter Alder besuchte und in dem pompösen Haus mit den zwei Türmen übernachtete, musste sie ein Kleid anziehen und ein Nachthemd anstelle von T-Shirt und Leggings einpacken, in denen sie sonst so gern schlief. Im Elternhaus ihres Vaters musste man sich gut benehmen und leise sprechen, allerdings gab es dort auch teure Schokolade in Schachteln, und das Bett war deutlich größer als Lous zu Hause. Darin konnte sie sich ausstrecken und so tun, als sei sie eine Prinzessin mit Dienern, die ihr jeden Wunsch erfüllten.

Grandpa Alder arbeitete hinter verschlossener Tür oben in seinem Büro, vor dem das Porträt von Louis Alder hing. Mit sechs Jahren fand Lou sowohl ihren Großvater als auch das Porträt ein bisschen unheimlich. Beide waren strenge Lehrmeister. Grandma Alder brachte Lou bei, wie man die Krusten von den Broten schnitt, weil am Nachmittag ihre Damen zum Bridgespielen kommen würden. Die Sandwiches, die Grandma Alder schnitt, waren makellos – lauter exakte Dreiecke auf einer geblümten Porzellanplatte. Lous Sandwiches waren krumm, und das Brot war dort gequetscht, wo sie es versehentlich beim Schneiden angefasst hatte.

»Nun«, bemerkte Grandma Alder, »du hast zwar nicht

das Aussehen von deiner Mutter geerbt, aber ihr Talent zum Kochen. Willst du eines Tages heiraten, Louise?«

»Vielleicht«, sagte Lou, kratzte sich am juckenden Taillenbund ihres Kleides und beschmierte sich dabei mit Mayonnaise. »Ich könnte Benny heiraten.«

»Benny Phelps wirst du nicht heiraten.« Ihre Großmutter schürzte die korallenfarbenen Lippen. »Du bist eine Alder. Vergiss das nie.«

»Okay«, antwortete Lou, obwohl sie nicht wusste, warum ihre Großmutter dachte, sie könnte ihren eigenen Nachnamen vergessen.

»Du magst nicht hübsch sein, aber als eine Alder kannst du heiraten, wen du willst. Und du wirst ein prächtiges weißes Kleid tragen und eine große Torte und viele Blumen bekommen, so wie ich damals. Wie findest du das?«

»Torte mag ich gern«, sagte Lou vorsichtig.

»Deine Mutter hatte kein weißes Kleid«, erklärte Grandma Alder und schürzte erneut die Lippen. »So dreist war sie dann doch nicht.«

Ihre Küche war groß, aber altmodisch, mit einem riesigen, tiefen, weißen Spülbecken und einem echten Speiseaufzug, der noch funktionierte. Man musste nur an einem Seil ziehen. Früher befand sich das Esszimmer in der oberen Etage, und Grandma sagte, die Bediensteten hätten das Essen zubereitet und in den Speiseaufzug gestellt. Bei jedem Besuch bat Lou darum, einmal darin fahren zu dürfen, doch Grandma sagte jedes Mal Nein. Das Haus ihrer anderen Großeltern war nicht so schick und so groß wie dieses, darum waren die Besuche dort weniger aufregend. Aber es lief das Radio, und manchmal durfte sie auf Papère Greniers Schultern reiten, und sie musste keine Angst haben, etwas durcheinander zu bringen.

Lou sortierte ihre Sandwiches und versuchte, sie so ordentlich zu garnieren wie ihre Großmutter. Etwas Füllung lief heraus und landete auf ihren Fingern. Gerade wollte sie sie ablecken, als ihr einfiel, dass Grandma Alder das nicht mochte, also wischte sie die Finger an ihrem Kleid ab.

»Und wenn du dann erst mal verheiratet bist, wirst du auch Kinder haben.«

»Ich will keine Kinder haben«, sagte Lou, ohne nachzudenken. »Ich will lieber durch die Welt reisen und Abenteuer erleben, und dann werde ich Schriftstellerin und schreibe Bücher.«

»Hmm«, machte Grandma Alder. »Louise Dawn Alder, was ist das da auf deinem Kleid?«

»Eiersalat?«

Ihre Großmutter schnalzte mit der Zunge und holte ein Spültuch. »Manchmal glaube ich wirklich, aus dir wird nie eine feine junge Dame.«

Junge Dame. Das klang nicht so interessant wie *Prinzessin*, *Darth Vader* oder *Schriftstellerin*.

»Warst du gern eine feine junge Dame?«, fragte sie ihre Großmutter, während diese ihr Kleid abwischte.

»Ja. Ich bin zu allen Bällen gegangen, und die jungen Männer standen Schlange, um mit mir zu tanzen.«

Das klang nicht schlecht. »Und hast du gern geheiratet und Kinder bekommen?«

»Nur das eine Kind. Deinen Vater. Ja. Er ist mein Ein und Alles. Ich hoffe, du machst nicht denselben Fehler wie er.«

»Was für einen Fehler hat Daddy denn gemacht?«

»Er hat deine Mutter in Schwierigkeiten gebracht.« Eifrig wusch Grandma Alder den Spüllappen aus.

»Was war mit Mommy?«, wollte Lou wissen. Sie war beunruhigt.

»Sie hatte ein Baby im Bauch.«

»Das Baby war schwierig für Mama?«

»Allerdings.« Grandma nahm das Glas mit den Plätzchen von der Arbeitsplatte und stellte es auf den Tisch. »Wenn du mir hilfst, die hier auf einem Teller zu arrangieren, darfst du einen haben. Hübsch und ordentlich in einem Kreis. So.«

Lou konzentrierte sich darauf, die Plätzchen gleichmäßig auf dem Teller zu verteilen, immer mit demselben Abstand. »Wie ist das Baby in Mommys Bauch gekommen?«, fragte sie, ohne von den Plätzchen aufzusehen. Sie überlegte bereits, ob sie womöglich zwei anstatt einem haben durfte.

Klirrend fiel ein Löffel auf einen Teller, und Lou zuckte vor Schreck zusammen. Wütend starrte ihre Großmutter sie an. »So etwas fragt man nicht. Das müssen junge Damen erst wissen, wenn sie verheiratet sind.« Es klingelte. Grandma Alder strich ihr graues Haar zurück. »Herrje, sie sind zu früh. Nimm keins von den Plätzchen, ehe ich es dir sage.«

Sie verließ die Küche, und sofort ließ Lou ein Plätzchen in der Tasche ihres Kleides verschwinden.

Im Biologieunterricht zu Beginn der siebten Klasse wurden die Jungs zum Sport geschickt, und die Mädchen blieben allein im Klassenzimmer zurück, wo Miss Doughty ihnen einen Zeichentrickfilm zeigte, in dem der Menstruationszyklus erklärt wurde. Das Video war berühmt an der Casablanca Junior High, weil es unerklärlicherweise von einer Superheldin namens »Cycle Woman« handelte, die Frauen vor Krämpfen, Stimmungsschwankungen und blutbefleckter Kleidung rettete, indem sie sie mit Damenbinden bewarf.

Lou und Allie wussten bereits alles über die Regelblutung. Sie hatten vor Jahren *Bist du da, Gott? Ich bin's, Margaret* gelesen. Außerdem hatte Allie im letzten Sommer, direkt nach ihrem zwölften Geburtstag, zum ersten Mal ihre Periode bekommen. Sie berichtete Lou jedes Detail – von dem Riesenpickel, der genau drei Tage während ihrer Periode an ihrem Kinn prangte, bis hin zum Rat ihrer Mutter, die Wäsche mit kaltem Wasser auszuwaschen, weil heißes Wasser das Blut in den Stoff kochte. Lou hörte gleichermaßen schockiert und neidisch zu, vor allem als Mrs. Phelps mit Allie einen BH kaufen ging und Allie mit einem weißen Modell und einem mit rosa Gänseblümchen zurückkehrte.

Lou wollte keinen BH mit rosa Gänseblümchen, obwohl sie fand, dass er bei Allie hübsch aussah, als sie ihn ihr am nächsten Tag vorführte. Wenn sie einen BH bekam, *falls* sie einen BH bekam, sollte er so schlicht wie möglich sein. Doch nachdem Allie gegangen war, schloss sie die Zimmertür, zog sich aus und betrachtete sich nackt im Spiegel. Ihre Brust war flach und voller Sommersprossen. Unter der Haut zeichneten sich die Rippen ab. Sie war mager, und ihre Hüften waren schmal wie bei einem Kind. Dass sie ein Mädchen und kein Junge war, konnte man nur an dem Spalt zwischen ihren Beinen sehen. Lou hob die Arme und suchte nach Achselhaaren, doch da war noch immer nichts. Sie setzte sich aufs Bett und forschte nach Schamhaaren, doch auch hier – Fehlanzeige. Nur rotblonde Härchen auf Armen und Beinen.

Die Monate vergingen, und die anderen Mädchen veränderten sich, nur Lou nicht. Sie drehten sich die Haare auf und tauschten Rücksäcke gegen Handtaschen ein – Handtaschen mit Lipgloss, duftenden Gelschreibern, Haarbürsten,

Damenbinden und Tampons. Sie trugen knappe T-Shirts, und sie kicherten vor den Jungen (einschließlich Benny). Vor und nach dem Sportunterricht sah Lou in der Umkleide, dass alle BHs trugen. Einige von ihnen sogar mit Spitze und dazu passenden Höschen. Beim Umziehen beobachtete sie sie möglichst unauffällig und verbarg ihre flache Brust unter Handtuch und T-Shirt. Hin- und hergerissen zwischen Sehnsucht und Neid, fragte sie sich, wie alle so locker sein konnten.

Peggy bewahrte Binden und Tampons im Badezimmerschrank unter dem Waschbecken auf und zeigte sie Lou, obwohl diese den Platz bereits kannte. Als Peggy Lou fragte, ob sie schon ihre Periode habe, verneinte Lou derart vehement, dass Peggy nicht noch einmal fragte, aber dennoch die Badezimmervorräte aufstockte. Jedes Mal, wenn Lou den Schrank öffnete, um eine neue Rolle Klopapier herauszuholen, führten ihr die Schachteln mit Tampax und Always vor Augen, was ihr fehlte – die ganzen Unannehmlichkeiten, mit denen Frauen lebten.

»Du hast Glück, dass du noch nicht so weit bist«, sagte Allie am Telefon. Die Mädchen telefonierten fast jeden Abend, wenn ihre Eltern fernsahen. Manchmal sprachen sie sich auch vorher ab und schlichen nach unten, wenn ihre Eltern eingeschlafen waren. Dann riefen sie sich an und nahmen schnell ab, bevor das Klingeln jemanden wecken konnte. Manchmal schliefen sie mit dem Telefon am Ohr ein. »Es *tut weh*«, erklärte Allie ihr. »Was soll's, du bist sowieso bald dran. Weil du im September Geburtstag hast, bist du jünger als die meisten anderen in der Klasse.«

»Das ist mir egal«, sagte Lou. Doch das stimmte nicht. Es war ihr nicht egal, und sie wusste nicht warum. Wollte sie, dass es passierte oder dass es nicht passierte?

Schließlich passierte es, als sie am wenigsten damit rechnete – gegen Ende des Naturkundeunterrichts in der achten Klasse. Es war Frühling, und Allie war mit einem Magen-Darm-Infekt zu Hause geblieben, sodass Lou im Labor keinen Partner hatte. Als sie aus der vorderen Bank aufstand, um einige Objektträger unter das Mikroskop zu legen, hörte sie, dass hinter ihr gekichert wurde. Sie sah sich um. R. J. Arsenault und Tom Ellis, die in der Bank hinter ihr saßen, stießen sich mit den Ellbogen an.

»Was ist?«, fragte sie. Die zwei zuckten mit den Schultern, und so wandte sie sich wieder ihren Objektträgern zu. Staubmilben. Widerlich.

Flüstern. Ein schrilles Kichern von der Seite des Raums. Als sie aufblickte, starrte Denise Mullins zu ihr herüber und hielt sich den Mund zu. Denise' Partnerin Jodi beobachtete sie ebenfalls. Im Grunde sahen alle sie an.

In diesem Moment machte Lou einen Rückwärtsschritt, spürte die Wärme zwischen ihren Beinen. Sie erstarrte. Sie wusste nicht, ob sie aus dem Raum rennen oder erst die Hand heben und um Erlaubnis bitten sollte. Gleich würde die Schulglocke ertönen, alle würden in den Flur laufen, und dann würden es sowieso alle sehen. Ihr Unterleib krampfte sich schmerzhaft zusammen. Sie drehte sich um und wich an die Bank zurück, sodass niemand die Rückseite ihrer Shorts sah. Und dann war auf einmal Benny bei ihr.

»Hier«, sagte er und reichte ihr seine Sweatjacke. »Zieh das an.«

Die Glocke ertönte, und die anderen Schüler drängten aus dem Raum. Lou wandte den Blick ab und steckte die Arme in die Jacke. Obwohl er nicht viel größer als sie war, reichte die Jacke über den Po und verbarg den Fleck. Vor lauter Scham hatte sie ganz vergessen, sich bei Benny zu bedanken, doch als sie aufblickte, war er weg und der Raum leer, bis auf Mr. O'Leary, der an seinem Pult Arbeiten korrigierte.

Lou wünschte sich verzweifelt, Allie wäre da, um ihr zu helfen. Sie schnappte sich ihre Sachen und rannte auf die Toilette, wo sie den Slip mit einem großen Bausch Klopapier ausstopfte. Die Vorstellung, ein Mädchen um eine Binde zu bitten, war zu peinlich, vor allem als sie hörte, wie zwei Mädchen beim Händewaschen über sie redeten.

Sie kam zu spät zum Englischunterricht, der letzten Stunde des Tages. Dort kauerte sie in dem Riesensweatshirt. Sie kam sich vor, als trüge sie eine Windel, und fürchtete, dass sie durch das Klopapier bluten würde. Sie merkte, wie alle sie ansahen. Benny war nicht in dem Kurs, aber in seiner Sweatjacke, den Reißverschluss bis zum Kinn hochgezogen, konnte sie ihn riechen. Das war seltsam, weil sie bislang nicht bemerkt hatte, dass er einen eigenen Geruch hatte. Ein Hauch Schweiß und Pfefferminzkaugummi und der harzige Geruch von einem Deo oder etwas Ähnlichem. Es war merkwürdig, aber ein bisschen tröstlich, obwohl es viel zu warm war, um im Mai eine Sweatjacke zu tragen. Sie vergrub die Nase im Kragen und versuchte, sich auf *Der Tod eines Handlungsreisenden* zu konzentrieren.

Als der Unterricht zu Ende war, blieb sie zurück und tat, als wäre sie damit beschäftigt, ihre Sachen zu packen. Sie wollte draußen niemandem begegnen. Als es endlich ruhig war, ging sie wieder auf die Toilette und wechselte das Klopapier gegen frisches aus. Inzwischen krampfte sich ihr Unterleib unablässig zusammen, ein stetes, schmerzhaftes Ziehen.

Zu ihrer Überraschung wartete Benny vor der Schule auf sie. Die Arme vor der Brust verschränkt, lehnte er an der Mauer. Er richtete sich auf, als sie herauskam.

»Hallo«, sagte Lou verlegen. Er wartete nie auf sie. Sie ging immer mit Allie nach Hause, schon seit der Grundschule begleitete Benny sie nicht mehr. Normalerweise hatte er Training oder ging mit anderen Jungs. »Willst du deine Jacke zurückhaben?«

»Nein«, sagte er. Die Arme noch immer vor der Brust verschränkt, kam er auf sie zu, als sei er wütend, ohne jedoch wütend auszusehen. »Du kannst sie bis morgen behalten.«

»Oh. Okay. Danke.«

Es war warm, dennoch ließ sie den Reißverschluss der Jacke geschlossen, als sie sich auf den Heimweg machten. Es war niemand anderes in der Nähe. Nachdem sie einige Minuten schweigend gegangen waren, sagte Lou noch einmal: »Danke.«

Benny zuckte die Schultern. »Ist doch kein Ding.«

»Für mich schon.«

»Bis morgen haben das alle wieder vergessen.«

»Ja, vielleicht.« Aber manche redeten noch immer davon, wie Georgia Bigelow letzten Sommer im See das Bikinioberteil verloren hatte, darum war sich Lou nicht so sicher.

Sie sah zu ihm hinüber. Es war eine Art Offenbarung, Bennys Sweatjacke zu tragen und zu wissen, dass er seinen eigenen Geruch hatte. Er war breiter gebaut als sie. Die Jacke hing von ihren Schultern und schlackerte um ihre Hände. Benny war nicht unbedingt der Mensch, der in ihren Träumen als edler Ritter auftauchte. Er behandelte sie wie seine Schwester, was bedeutete, dass er sie ärgerte, ihre Sachen klaute, die Hausaufgaben bei ihr abschrieb, unanständige Bilder in ihr Schulheft zeichnete und ihr ab und an eine Kopfnuss verpasste. Und er machte sich gern über andere Leute lustig. Er hatte Allie und ihr von Georgias Bikinioberteil erzählt. Doch heute hatte er gesehen, dass sie in Not war und nicht weiterwusste, und ihr ohne zu zögern geholfen.

Sie sah Benny nicht oft an, weil sie ihn schon so lange kannte, wie sie denken konnte, aber jetzt, während sie schweigend nebeneinander herliefen, musterte sie ihn. Auch er wurde erwachsen. Wurde zum Mann. Sein dichtes, dunkles Haar stand vom Kopf ab. Er hatte ein markantes Kinn und lange, dunkle Wimpern. Allie sagte manchmal, es sei unfair, dass er schönere Wimpern habe als sie. Seine Oberarme in dem T-Shirt waren muskulös.

Jetzt erst bemerkte Lou den frischen blauen Fleck an seinem linken Oberarm. »Was ist mit deinem Arm passiert?«, fragte sie.

Sofort verschränkte er wieder die Arme und verbarg den blauen Fleck. »Nichts.«

Seine Antwort kam zu schnell. Und er hatte an einem so warmen Tag eine langärmelige Sweatjacke getragen. Sie blieb stehen. »Hast du dich geprügelt? Ich verrate es auch nicht.«

»Nein, nur im Spaß gekämpft.«

Er log. Bei allem Herumalbern hatte Benny seinen Stolz. Wenn er einen Kampf verloren hatte, würde er auf keinen Fall wollen, dass jemand davon erfuhr. Sie hätte ihn gern weiter ausgefragt, um herauszufinden, ob er irgendwie in Schwierigkeiten steckte. Doch als er ihr heute geholfen hatte, hatte er ihr auch keine Fragen gestellt, und darüber war sie froh gewesen.

»Okay«, sagte sie. Er warf ihr einen dankbaren Blick zu, und sie dachte, dass sie das Richtige getan habe. Erst viel später sollte sie herausfinden, wie sehr sie sich getäuscht hatte.

Louise

Als sie die Tür öffnet, steht Allie davor. In Hose und Bluse. Lou kann ihre Miene nicht recht deuten.

»Ich dachte, ich komme kurz vorbei und sehe nach deiner Mom«, sagt sie.

Lou verzichtet auf den Hinweis, dass sie keinen Termin ausgemacht hat. Sie tritt zur Seite und lässt Allie herein. Sie hat ein Parfum mit Zitrusnote aufgelegt. »Geh ruhig durch.«

Allie geht ins Esszimmer, Lou bleibt am Eingang stehen. Ihre Mutter schläft. »Die Schwester war heute Morgen hier«, sagt sie, da Allie offenbar nicht gekommen ist, um mit ihr zu streiten.

Vorsichtig nimmt Allie Peggys Handgelenk und fühlt den Puls. »Wie läuft es mit der Schwester? Wer ist für euch zuständig?«

»Fiona. Sie ist sehr nett. Sie hilft uns bei den schwierigen Sachen wie Waschen und Bettbeziehen. Und auch mit der Schmerzpumpe. Der Gedanke an Morphium macht mir ein bisschen Angst, darum bin ich froh, dass sie hilft. Ich wünschte, mein Vater würde sie hier übernachten lassen. Ich glaube nicht, dass er viel schläft.«

Allie betrachtet den Fernsehsessel mit den Decken.

»Ganz bestimmt nicht. Du solltest ihm raten, sich bei seinem Arzt durchchecken zu lassen. Sterbebegleitung zehrt oft an der Gesundheit des Pflegenden.« Ganz sanft berührt sie Peggys Gesicht, dann hebt sie vorsichtig das Ende der Bettdecke hoch, um ihre Füße zu begutachten und zu berühren. »Und wie geht es dir?«

»Mir? Gut.«

»Und wenn es anders wäre, würdest du es mir wohl auch kaum sagen.«

»Auf dem Parkplatz neulich hätte Mrs. Deannis uns beide wohl am liebsten zum Nachsitzen verdonnert.«

Darüber muss Allie lächeln. Nur schwach, aber es ist ein Lächeln. Sie streicht die Decke über Peggy glatt. »Können wir reden?«

»Ich koche Kaffee.«

Lou ist nervös, als sie Wasser in die Maschine füllt und das Kaffeepulver in den Filter löffelt. Sie ist nicht in der Stimmung für eine weitere Auseinandersetzung. In Casablanca zu sein macht sie verletzlich und nervös. Seit Lou ihrer Mutter die Haare gewaschen hat, ist die Stimmung zwischen ihnen weniger angespannt, aber sie sind weit von einer Versöhnung entfernt. Ganz zu schweigen von der Tatsache, dass ihre Mutter unübersehbar stirbt – es geht ihr mit jedem Tag schlechter. Sie isst nichts mehr.

Lou holt Tassen heraus und füllt Milch in eins von Moms hübschen Kännchen. Als sie klein waren, haben Allie und sie bei Peggy immer darum gebettelt, mit dem guten Teeservice spielen zu dürfen. Jetzt sieht das Porzellan mit den orangefarbenen und braunen Blumen nur noch altmodisch aus. Siebziger Jahre eben.

»Ich lasse die Medikation deiner Mom erst mal, wie sie ist«, erklärt Allie, »aber wenn sich irgendetwas ändert oder wenn du das Gefühl hast, dass es ihr nicht guttut, ruf mich bitte sofort an.«

Lou nickt. »Machst du bei all deinen Patienten Hausbesuche?«

»Das würde ich gern, aber den Großteil meiner Zeit kümmere ich mich ehrlich gesagt um die Patienten, die eine Chance auf Heilung haben. Palliativpflege ist äußerst wichtig, darum haben wir dafür speziell ausgebildete Schwestern. Und die Familien müssen viel leisten. Familie und Freunde.« Sie setzt sich an den Tisch. »Ich weiß noch, wie meine Mutter gestorben ist. Deine Mom war viel bei ihr. Das hat es leichter gemacht.«

»Sie waren seit ihrer Kindheit beste Freundinnen.«

»Ja.«

Was soll man danach sagen? Lou schenkt zwei Tassen Kaffee ein und stellt die Zuckerdose vor Allie auf den Tisch.

»Seit ich Medizin studiert habe, esse ich keinen Zucker mehr.« Allie legt die Hand um die Tasse. »Hör zu, Lou, ich war gemein neulich. Du hast dich entschuldigt, und ich habe dich angeschrien. Versteh mich nicht falsch – es hat gutgetan, dich anzuschreien. Aber dann bin ich ins Auto gestiegen, und es lief ›You Can't Hurry Love‹.«

Allies CD-Spieler im Keller. Sie hüpfen auf dem durchgelegenen, karierten Schlafsofa auf und ab und singen in ihre Haarbürsten.

»Von den Supremes oder von Phil Collins?«, fragt Lou.

»Phil Collins.«

»Aha.«

»Ich war noch immer wütend, aber es hat mich berührt. Du warst meine beste Freundin. Du kanntest mich besser als jeder andere. Ich hatte Freundinnen auf dem College, im Medizinstudium, aber das war irgendwie anders.«

»Ja«, sagt Lou, nicht, weil sie weiß, wie Allies Freundinnen waren, sondern weil sie weiß, wie ihre waren. Mit keiner war es wie mit Allie.

»Meine Mutter und mein Vater sind tot, und es gibt niemanden mehr, der mich so gut kennt wie du. Außer Benny. Aber Benny bin ich nie so nah gewesen wie dir. Und Benny ist … nun ja, er ist nicht mehr der, der er mal war. Je älter ich werde …«

»… desto klarer wird mir, wie besonders unsere Freundschaft war«, führt Lou den Satz für sie zu Ende und denkt an all die Dinge, die sie ohne Allie erlebt hat. Die Schwangerschaft, die Geburt ihres Kindes, das Leben mit einem Kleinkind. Die ersten neuen Männerbekanntschaften, ihr Abschluss, das Einrichten ihrer Wohnung. Bei jedem einzelnen Meilenstein in ihrem Leben hat sie sich gewünscht, Allie wäre da. »Ich habe es kaputt gemacht. Das weiß ich. Das wollte ich dir neulich erklären. Es tut mir leid. Ich hätte dir schreiben sollen oder so. Aber ich konnte nicht.«

Sie glaubt immer noch nicht, dass sie ihr die Gründe erklären kann. Nicht in diesem Moment. Vielleicht nach dem Kaffee. Vielleicht in dreizehn Jahren. Sie könnte es mit einem Schluck Whiskey, aber das ist keine gute Idee, schließlich muss sie sich um eine sterbende Frau kümmern. Darum verzichtet sie auf den flüssigen Mutmacher und sagt: »Dann hat Phil Collins sozusagen unsere Freundschaft gerettet?«

Allie lacht. Sie hat ein wundervolles, tiefes Lachen, und es klingt noch genauso, wie Lou es in Erinnerung hat.

»Vielleicht nicht ganz. Aber er will, dass wir reden.«

»Wie gut, dass es nicht die Version von den Supremes war.«

»Ich bin mir ziemlich sicher, Diana Ross würde auch wollen, dass wir reden.«

Jetzt muss Lou lachen. Es fühlt sich gut an.

»Also.«

»Also.«

»Was hast du in den letzten dreizehn Jahren getrieben?«

Allie streicht mit dem Daumen über den Henkel ihrer Tasse. »Hauptsächlich Medizin studiert. Dann die Facharztausbildung. Ich hatte Glück, dass ich einen Teil hier oben in Portland machen konnte, da konnte ich mich um Mom kümmern.«

»Bist du verheiratet? Hast du Kinder?«

»Wie stellst du dir das vor? Es gab Sexbekanntschaften, für mehr war keine Zeit. Meine Arbeit spielt in meinem Leben eine große Rolle. Ich wollte mich ganz darauf konzentrieren. Dank Benny musste ich mich für das Studium nicht verschulden. Ich wollte ihn nicht enttäuschen.«

»Er hat dein Medizinstudium finanziert?« Der Kaffee hinterlässt einen schlechten Geschmack in ihrem Mund. Der heilige Benny.

»Als Dad den Herzinfarkt hatte, hat Benny es quasi übernommen … sich um Mom und mich zu kümmern. Damals hat er noch Baseball gespielt, darum hatte er Geld wie Heu, aber er hätte es nicht für uns ausgeben müssen. Das hat er aber getan, und das werde ich ihm nicht vergessen. Und? Bei dir?«

»Ein Kind. Dana. Sie ist toll.«

»Ihr Vater?«

»Spielt keine Rolle.« Sie steht auf, um Kaffee nachzugießen, obwohl ihre Tasse noch fast voll ist.

»Bist du verheiratet? Hast du einen Freund?«

»Ich bin Single. Mein letzter Partner war eine Frau. Megan. Aber wir haben uns getrennt. Sie musste zurück nach Irland gehen, und die Beziehung verlief im Sande.«

»Oh, das tut mir leid. Ich dachte … früher mochtest du Jungs.«

»Ich mag Männer *und* Frauen.« Sie schenkt Allie und sich Kaffee nach. In Brooklyn spricht sie frei über ihre Sexualität, aber in Casablanca ist das etwas anderes. Dies ist ihre Freundin aus Kindertagen, sie ist im Haus ihrer Kindheit. Ihre Mutter könnte aufwachen und sie hören. Verstohlen sieht sie zu Allie. Ihre Wangen sind ein wenig gerötet, aber sie hält Lous Blick stand. »Es kommt auf den Menschen an, nicht auf das Geschlecht.«

»Keine von uns hat bislang den Richtigen getroffen«, sagt Allie. »Ist das nicht komisch? Dabei waren wir uns sicher, dass wir mit dreißig verheiratet wären.«

»Du wolltest Zwillinge haben.«

»Wenigstens hast du es nach New York geschafft.«

»Ja. Ich unterrichte Englisch an einer Junior Highschool.«

»Du wolltest Bücher schreiben.«

Lou setzt sich wieder und zuckt mit den Schultern. »Es ist schwierig, Bücher zu schreiben, wenn man als alleinerziehende Mutter die Lehramtsprüfung macht und dann Vollzeit arbeitet.«

»Schreibst du gar nicht?«

»Doch. Ich schreibe einen Roman. Aber bislang nur für die Schublade.«

»Wovon handelt er?«

Sie holt tief Luft. »Es basiert auf einer wahren Geschichte. Hast du schon mal von Gill Lafayette gehört?«

»Nein.«

»Gill wurde Mitte des neunzehnten Jahrhunderts als Mädchen in New Brunswick geboren. Ihre gesamte Familie starb, und sie brauchte Geld. Ihr Vater war Maultiertreiber. Also verkleidete sich Gill als Mann, ging nach Maine und arbeitete als Fuhrmann in den Holzfällerlagern. Hier in der Gegend, bei den Pennacooks.«

»Unglaublich.«

»Ihre Lebensgeschichte ist faszinierend. Ich wollte schon immer was über Gill schreiben. Es war eine so gefährliche Arbeit, mit den Pferden und den schweren Holzstämmen, die ganze Zeit draußen. Die Leute wurden krank, sie wurden von Stämmen zerquetscht, sie verloren Gliedmaßen. Sie lebten monatelang draußen in den Wäldern, weit weg von der Zivilisation.«

»Was ist aus ihr geworden?«

»Aus ihr … aus ihm … Niemand weiß, wie Gill sich selbst sah. Vielleicht war sie eine Transsexuelle, obwohl es den Begriff damals noch nicht gab. Oder vielleicht wirklich nur eine Frau, die Männerkleidung trug, um in einer Männerwelt zu arbeiten. Erst hat sie als Fuhrmann gearbeitet. Später dann dann als Kutscher von Postwagen. Erst als sie mit vierundsechzig starb, fand man heraus, dass sie eigentlich eine Frau war. Sie hat irgendwann sogar ein Kind zur Welt gebracht.«

»Hat sie jemals geheiratet?«

»Nein.«

»Davon handelt also dein Roman?«

»So ungefähr. Ich weiß nicht … Gill ist eine faszinierende Person, aber es passiert eigentlich nicht viel. Ich habe jede Menge einzelne Kapitel, aber der Roman kommt irgendwie nicht richtig in Gang.« Das hat Lou noch niemandem erzählt. Jetzt sind es ihre Wangen, die gerötet sind. »Wie auch immer. Vielleicht schreibe ich ihn eines Tages fertig. Vielleicht, wenn Dana auf der Highschool ist.«

»Das klingt toll. Du konntest so gut schreiben.«

»Ja, du sagst es – *konnte*.«

Allie reibt an einem kleinen Kaffeefleck auf dem Tischtuch. »Es ist komisch, dass unsere Träume in Erfüllung gegangen sind, aber anders, als wir dachten. Ich bin Ärztin, aber ich bin immer noch hier. Du bist nach New York gezogen und hast einen Roman geschrieben, aber mehr für dich als für andere. Und Benny hat für die Red Sox gespielt, doch dann wurde er verletzt, und jetzt ist er … nun ja …«

»Jetzt ist er was?«, fragt sie unwillkürlich.

»Hast du das nicht mitbekommen?«

»Ich sehe mir kein Baseball an.« Untertreibung. Eine Zeit lang verließ sie den Raum, wenn Baseball im Fernsehen lief. Sie konnte keine Bar betreten, in der Baseball lief. Das hat sich inzwischen gebessert. »Mein Vater hat gesagt, er wurde schwer verletzt und musste aufhören«, fügt sie hinzu.

»Er wurde von einem Line Drive getroffen. Wir dachten, er wäre tot. Fast einen Monat lag er im Koma.« Allie trinkt einen großen Schluck Kaffee. »Jedenfalls, jetzt wohnt er oben am Morocco Pond. Das ist ein Grund, warum ich die Stelle hier im Krankenhaus angenommen habe. So kann ich in seiner Nähe sein.«

»Er ist *hier?*« Sie könnte ihm begegnen? Im Supermarkt, auf der Straße, in Rick's Diner? Lou fasst sich. »Ich meine – das wusste ich nicht.«

»Um ehrlich zu sein, habe ich eigentlich nicht damit gerechnet, dass er zurückkommt, nachdem unsere Mutter gestorben war. Aber ich glaube, er fühlte sich hier sicherer.«

Sicherer.

Als sie Allie das erste Mal wiedergetroffen hat, dachte Lou, Allie wisse vielleicht, was zwischen ihr und Benny vorgefallen ist, und gebe ihr die Schuld. Doch so, wie sie jetzt über ihren Zwillingsbruder spricht, ist Lou sich sicher, dass Allie nichts weiß. Sie weiß nicht, was für ein Mensch Benny ist. Oder was er getan hat.

Lou steht auf. Sie weiß nicht, wohin mit ihren Händen.

»Ist alles in Ordnung?«

»Ich glaube, ich habe Mom gehört. Ich bin gleich zurück.«

In Moms Zimmer ist es still. Ein Ventilator sorgt für kühle Luft. Ein Streifen Sonnenlicht fällt auf Peggys Brust und wird bald ihr Gesicht erreichen. Lou zieht die Rollos herunter. Ihre Mutter schläft mit offenem Mund. Lou kann sich nicht daran erinnern, dass sie das getan hat, bevor sie krank wurde. Neben dem Bett steht ein Plastikbecher mit einem Strohhalm. Gestern Abend hatte ihre Mutter Schwierigkeiten, sich weit genug aufzurichten, um zu trinken. Bald wird sie gar nicht mehr trinken können. Wenn sie nicht wollen, dass sie verdurstet, ehe der Krebs sie dahinrafft, müssen sie ihr zusätzlich zu den Medikamenten noch mehr Kochsalzlösung verabreichen und einen Katheter in ihren Körper legen. Um sie am Leben zu erhalten – damit sie sterben kann.

Als sich sanft eine Hand auf ihre Schulter legt, erschrickt Lou.

»Hey«, sagt Allie leise neben ihr. »Lou, es tut mir leid. Ich hätte nicht von Koma und Sterben reden sollen. Das ist ein schwieriges Thema für dich.«

Lou nickt.

»Aber ich bin froh, dass wir uns unterhalten haben«, sagt Allie. »Du hast mir gefehlt.«

»Du mir auch. Sehr sogar.«

»Sind wir wieder Freundinnen?«

Wieder nickt Lou. Sie drückt Allies Hand auf ihrer Schulter.

Sie wird ihr erzählen müssen, was passiert ist.

In dieser Nacht, als alle schlafen, klappt Lou ihren Laptop auf und googelt: *Benny Phelps Red Sox Verletzung*. Es gibt einen Haufen Links und ein YouTube-Video. Sie schaltet den Ton aus und klickt das Video an.

Es ist die Fernsehübertragung des Spiels, aber so geschnitten, dass auf dem Bildschirm nur Benny zu sehen ist. Er trägt sein weißes Red-Sox-Trikot mit der blauen Kappe, und obwohl das Bild unscharf ist, weil es bearbeitet wurde, erkennt Lou ihn sofort. Allein an seiner Körperhaltung. Dieses Herausschieben der Hüfte, wenn er steht, genauso hat er als Kind auf dem Spielfeld gestanden. Sie kann keine anderen Spieler sehen, aber Benny blickt nach vorn, vermutlich zum Schlagmann, und dann wird er plötzlich von etwas abgelenkt. Er spielt Shortstop. Vielleicht hat ein Spieler die zweite Base gestohlen. Benny dreht den Kopf nach links, dann kommt der Ball ins Bild. Er ist nur als weißer verschwommener Fleck zu erkennen.

Der Clip läuft nun in extremer Zeitlupe weiter, der Ball ist noch immer verschwommen, aber Benny nicht. Er hängt in der Luft, mit baumelndem Handschuh, die Beine fast graziös. Seine Kappe ist für einen Moment dort, wo zuvor sein Kopf war. Dann landet er seitlich im grünen Gras, alle viere von sich gestreckt. Er sieht aus wie tot, die Kappe liegt gut drei Meter von ihm entfernt, der Ball rollt jetzt harmlos über den Boden, auf einer Seite klebt Blut.

Der Ausschnitt endet. Sie klickt ihn erneut an.

Louis

Carrie ist ganz von New York mit ihrem Audi gekommen, obwohl sie nur einen Tag bleiben will. Als sie in die Auffahrt einbiegt, hupt sie mehrmals, und Lou, der oben mit seiner Mom die Nachrichten schaut, zieht den Vorhang zur Seite und sieht hinunter.

Er geht hinaus, um sie zu begrüßen, doch als sie aus dem Auto steigt, sagt sie nicht einmal Hallo. Sie öffnet die hintere Tür, und ein fuchsrotes Fellknäuel schießt heraus, springt an Lou hoch.

»Hallo, Mulder.« Lou lacht und kniet sich auf den Boden, damit der Hund ihn richtig begrüßen kann. Der klettert daraufhin auf seinen Schoß und schleckt ihm das Gesicht ab. Lou gräbt die Finger in das dicke Hundefell und atmet den vertrauten Geruch ein. Sechs Wochen hat er Mulder nicht gesehen. »Ich hab dich auch vermisst, mein Freund.«

»Da hatte einer Sehnsucht«, sagt Carrie. »Zum Glück bin ich nicht der sensible Typ, sonst müsste ich beleidigt sein, dass du ihn zuerst begrüßt.«

»Er hat mich überrumpelt«, sagt Lou. Er steht auf, wischt sich das Gesicht ab. Carrie trägt Sonnenbrille und Lippenstift und sieht wie immer toll aus. Er weiß nicht recht, wie er sie begrüßen soll. Vor sechs Wochen hat er sich ganz automatisch mit einem Kuss auf den Mund von ihr verabschiedet, aber seither ist ihre Trennung deutlich realer geworden. Carrie nimmt ihm die Entscheidung ab, indem sie ihn auf die Wange küsst und dann die Lippenstiftspuren fortwischt.

»Das im Kofferraum ist alles dein Kram«, erklärt sie. »Alles, was ich brauche, ist in meiner Tasche. Wo ist deine Mom?«

»Oben in ihrem Zimmer.«

»Hast du Alkohol da?«

»Rotwein und Weißwein.«

»Gib mir einen Roten. Ich habe vergessen, wie übel es in dieser Stadt riecht.« Sie geht ins Haus.

Während Lou das Gepäck aus dem Kofferraum holt, hüpft Mulder um seine Beine. Die Koffer sind schwer, und Lou fragt sich, ob Carrie die Chance genutzt hat, unnützen Krempel zu entsorgen. Dann denkt er: *Hör auf, sie hat einen weiten Weg auf sich genommen, um Mom zu besuchen und den Hund mitzubringen. Das hat nichts mit unserer Trennung zu tun.*

Mulder bellt. »Okay, warte, Junge, wenn ich das reingebracht habe, kümmere ich mich um dich«, sagt Lou und blickt zu ihm hinunter. Er sieht ein mit rosa Strass besetztes Halsband. Er geht in die Hocke, um das Namensschild zu lesen. *Fifi.*

»Carrie«, murmelt er, muss jedoch schmunzeln und trägt die Koffer ins Haus. Mulder klebt an seinen Fersen. Er stammt aus einem Hundeheim für Streuner – eine unergründliche Mischung aus verschiedenen Rassen. Lou hat ihn adoptiert, als er ein Jahr alt war. Er ist nicht gern allein, was okay für den Hund eines Schriftstellers ist. Während

Lous Abwesenheit musste Mulder allerdings tagsüber, solange Carrie arbeitete, allein in der Wohnung bleiben. Lou vermutet deshalb, dass ihm jetzt einige Tage lang ein roter Fellschatten folgen wird.

Oben in seinem Zimmer öffnet er einen der Koffer. Wie aufgrund des Gewichts schon vermutet, ist er voll von zerlesenen Taschenbüchern. Carrie hat allerdings seine Lieblingsbücher herausgesucht. Offenbar wollte sie ihm vor allem einen Gefallen tun und nicht Platz im Regal schaffen. (Wahrscheinlich das auch.) Mulders normales Halsband liegt oben auf, und Lou tauscht es gegen das rosa Glitzerband. Nicht, dass ein rosa Halsband den Stolz eines Rüden verletzen müsse, aber sein eigener Stolz … Nun, darüber möchte er nicht genauer nachdenken. Manchmal ist es leichter, sich den Erwartungen der Leute zu fügen.

Als er nach unten geht, ein großes Glas Malbec einschenkt und es mit nach oben nimmt, plaudern seine Mutter und seine Frau. Oder Ex-Frau? Ist sie das schon, wenn sie bislang nur den Entschluss gefasst haben? Er hört ihre Stimmen, als er die Treppe hinaufgeht.

Carrie hat ihre Sonnenbrille auf den Kopf geschoben und hält seiner Mutter einen rosafarbenen Lippenstift hin, damit sie die Farbe begutachten kann. »Probier den mal. Warte, ich mach schon.« Sie beugt sich vor, um ihn auf Peggys Lippen aufzutragen. »Der steht dir.« Sie schaltet ihr allgegenwärtiges Smartphone in den Selfie-Modus und reicht es Peggy, damit sie es als Spiegel benutzen kann.

»Der ist hübsch«, sagt Peggy und schürzt die Lippen. Plötzlich fällt Lou eine Situation aus seiner Kindheit ein, als Peggy ihn genau in diesem Zimmer beim Spielen mit ihren Schminksachen erwischte, ihm einen rosafarbenen Lippenstift abnahm und ihn hinausscheuchte.

»Ich schicke dir welche«, sagt Carrie zu Peggy.

»Das ist wahrscheinlich sinnlos.«

»Ach, sei nicht albern. Ich bekomme so viele Muster für die Arbeit. Nur weil du stirbst, heißt das nicht, dass du dabei nicht gut aussehen darfst. Wie sagt man so schön? ›Lebe schnell und hinterlasse eine gut aussehende Leiche.‹ Ich habe auch noch getönte Tagescreme und Rouge für dich.«

Mulder springt aufs Bett und hüpft zum Kopfende, um Peggy das Gesicht abzulecken. Mit dem Glas Wein in der Hand greift Lou ein. »Mulder, nein! Runter!«

Carrie nimmt ihm das Weinglas ab, ehe er etwas verschüttet. Mulder hält erschrocken inne, die Pfoten auf Peggys Brust.

»Entschuldige, Mom«, sagt Lou und zieht den Hund weg. »Ich passe auf, dass er nicht an die Möbel geht.«

»Hast du kein Glas für deine Mutter mitgebracht?«, fragt Carrie und trinkt einen Schluck, ohne Mulder groß zu beachten.

»Mom nimmt eine Menge Medikamente.«

»Willst du ein Glas, Peggy?«

Peggy überlegt. »Weißt du was – ich glaube, ja.«

»Wirklich? Geht das? Vielleicht sollten wir Allie anrufen.«

»Herrgott, sie stirbt, Louis. Das macht wohl kaum einen Unterschied, oder?«

»Wohl … nicht.« Den Hund unter den Arm geklemmt, stapft er nach unten, um zwei weitere Gläser Wein zu holen. Kleine.

Carrie und seine Mutter haben sich immer gut verstanden. Obwohl sie in vielerlei Hinsicht vollkommen verschieden sind, scheinen sie eine gemeinsame weibliche Sprache zu sprechen. Manchmal fragt er sich, ob er Carrie zum Teil deshalb geheiratet hat, weil sie so anders ist als alle Frauen, die er aus Casablanca kennt. Sie liest nicht nur die merkwürdigen Hochglanzmagazine, für die CPC früher das Papier hergestellt hat, sondern sie *arbeitet* für sie – und trotzdem ist sie eine Frau, die ihre Mutter mag. Natürlich ist das lächerlich. Er hat Carrie geheiratet, weil er sie mochte – liebte –, weil er sich zu ihr hingezogen fühlte und sie beide es damals für eine gute Idee hielten. Er mag sie noch immer. Seine Mutter hatte nichts damit zu tun. Und dennoch: Wird das Fundament für unsere Vorlieben und Entscheidungen nicht vom Moment unserer Geburt an gelegt?

Seine Mutter trinkt nur einen einzigen Schluck Wein, dann stellt sie das Glas auf den Nachttisch. Carrie erzählt eine Geschichte über irgendwelche Arbeitskolleginnen. Peggy hört zu, doch Lou sieht ihr an, dass sie sehr müde ist. Er schaut auf seine Uhr: Es ist Zeit für den täglichen Besuch der Schwester, und als hätte er sie mit seinem Gedanken herbeigerufen, hört er unten ein Klopfen. Die Haustür geht auf, dann ruft Allie: »Hallo, ist jemand da?«

»Hier oben«, ruft er, obwohl die Frage ebenso wie das Klopfen reine Formalität ist. Allie weiß, wo der Ersatzschlüssel versteckt ist, und hat die Erlaubnis, das Haus jederzeit zu betreten. Als er unten auf dem Sofa geschlafen hat, ist sie auf leisen Gummisohlen an ihm vorbeigeschlichen, ohne ihn zu wecken.

»Hallo«, sagt Allie und steckt den Kopf durch die Tür, ehe sie eintritt. Ihre Schwesternkleidung ist wie üblich makellos sauber und gebügelt, ihr Haar zu einem praktischen Pferdeschwanz zurückgebunden. »Wow! Wein und ein Hund. Bin ich in eine Party geplatzt?«

»Das ist Carrie«, sagt Peggy. »Lous Frau.«

Allie blickt rasch von Carrie zu Lou und dann wieder zur Carrie. »Freut mich«, sagt sie und streckt ihr die Hand hin, doch Lou hat gemerkt, dass sie überrascht ist, und er ist sich sicher, dass es Carrie auch nicht entgangen ist. Aber Carrie sagt nur: »Mich auch.«

»Und das ist Mulder«, sagt Lou.

»Dem schüttele ich später die Hand«, sagt Allie. »Wie geht es dir, Peggy?«

»Ich bin müde«, antwortet Peggy. »Gespräche ermüden mich viel schneller als früher.«

»Ich bleibe ein bisschen. Wenn ihr zu Abend essen wollt, macht nur. Geht was essen«, sagt Allie zu Lou und Carrie. »Im Rick's ist Chicken-Pie-Abend. Er schmeckt dort sehr gut.«

Lou versteht den Wink und drängt Carrie und Mulder aus dem Schlafzimmer, damit Allie ihre Arbeit tun kann.

»Hast du deiner Mutter nicht gesagt, dass wir uns trennen?«

Versteckt sitzen sie in einer hinteren Nische in Rick's Diner, der fast voll ist. Chicken Pie scheint beliebt zu sein. Lou hat ihn bestellt (»hundert Prozent reines Hühnerfleisch, hausgemacht«), als Beilage Zwiebelringe. Carrie hat sich für eine Suppe entschieden, ohne Brötchen. Im Rick's wird kein Alkohol ausgeschenkt, darum haben sie beide einen Kaffee genommen. Lou ist seit über zehn Jahren nicht mehr im Rick's gewesen. Es ist ein bisschen renoviert worden – die Kunststoffbezüge der Sitzecken sind nagelneu und leuchten orange –, ansonsten ist noch alles wie früher. Und die Zwiebelringe sind noch immer die besten, die er jemals gegessen hat.

»Ich will nicht, dass sie sich unnötig Sorgen macht«, sagt Lou.

»Ist das der Grund? Oder sind dir Zweifel gekommen?«

»Ich … zweifle an allem. Das ist so, wenn ein Elternteil stirbt.«

»Aber du überlegst nicht, ob wir wieder zusammenkommen.«

Er schüttelt den Kopf.

»Aber wenn ich es vorschlagen würde«, sagt Carrie, »würdest du um des lieben Friedens willen zustimmen.«

Vermutlich hat Carrie recht, wie üblich. Dass Mom stirbt, ist genug Veränderung für den Moment. Doch er sagt: »Nein. Es ist besser, wenn wir Freunde bleiben.«

»Wenn wir zusammenbleiben, werden wir jedenfalls keine Freunde bleiben. Ich kann nur ein gewisses Maß an Gleichgültigkeit ertragen.«

»Du bist mir nicht gleichgültig.«

»Du bist distanziert. Warst es immer schon.«

»Das war nie meine Absicht.«

»Du hast solche Schwierigkeiten loszulassen, dass es dir leichter fällt, dich gar nicht erst zu binden.« Sie isst einen Löffel Suppe. »Kleinstadtjunge versucht, den Kleinstadtmief loszuwerden. Du gibst nie alles von dir preis, behältst immer einen Teil für dich. Zum Beispiel hast du nie von diesem Diner erzählt, obwohl du ganz offensichtlich ständig hier warst. Du sprichst überhaupt nie von deiner Kindheit. Von den Büchern, die du gelesen hast, ja. Von den Filmen, die du gesehen hast, der Musik, die du gehört hast. Aber wo du aufgewachsen bist – nie.«

»Es ist … einfacher. Das hat nichts mit dir zu tun.«

»Ich nehme das nicht persönlich.« Carry zuckt die Schultern. »Oder zumindest versuche ich es.«

Er sieht sie an. Hat es in ihrer Ehe einen Moment gegeben, da sie irgendwo falsch abgebogen sind, oder war die Trennung von vornherein vorprogrammiert gewesen?

Vielleicht hat sie recht. Vielleicht kann er sich nicht binden. »Es ist wirklich nicht deine Schuld, Carrie. Du verstehst mich besser als jeder andere.«

»Ja. Aber es wäre schön, wenn ich nicht die ganze Arbeit allein machen müsste. Stell dir vor, wie ich mich gefühlt habe, als ich dein Buch gelesen habe. Da bin ich mit diesem ruhigen, normalen Typen verheiratet, und – *wusch*, veröffentlicht er einen Wälzer mit einer umwerfenden Liebesgeschichte, und ich muss mit dem Rest der Welt erfahren, dass mein Mann ein Romantiker ist.«

»Es tut mir leid.«

»Es ist, wie es ist.«

Einer von Carries Lieblingssätzen, mit dem Lou jedoch nicht ganz einverstanden ist, weil nach seiner Erfahrung die Dinge oft nicht einfach so sind, wie sie *sind*. Die Wahrheit ist wandelbar, je nach dem, aus welchem Blickwinkel man sie betrachtet. Sie haben sich darüber gestritten. Es lohnt nicht, jetzt wieder davon anzufangen. Stattdessen sagt er: »Bist du … Gibt es einen anderen?«

»Nicht der Rede wert.« Das bedeutet, dass es einen anderen gibt. »Wie ist der Chicken Pie?«

»Das Beste sind die Zwiebelringe.«

»Auf Zwiebelringe kann ich gut verzichten. Lass mich mal den Pie probieren.«

Er bietet ihr seinen Teller an, und sie taucht ihren Löffel hinein. »Und ich dachte, wenn wir uns trennen, muss ich dir nicht mehr die Hälfte von meinem Essen abgeben.«

»Du musst mir immer die Hälfte von deinem Essen abgeben. Eine Ehe kann enden, aber das Essenteilen ist eine lebenslange Verpflichtung.« Sie kaut. »Nicht schlecht. Gar nicht schlecht.«

»Bestell dir deinen eigenen, wenn du das nächste Mal hier bist.«

»Abgesehen von der Beerdigung deiner Mutter, habe ich nicht vor, noch einmal in meinem Leben in dieses stinkende Kaff zurückzukehren.«

»Ich nehme den Geruch gar nicht mehr wahr«, sagt er, und das stimmt. Er hat ihn die ersten ein oder zwei Tage bemerkt, dann trat der Geruch von Casablancas Papierfabrik in den Hintergrund und fiel weniger auf als die grünen Wiesen, die Kiefern oder der breite Fluss, in dem sich der Himmel spiegelt. Er war einfach da, wie jeden Tag seines Lebens bis zu jenem Sommer, als er achtzehn war und er den Schwefelgeruch gegen den von Abgasen, Hot-Dog-Ständen, Gullis und heißem Asphalt in New York eingetauscht hat.

Carrie lächelt mitleidig. Sie isst noch etwas von seinem Chicken Pie. »Das ist also Allie. Deine Ex-Freundin, stimmt's?«

Beinahe hätte er sich an einem Bissen Chicken Pie verschluckt. »Also … das ist lange her.«

Diesmal ist ihr Lächeln alles andere als mitleidig. »Magst du sie noch?«

»Ich … wie gesagt, Carrie, das ist lange her.«

»Ich bin froh, dass du sie noch magst. Allmählich habe ich mir schon Sorgen gemacht, dass du dich mir nicht öffnest, weil du schwul bist.«

Alte Gewohnheiten wird man nur schwer los. Er blickt sich um, vergewissert sich, dass niemand sie hört, dann erwidert er leiser: »Carrie, wir beide haben uns nur kennengelernt, weil ich deinen Mitbewohner abgeschleppt habe.«

»Ja, ich weiß, aber ich dachte, das sei nur ein Experiment gewesen.«

»Ich habe mich amüsiert. Das Geschlecht bedeutet mir nicht viel, mir geht es um den Menschen. Das habe ich dir schon mal erklärt.«

»Wirst du jetzt nach unserer Trennung als Nächstes mit einem Mann oder mit einer Frau zusammen sein?«

»Das weiß ich nicht. Ich möchte jetzt mit niemandem zusammen sein. Ist das wichtig?«

»Vielleicht habe ich gehofft, dass ich dich ein bisschen verändert habe.« Sie legt den Löffel ab und lehnt sich gegen die Bank.

»Du hast mich in vielerlei Hinsicht verändert.« Sie wirkt skeptisch, deshalb sagt er: »Pass auf. Als ich gerade nach New York gekommen war, gab es eine Menge Dinge, die ich dort tun konnte und die ich hier nicht tun konnte. Das hier ist eine Kleinstadt, und damals waren die Leute ziemlich engstirnig. Das heißt nicht, dass ich herumexperimentiert habe. Es heißt, ich war ich selbst.«

»Du meinst, als du mit Männern geschlafen hast, musstest du dich nicht mit irgendwelchen lästigen Gefühlen auseinandersetzen. Einfach jemanden aufreißen und vögeln. Nur ans Kondom denken.«

»Das ist ein Klischee.«

»Aber es trifft auf die Männer zu, die du dir ausgesucht hast.«

»Ich …« Er ist es ihr schuldig, ehrlich zu ihr zu sein. Denn diese ersten Jahre auf dem College in New York – die Clubs, die Bars – waren befreiend, aufregend, unkompliziert geteilte Lust, die mit nichts zu vergleichen war, was er bis dahin kannte. Es war die ungeschönte, schamlose Wahrheit, und genau so wollte er es. Aber es war menschlicher Kontakt ohne menschliche Konsequenzen, und an jenem Morgen, an dem er verkatert und in den Kleidern vom

Abend zuvor Carrie in ihrer Küche begegnete, hatte er es satt.

»Ja«, gibt er zu. »Immer, wenn ich jemanden zu mögen begann, habe ich Schluss gemacht. Ich hatte eine Weile Spaß, aber ich war nicht glücklich. Du hast mich glücklich gemacht, Carrie. Ich war gern mit dir zusammen. Das ist alles. Es hat nichts mit schwul oder hetero oder mit was auch immer zu tun.«

»Und ich wollte mehr als das. Und jetzt sitzen wir hier.« Jetzt hat sie Tränen in den Augen. Sie zieht ihre Sonnenbrille herunter. »Gott, gibt es hier in der Stadt eine Bar? Wir sollten uns betrinken.«

»Ich glaube nicht, dass ich das tun sollte. Ich habe jetzt die Verantwortung für meine Mutter. Ich bringe dich aber gern zu einer Bar.«

»Vergiss es. Ich trinke bei deiner Mutter den restlichen Wein aus und schlafe im Gästezimmer.«

Er beugt sich vor, nimmt ihre Hand. »Es tut mir wirklich leid, Carrie. Ich wünschte, ich könnte jemand anders für dich sein.«

»Es ist, wie es ist.« Doch sie lässt ihre Hand einen Moment in seiner liegen. Keiner von beiden trägt den Ehering.

»Danke, dass du gekommen bist und Mom besuchst und dass du Mulder mitgebracht und mit mir geredet hast. Ich bin froh, dass du da bist.«

Sie nickt und steht auf. »Wein, Louis, sofort! Sonst bleiben wir noch bis zum Hackbraten-Abend.«

Er steht auf. »Apropos … Fifi?«

Carrie lächelt nur.

In jener Nacht in seinem alten Zimmer, während seine Frau (noch ist sie seine Frau) zwei Türen weiter schläft, träumt Lou von Benny. Manchmal, wenn er von Benny träumt, ist es ein Albtraum: Geister und Schatten, eine Explosion, ein endloser Schrei. Dieser Traum ist anders. Es ist eine Erinnerung, die er so oft wachgerufen hat, dass sie sich vertraut anfühlt wie ein ausgewaschenes T-Shirt.

Er ist fünfzehn und übernachtet bei Benny. Seit über einem Jahr ist er mit Allie zusammen, doch wenn er bei den Phelps übernachtet, ist er immer Bennys Gast. Bei Allie darf er nicht schlafen, es sei denn, sie lassen die Tür offen. Weil Bennys Zimmer zu klein für sie beide ist, übernachten Lou und Benny im ausgebauten Keller. Aus dem Keller ist ein Hobbyraum mit Stereoanlage, Fernseher und Playstation in der Mitte geworden. Das karierte Sofa kann zum Bett ausgezogen werden, und wenn Verwandte wie Bennys und Allies Cousinen aus Connecticut über Nacht bleiben, wird der Raum zum Gästezimmer umfunktioniert. Die Betonwände sind mit Kiefernpanelen verkleidet, die Mr. Phelps eigenhändig angebracht und gestrichen hat, und auf dem Betonboden liegen braune Teppichfliesen. An der Wand hängen zwei Bilder: eine gerahmte Collage aus Babyfotos von Benny und Allie sowie ein Foto von einem Strand mit Fußspuren mit einem erbaulichen Bibelzitat. In einem Regal befinden sich Gesellschaftsspiele – *Vier gewinnt*, *Life*, *Monopoly*, *Trivial Pursuit* –, die meisten Kartons mit Tesafilm geklebt. Oben in der Mauer befinden sich einige kleine Fenster. Davor hängen keine Vorhänge. Benny kann immer ausschlafen, aber Lou wacht jedes Mal um sechs Uhr davon auf, dass ihm die Sonne ins Gesicht scheint. Was ihm allerdings nichts ausmacht. Er liegt gern in dem stillen Haus, das nicht seins ist, lauscht auf

Bennys Atem und denkt an Allie, die oben in ihrem Bett schläft.

Abgesehen von dem Technikkram, der in der Mitte des Kellers steht und von allen benutzt wird, ist der Hobbyraum strikt nach Geschlechtern aufgeteilt: Im hinteren Teil befindet sich Mrs. Phelps' kleine Nähecke. Dort stehen eine Nähmaschine, Schachteln mit Stoffen, Garn und Ähnlichem. Es gibt auch eine Schneiderbüste auf einer Stange, und manchmal, wenn sie auf dem Sofa zusammen fernsehen und Lou und Allie kuscheln, nimmt Benny die Büste und tut so, als wäre sie seine Freundin. Er bietet ihr Popcorn an – obwohl sie keinen Kopf hat – oder tut so, als würde er ihre steife Brust streicheln. Manchmal stellt Allie ihr aus den Nähsachen ihrer Mutter alberne Kostüme zusammen: aus Spitzenschleifen und unzähligen Reißverschlüssen. Aus einem Grund, der Lou nicht ganz klar ist, nennt sie die Puppe »Mo«.

Im vorderen Teil des Raums, in der Nähe der Treppe, befindet sich Mr. Phelps' Waffenschrank, der aus grünem Metall besteht und mit einem Zahlenschloss gesichert ist. Ein Waffenschrank sollte immer verschlossen sein, aber Mr. Phelps nimmt es nicht so genau, deswegen steht die Tür häufig offen. In dem Schrank bewahrt er zahlreiche Waffen auf: Jagdgewehre, Sportpistolen, eine Handfeuerwaffe zur Selbstverteidigung. Darunter ist auch das Gewehr, mit dem er Lou und Benny das Laden beigebracht hat, Lou kann es jedoch nicht von den anderen unterscheiden. Wenn er sich an jenen Tag erinnert, empfindet er vor allem Erstaunen und Unbehagen. Mr. Phelps besitzt auch einige altertümliche Gewehre, darunter eins aus dem Jahr 1900, das über Generationen vom Vater an den Sohn weitergegeben wurde. Eines Tages wird Benny es bekommen.

Mr. Phelps nimmt Benny mit zum Jagen. Lou ist froh,

dass sein Dad ihm verbietet mitzugehen. Sie jagen Enten, Rotwild und Elche, wenn Mr. Phelps die Genehmigung für einen erhält. Sie schießen fast immer etwas, und an der Route 27 wohnt jemand, der das Wild für sie ausnimmt, zerlegt und sauber in Wachspapier und Plastiktüten verpackt, die sich am Ende in der Gefriertruhe stapeln. Auch diese befindet sich im Keller, unter der Treppe. Die Päckchen sind beschriftet: *Hirschsteaks. Entenbrust. Elch-Hack. Kaninchen.* Bei sich zu Hause hat Lou noch nie Wild gegessen – sie halten sich an Hähnchen und Rinderhack, normales Essen –, und wenn er hier zu Abend isst, fragt er eigentlich nicht, von welchem Tier es ist.

Wenn der Fernseher ausgeschaltet ist und oben alle bereits im Bett sind, ist das einzige Geräusch im Keller (und in Lous Traum) das Brummen der Gefriertruhe voller toter Tiere. Benny und er haben den Sofatisch zur Seite geschoben – auf dem angebrochene Dorito-Tüten und leere Cola-Dosen liegen – und ihre Schlafsäcke in der Mitte des Raums nebeneinander ausgebreitet. Kurz vorm Einschlafen denkt Lou in seinem Schlafsack an den Film, den sie schon zum fünften Mal gesehen haben. Wie schade, dass es im wahren Leben so wenige Gelegenheiten gibt, bei denen man »Yippee-ki-yay, Schweinebacke« ausrufen kann.

Ein verstohlenes Geräusch dringt aus dem Schlafsack neben ihm. Leise und rhythmisch. Ein Keuchen. Lou, der schon fast eingeschlafen war, ist jetzt wieder hellwach. Er öffnet die Augen. Nur wenige Zentimeter neben ihm ist Bennys Schatten zu erkennen. Lou kann nichts sehen, doch er weiß, was das Geräusch bedeutet.

Plötzlich ist Lou zu warm in seinem Schlafsack. Er atmet nicht. Er schließt die Augen, damit Benny nicht sieht, dass er wach ist und lauscht.

Jetzt hält Benny ebenfalls den Atem an, doch die Bewegungen verstärken sich und werden lauter. Rascheln von Stoff, ein verräterisches Reiben. Lou stellt es sich vor. Die rechte Hand unter den Gummibund der Boxershorts geschoben. Er hat noch nie gesehen, wie Benny das macht, oder sonst irgendwer, aber er weiß, was er selbst in seinem Bett, in der Dusche, manchmal auf der Schultoilette tut. Er kennt den Griff, die Haltung, das feste O aus Zeigefinger und Daumen, die schweißfeuchte Hand.

Lous Schwanz ist hart. Langsam, um kein Geräusch zu machen, lässt er die eigene Hand nach unten in seine Boxershorts gleiten. Er umfasst ihn. Wagt es nicht, sich zu bewegen. Atmet leise und gleichmäßig, als würde er schlafen. Wie Bennys Schwanz wohl aussieht, wenn er steif ist? Sie haben sich schon oft nackt gesehen, ihr ganzes Leben lang – in Umkleidekabinen und unter der Dusche, beim Schwimmen und beim Übernachten –, und er hat flüchtige Blicke riskiert. Er kennt das dunkle Haar, die sanfte Wölbung seines weichen Schwanzes, aber wie sieht er in Bennys Hand aus? Ist er größer oder kleiner als Lous? Wie fühlt sich die Haut unter seinen Fingern an, über einen festen Kern gespannt, eine Schwellung an der Spitze? Was hat er für eine Farbe, wie riecht er?

Er drückt zu und atmet, und die Bewegungen neben ihm hören auf. Lou hält ebenfalls inne und reißt die Augen auf.

»Ich hoffe, du denkst nicht an meine Schwester«, sagt Benny.

»Nein.« Er flüstert. »Tu ich nicht.«

»Lass es.«

»Okay.«

Benny fängt als Erster wieder an. Jetzt nicht mehr heimlich. Lou hört seine schnellen Bewegungen, fast als wollte er es hinter sich bringen. Lou möchte es nicht hinter sich bringen. Er lauscht und schließt die Augen, damit Benny in der Dunkelheit nicht merkt, dass Lou ihn beobachten will, und fällt in Bennys Rhythmus ein. Kurz und schnell, drängend.

Benny atmet scharf ein, und das ist alles. Doch Lou weiß, was das bedeutet. Lou gibt ein Stöhnen von sich – es klingt wie ein Husten –, rollt sich auf die Seite und drückt sein Gesicht an Bennys nackte Schulter, seinen Mund an Bennys Hals. Er stöhnt noch einmal, drückt fest zu und kommt in seiner Hand.

Sein Herz rast. Er kann Bennys Schweiß riechen. Lou öffnet nicht die Augen, und Benny rührt sich nicht. Lässt ihn einfach dort liegen, während sich sein Atem beruhigt und die Gefriertruhe brummt, als wäre nichts gewesen.

Keuchend erwacht Lou in der Gegenwart. Die Pyjamahose ist klebrig und nass. Er setzt sich auf, zieht sie aus und knüllt die Hose zusammen. Er kann nicht duschen, sonst weckt er Carrie auf.

Benny und er verloren am nächsten Tag kein Wort darüber. Lou war als Erster aufgewacht und hatte die beiden zusammengeknüllten Taschentücher weggeworfen, die auf dem Boden lagen. Ständig musste er an Allie denken. Wie wütend sie wäre, auch wenn er sie nicht betrogen hatte, auch wenn Benny und er sich kaum berührt hatten, abgesehen von den wenigen Sekunden zum Schluss, als Lou Bennys nackte Haut mit seinem Gesicht und seinem Atem berührt hatte, als Benny ihn nah an sich herangelassen hatte. Lou sprach nie mit Benny darüber, und er sprach auch nie mit Allie darüber.

Dass er jetzt davon geträumt hat, liegt an seinem Gespräch mit Carrie im Rick's. Daran, dass sie gesagt hat: *Als du mit Männern geschlafen hast, musstest du dich nicht mit irgendwelchen lästigen Gefühlen auseinandersetzen.* Denn das traf vielleicht auf die Männer zu, mit denen er auf dem College geschlafen hat. Aber es traf nicht auf Benny zu, obwohl sie nie mehr als das getan haben, obwohl Benny all diese Dinge gesagt hat, bevor er starb. Vielleicht hat Lou in den Monaten, bevor er Carrie begegnet ist, versucht, diesen Moment aus seiner Erinnerung zu löschen. Vielleicht hat er das versucht, seit Benny in ebenjenem Keller gestorben ist, genau an der Stelle, an der er und Lou sich fast geliebt hätten.

Lou zieht sich eine frische Pyjamahose an und schläft wieder ein. Als er später am Vormittag aufwacht, liegt Mulder nicht auf der Decke, die Lou für ihn auf den Boden gelegt hat. Carries Tür ist fest verschlossen. Er geht zu seiner Mutter ins Zimmer, um nach ihr zu sehen, und Mulder liegt zu einer kompakten fuchsroten Kugel zusammengerollt am Fußende des Krankenbetts, die Nase unter den Schwanz geklemmt. Peggy ist wach und sieht leise die Morgennachrichten.

»Oh, es tut mir leid, Mom. Mulder weiß genau, dass er nicht aufs Bett darf.« Er schnippt mit den Fingern, und Mulders Ohren zucken, doch er rührt sich nicht.

»Schon gut. Er leistet mir Gesellschaft.« Sie macht einen Kusslaut, und Mulder hebt den Kopf und sieht sie an. Sein flauschiger Schwanz schlägt auf die Bettdecke. »Tiere spüren es, wenn jemand krank ist. Das ist ein Instinkt. Nachdem dein Vater gegangen ist, habe ich oft überlegt, mir eine Katze anzuschaffen.«

»Er ist mir ein guter Gesellschafter. Beim Schreiben, meine ich.«

Peggy nickt. »Sehen wir Carrie vor zwölf?«

»Ich schätze, um halb zwölf.«

»Und sie fährt heute zurück?«

»Ja. Sie kann sich nicht freinehmen.« Das ist eine Lüge.

»Warum hast du mir nicht erzählt, dass ihr euch getrennt habt?« Der Ton seiner Mutter ist freundlich. »Du bist seit zwei Wochen hier und hast es nicht erwähnt.«

»Ich wollte es dir sagen, nachdem das Buch erschienen ist, aber dann … Wir wollten dich nicht beunruhigen. Woher weißt du es?«

»Ihr tragt beide nicht euren Ehering.«

»Scharfe Augen, Mom.«

»Es ist das, was noch funktioniert, und das auch nur, bis die Medikamente wirken.«

Lou setzt sich ans Fußende. Mulder legt verschlafen den Kopf auf seinen Schenkel, und Lou krault ihn hinter den Hundeohren.

Peggy sagt: »Ich mag Carrie. Aber sie ist nicht die Richtige für dich. Du kommst für sie nicht an erster Stelle. Dein Vater und ich kamen für einander immer an erster Stelle.«

Er stutzt. »Dad hat dich verlassen und reist in der Welt herum. Er weiß noch nicht einmal, dass du krank bist.«

Peggy seufzt. »Irving gibt sich an allem die Schuld. Daran, dass du Casablanca verlassen hast, an Bennys Tod. Ich habe mich mit Mary gestritten – habe jahrelang nicht mit ihr gesprochen. Bis sie krank wurde. Und dann hat er sich auch noch die Schuld an ihrer Krankheit gegeben. Er meinte, die Umweltverschmutzung durch die Fabrik und der Kummer seien für ihren Krebs verantwortlich.«

»Warum sollte Dad sich die Schuld an Bennys Tod geben?«

»Alles wegen der Fabrik. Weil sie die Stadt gespalten hat.«

»Aber Dad gehörte die Fabrik damals doch gar nicht. Und sobald sie ihm gehörte, hat er sie verkauft.«

»Er fühlt sich trotzdem verantwortlich. Sie gehörte seiner Familie. Er meinte, sie sei vergiftet. Er musste weggehen. Dein Vater ist ein guter Mensch. Ich wusste, dass ich ihn nicht halten kann. Das war mir schon klar, als ich ihn kennenlernte.« Sie schließt die Augen, seufzt und sagt: »Liebst du Carrie noch?«

Nach dem, was seine Mutter gesagt hat, ist Carrie das Letzte, woran er denkt. Was ihm als Antwort genügen sollte. Stattdessen sagt er: »Ich weiß es nicht. Liebst du Dad noch?«

»Ich habe nie einen anderen Mann geliebt.« Sie streckt die schmale Hand aus, um den Kopf des Hundes auf Lous Knie zu streicheln. »Ich hätte mir eine Katze anschaffen sollen.«

Louise

»Wer ist *Rick*?«, fragt Dana, als sie das altmodische Schnellrestaurant betreten. Und altmodisch nicht auf eine gute Art. Die Wände sind mit Holzimitat getäfelt, die Lampen aus orangefarbenem Plastik. Die Tische bestehen ebenfalls aus Holzimitat, und die Polsterung der Bänke in den Sitzecken und der Hocker am Tresen ist dermaßen abgewetzt, dass schwer zu sagen ist, ob sie einmal zu den orangefarbenen Lampen gepasst hat oder ob sie schon immer diesen ekelhaften Gelbton hatte. »Ist er das?« Sie zeigt auf den Mann am Grill, dessen weißes T-Shirt nur so gerade den dicken Bauch verdeckt. Selbst der Geruch von Frittieröl, der den Raum erfüllt, scheint aus einer anderen Zeit zu stammen.

»Ich glaube nicht, dass es einen Rick gibt«, sagt ihre Mutter. Lou hat sich schick gemacht, oder zumindest schicker als normalerweise, wenn sie nicht arbeitet: Sie trägt eine ärmellose Bluse zu Jeans sowie Kontaktlinsen, hat sich ein bisschen geschminkt und Ohrringe angelegt. All das scheint für diesen fast leeren Laden deutlich zu viel Aufwand. Dana trägt Shorts und ein T-Shirt fürs Fußballtraining. Im Rucksack hat sie ihre Sportschuhe dabei.

»Wie, kein Rick?«, fragt Dana. »Noch nicht einmal ein

toter?« Wahrscheinlich verrottet er irgendwo im Hinterhof.

»Ich bin mir ziemlich sicher, dass Humphrey Bogart gemeint ist. In dem Film *Casablanca* hieß er Rick.« Mom entdeckt ihre Freundin an einem Tisch im hinteren Teil des Raums und winkt. »Da ist Allie. Komm!«

Als Lou Dana gesagt hat, dass sie sich mit ihrer Freundin Allie zum Frühstück treffen würden, hatte sie keine Ahnung, wie diese Freundin aussieht oder was sie mit ihrer Mutter zu tun hat. Die Allie, die auf sie wartet, trägt ein gelbes Sommerkleid, hat das braune Haar zu einem Pferdeschwanz zurückgebunden und sieht eigentlich nicht wie eine Ärztin aus. Doch wer weiß schon, wie Ärzte an ihren freien Tagen aussehen? Wie normale Menschen. Die Frau blickt auf und lächelt, als sie auf sie zukommen.

»Hallo, du musst Dana sein«, sagt sie und streckt Dana die Hand hin, was die meisten Menschen bei Kindern nicht tun. Dana schüttelt sie und setzt sich ihr gegenüber. Ihre Mom nimmt den Platz neben Allie.

»Ist dieser Laden hygienisch?«, fragt sie Allie, weil sie das als Ärztin vermutlich weiß.

»Ein bisschen Schmutz schadet nicht«, gibt diese zurück. »Solange du nicht vom Boden isst, hast du nichts zu befürchten. Hier, ich habe uns Speisekarten besorgt.«

Ihre Mom blickt sich in dem musealen Laden um. »Mensch, hier hat sich ja nichts verändert.«

»Zwiebelringe gibt es auch immer noch«, bemerkt Allie. »Wenn ich eine Nacht Bereitschaft habe, esse ich viel zu viel von den Dingern. Manchmal zum Frühstück.«

»Kann ich die zum Frühstück bestellen? Eher nicht, oder?«

»Beim Frühstück ist alles erlaubt.«

»Die wichtigste Mahlzeit des Tages, stimmt's?«

»Darf ich Kaffee haben?«, fragt Dana, weil ihre Mutter so gut gelaunt zu sein scheint, dass sie es womöglich tatsächlich erlaubt.

»Nein«, sagt Lou. »Du darfst einen von meinen Zwiebelringen haben, wenn du willst.«

»O Mann.« Dana nimmt eine der laminierten Speisekarten und studiert sie. Die Karte ist so alt, dass die Preise durchgestrichen und mit höheren überschrieben wurden. »Was kann man hier essen?«

»Die Blaubeerpfannkuchen sind gut«, erklärt Allie. »Und die Zwiebelringe. Die deine Mom empfiehlt. Weißt du noch?«

»Nach den abendlichen Jahrbuch-Treffen? O mein Gott. Und als du …«

»… die ganze Flasche Ketchup …«

»… und die Barbiepuppe …«

Beide, zwei erwachsene Frauen, schütten sich aus vor Lachen. Dana verdreht die Augen und legt die Speisekarte auf den Tisch. »Zwei Spiegeleier mit Speck«, sagt sie zu der Kellnerin, die an ihren Tisch getreten ist, was die beiden anderen noch nicht bemerkt haben. »Und eine Schokomilch.«

»Alles klar, Schatz«, sagt die Kellnerin und dann: »Schön, euch zwei wieder zusammen zu sehen.« Sie schenkt Kaffee in zwei Tassen und geht.

»Hey«, sagt Dana. »Sie hat eure Bestellung gar nicht aufgenommen.«

»Das muss sie auch nicht«, erwidert Allie. »Also, Dana, erzähl mir was von dir.«

Dana zuckt mit den Schultern. Was soll sie antworten, wenn eine Erwachsene eine solche Frage stellt? »Ich mag Sport.«

»Dann kommst du nach deiner Mutter. Lou war eine gute Läuferin.«

»Und du nicht«, sagt Lou.

»Ich habe nur mitgemacht, weil du gelaufen bist. Ich kann immer noch keine halbe Meile laufen, ohne ohnmächtig zu werden. Oder mich zu übergeben.«

»O mein Gott, weißt du noch, als …«

»Ja!«

So geht das die ganze Zeit. Die eine beendet den Satz der anderen. Sie reden über irgendwelchen Mist, der vor Ewigkeiten passiert ist. Dann bringt die Kellnerin ihr Essen (ein Omelett für Allie und einen Teller mit Zwiebelringen für Mom). Weil Danas Handy nicht funktioniert, kann sie beim Essen nur die beiden auf der anderen Seite des Tisches beobachten. So hat sie ihre Mutter noch nie erlebt. Nicht einmal, wenn sie eine neue Flamme hat. Sie ist nervös, scheint sich aber wohl zu fühlen, redet schnell und lacht viel – ihr Gesicht ist ständig in Bewegung. Die Augen leuchten.

Ihre Mutter sieht *glücklich* aus. Und Dana merkt, dass diese Allie ihre Mom wirklich sehr gut kennt. Besser als alle anderen, die Dana bislang kennengelernt hat. Sie weiß einfach alles aus Lous Kindheit. Sie haben lauter gemeinsame Geschichten. Und es gibt auch Dinge, die sie nicht aussprechen, die aber bei allem mitschwingen. Diese Allie kennt Lou vielleicht fast so gut wie Dana. In mancherlei Hinsicht womöglich sogar noch besser, denn auch wenn sie die Fotos gesehen hat, kann sich Dana ihre Mutter nicht als Teenager oder als schmächtiges Kind vorstellen. Allie hat Lou gesehen, als sie noch gar nicht richtig Lou war, damals in den geheimnisvollen Tagen vor Danas Geburt.

Die Eier mit Speck sind nicht schlecht. Ziemlich gut

sogar. Sie stibitzt von ihrer Mutter einen der Zwiebelringe, die aber nichts Besonderes sind. Sie beantwortet ein paar Fragen von Allie nach der Schule und nach der Musik, die sie mag. Doch die zwei Erwachsenen reden immer sofort wieder über ihre Themen, anstatt mit ihr, was Dana reichlich Gelegenheit gibt, sich in dem Schnellrestaurant umzusehen. Der Tresen nimmt einen Großteil des Raums ein, obwohl niemand auf den Hockern davor sitzt. Der Koch, der gerade den Grill abschabt, sieht ein bisschen traurig aus. Vielleicht weil so wenig los ist. Vielleicht weiß er nicht, was er mit sich anfangen soll. Die einzigen anderen Gäste sind zwei alte Damen, die zwei Nischen weiter sitzen und mucksmäuschenstill sind. Sie sehen aus, als säßen sie dort schon, seit der Laden heute Morgen aufgemacht hat. Vielleicht sogar, seit er vor achtzig Jahren oder wann aufgemacht hat. An ihren Kaffeetassen sind Lippenstiftspuren.

In Brooklyn bekommt man in Danas Lieblingsrestaurant zur Frühstückszeit noch nicht einmal einen Platz. Auf dem Bürgersteig stehen die Hipster Schlange und warten darauf, dass sie hineinkommen. Wie um alles in der Welt kann sich dieser Laden überhaupt halten?

Die meisten der gerahmten Fotografien an den Wänden sind schwarz-weiß und zeigen Highschool-Sportmannschafen. Vorn an der Kasse hängt ein großes Farbfoto. Sie erkennt Hosenpisser Phelps in einem Boston Red-Sox-Trikot – der Held der Stadt. Vor der Kasse stehen dicht nebeneinander drei Sammelbüchsen für verschiedene gute Zwecke. Sie sehen alle ziemlich eingestaubt aus.

Das Telefon ihrer Mom klingelt, und sie steht auf und geht nach draußen, um das Gespräch anzunehmen. Kaum ist sie weg, schiebt Allie Dana ihre eben nachgefüllte Kaffeetasse zu. »Sag's nicht deiner Mom.«

»Du willst dich bei mir einschmeicheln«, stellt Dana fest, nimmt jedoch trotzdem einen großen Schluck. »Mom sagt, das hemmt das Wachstum.«

»Als Ärztin kann ich dir sagen, dass das nicht stimmt. Du wirst vielleicht Bauchschmerzen und Herzklopfen bekommen, vielleicht kannst du nicht schlafen und riechst nach Kaffee. Aber du bist nicht mein Kind. Darum ist das alles nicht mein Problem.«

Dana trinkt noch einen großen Schluck und schiebt Allie die Tasse wieder zu, ehe ihre Mutter wieder ins Restaurant kommt.

»Dad«, erklärt sie und setzt sich wieder auf die Bank. »Ich muss ein paar Sachen im Supermarkt für ihn besorgen. Macht es dir was aus, allein zum Training zu gehen, Dana? Ich komme dann nach, wenn ich die Sachen abgeliefert habe.«

»Oh, Mom, das ist ungefähr eine Meile weit weg, und ich habe das Fahrrad nicht dabei.«

»Ich kann dich auch hinbringen, nachdem ich die Einkäufe für Grandad erledigt habe. Vielleicht kommst du ein bisschen zu spät, aber das ist nicht schlimm.«

»Ich bringe sie zum Training«, sagt Allie. »Du kannst nachkommen, Lou.«

»Aber hast du denn nichts zu tun?«

Allie zuckt die Schultern. »Unkraut jäten. Aber das habe ich schon seit zwei Monaten nicht mehr getan. Das kann noch bis zu meinem nächsten freien Tag warten.«

»Nein, das ist nicht nötig, schon gut, wir können …«

»Danke«, sagt Dana, bevor ihre Mutter weiter widersprechen kann.

Allies Auto ist cooler als ihres. Was allerdings auch keine große Kunst ist. Es ist ein großer SUV mit Allradantrieb, und er riecht nach neuem Leder. Dana schleudert ihre Tasche auf die Rückbank, steigt auf den hohen Beifahrersitz und sagt: »Meine Mom nimmt nicht gern Hilfe an.«

»Das merke ich.« Allie schnallt sich an und wartet, dass Dana dasselbe tut, dann startet sie den Motor. »Ich kann mich nicht erinnern, dass das früher schon so war.«

»Wart ihr richtig gute Freundinnen?«

»Unzertrennlich. Hast du eine solche Freundin?«

»Das … dachte ich.«

»Was ist passiert?«

»Sie mag jemand anderen lieber als mich. Ich glaube, sie vermisst mich noch nicht einmal.«

»Nun ja, ich bin keine Expertin«, Allie legt den Gang ein und fährt auf die Main Street, »aber bis letzte Woche hätte ich gesagt, dass jede Freundin, die dich verlässt, keine gute Freundin ist.«

»Und jetzt?«

»Also, das endgültige Urteil steht noch aus. Aber deine Mom und ich sind immer noch Freundinnen. Ich glaube, es ist ziemlich wichtig zu vergeben.«

Dana stöhnt. Sie sieht aus dem Fenster. Allie hat das Radio auf einen Oldie-Sender eingestellt. Dana lauscht der Musik und merkt gar nicht, dass sie noch etwas sagen will, bis sie es plötzlich tut. »Weißt du, wer mein Dad ist?«

Allie schweigt einen Moment. Dann sagt sie: »Weißt du das nicht?«

»Ich weiß, dass er Fernfahrer war. Aber ich habe ihn nie kennengelernt. Ich dachte nur, dass du es vielleicht weißt.«

»Nein. Tut mir leid. Ich glaube, ich war auf dem College, als du zur Welt gekommen bist. Deine Mom hat mir nichts erzählt.«

»Okay. Fragen kostet nichts.«

»Möchtest du ihn gern kennenlernen?«

Jedes Mal, wenn man ihr diese Frage stellt, sagt sie sofort Nein. Warum sollte sie jemanden kennenlernen wollen, der sich nie für sie interessiert hat? Aber etwas an Allie und ihrer Mom bringt sie dazu, über das Thema nachzudenken. Die beiden wissen genau, woher sie kommen, auch wenn dieser Ort ein Kaff ist. Und Dana … hat irgendeinen Fernfahrer ohne Namen zum Vater und Großeltern, die sie nur wenige Male im Jahr sieht.

»Es wäre vielleicht ganz schön, etwas über ihn zu wissen«, gibt sie zu.

»Hast du deine Mom gefragt?«

Hat sie? Es kommt ihr vor, als wäre das schon ewig so. »Irgendwann mal habe ich beschlossen, dass ich es nicht wissen will.«

»Warum nicht?«

Gute Frage. »Ist vermutlich sicherer. Falls sie es mir nicht sagt, wenn ich frage. Aber auch, weil wir zwei allein gut zurechtkommen.«

»Das verstehe ich. Sag mal … pfeift deine Mom noch?«

»Pfeifen? Ich glaube nicht. Ich kann mich nicht erinnern, dass sie mal gepfiffen hat.«

»Frag sie danach«, sagt Allie.

Vom Restaurant zum Sportplatz ist es nicht weit, wenn man mit dem Auto fährt. Allie parkt den Wagen, und Dana sagt: »Danke fürs Mitnehmen.«

»Ich sehe dir noch ein bisschen zu. Ich kenne den Trainer.«

Jim ist schon da, und sie üben ein paar Pässe. Nachdem sie vielleicht zehn oder fünfzehn Minuten gespielt haben, blickt Dana sich um und sieht, dass ihre Mutter eingetroffen ist und den Wagen geparkt hat. Gut, denkt sie. Auch wenn sie es nicht gern zugibt, weil sie sich dann vorkommt wie ein kleines Mädchen, findet sie es schön, wenn ihre Mom zusieht. Sie macht ihre Mom gern stolz.

Darum überrascht es sie, als Lou Dana plötzlich mitten auf dem Spielfeld an der Schulter packt und sagt: »Wir müssen sofort gehen.«

Dana starrt sie mit großen Augen an. Ihre Mutter ist leichenblass. »Was ist los?«

»Du darfst nicht hier sein. Du darfst das nicht. Gehen wir.«

»Aber Mom …«

»*Sofort*, Dana!«

»Ich muss dem Trainer Bescheid sagen.«

»*Nein, musst du nicht.*« Lou packt Dana am Handgelenk und zerrt sie über das Spielfeld.

Verwirrt verabschiedet sich Dana vom Rest der Mannschaft. Alle starren sie an. Auf der anderen Seite des Spielfelds sieht sie Allie bei Coach Phelps stehen. Die beiden starren sie ebenfalls an. Lou geht schnell und zieht Dana mit sich.

»Was ist denn los?«, fragt sie ihre Mutter, die nichts sagt und nur zum Auto will.

»Wir fahren nach Hause.«

»Meine Tasche ist noch auf dem Spielfeld.«

»Die können wir später holen. Komm!« Sie öffnet die Fahrertür und wartet, dass Dana einsteigt. Dann setzt sie sich selbst ins Auto, startet den Motor und fährt davon, bevor Dana sich noch angeschnallt hat.

Ihre Mutter ist ein anderer Mensch als vorhin im Restaurant. Aus ihrem Gesicht ist jede Spur von Fröhlichkeit oder Glück verschwunden. Sie ist starr, bleich und presst die Lippen aufeinander. Entweder ist sie dermaßen wütend, dass sie nicht richtig sprechen kann, oder sie hat Angst.

»Was zum *Teufel*, Mom«, sagt Dana. »Ich hatte Training.«

Lou schweigt.

»Mom, du machst mir Angst. Ist was mit Nana? Ist sie …«

Zum ersten Mal wird Dana bewusst, dass Nana stirbt, dass sie tot sein könnte, und ihr wird am ganzen Körper kalt.

»Nanas Zustand ist unverändert«, stößt Lou hervor. »Es ist nicht wegen Nana.«

»Dann wegen Grandad?«

»Nein. Du … du darfst nur kein Fußball mehr spielen. Das ist alles.«

»*Was*?«

»Bitte, Dana. Das ist wichtig. Es ist zu deinem Besten. Du darfst spielen, aber nicht in dieser Mannschaft.«

»Wie bitte? Warum nicht?«

»Das kann ich dir nicht sagen. Hör zu, wir finden eine andere Mannschaft, okay?«

Heiße Wut erfasst sie und vertreibt die kalte Angst. »Es gibt kein anderes Team, Mom! Das hier ist nicht Brooklyn, das ist ein Kaff in Maine. Das ist alles, mehr gibt es hier nicht.«

»Dann kannst du nicht spielen. Tut mir leid, Liebes.«

»Das ist das Einzige, was mir hier gefällt! Das Einzige, was mich davon abhält, durchzudrehen!«

»Es ist … Ich kann es dir nicht erklären. Es tut mir leid.«

Dana ballt die Hände zu Fäusten und stampft mit den Fußballschuhen auf den Boden. »Du schleppst mich hierher, ans Ende der Welt, weit weg von all meinen Freunden, nimmst mich aus dem Fußballcamp und dann, wenn ich einen Freund finde und etwas, das mir gefällt, sagst du, ich darf das nicht mehr machen? Was hast du vor, willst du mein Leben zerstören?«

»Ich versuche dich zu beschützen.« Lou hat den Blick starr auf die Straße vor sich gerichtet.

»Mich vor was zu beschützen? Davor, glücklich zu sein?«

»Es tut mir leid.«

»Das ist alles? Keine Erklärung? Nur ein ›Du darfst nicht mehr tun, was dir Spaß macht, und zwar völlig grundlos, es tut mir leid‹?«

»Ich wünschte, ich könnte es dir erklären, aber das kann ich nicht. Du musst tun, was ich sage. Nicht für lange.«

»Du bist so eine *dämliche Kuh*!«

Die Worte scheinen in dem kleinen Auto widerzuhallen. Dana beißt sich auf die Lippen. So etwas hat sie noch nie zu ihrer Mutter gesagt. Einerseits rechnet sie damit, dass ihre Mutter wütend wird, dass der Himmel auf sie niederstürzt, dass der Wagen explodiert – irgendetwas. Andererseits ist sie froh, dass sie es gesagt hat.

Lou zuckt zusammen, sagt jedoch nichts. Sie fährt zu Nana und Grandad, parkt in der Auffahrt und schaltet den Motor aus, dann sagt sie leise: »Du gehst jetzt auf dein Zimmer, bis du dich beruhigt hast, dann entschuldigst du dich, dass du mich so genannt hast.«

»Ich werde mich nicht beruhigen! Dir ist ganz egal, was ich will. Seit wir hier sind, hast du kaum mit mir geredet. Dich interessiert nur, ob ich tue, was du sagst.«

»Das stimmt nicht.«

»Weißt du was? Manchmal wünschte ich, ich hätte einen Vater. Denn dann müsste ich nicht mehr bei dir bleiben.«

Wieder fühlt es sich gut an, die Worte ausgesprochen zu haben. Wie einen Pickel auszudrücken. Dana stößt die Tür auf. Sie rennt ins Haus und schlägt die Tür hinter sich zu.

Als Lou hereinkommt, steht Irving im Durchgang zwischen Esszimmer und Küche. Sein Haar ist vom Schlafen im Sessel zerzaust. Er hält seine Brille in der Hand. »Was ist los?«, fragt er. »Dana ist hier gerade wie ein Wirbelsturm durchgefegt.«

»Wir hatten eine kleine Auseinandersetzung«, erklärt Lou.

»Ich dachte, sie hätte Fußballtraining?«

»Sie spielt nicht mehr in dieser Mannschaft.«

»Oh.« Sie sieht ihm an, dass er etwas fragen möchte, sich dann aber anders entscheidet. »Nun, deine Mutter schläft gerade, deswegen versuche ich ein Nickerchen zu machen.«

»Geh nach oben, Dad. Ich setze mich zu ihr.« Obwohl bei ihrer Mutter zu sitzen das Letzte ist, was Lou jetzt tun möchte. Nun ja, das Zweitletzte. Das Letzte ist, zuzusehen, wie Benny Phelps ihrer Tochter Fußballtraining gibt.

»Nein, nein, ich fühl mich wohl hier. Dieser Sessel ist sowieso bequemer als mein Bett.« Er macht einen Schritt auf sie zu, küsst Lou auf die Stirn und geht dann zurück ins Esszimmer. Mit einem leisen Stöhnen lässt er sich in den Sessel sinken.

Lou geht nach oben, am ehemaligen Schlafzimmer ihrer Eltern vorbei zu ihrem eigenen Zimmer. Die Tür am Ende des Flurs, die zu Danas Zimmer, ist verschlossen. Sie nimmt an, dass sie mit einiger Wucht zugeschlagen wurde. Was hat sie sich nur dabei gedacht, Dana die einzige Sache zu verbieten, die sie liebt, und dann auch noch von ihr zu verlangen, dass sie sich bei ihr entschuldigt?

Sie hat nicht nachgedacht. Denn sie kann nicht klar denken. Lous Herz hämmert, ihr Magen brennt. Sie hat das Gefühl, als müsste sie sich übergeben oder würde ohnmächtig oder beides. Sie geht in ihr Zimmer und legt sich aufs Bett, zieht sich nicht einmal die Schuhe aus.

In diesem Zimmer hat sie als Jugendliche geschlafen. Inzwischen ist es renoviert worden. Die Poster von *Akte X* und Jeff Buckley sind verschwunden. Eine Tapete mit einem geschmackvoll dezenten Muster bedeckt jetzt die Wände. Doch die Wände selbst sind noch dieselben, wie auch das Bett, in dem sie jetzt liegt.

In dieses Zimmer hat sie sich zurückgezogen, nachdem es passiert war, nachdem sie ihre Mutter im Bademantel unten zurückgelassen hat, mit der Beschwichtigung, dass sie schon klarkomme.

Lou unterdrückt ein Schluchzen. Am liebsten möchte sie zu Dana gehen, sich mit ihr auf dem Bett zusammenrollen, sie halten, sich bei ihr entschuldigen und ihr erklären, dass sich alles auf wunderbare Weise finden wird. Dass sie das regeln wird, weil sie ihre Mutter ist, die in der Lage sein sollte, sie zu beschützen. Denn das hat sie sich geschworen, als Dana zur Welt kam, oder?

Dass sie sie beschützen würde, was auch geschehe. Und dass sie immer an erster Stelle für sie komme.

Das Telefon in ihrer Hosentasche vibriert. Dankbar für die Ablenkung, holt sie es heraus. Eine Nachricht von Allie. *Kommst du zum Großen Wasserfelsen?*

Die Stadt ist voller großer Felsen, aber es gibt nur einen Großen Wasserfelsen. Sie weiß auch, warum Allie ihr schreibt.

Es wäre eindeutig leichter, Dana jetzt ins Auto zu stecken und nach Brooklyn zurückzufahren. So viel sicherer und besser für sie beide.

In einer Viertelstunde, schreibt sie zurück.

Der Große Wasserfelsen befindet sich beim Wasserfall.

Auf der Highschool haben sie sich ausführlich mit dem Tal beschäftigt. Sie haben gelernt, dass die Berge im westlichen Maine, die Ausläufer der Appalachen, ihre sanften, runden Formen von Gletschern erhalten haben. Dass diese Gletscher, als sie sich weiter in den Norden zurückzogen, Seen gruben, Täler formten, Findlinge zurückließen und der Granitlandschaft ihr typisches Aussehen verliehen.

Sie haben auch etwas gelernt über den Wasserfall von Casablanca, der der längste einstufige Wasserfall östlich der Niagarafälle ist. Dass der Stamm der Anasagunticooks den Wasserfall zum Lachsfischen nutzte. Dass Holzfäller die geschlagenen Stämme aus den Lagern stromabwärts transportierten. Dass die Menschen das Wasser stauten und den Wasserfall nutzten, um elektrischen Strom für die Stadt zu gewinnen. Damals schien alles zusammenzupassen: Gletscher, amerikanische Ureinwohner, weiße Menschen, Fortschritt.

Jetzt hat der Wasserfall keine Bedeutung mehr. Die Anasagunticooks sind längst fort. Der Wasserfall produziert keinen elektrischen Strom mehr. Es ist billiger, den Strom einzukaufen. Die Flüsse wurden durch Straßen ersetzt. Die Fabrik hat Chemikalien ins Wasser gelassen und die Luft verpestet. Die Lachse kommen nicht mehr. Das Wasser stürzt über Felsen, rauscht und donnert – ein Geräusch ohne Bedeutung.

Der Große Wasserfelsen ist eine mächtige graue Granitplatte, deren Adern aus Quarz und Glimmerit in der Sonne glitzern. Er befindet sich direkt am Ufer und ragt ein Stück auf den Fluss hinaus, sodass man auf ihm sitzen und die Beine baumeln lassen kann. Als Lou kommt, ist Allie schon da. Auf dem Weg hierher ist Lou der Gedanke gekommen, dass Allie womöglich Benny mitbringen könnte, und fast wäre sie wieder umgedreht. Doch dann hat sie sich gesagt, dass das Fußballtraining wahrscheinlich noch nicht zu Ende ist. Tatsächlich ist Allie allein, und Lou ist erleichtert.

»Hallo«, sagt Lou. Sie zögert, ihre Sandalen auszuziehen. Was, wenn sie schnell fort will? Doch sie möchte auch nicht, dass sie ihr von den Füßen gleiten und ins Wasser fallen, also streift sie die Schuhe ab und setzt sich neben Allie.

Allie beobachtet, wie das Wasser herabstürzt und sich schäumend über die Felsen ergießt. Hier ist es laut, was einer der Gründe ist, warum sie und Lou damals immer hergekommen sind, wenn sie miteinander reden wollten. Hier kann niemand hören, was man sagt, selbst wenn man sehr nah ist. Manchmal, wenn das Wasser hoch steht, wird man von einem feinen feuchten Nebel umweht, der von den Wasserfällen herüberzieht. Im Winter sind die Bäume durch diesen Nebel von einer Eisschicht überzogen. Aber heute steht das Wasser tief.

»Erratische Gesteine«, sagt Lou. »Felsen, die von Gletschern zurückgelassen werden, nennt man Erratische Gesteine oder Findlinge.«

»Ich erinnere mich.« Allie blickt unverwandt aufs Wasser.

»Es kommt von dem lateinischen Wort für ›herumirren‹. Ich habe mir immer vorgestellt, wie die Felsen herumgeirrt sind und sich hier ihren Platz gesucht haben.«

Dieser Felsen ist noch genauso, wie er war. All die Felsen sind unverändert. Lou ist diejenige, die herumgeirrt ist und noch immer nicht ihren Platz gefunden hat.

»Ist mein Bruder Danas Vater?«, fragt Allie.

Lou hat nicht damit gerechnet, dass Allie sie das so direkt fragen würde, aber es überrascht sie auch nicht. Vor Angst schnürt sich ihr die Kehle zu. »Hast du ihn gefragt?«

»Natürlich nicht. Vielleicht willst du nicht, dass er es erfährt. Ich frage *dich*.«

»Wie … wie kommst du darauf, dass er es sein könnte?«

»Weil Dana mir im Auto erzählt hat, dass sie nicht weiß, wer ihr Vater ist. Weil sie ungefähr das richtige Alter hat und weil du Benny immer mochtest. Weil sie sportlich ist und das Haar von meiner Tante Francine hat.«

»Ich kann mich nicht an deine Tante Francine erinnern.«

Allie schüttelt entschieden den Kopf. »Unwichtig. Ich frage dich nicht nach meiner Tante Francine. Hast du es Benny gesagt?«

»Nein.«

Allie hat den Blick nicht vom Wasserfall gelöst, der wirbelt und herabstürzt. »Hast du es irgendjemandem erzählt?«

»Nein.«

»Meinst du nicht, mein Bruder hat ein Recht, es zu erfahren? Ich meine, ganz zu schweigen von mir, deiner besten Freundin, die eine Nichte hat. Meinst du nicht, Benny würde wissen wollen, dass er eine Tochter hat?«

Lou antwortet nicht. Jetzt, da es Zeit ist, zu reden, fällt es ihr unendlich schwer. Die Worte bleiben ihr im Hals stecken. Allie wird ihr nicht glauben.

Dennoch muss sie es ihr erzählen.

Louis & Louise

1997

Wenn es in jenem Frühjahr und Sommer keinen Streik in der Fabrik gegeben hätte, wäre vielleicht nichts von alldem passiert. Vielleicht wäre alles so eingetroffen, wie sie es sich erhofft hatten: die Wohnung mit Allie in New York, das Buch, die Kinder … Irving wäre bei Peggy in Casablanca geblieben. Die Fabrik wäre nicht geschlossen worden. Benny hätte eine lange, erfolgreiche Karriere bei den Red Sox gemacht und sich als reicher, glücklicher Mann zur Ruhe gesetzt, nachdem sein Bild auf zahlreichen, sehr wertvollen Baseballkarten erschienen wäre. Vielleicht würde Dana nicht existieren.

Doch das ist sinnlose Spekulation: Wir können nicht sagen, welche Wirkung ein einzelnes Ereignis auf unser Leben hat. Jede Entscheidung ist die Folge anderer Entscheidungen, die wiederum die Folge vorheriger Entscheidungen sind. Wir haben keinen Einfluss darauf, in welchen Körpern wir geboren werden oder wie Menschen uns deshalb behandeln. Und vermutlich ist unsere Wirkung auf die Welt ebenso unbestimmbar. Egal ob die Umstände bedeutend oder unwichtig sind, eine Entscheidung führt zur nächsten. Es ist ein kausales System, das wir nie ganz überschauen können.

Wie dem auch sei. Folgendes ist geschehen: Im April 1997, als Lou achtzehn Jahre alt war, traten die Arbeiter der Casablanca Paper Company in den Streik. CPC hatte angekündigt, die Überstundenvergütung zu streichen. Die Arbeiter, viele von ihnen waren von dem zusätzlichen Verdienst abhängig, verlangten die Beibehaltung der doppelten Lohnzahlung an Sonn- und Feiertagen. Die Unternehmensleitung sagte, das könne sie sich nicht leisten. Die Auftragslage sei schlecht, und man müsse viel Geld investieren, um den neuen Umweltschutzauflagen gerecht zu werden. Die Forderungen der Gewerkschaft wurden immer drängender, doch die Geschäftsführung ließ nicht mit sich verhandeln.

Für Lou – für Louis und Louise – war all das Hintergrundrauschen. In der Schule war es verboten, über den Streik zu sprechen. Lou nahm an Laufveranstaltungen teil, lernte für die Abschlussprüfung, dachte an den Abschlussball, sah mit Allie Filme und trieb Sport mit Benny. Lou hatte schon immer genug Geld besessen und wohnte in einem neuen Haus auf dem Hügel. Lous Ururgroßvater hatte die Papierfabrik gegründet, und sein Porträt würde immer an der Wand in Grandpa Alders Haus hängen. Lou hatte Zusagen von zwei Colleges und musste sich nur noch für eins entscheiden: entweder für das in New York City oder das in Orono, Maine, auf das Allie gehen würde und von dem Benny ein Baseballstipendium erhalten hatte. Irving ging jeden Tag ganz normal zur Arbeit, doch er telefonierte häufiger mit Lous Großvater und ließ den Großteil des Abendessens unberührt auf dem Teller.

Jeden Tag zog der Vater der Zwillinge, Donnie Phelps, sein Gewerkschafts-T-Shirt an, setzte seine Gewerkschafts-Baseballkappe auf, sprühte sich mit Insektenspray ein, um die

Kriebelmücken fernzuhalten, und reihte sich in die Streikkette vor dem Fabriktor ein. Er trank Kaffee, reichte Schachteln mit Donuts herum und warf den Mitgliedern der Unternehmensleitung in ihren weißen Hemden und Krawatten, mit ihren Hüten und Kugelschreiberetuis wütende Blicke zu, wenn sie täglich durch das Tor zur Arbeit gingen.

Lou sprach nicht mit Allie oder Benny darüber. Sie spürten instinktiv, dass dieses Thema zwischen ihnen eine Kluft sichtbar machen würde, die sie ihr ganzes Leben lang erfolgreich ignoriert hatten, von der sie aber wussten, dass sie so real war wie die felsige Landschaft zwischen ihren Häusern. Außerdem würde ja bald alles vorüber sein.

Jeder sagte, dass der Streik höchstens eine Woche dauern würde. Aber eine Woche verging und dann noch eine …

An Peggys Geburtstag baute Irving im Garten den Grill auf. Mary und Donnie sollten mit den Kindern vorbeikommen. Es sollte Hamburger, Hot Dogs und einen Kuchen aus dem Supermarkt geben. Doch als Irving gerade die erste Packung Würstchen öffnete, klingelte das Telefon. Peggy hob ab und kam zehn Minuten später mir geröteten Augen heraus.

»Sie können nicht kommen«, sagte sie zu Irving. »Es ist etwas dazwischengekommen.«

»Etwas?«, fragte Irving.

»Mary behauptet, sie fühle sich nicht gut. Sie sagte, vielleicht können wir die Feier in ein paar Wochen nachholen.«

Ist es noch eine Lüge, wenn alle wissen, dass es eine ist? Peggy tat die Hamburger in die Gefriertruhe, und dort blieben sie.

Nachdem der Betrieb sechs Wochen lang auf Sparflamme weitergeführt worden war, beschloss die Geschäftsführung –

Lous Großvater –, Zeitarbeiter aus einem anderen Staat anzuheuern. Die Mode- und Lifestyle-Magazine brauchten Papier für ihre Visionen einer Welt, wie sie sein sollte, und die Fabrik musste es herstellen oder endgültig dichtmachen. Die Arbeiter kamen in gelben Schulbussen und trugen Flanellhemden und Kappen, genau wie die streikenden Arbeiter in Maine. Einige von ihnen waren dunkelhäutig, andere wurden einfach von der blanken Not getrieben. Die Polizei stellte sich vor die Streikenden, als die Zeitarbeiter an ihnen vorbeigingen und wütend beschimpft wurden. *Streikbrecher, Nigger, Abschaum.*

Jemand warf eine Flasche. Anschließend sagte niemand, wer es gewesen war.

Über Nacht wurde ein Maschendrahtzaun errichtet, von der Straße bis zum Fabriktor.

Mémère Yvette Grenier kam am Sonntag nach der Kirche zu ihnen nach Hause. Lou wurde nach oben geschickt, um Hausaufgaben zu machen, las jedoch ein Buch. Als Teenager war es so leicht zu fliehen. Peggy kochte Tee und reichte Oreo-Kekse, doch Yvette rührte weder das eine noch das andere an, sondern kam gleich zum Punkt. »Du musst deinem Mann sagen, dass er dem ein Ende machen muss. Die Leute leiden.«

»Irving kann nichts ausrichten, Ma. Er ist Ingenieur.«

»Er ist der Sohn vom Chef.«

»Aber er hat sich aus allem rausgehalten. Er interessiert sich nicht für die Fabrik. Er will nur seine Arbeit tun.«

»Wie dein Vater. Und wie all die anderen Arbeiter in der Stadt.«

»Ich weiß nicht, was ich dir sagen soll, Ma.«

»Sag, dass du dich darum kümmerst! Was bringt es, einen Alder zu heiraten, wenn du das nicht regeln kannst?«

»Ich habe einen Alder geheiratet, weil ich ihn liebe. Er hat mit seinem Vater gesprochen, aber der hört nicht auf ihn.«

»Ruf deine Schwiegermutter an. Diese Vi. Sag ihr, dass sie mit ihrem Mann reden soll. Dass die Leute leiden. Das geht jetzt seit fast zwei Monaten. Einige haben etwas gespart, aber viele nicht. Sie haben nicht genug Geld, um Essen auf den Tisch zu bringen.«

Peggy legte die Stirn in Falten, dachte nach. »Vielleicht … vielleicht gibt es eine Möglichkeit, den Leuten zu helfen. Es gibt doch in der Stadt eine Tafel für Bedürftige. Vielleicht können wir …«

»Wir wollen kein Almosen, wir wollen Arbeit. Hat die Ehe mit ihm das aus dir gemacht? Bist du jetzt eine von denen?«

»Ma, ich kann meine Schwiegermutter nicht auffordern, ihrem Mann zu sagen, dass er den Streik beenden soll.«

»Warum nicht?«

»Weil … weil sie mich schon so kaum akzeptiert.«

»Du hast Angst vor ihr. Dann willst du den Menschen in dieser Stadt also nicht helfen? Dein Vater hat dein ganzes Leben lang für dich gesorgt!«

»Das wäre nicht gut, Ma. Sie würde nicht auf mich hören.«

»Dann sag deinem Mann, er soll mit ihr reden. Auf ihren Sohn wird sie hören, und der hört auf seine Frau.«

»Ma, du verstehst das nicht. Sie wollen das auch nicht. Sie wollen keine Arbeiter von außerhalb einstellen. Sie wollen nicht, dass alle streiken und keinen Lohn bekommen. Sie können es sich nicht leisten, die Forderungen der Gewerkschaft zu erfüllen. Die Auftragslage ist schlecht.

Niemand liest mehr Magazine. Wenn sie sich darauf einlassen, gibt es sehr bald gar keine Fabrik mehr.«

Yvettes Miene versteinerte. Sie sah aus wie ihre Tochter in einer älteren Version, mit wettergegerbter Haut von einem Leben an der frischen Luft. Alle sechs Wochen tönte sie sich den grauen Haaransatz kastanienbraun. Einmal hatte Peggy ihr bei Sally's einen Termin gemacht, um die Haare richtig färben zu lassen, doch sie weigerte sich hinzugehen. Sie ging nur an Weihnachten und Ostern zur Messe, aber sie stand zu ihren Québecer Wurzeln, indem sie englisches »th« konsequent wie »d« aussprach und schwarzen Kaffee zu den Mahlzeiten trank.

»Du redest wie einer von denen«, sagte Yvette.

»Ich bin … Vielleicht verstehe ich beide Seiten, weil …«

Yvette stand auf.

»Es gibt keine zwei Seiten. Es gibt nur eine Seite. Die Menschen leiden. Das muss ein Ende haben. Und du rührst keinen Finger.«

»Ma, ich kann nichts tun.«

»Du bist nicht die Tochter, die ich großgezogen habe. Dieses luxuriöse Haus und diese Kleider – was soll das? Ist dir das wichtiger als deine Familie?«

»Irving und Lou sind meine Familie.« Peggys Augen füllten sich mit Tränen.

»Als du ihn geheiratet hast, dachte ich, das wäre gut für unsere Familie. Ich dachte, du würdest etwas aus dir machen. Ich habe mich getäuscht. Du bist mir fremd geworden.«

Yvette ging zur Tür, und Peggy sprang von ihrem Stuhl auf. »Ma!«

»Lass mich. Ich werde dich nicht noch einmal um etwas bitten.«

Fest schlug sie die Tür hinter sich zu – so fest, dass Lou, die sich oben in ihrem Zimmer auf einem anderen Planeten befand, da sie zum wiederholten Mal Ursula K. Le Guins *Die linke Hand der Dunkelheit* las, zusammenzuckte.

1985 war ein Schüler bei einem Autounfall gestorben, der durch Alkohol am Steuer verursacht worden war. Seither hielt der Ortsverband der »Mütter gegen Alkohol am Steuer« jedes Jahr nach dem Schulabschluss eine drogen- und alkoholfreie Party im Norway-Racquetball-Club ab, ungefähr zwanzig Meilen von der Schule entfernt. Die Absolventen konnten Racquetball spielen, im Pool schwimmen, auf dem Trampolin springen und sich im Whirlpool tummeln. Alle Absolventen wussten – was den Anstandsdamen anscheinend nicht bewusst war –, dass es an der Seite des Gebäudes eine kaputte Feuerschutztür gab, durch die man auf den unbeleuchteten Parkplatz schleichen und im Schutz der Bäume eine Zigarette rauchen oder Sex haben konnte, oder beides. Es wurde gegrillt, um Mitternacht gab es ein Feuerwerk, und um zwei Uhr morgens wurden alle mit dem Bus wieder nach Hause gebracht – high von Cola und frisch entdeckten nostalgischen Gefühlen für ihre Highschool-Zeit.

Am Abschlusstag 1997 dauerte der Streik in der Papierfabrik schon fast drei Monate an. Die Feier fand zwar wie üblich in der Sporthalle der Highschool statt, jedoch in kleinerem Rahmen als üblich. Viele Schüler kamen gar nicht erst. Die Familien der Absolventen, die teilnahmen, teilten sich in zwei Gruppen: Der größere Teil bestand aus Angehörigen von Fabrikarbeitern, der kleinere aus Angehörigen der Unternehmensleitung. Beide Seiten trugen ihre besten Kleider und machten wütende Gesichter. Angehörige, die nicht in der Fabrik arbeiteten, mussten sich genau überlegen, wo sie sich hinsetzten. Einige, die niemanden beleidigen wollten, nahmen in der neutralen Zone in der letzten Reihe vor der Wand Platz. Sowohl Lous Großeltern mütterlicher- als auch väterlicherseits blieben der Veranstaltung fern.

Allie Phelps hielt die Abschiedsrede, die zuvor vom Schuldirektor geprüft worden war. »Keine Politik«, hatte er ihr eingeimpft, also sprach sie nicht von dem, was alle beschäftigte, sondern über die ferne Zukunft und wie sie alle ihre Hoffnungen und Wünsche verwirklichen würden. Für die meisten Absolventen, die an diesem Nachmittag in der Sporthalle saßen, gab es vor allem einen Wunsch – aus Casablanca wegzukommen, je schneller, desto besser.

Die Party war abgesagt worden. Sechsundneunzig Schulabgänger traten an jenem Tag aus der Casablanca Highschool, um ihren Platz in der Welt zu erobern. Einige von ihnen waren wohl sogar davon überzeugt, die Welt würde nur auf sie warten.

Louise

1997

»Nein«, sagte Peggy, »du kannst heute nicht zu Allie gehen.«

»Wie bitte?« Lou stopfte gerade einen Pyjama in ihren Rucksack. Sie hielt inne. »Warum nicht?«

»Weil ich es für keine gute Idee halte.«

Lou hatte ihr Abschlusskleid gegen abgeschnittene Shorts und ein T-Shirt getauscht. Peggy trug noch das Kostüm, in dem sie an der Feier und dem anschließenden Mittagessen teilgenommen hatte. Es war rosa, ein Etuikleid mit Jacke, das nach Jackie Kennedy aussah.

»Mom, die Party ist abgesagt. Ich habe heute meinen Abschluss bekommen. Allie und ich wollen feiern.«

»Ich finde, du solltest zu Hause bei deiner Familie bleiben.«

»Ich war den ganzen Tag mit meiner Familie zusammen. Ich möchte Zeit mit meinen Freunden verbringen. Wenn du dir Sorgen machst, dass wir etwas trinken, das haben wir nicht vor. Allie und ich wollen Filme schauen.«

»Du kannst hier Filme schauen. Ich könnte Popcorn machen. Ein Mädelsabend, du und ich.«

Das hatte ihre Mutter ihr nicht mehr vorgeschlagen, seit sie sieben gewesen war. »Lass uns das morgen Abend machen«, bot Lou an. »Heute Abend möchte ich wirklich gern Allie und Benny sehen.«

»Das muss doch nicht heute Abend sein. Ihr habt noch den ganzen Sommer. Ihr habt jede Menge Zeit.«

Die Stimme ihrer Mutter hatte einen flehenden Unterton, und Lou betrachtete sie aufmerksamer. Wie immer war sie sorgfältig geschminkt, doch ihre Augen waren gerötet und tränenfeucht.

»Ich gehe immer zu Allie und Benny. Warum nicht heute Abend?«

»Ich will es einfach nicht, das ist alles.«

Lou seufzte. »Ist es wegen dieses blöden Streiks? Damit haben meine Freunde und ich nichts zu tun.«

»Es ist … Mir wäre es lieber, wenn du nicht gehst.«

Lou setzte ihren Rucksack ab und ging zur Tür. »Ich frage Dad.«

»Nein!« Peggy versperrte ihr mit dem Arm den Weg. »Nein, Louise, hör auf, mich zu hintergehen, indem du deinen Vater fragst. Das tust du immer. Ich bin deine Mutter, und ich sage, du gehst nicht zu deinen Freunden. Basta.«

»Ich bin erwachsen. Ich habe heute meinen Schulabschluss bekommen. Ich kann tun, was ich will.«

»Nicht, solange du in diesem Haus wohnst. Nein.«

»Dann kann ich es nicht erwarten, dieses blöde Haus und diese blöde Stadt zu verlassen! Wegen des Streiks sind noch nicht einmal meine eigenen Großeltern zu meiner Abschlussfeier gekommen. Weißt du, wie sich das anfühlt?«

»Es dreht sich nicht alles nur um dich, Louise.«

»Lass mich in Ruhe.« Sie warf sich aufs Bett und würdigte ihre Mutter keines Blickes mehr, bis sie ging. Dann stand sie auf und schlug die Zimmertür zu.

Eine halbe Stunde später kam ihr Vater nach oben. Sie hatte sie unten reden hören, aber nicht verstanden, was sie sagten. Es ging um sie, so viel war klar. Dass sie schlechte Laune hatte und sich anstellte, weil sie an diesem Tag, der ihr Tag sein sollte, mit ihren Freunden zusammen sein wollte. Es war ihr egal. Vom Nebenapparat im Schlafzimmer ihrer Eltern aus hatte sie schon heimlich mit Allie telefoniert.

»Es gibt Sandwiches und Kuchen«, sagte Irving durch die Tür. »Ich dachte, du willst vielleicht runterkommen und mit uns essen.«

»Ich bin noch satt vom Mittagessen.«

»Deine Mutter … sie möchte, dass wir als Familie zusammen sind. Wir sind alle stolz auf dich.«

»Ich bin müde.«

Irving schwieg, und sie stellte sich vor, wie er vor der Tür stand, die Brille abnahm und sie an seinem Hemd abwischte.

»Wir lieben dich, Lou-Lou«, sagte er schließlich. »Deine Mutter und ich wollen nur das Beste für dich.«

Dann lasst mich zu meinen Freunden gehen. Sie drehte sich auf dem Bett um und starrte an die Decke, und nach einem Moment sagte er: »Nun ja, unten ist Kuchen, wenn du Hunger hast.«

Sie wartete, bis sie ins Bett gingen, dann entfernte sie das Fliegengitter von ihrem Zimmerfenster, stieg auf das Verandadach, hangelte sich vorsichtig an der Kante hinunter und ließ sich schließlich fallen. Das hatte sie schon oft gemacht.

Als sie durch den Wald zu Allies Haus lief, war es noch hell. Vorbei am Burgfelsen und durch die Senke, wo sie ihren Freunden früher Geschichten vom kopflosen Reiter erzählt hatte. Die Luft war stickig. Es war windstill und roch stark nach der Fabrik. In feuchten Nächten konnte man sie fast schmecken: gelb, wie hartgekochte Eier. Schließlich kam sie in Allies Garten heraus. Sie klopfte an die Hintertür und hoffte, dass Allie ihr öffnete und nicht ihre Mutter, die es Lous Mutter erzählen würde.

Allie öffnete sofort. Auch sie hatte ihr Kleid ausgezogen und die Frisur gelöst. Im Hintergrund spielte Musik.

»Wo ist deine Mom?«, flüsterte Lou und schlich hinein.

»Schon okay«, sagte Allie in normaler Lautstärke. »Sie ist nicht da. Mom und Dad haben sich gestritten, darum ist sie zu Gramma gegangen. Dad ist im Eagles und schläft wahrscheinlich bei einem Freund.« Sie hielt ein Glas mit einem braunen Getränk hoch. »Willst du eins?«

Lou nahm ihr das Glas ab und probierte. Milch gemischt mit Allen's Coffee Brandy, den alle den »Champagner von Maine« nannten.

»Ich habe einen Schuss Hershey's Sirup dazugetan«, erklärte Allie. Ihr Mascara war verschmiert. Dies war offensichtlich nicht ihr erster Drink.

»Ich nehme einen ohne Sirup«, sagte Lou. »Mach ihn stark. Wo ist Benny?«

Allie ging vom Flur in die Küche. Auf der Arbeitsfläche standen Milch und Brandy bereit. »Er ist unterwegs. Er hat sich mit Dad gestritten.« Sie hielt die Plastikliterflasche Allen's hoch. »Auf die Familien!« Sie nahm einen Schluck aus der Flasche und verzog das Gesicht.

Lou nahm ebenfalls einen Schluck und reichte ihr die Flasche zurück. »Auf die Familien! Der Tag des Schulabschlusses sollte der glücklichste Tag in unserem Leben sein …«

»Nur in *Grease*«, sagte Allie. Sie schenkte einen großen Schuss Brandy in ein Plastikglas und füllte es mit Milch auf.

»Worüber haben sich deine Eltern gestritten?«

»Geld. Momentan geht es immer ums Geld.« Sie schenkte sich ebenfalls Brandy nach und fügte einen Spritzer Sirup hinzu. »Ich kann es nicht erwarten, von hier wegzukommen.«

»Ich auch nicht. Keine Ahnung, was heute mit meiner Mom los war.«

»Sie hat sich mit meiner Mom gestritten.«

Lou stürzt den Brandy herunter und starrte Allie an. »Wirklich?«

»Mm-mh. Deine Mom hat angerufen, nachdem meine Mom gegangen war, und ich habe abgenommen, weil ich dachte, du wärst es. Sie sagte, ich sollte meiner Mom sagen, es tue ihr leid. Ich weiß nicht mal, was passiert ist.«

Lou ließ die Information sacken. Ihre Mütter stritten sich nie. »Worüber haben sich dein Dad und Benny gestritten?«

Allie zuckte die Schultern. »Über das, worüber sie sich immer streiten. Dad sagt Benny, er soll seinen Mann stehen und nicht so ein Weichei sein.«

»War er … betrunken?«

»Natürlich war er betrunken. Er hat schon vor der Abschlussfeier mit dem Trinken angefangen. Darum haben wir kein Geld, mein Dad gibt es für Bier und Zigaretten aus. Bäh.« Sie verzog das Gesicht. »Er hat Benny geschlagen.«

»Er hat Benny geschlagen?«

»Nicht zum ersten Mal. Vor allem wenn er betrunken ist.« Eine Träne lief ihr über die Wange. Als sie sie fortwischte, blieben schwarze Spuren an ihren Fingern.

»Mein Gott, Allie. Warum hast du mir nie etwas erzählt?«

»Ich weiß nicht. Vielleicht weil ich das Gefühl hatte, wenn ich es dir nicht erzähle, ist es nicht real. Benny will nicht, dass es jemand erfährt. Ich musste ihm versprechen, es niemandem zu sagen. Aber ich kann diese ganzen Geheimnisse nicht mehr für mich behalten.« Sie nahm ein Küchentuch von der Rolle und wischte sich die Wangen ab.

Lou sah sie unglücklich an. »Das tut mir leid, Allie.«

»Ist okay. Das wird schon. Bald sind wir alle weg. Verwirklichen unsere Träume, genau wie in meiner beschissenen Rede.« Allie trat vor und legte die Arme um Lous Schultern. Sie sprach an Lous Hals weiter. »Du streitest dich nicht mit mir, oder?«

»Nein.« Sie umarmte Allie fest. »Und deine Rede war gut.«

»Das war sie nicht. Aber danke, dass du das sagst.« Sie lehnte den Kopf an Lous Schulter. »Komm, wir geben uns die Kante und sehen uns *Pretty Woman* an.«

Und das taten sie. Im Grunde war Allie schon betrunken, doch Lou tat ihr Bestes, um aufzuholen. Sie gingen ins Wohnzimmer, wo Lou auf dem Sofa vor dem Fernseher Platz nahm. Allie setzte sich auf den Fußboden, deckte sich mit der Häkeldecke ihrer Großmutter zu und legte den Kopf in Lous Schoß. Wie abgestreifte Insektenpanzer lagen Dorito- und Mikrowellenpopcorn-Tüten auf dem Boden herum.

Auf dem Bildschirm küssten sich Julia Roberts und Richard Gere. Allie gähnte. »Wirklich schade«, murmelte sie.

»Was ist schade?«, fragte Lou und flocht Allies langes Haar gedankenverloren zu Zöpfen.

»Dass Benny mit Debbie Nye zum Abschlussball gegangen ist und nicht mit dir.«

»Debby Nye ist Cheerleaderin.«

»Sie ist eine Zicke. Mir wäre es viel lieber, wenn du seine Freundin wärst. Du magst ihn doch noch, oder?«

Lou wurde rot. »Hör auf.«

»Er ist ein Idiot. Immer sucht er sich Mädchen aus, nur weil sie hübsch sind. Dabei sollte er lieber eine wie dich nehmen.«

»Du meinst, eine, die nicht hübsch ist.«

»Sei still. Du bist hübsch.«

»Nein. Du bist hübsch, ich nicht.«

»Doch. Du bist … besonders. Das ist besser als hübsch. Sieh dir Julia Roberts an. Ihre Beine sind zu dürr, und ihr Mund ist zu groß. Sie ist nicht hübsch. Sie ist besonders.«

»Ich finde, sie ist auch hübsch, Allie«, sagte Lou ein bisschen traurig, weil ihr eigener Mund zu klein war und ihre Beine zu muskulös waren. Sie kannte die Unvollkommenheiten ihres Körpers: Jeder Makel war in ihrem Kopf registriert und mit einer Note versehen. »Der Film heißt *Pretty Woman*. Das sagt ja wohl alles.«

»Wie dem auch sei, das habe ich nicht gemeint. Was ich meinte, war, dass Benny jemanden braucht, mit dem er reden kann. Jemanden, der intelligent und aufmerksam ist. Mit Debbie redet er nicht, oder mit den Jungs vom Baseball. Nicht über die wirklich wichtigen Dinge. Und ich habe es versucht, aber mit mir redet er auch nicht. Ich mache mir Sorgen um ihn. Ich habe dich zum Reden. Aber er hat niemanden.«

»Vielleicht redet er mit seinen Freunden, und wir wissen es nur nicht.«

Allie schüttelte den Kopf, ohne ihn von Lous Schoß zu heben. Einer ihrer Zöpfe löste sich, als Lou ihr übers Haar strich. »Jungs reden nicht. Die motzen sich nur hin und wieder an.«

»Mein Vater ist anders.«

»Dein Vater ist anders als alle anderen. Vor allem als mein Dad.«

Allie klang so traurig. Lou biss sich auf die Lippe und schaute zum Bildschirm, ohne der Handlung zu folgen. Denn ihr ging eine Frage durch den Kopf, eine einfache und zugleich komplizierte Frage. Die Worte waren klar, dennoch wusste sie nicht, wie sie sie stellen sollte.

»Hat …«, hob sie an, schluckte dann und begann noch einmal: »Hat dein Dad dich jemals geschlagen?«

Allie antwortete nicht. Lou beugte sich vor, sodass sie Allies Gesicht sehen konnte. Ihre Augen waren geschlossen, das Gesicht entspannt. »Allie?«, flüsterte Lou, aber sie schlief mit der Wange auf Lous Schenkel. Lou seufzte und lehnte sich auf dem Sofa zurück, um den Rest des Films zu sehen.

Sie wachte auf, als der Abspann lief. Einen Moment wusste sie nicht, was sie geweckt hatte, doch dann hörte sie es erneut: Jemand stolperte durch die Küche. War es Allies Dad? Lou erstarrte vor Schreck, doch dann hörte sie deutlich, wie jemand gegen ein Möbelstück stieß und eine vertraute Stimme »Shit« sagte.

Benny. Er war zu Hause, vermutlich betrunken, nachdem er mit seinen Baseballfreunden auf irgendeinem Parkplatz Bier getrunken hatte. Sie hörte ihn erneut fluchen, dann wurde eine Tür geöffnet, und schwere Schritte polterten nach unten. Er ging in den Hobbykeller, in dem sie sich immer aufhielten, wenn die Eltern der Zwillinge zu Hause waren.

Lou dachte daran, was Allie gesagt hatte: dass Benny niemanden zum Reden hatte. Sie erinnerte sich, dass er vor Ewigkeiten blaue Flecke am Arm gehabt hatte, die er vor ihr zu verbergen versuchte. Damals hätte sie etwas ahnen müssen, doch sie war zu sehr mit ihrer blamablen Situation in der Schule beschäftigt gewesen. Vielleicht hatte er mit ihr reden wollen und sie hatte ihm nie zugehört?

Vorsichtig hob Lou Allies Kopf an und legte ihn auf ein Kissen, damit sie aufstehen konnte. Leise stöhnend rollte Allie sich zusammen, die Fäuste an ihrem Mund.

Als Lou aufstand, merkte sie, wie betrunken sie war. Sie musste sich an der Sofalehne abstützen, um das Gleichgewicht wiederzufinden. Dann ging sie in die Küche und von dort leise die Kellertreppe hinunter.

Unten brannte Licht, doch der Fernseher war aus. Als sie die Stufen hinunterging, sah sie Benny zunächst nicht, weil er in einem alten Lehnsessel am hinteren Ende des Raums saß. Unten angekommen, blieb sie abrupt stehen. Er hielt eine Waffe in der Hand.

Sie kannte die Pistole. Es war eine Handfeuerwaffe, die normalerweise im Waffenschrank in der Kellerecke aufbewahrt wurde. Lou blickte zum Schrank – er stand offen.

»Benny?«, fragte sie mit schwacher Stimme. Plötzlich wurde ihr überdeutlich bewusst, dass keine Erwachsenen im Haus waren. Nur sie. »Warum hast du die Waffe herausgeholt?«

Er blickte auf, und jetzt sah sie, dass sein linkes Auge rot und geschwollen war. »Was zum Teufel machst du hier?«, fragte er, und sie umfasste das Geländer.

»Allie und ich sehen uns Filme an. Ist … ist die geladen?«

»Vielleicht.«

Sie verstand nichts von Waffen. Jeder hier besaß eine, doch ihr Vater nicht, und sie hatte noch nie eine angefasst.

Die Pistole in Bennys Hand war glatt und dunkel mit einem Holzgriff, oder zumindest sah es wie Holz aus. Sie erinnerte sich, gehört zu haben, dass Donnie Phelps' Waffensammlung das Wertvollste war, was er besaß. Einige Stücke waren sehr alt. Wie das Porträt von Louis Alder im Haus ihrer Großeltern waren sie von Generation zu Generation weitergereicht worden.

Auf dem Sofatisch vor Benny lag eine Schachtel mit Munition.

»Könntest … könntest du die weglegen?«, fragte sie ihn.

Einen Moment tat er nichts. Er hielt die Waffe in der Hand und strich mit dem Daumen über den Holzgriff. Dann richtete er sie auf sie. Lou wich panisch einen Schritt zurück, stieß gegen das Geländer und schlug die Hände vor die Brust.

»Peng«, sagte er. Dann richtete er die Waffe auf sich und drückte sie an seine Schläfe. »Peng. Alles vorbei.«

Dann lachte er – ein fremdes Lachen, das überhaupt nicht nach Benny klang – und legte die Waffe auf den niedrigen Tisch zwischen Sessel und Sofa.

»Zufrieden?«, fragte er.

»Herrgott, Benny, erschreck mich doch nicht so.« Ihr Herz raste.

»Tut mir leid, Lou. Lou Alder. Lou-*ise*.«

Sie kam einen Schritt näher. Benny war betrunken, so viel war klar, aber er war auf eine Art betrunken, die sie noch nie bei jemandem erlebt hatte. Seine Bewegungen waren nicht ungelenk, er sprach und lachte nicht die ganze Zeit, er lallte nicht. Stattdessen schien er äußerst bewusst zu handeln. Als habe sein Verhalten eine Bedeutung, die sie nicht verstand, obwohl sie Benny ihr ganzes Leben lang kannte.

»Ist alles okay mit dir?«, fragte sie.

»Okay? Mit mir?« Wieder lachte er auf diese fremde Art.

»Allie sagte, dass du dich vorhin mit deinem Dad gestritten hast.«

»Ja, aber das ist nichts Neues.«

Er klang eher wütend als traurig, aber sie dachte an das, was Allie gesagt hatte, und setzte sich auf das Sofa neben seinem Sessel. Fast berührten sich ihre nackten Knie, als sie sich zu ihm vorbeugte. Sein geschwollenes Auge sah schlimm aus. »Willst du darüber reden?«, fragte sie.

»Darüber reden? Klar, reden wir darüber.«

»Hat er dich geschlagen?« Benny diese Frage zu stellen war leichter als Allie, weil sie die Antwort schon kannte.

Benny beugte sich vor, noch immer mit dieser merkwürdigen Ruhe, mit der er die Waffe erst auf sie und dann auf sich gerichtet hatte. »Nein, darüber reden wir nicht. Reden wir darüber, *warum* er mich geschlagen hat. Weißt du, warum?«

Die Bestätigung, dass Donnie ihn geschlagen hatte, trieb ihr Tränen in die Augen. Armer Benny. »Er hat keinen Grund, dich zu schlagen. Er *darf* dich nicht schlagen.«

Benny schnaubte. »Dein Dad schlägt dich wohl nicht, was?«

»Nein!«

»Weil dein Dad nie etwas falsch macht. Er ist so viel besser als mein Dad.«

»Das habe ich nicht gesagt.« Obwohl sie genau das glaubte. Donnie Phelps machte ihr Angst. Ihr Vater trug gebügelte Hemden und spielte Schach, fotografierte und hatte sie, als sie klein war, abends ins Bett gebracht. Mr. Phelps rauchte Zigaretten und biss die Zähne zusammen, trug Baseballkappen und hatte raue Hände.

»Nur, dass mein Dad mich geschlagen hat, weil dein Dad versucht hat, ihm Geld zu geben.«

Sie stutzte. »Was?«

»Nach der Abschlussfeier. Er hat meinen Dad zur Seite genommen und versucht, ihm Geld zuzustecken. Er hat irgendeinen Mist geredet, von einem Geschenk für Allie und mich. Aber mein Dad wusste, was das war, und meine Mom auch. Deine Familie hält meine Familie vom Arbeiten ab, und er wollte uns *Almosen* anbieten.«

Voller Gehässigkeit spie Benny die Worte aus, und Lou versuchte zu verstehen, was er meinte. »Warum sollte dein Dad dich schlagen, weil mein Dad versucht hat, nett zu sein?«

Benny stand auf, und eine Schrecksekunde lang dachte Lou, er würde nach der Waffe greifen.

»Fick dich, Lou Alder. Fick dich und deine verfickte Familie. Du denkst, du wärst so viel besser als wir.«

»Das stimmt nicht«, sagte sie schnell. »Ich denke nicht, dass irgendjemand besser als ein anderer ist. Ich versuche nur zu verstehen.«

»Warum solltest *du* mich verstehen wollen?«

Seine Stimme brach. Tränen stiegen ihm in die Augen.

Sie hatte Benny noch nie weinen gesehen. Es war schlimmer als das geschwollene Auge oder dass er betrunken war und sogar schlimmer als die Waffe.

»Weil ich dich liebe«, sagte sie.

»Sei still!«

Er stand über ihr und schrie sie an, und sie zuckte zusammen.

Dann stürzte Benny sich auf sie und stieß sie rücklings aufs Sofa. Sie machte sich auf einen Schlag gefasst, doch er schlug sie nicht. Stattdessen griff er unter ihr Shirt und durch den BH nach ihrer Brust. Erschrocken und verängstigt dachte Lou als Erstes: *O mein Gott, er findet mich hübsch.*

Mit beiden Händen umfasste er ihre Brüste, knetete sie und drückte sie mit seinen Armen und seinem Körper nach unten.

»Hör auf«, sagte sie. »Au! Hör auf, Benny, das tut weh.«

»Sei still!« Er zog ihr Shirt hoch und ihren BH herunter, und Lou wand sich unter ihm, stieß ihn zurück und versuchte zu entkommen. Jeder Gedanke an *hübsch sein* war verschwunden.

»Benny! Hör auf.«

»Sei still!« Er lag auf ihr und küsste sie, stieß seine Zunge in ihren Mund, und sie dachte, *ich sollte ihn beißen*, aber es war doch Benny. Benny, den sie ihr ganzes Leben lang kannte. Den sie liebte, um den sie sich vor fünf Minuten Sorgen gemacht hatte, weil er verletzt war. Den sie seit Jahren küssen wollte, doch er schmeckte nach Bier, und seine Zähne stießen gegen ihre, und seine Hand fummelte an ihren Shorts herum.

Sie könnte schreien. Sie könnte Allie aufwecken, aber er war Allies Bruder. Er war so viel kräftiger als sie, kräftiger als er aussah, denn er war schwer. Lou war stark, aber Benny war stärker, und er wusste, was er wollte, und sie wusste nur, was sie nicht wollte. Sie wollte ihm nicht wehtun, und sie wollte nicht, dass Allie das hier sehen musste. Sie wollte nicht, dass Benny betrunken oder wütend war oder dass sein Vater ihn schlug. Wollte nicht, dass er das hier und auf diese Weise mit ihr machte. Er war stärker als sie. Sein Wille war stärker als ihr Nichtwollen.

An der Zimmerdecke war ein Riss und an der Seite ein Wasserfleck. Dorthin starrte sie, bis Benny fertig war.

Dann stand er auf und zog den Reißverschluss seiner Jeans zu. Sie lag da und betrachtete den Wasserfleck. Der Fleck war vor zehn Minuten da gewesen, und er war noch immer da. Er hatte sich nicht verändert. Vielleicht war das ein Beweis dafür, dass das hier gar nicht passiert war.

Benny sagte nichts. Sie hörte, wie er die Treppe hinaufging. Seine Schritte in der Küche über ihr. Dann nichts mehr.

Vorsichtig und unter Schmerzen setzte sie sich auf. Einen Moment bekam sie keine Luft, sie hatte das Gefühl, als würde er noch immer auf ihre Brust drücken. Sie bekam keine Luft. Sie stützte sich mit den Ellbogen auf den Knien ab und fragte sich, ob sie ohnmächtig werden würde. Dann öffnete sich ihre Kehle, sie japste, keuchte, bis sie wieder normal atmen konnte.

Dann erhob sie sich. Sie zog ihren BH hoch und das Top nach unten, den Slip, die Shorts …

Sie sah die Waffe auf dem Sofatisch liegen und dachte: *Die hätte ich benutzen können.* Aber das stimmte nicht. Nicht bei Benny. *Er* hätte sie benutzen können. Er hatte so getan, als würde er sie damit bedrohen.

Vielleicht hatte sie großes Glück gehabt. Wenn sein Finger ausgerutscht oder er noch wütender oder betrunkener gewesen wäre. Vielleicht wäre sie dann jetzt tot.

Lou streckte die Hand aus und berührte die Waffe. Sie merkte erst nach einem Moment, dass sie die Finger um den Griff gelegt hatte.

Das hätte sie vor einigen Minuten tun können. Sie hätte die Waffe nehmen können. Sie hätte nicht zulassen müssen, dass er ihr das antat. Sie hätte ihn aufhalten können. Warum hatte sie ihn nicht aufgehalten?

Was stimmte nicht mit ihr?

Sie dachte daran, die Waffe auf ihren eigenen Kopf zu richten, so wie Benny es getan hatte. *Peng. Alles vorbei.* Einen Moment schien es ihr leicht, so viel leichter, als diesen Keller zu verlassen.

Sie ließ die Waffe sinken, legte sie rasch auf den Sofatisch. Ihre nackten Arme und Beine waren von einer Gänsehaut überzogen. Lou stieg die Kellertreppe hinauf und trat in die leere Küche. Ihre Beine fühlten sich an wie nach einem anstrengenden Vierhundert-Meter-Rennen. Die fast leere Flasche Allen's Coffee Brandy stand noch auf der Arbeitsfläche.

Draußen war es jetzt dunkel. Lou verließ das Haus und ging durch den Wald nach Hause.

In der Küche brannte Licht. Sie kletterte nicht wie geplant an der Veranda nach oben, sondern betrat das Haus durch die Hintertür.

Ihre Mutter saß im Bademantel am Küchentisch, einen Becher vor sich. Als Lou hereinkam, blickte sie auf. »Was bildest du … O mein Gott, ist alles in Ordnung?«

Sah man es ihr an? Lou rieb sich die Augen, um zu prüfen, ob sie weinte. Nein. Und sie war vollständig angekleidet. Es gab keine sichtbaren Zeichen an ihr, sie fühlte es nur. Woher wusste ihre Mutter es?

»Mom«, sagte sie, und ihre Stimme klang fremd. So leise und tot wie Bennys Stimme, als er die Waffe gehalten hatte.

Ihre Mutter sprang vom Stuhl auf und kam zu ihr. Sie nahm Lou in die Arme, und obwohl Lou größer als ihre Mutter war, sank sie gegen sie und legte den Kopf auf ihre Schulter. Der Bademantel war weich und roch nach Chanel No. 5 und Kamillentee.

»Was ist passiert?«, fragte ihre Mutter, hielt sie fest im Arm und strich ihr über den Rücken.

Lou drückte das Gesicht an den Hals ihrer Mutter. Sie schloss die Augen so fest sie konnte und sah den Riss und den Wasserfleck vor sich.

»Ich wollte das nicht«, sagte sie und spürte die Haut ihrer Mutter. »Ich habe versucht, ihn wegzustoßen, aber er war größer als ich.«

Sie hatte ihn doch weggestoßen, oder? Sie hatte versucht, ihn wegzustoßen. Dann hatte sie aufgehört, sich zu wehren, und es geschehen lassen. Warum hatte sie es geschehen lassen?

»O mein Gott«, sagte ihre Mutter erneut. Sie rückte weit genug von Lou ab, um ihr ins Gesicht zu sehen. »Lou, Liebes. Hat er … bist du okay? Hat er dir wehgetan?«

»Er hat mich festgehalten, er hat mir nicht wehgetan, ich … Ich wollte das nicht.« Jetzt erst merkte sie, dass ihr Slip nass und klebrig war, dass er das in ihr zurückgelassen hatte, und sie begann zu weinen. »Ich habe ihm gesagt, dass ich nicht will.«

»O mein Gott. O mein Gott, meine Kleine. Mein kleines Mädchen.« Peggy legte zitternd die Hände um Lou, streichelte und tätschelte sie, drückte sie an sich. »Mein armes, kleines Mädchen. Wir müssen es deinem Vater sagen. Wir müssen zur Polizei gehen.«

Lou nickte an der Schulter ihrer Mutter. Polizei. Ja, das sollten sie tun, weil sie … weil sie vergewaltigt worden war. Er hatte sie auf das Sofa gedrückt und vergewaltigt. Der Gedanke überlagerte und vergiftete alles andere und löste einen mächtigen Schluchzer aus. Einen Moment konnte sie sich nur an ihre Mutter klammern. Das hätte nicht passieren dürfen. Sie war nach unten gegangen, um mit ihm zu reden. Um ihn aufzuheitern. Allie hatte die ganze Zeit oben geschlafen.

»Wer war es?«, fragte ihre Mutter flüsternd und strich ihr über den Rücken. »War es jemand auf der Straße? All diese fremden Leute in der Stadt. Hast du ihn erkannt?«

Wieder nickte sie. »Es war Benny.«

Daraufhin wurde ihre Mutter ganz still. Kein Streicheln mehr, kein Trösten. Nur der Duft von Chanel No. 5.

Zögernd sagte sie: »Benny?«

»Ich war dort und habe mit Allie einen Film gesehen. Er ist nach Hause gekommen, und ich bin in den Keller gegangen, um mit ihm zu reden, und er …« Tiefes Durchatmen. Denn wenn sie es aussprach, wurde es real. Aber sie konnte ihn noch immer dort fühlen, zwischen ihren Beinen. »Er hat mich vergewaltigt.«

Ihre Mutter schüttelte den Kopf. »Nein. Dazu ist Benny nicht fähig.«

»Er hat es getan, Mom.«

»Er ist dein Freund. Er ist der Sohn meiner Freundin.«

»Das hat ihn nicht abgehalten.«

»Bist du dir sicher, dass du … dass du ihn nicht ermutigt hast? Ich weiß, dass du ihn magst. Er ist ein gut aussehender Junge.«

»Ich habe Nein gesagt.«

»Das hättest du nicht gekonnt.«

Das Gefühl, keine Luft zu bekommen, kehrte zurück. Als würde man sie festhalten. »Ich habe Nein gesagt, Mom. Ich habe ihn zurückgestoßen. Ich habe versucht, ihn von mir hinunterzuschieben. Ich habe alles getan, was ich konnte, um ihn aufzuhalten.«

Hatte sie das? Sie hatte nicht geschrien. Sie hatte ihm nicht wehgetan. Sie hatte nicht nach der Waffe gegriffen.

Ihre Mom ließ von ihr ab, setzte sich wieder auf den Stuhl und verschränkte die Hände im Schoß. Sie sagte nichts.

»Mom. Mom? Es war nicht meine Schuld.«

Ich glaube, es war meine Schuld.

»Wir dürfen es niemandem erzählen«, flüsterte ihre Mutter.

»Was?«

»Das geht nicht. Dein Vater. Dein Großvater. Es würde alles zerstören.«

Noch immer liefen Tränen über Lous Wangen, aber sie spürte sie nicht. Sie ging zum Tisch. Legte die Hände auf die Tischplatte. Abgerissene Nägel. Sie sahen real aus, vertraut, im Gegensatz zu dem, was ihre Mutter sagte.

»Das verstehe ich nicht«, sagte Lou.

Ihre Mutter holte tief Luft. Die Hände in ihrem Schoß zitterten.

»Bei der gegenwärtigen Lage in der Stadt«, sagte ihre Mutter, »dem Streik, den Auseinandersetzungen zwischen den Familien – all das. Wenn … wenn wir der Polizei sagen, was passiert ist. Wenn herauskommt, dass der Sohn eines streikenden Arbeiters die Enkelin des Fabrikbesitzers vergewaltigt hat …« Sie hob den Blick zu Lou, und auch in ihren Augen standen Tränen. »Es würde alles kaputt machen. Es gäbe … Es gibt schon den Zaun und die Wachen und die zerbrochenen Flaschen. Familien hungern. Es wäre … Ich weiß nicht, was passieren würde. Aber es wäre schrecklich.«

»Aber Mom. Er …«

»Er hätte das nicht tun dürfen. Er hätte dir das nicht antun dürfen, und das tut mir schrecklich leid. Aber es geht um mehr als nur um dich. Wir müssen diesen Streik beenden.«

Lou schluckte. Einmal war sie bei einem Lauf gestürzt, hatte sich einen Zahn abgebrochen und die Lippe aufgerissen – das hatte genauso geschmeckt. Nach Blut und nach etwas, das zerbrochen war.

»Bist du dir auch ganz sicher, dass du ihn nicht irgendwie verführt hast?«, fragte ihre Mutter. »Du hast getrunken, das rieche ich. Bist du dir sicher, dass er dich nicht nur missverstanden hat?«

Blutig und zerbrochen. Sie konnte sich nicht sicher sein, nein. Sie brauchte die Hilfe ihrer Mutter, um sich sicher zu sein. Sie schwieg.

Ihre Mutter rieb sich die Stirn, als würde sie schmerzen. »Warum gehst du nicht nach oben und duschst? Danach wirst du dich besser fühlen.«

Sie berührte Lou an der Hand, doch Lou zog sie weg.

Louise

All das erzählt sie Allie, die neben ihr auf dem Felsen vor dem Wasserfall sitzt. Auf dem Felsen, der früher die Grenze ihrer Welt war. Sie erzählt ihr alles: dass sie Benny geliebt hat, dass sie Nein gesagt hat, dass sie nicht nach der Waffe gegriffen oder nach Hilfe gerufen hat. Dass sie Wochen, Monate und Jahre lang dachte, sie hätte vielleicht etwas anders machen können. Sie erzählt Allie, was Peggy in jener Nacht gesagt hat. Wie Lou am nächsten Tag, als Irving bei der Arbeit war und Peggy dachte, sie gehe in die Bibliothek, den Koffer in ihren alten Civic lud, so viel von ihrem College-Geld bei der Casablanca Savings Bank abhob, wie man ihr gab, und Richtung Süden fuhr. Über den Maine Turnpike und die I-95 zur 287, über die Tappan Zee Bridge und hinunter nach Hoboken in New Jersey. Nach New York traute sie sich nicht, sie wäre sich heillos verloren vorgekommen. Sie erzählt Allie von dem winzigen Appartement, das sie fand, und den zwei Jobs – tagsüber Ablage in einem Büro und nachts Kellnern in einem Schnellrestaurant. Sie erzählt ihr, dass sie so viel gearbeitet hat, wie sie nur konnte, nicht nur, weil sie das Geld brauchte (Irving schickte ihr Geld, sobald er wusste, wo sie war), sondern weil sie nicht nachdenken wollte. Sie erzählt ihr von dem

Tag Anfang Herbst, als sie aufwachte und wusste, dass etwas mit ihr anders war. Was ihr bislang noch nicht aufgefallen war, weil sie sich innerlich und äußerlich ohnehin so sehr verändert hatte. Also machte sie einen Test. Und als sie das Stäbchen mit dem blauen Kreuz in der Hand hielt, wusste sie, auch wenn sie zu jung war, um Mutter zu sein, dass sie niemals tun könnte, was ihre Mutter getan hatte. Sie könnte nie ihre eigenen Bedürfnisse über die ihres Kind stellen.

»Ich wollte dich anrufen«, erzählt sie Allie, denn jetzt fließen die Worte aus ihr heraus wie ein Fluss im Frühjahr, der alles mit sich reißt. »Ich konnte mit niemandem reden, und ich wollte mit dir reden. Aber ich konnte nicht. Ich dachte, du würdest mir nicht glauben. Dass du wütend wärst. Er ist dein Zwillingsbruder. Und du darfst ihm auf keinen Fall sagen, dass er ihr Vater ist. Und Dana auch nicht.«

Sie hat die ganze Zeit den Fluss betrachtet. Jetzt wendet sie sich Allie zu.

»Bitte, Allie«, sagt Lou, »es ist mir egal, ob du mir glaubst oder nicht. Es geht um Dana. Ich liebe sie mehr als alles andere, und ich muss sie davor schützen.«

Allie sieht sie an, wendet den Blick nicht ab. Sie legt ihre Hand auf Lous Hand, die auf dem Felsen ruht, auf einer Ader aus Glimmer, die wie Katzengold schimmert, und sagt: »Ich glaube dir.«

Louis

Es ist der 3. Juli, morgens. Der Tag vor dem Feuerwerk. Lou hat Allies Nummer im Telefon gespeichert. Er hat ihr zwar versprochen, nicht über ihre gemeinsame Vergangenheit zu sprechen, mehr jedoch nicht, darum schreibt er ihr eine Nachricht: *Happy Birthday! Lou x*

Er löscht das Kuss-X, dann schickt er die Nachricht ab.

Mom schläft oben, Mulder liegt zu ihren Füßen. Lou sitzt mit dem Laptop auf dem Schoß im Wohnzimmer im grünen Sessel und tüftelt an einigen Szenen für den nächsten Roman, der von ihm erwartet wird, als sie antwortet: *Danke. Treffen uns um 20:30 mit ein paar Leuten im Meany's. Komm, wenn du Lust hast. A*

Er hat keine Lust, doch im Laufe des Vormittags nimmt die Vorstellung in seinem Kopf Gestalt an, und beim Mittagessen, als seine Mom eine Seifenoper sieht und ihre Hühnersuppe mit Sternchennudeln nicht anrührt, sagt er: »Hättest du etwas dagegen, wenn ich heute Abend für zwei Stunden jemanden von der Agentur bitte zu kommen? Allie hat Geburtstag.«

»Geh nur«, sagt sie, ohne den Blick vom Fernseher zu lösen, wo eine Frau mit toupiertem Haar weint. »Elaine von nebenan kann rüberkommen. Ihr zwei wart so ein hübsches Paar.«

»Wie bitte?«, fragt er, doch sie sieht weiterhin ihre Sendung. Die Medikamente benebeln sie, das ist ihm klar, doch manchmal verdächtigt er sie, damit ein bisschen zu spielen.

Er ist noch nie im Meany's gewesen – als er hier wohnte, war er zu jung und durfte offiziell noch nichts trinken –, und so überlegt er eine Weile, was er anziehen soll. Er will nicht wie ein Städter aussehen – wie jemand, der weggezogen ist und meint, er sei zu gut für Casablanca. Er will aber auch nicht aussehen, als würde er sich zu sehr bemühen, nicht aufzufallen. (Im Ernst? Er ist immer aufgefallen.) Er duscht und rasiert sich und zieht ein schlichtes blaues Button-down-Hemd an, dazu Jeans. Anschließend betrachtet er sich im Spiegel und findet, dass er viel zu sehr wie Irving aussieht. Also tauscht er das Hemd gegen ein schlichtes schwarzes T-Shirt, doch jetzt findet er, dass er ziemlich schwul wirkt (Carries Worte klingen ihm noch in den Ohren – sie hat ihn sehr wohl verändert). Schließlich wählt er ein kariertes Hemd und rollt die Ärmel hoch. Erst dabei wird ihm klar, dass ihm eigentlich vollkommen egal ist, was irgendjemand in der Bar über seine Kleidung denkt: Er ist sich nur unsicher, was er anziehen soll, weil er zum ersten Mal, seit er ein Teenager war, Allie in einem gesellschaftlichen Rahmen trifft.

Hübsches Paar.

Sie waren ein hübsches Paar. *Das* Liebespaar im Jahrbuch. Ein Foto von Allie, die auf seinem Knie sitzt und ihm ein ausgeschnittenes Papierherz schenkt. Sie waren nie beliebt genug (und Lou sah nicht gut genug aus), um König und Königin beim Abschlussball zu werden. Für den

Enkel des Besitzers der Papierfabrik hätte ohnehin niemand gestimmt, nicht während des Streiks, aber jeder kannte sie als Paar. Allie und Lou. Er liebte sie, liebte alles an ihr, und er hatte auch ein bisschen Angst vor ihr. Angst, dass sie zu tief in sein Inneres sehen und Dinge entdecken könnte, die sie verletzen würden – auch wenn diese Dinge seine Liebe kein bisschen schmälerten. Vielleicht ist Liebe genau das. Die Liebe, die bleibt. Die Liebe, die er nie erfahren hat. Zu bleiben, obwohl man Angst hat.

Das Meany's befindet sich im Stadtzentrum nahe der Polizeistation, was immer Anlass für Witze gab. Irving ist nie dorthingegangen, aber Donnie Phelps war immer dort, wenn er mal nicht in den Eagles Club ging. Als Teenager hatte Lou sich das Meany's als rauchverhangenen Laden vorgestellt, der nach Bier stank und nur erhellt war von einer blinkenden rot-blauen Leuchtreklame für Miller Lite. In seiner Vorstellung hingen Pin-up-Girls aus dem *Playboy* an den groben Holzwänden, auf dem Boden lagen Sägespäne, und es gab hohe Barhocker und Spucknäpfe. Im hinteren Teil stand ein Tisch für illegale Pokerspiele, wobei die Cops, die nach der Arbeit dort einen tranken, ein Auge zudrückten. Es hieß, dass dort ein ausgestopfter Bärenkopf an der Wand hing. Er hatte sich vorgestellt, dass der Bär die Zähne fletschte und auf eine halb nackte Frau hinunterblickte, die so ganz anders aussah als die Mädchen aus Casablanca.

Als Lou die Tür jetzt aufstößt, empfangen ihn ein Song von Bob Seger und Biergeruch. Abgesehen davon ist der Laden jedoch ganz anders als in seiner Vorstellung. Es gibt keinen Rauch und keine Werbung für Miller Lite, dafür ein großes Wandgemälde, das Casablanca und Umgebung zeigt: die Berge, das Flusstal, den Wasserfall, das Rathaus, die Papierfabrik. Einzelheiten kann er nicht erkennen, weil der Laden voller Menschen ist, doch es sieht aus, als wären gleichzeitig die vier Jahreszeiten dargestellt geworden. Orangefarbener Herbst, weißer Winter, grüner Frühling. Der Billardtisch steht vor verschneiten Bergen. Vermutlich wird der Sommer überwiegend von der Bar verdeckt.

Er braucht einen Moment, bis er Allie entdeckt, die mit einer Bierflasche in der Hand beim Herbst an der Wand lehnt. Lou bahnt sich einen Weg durch die Menschen, von denen ihm viele vage bekannt vorkommen. Allie trägt ein gelbes, schulterfreies Kleid und das Haar offen. Sie hat Lippenstift oder Lipgloss aufgelegt, und als sie ihn entdeckt, lächelt sie, und er spürt Schmetterlinge in seinem Bauch.

»Du bist gekommen«, sagt sie.

»Ja. Unsere Nachbarin ist bei ihr.«

»Lou Alder?«, sagt der Typ neben Allie, den Lou noch gar nicht bemerkt hat. »Hey, Mann, ist ja ewig her. Freut mich, dich zu sehen. Weißt du überhaupt noch, wer ich bin?«

Der Mann hat eine beginnende Glatze und einen dichten Bart, doch Lou schüttelt ihm die Hand und stellt ihn sich dreizehn Jahre jünger, schlanker und ohne den Bart vor. »Buddy White?«, rät er.

»Du hast es erfasst! Wie geht's dir, *buddy?*«

»Ganz gut, Buddy.«

Buddy lacht, als hätten sie diesen Witz nicht schon unzählige Male gemacht, und schlägt Lou auf den Rücken. »Ja, du hast einen Roman geschrieben, stimmt's? Ich bin kein großer Leser, aber irgendjemand hat mir davon erzählt.«

»Ich habe dir davon erzählt«, sagt Allie leise, und Lou dreht sich überrascht zu ihr um. »Es heißt *Licht im Winter.*«

»Dann ist es ein gutes Buch?«, will Buddy wissen, der mehr als nur leicht angetrunken zu sein scheint. »Sollte ich es lesen?«

»Wenn du willst«, sagt Lou.

»Bringen dir ordentlich Geld ein, was? Bücher?«

»Schön wär's.«

»Weißt du, was du schreiben solltest? Du solltest diesen Jack-Reacher-Scheiß schreiben. Damit verdienst du einen Haufen Geld. Tom Cruise. All dieser Mist. Hab ich recht?«

»Da ist was dran.«

»Oder Stephen King! Der verdient eine Stange Geld. Und du stammst aus Maine. Das ist doch schon die halbe Miete, stimmt's?«

»So habe ich das noch nie gesehen.« Er blickt auf Buddys halb volles Bierglas und wendet sich an Allie. »Ich besorge mir was zu trinken. Willst du noch ein Bier?«

»Ich komme mit«, sagt sie. Sie gehen zusammen zur Bar, und Lou bemerkt, dass sie Ohrringe und eine dünne Silberkette um den Hals trägt.

»Ich dachte, hier soll ein Bärenkopf an der Wand hängen«, sagt er.

»Hinter der Bar.« Und da ist er, thront über den Flaschen mit Jägermeister und Jack Daniels: ein großer brauner Kopf, der auf eine Holzplatte montiert ist. Er fletscht nicht die Zähne. Er hat kleine Augen und eine hundeähnliche Nase, und er sieht ein bisschen traurig aus.

»Ich habe mir das Meany's immer wie eine Art Western-Saloon vorgestellt«, sagt Lou.

»Irgendwie ist alles eine Enttäuschung, wenn man erwachsen wird«, bemerkt Allie. Sie legt den Kopf in den Nacken, um den Rest Bier zu trinken, und ihr Hals ist glatt und hell.

Du enttäuschst mich nicht, denkt Lou, doch er sagt: »Buddy White hat mich nicht enttäuscht. Er ist noch genau wie in der Schule. Damals ist er dir auch immer hinterhergelaufen.«

»Es heißt, der Charakter eines Menschen sei mit sieben Jahren voll entwickelt.«

»Glaubst du, dass das stimmt?«

»Nein. Ich glaube, dass der Charakter schon feststeht, bevor wir überhaupt auf die Welt kommen.« Sie hält die Flasche hoch. »Für mich bitte noch so eins.«

Er bestellt zwei Flaschen – in Maine gebrautes Craft-Bier, das er noch nie probiert hat –, und als es kommt, stößt er mit seiner Flasche gegen ihre und überreicht ihr das Geschenk, das er mitgebracht hat. »Herzlichen Glückwunsch zum Geburtstag«, sagt er. »Das ist für dich.«

Überrascht nimmt sie das in Seidenpapier eingewickelte Päckchen. »Das wäre aber nicht nötig gewesen.«

»Ich hatte es sowieso und dachte, dass es dir gefallen könnte.«

»Es ist ein Buch. Ist es deins?«

»Zum Glück nicht. Anscheinend hast du schon ein Exemplar.«

Allie wird tatsächlich ein bisschen rot. »Vielleicht ein nächtlicher Amazon-Einkauf. Ich kenne den Autor, ich hatte eine Ausrede.«

»Es ist nicht so gut wie Stephen King.«

»Mir hat es gefallen.«

Lou lächelt und senkt den Blick. »Danke. Mach das Geschenk auf.«

Als Allie das Seidenpapier aufreißt, kommt ein abgegriffenes Taschenbuch zum Vorschein. »*Der Magier der Erdsee.* Das habe ich seit meiner Kindheit nicht mehr gelesen.«

»Beachte das Lesezeichen in der Mitte.«

Sie holt es heraus: ein linierter, zusammengefalteter Zettel. Als sie ihn auseinanderklappt, steht dort mit violetter Tinte eine Nachricht, die Punkte auf den kleinen »i«s bestehen aus Kreisen.

Ich liebe dieses Buch! Danke fürs Leihen. Ich mag es gar nicht zurückgeben. Allie xxx

»Wow«, sagt sie. »Ich kann mich nicht mehr erinnern, dass du es mir geliehen hast.«

»Jetzt musst du es nicht mehr zurückgeben«, sagt Lou.

»Danke.« Sie lächelt und ist das Mädchen, das er sein ganzes Leben lang kennt. Das Mädchen, dem er sein Lieblingsbuch geliehen hat und das darauf geachtet hat, nicht den Buchrücken zu verbiegen oder die Seiten zu zerknicken.

»Allie …«, fängt er an, nicht sicher, was er sagen will, er möchte nur wieder wissen, wie es sich anfühlt, ihren Namen auszusprechen. Da wird sie von ein paar anderen Leuten begrüßt, und der Moment ist vorbei.

Das Bier ist gut. Er trinkt ein paar Flaschen davon und unterhält sich mit verschiedenen Leuten – einige kennt er, andere nicht. Es ist nicht so schwierig, wie er erwartet hat. Als er vor drei Wochen nach Casablanca gekommen ist, hat er gedacht, dass sich seit seiner Kindheit nichts verändert habe, doch die Leute sind nicht stehen geblieben. Sie sind erwachsen geworden, haben Jobs, Kinder. Alle wissen, dass er ein Buch geschrieben hat, aber er lenkt die Gespräche auf andere Themen. Allie kennt jeden. Vielleicht ist es darum leichter. Weil Allie hier bei ihm ist, ihr Bier trinkt und ihn zu einer Partie Poolbillard herausfordert. Für eine Sekunde, als sie gerade die Kugel mit der Acht eingelocht und ihn besiegt hat, stößt sie die Faust in die Luft und sieht wieder aus wie ein Kind. So hätte es sein können, denkt er, wenn die Dinge an jenem Juniabend vor dreizehn Jahren anders gelaufen wären. Sie könnten noch zusammen sein und sich an ihrem Geburtstag in einer Bar amüsieren. Das Liebespaar.

Dann schlägt jemand mit einem Messer an eine Flasche, und alle verstummen und drehen sich zu dem Geräusch um. Buddy White steht auf einem Stuhl und bittet um Aufmerksamkeit.

»Ladies und Gentleman«, sagt er und ist noch betrunkener als vorhin, scheint allerdings nicht akut gefährdet, vom Stuhl zu fallen. »Ich möchte was sagen. Allie Phelps hat heute Geburtstag! Herzlichen Glückwunsch, Allie Phelps!«

Jubeln. Applaus. Lou sieht zu Allie, die neben ihm steht, lächelt und errötet. Zusammen mit allen anderen prostet er ihr zu.

»Aber!«, ruft Buddy und übertönt das allgemeine Stimmengewirr. »Vergessen wir nicht, wer heute noch Geburtstag hat. Benny Phelps war ein toller Kerl, ein toller Sportler. Mit Abstand der beste Baseballspieler, den Casablanca jemals hatte. Einmal hat er zu mir gesagt: ›Buddy, ich werde für die Sox spielen.‹ Und ich glaube, das hätte er getan.«

Zustimmendes Gemurmel. Lou steht immer noch neben Allie und kann sie nicht ansehen. Er kann niemanden ansehen außer Buddy White, den er nicht wirklich sieht, weil er stattdessen Benny sieht.

»Was Benny getan hat, hat diese Stadt zusammengeführt. Alle von euch erinnern sich daran. Wir haben uns gestritten, wir haben gekämpft, einige von uns haben Hunger gelitten. Familien haben sich gegen andere Familien gewendet. Casablanca hat sich selbst zerstört. Doch als

Benny starb, sind wir zur Vernunft gekommen. Wir haben begriffen, dass das Einzige, was zählt, diese Stadt ist und dass wir hier alle zusammen leben. Vielleicht wollte Benny das nicht bewirken, aber er hat es bewirkt. Das hat er Casablanca hinterlassen.«

Buddys Stimme ist verändert. Offensichtlich ringt er mit den Tränen.

»Er hat den Streik beendet, und das hat diese Stadt gerettet. Hätte es Benny nicht gegeben, wäre jetzt keiner von uns hier, und er musste sterben, damit das passiert. Also lasst uns Benny Phelps zum Geburtstag gratulieren.«

Buddy hält wieder sein Bier hoch, und die Leute um ihn herum erheben ebenfalls ihre Getränke. Reflexartig greift Lou nach Allie, doch sie ist weg.

Während sie auf seinen toten besten Freund anstoßen, dreht sich Lou um und drängt sich an den Menschen vorbei Richtung Ausgang. Draußen ist es kühler, und nach dem bunten Licht und dem Lärm drinnen wirkt die Nacht sehr dunkel und ruhig. Allie steht einen halben Block entfernt auf der Brücke über den Fluss, die Hände in den Taschen ihres Kleides.

Als Lou näher kommt, blickt sie nicht auf, sondern sieht weiterhin starr auf das flache Wasser. Er stellt sich neben sie und beugt sich ebenfalls über das Geländer.

»Ich hasse Geburtstage«, sagt sie heftig in Richtung Wasser. »Ich hasse unseren Geburtstag. Darum feiere ich nie. Ich dachte, vielleicht …«

»Vielleicht könnte es um dich statt um ihn gehen?«

Sie seufzt. »Ich liebe ihn. Er war mein Bruder. Ich vermisse ihn jeden Tag.«

»Ich auch.«

»Du bist wenigstens weggegangen. Du wirst nicht die

ganze Zeit an ihn erinnert. Alles in dieser Stadt erinnert mich an ihn. Die Fabrik, das Baseballfeld, unser altes Haus.«

»Ich denke trotzdem noch an ihn.«

Jetzt sah sie auf. Sie dreht sich zu Lou um. »Wir haben das Richtige getan, oder? Der Streik ist beendet worden. Sein Tod war zu etwas gut. Er hatte einen Sinn.«

»Ja. Er hatte einen Sinn. Er hat Menschen geholfen.«

»Für mich hat er keinen Sinn. Sein Tod ist dumm und sinnlos und schmerzhaft.« Sie wischt sich die Tränen fort. Er möchte den Arm um sie legen, weiß jedoch nicht, ob das eine gute Idee ist.

»Es war … Ich verstehe das immer noch nicht, Allie. Ich … ich weiß, es war meine Schuld.«

»Du hast ihn nicht umgebracht.«

»Ich habe ihn nicht aufgehalten.«

»Du hast es versucht.«

»Wenn ich ihn gefragt hätte. Wenn wir mehr geredet hätten. Aber so konnten wir nicht reden. Er wollte nicht darüber sprechen, wie es ihm ging. Ich wusste es nicht. Aber ich hätte es wissen müssen.«

»*Ich* hätte es wissen müssen. Ich wusste, wie mein Vater ihn behandelte, ich wusste, dass er alles in sich hineinfraß. An dem Morgen, bevor es passierte, saß er auf meinem Bett und hat sich dreimal meine Rede angehört. Ich habe nur an meine Abschlussrede gedacht, kein bisschen an ihn.«

Allie schnieft und presst die Handballen auf die Augen. Unter ihnen strömt der Fluss vorbei in Richtung Fabrik. Wasser, Luft, Landschaft, Menschen. Wer stirbt und wann. Alles hängt mit der Fabrik zusammen. Mit Papier. Nichts als Papier.

Lou sieht Allie an. »Mein Dad gibt sich die Schuld«, sagt er schließlich. »Er meint, dass Benny wegen des Streiks gestorben sei und dass unsere Familie die Verantwortung für den Streik trägt. Meine Mom sagt, darum hat er die Fabrik verkauft und Casablanca verlassen.«

»Deinen Dad trifft keine Schuld.«

»Nein. Ich war wütend auf ihn, weil er weggegangen ist, und dann stellt sich heraus, dass er wegen etwas gegangen ist, was ich getan habe.« Er atmet tief durch und sagt zu seiner eigenen Überraschung: »Ich glaube, ich muss es ihm sagen.«

Einen Moment schweigt sie. »Weil du willst, dass er zurück nach Casablanca kommt und deine Mom besucht?«

»Sie sagt, dass er der einzige Mann ist, den sie je geliebt hat. Sie liebt ihn noch immer. Sie sollten zusammen sein, Allie.«

»So funktioniert das Leben nicht.«

»Aber sie hat nur noch wenig Zeit. Ich glaube nicht, dass sie die Wahrheit erfahren muss. Aber ich glaube, Dad schon. Er muss ein reines Gewissen haben, damit er zurückkommen und sich um Mom kümmern kann.«

»Dann willst du ihm also die Wahrheit sagen.«

»Das kann doch jetzt nichts mehr schaden, oder? Wenn er es weiß?«

Allie schweigt, sie sieht ihn an. Lou denkt daran, wie sie sich in jenem Keller gegenüberstanden und sich schockiert und verängstigt angestarrt hatten. Wie sie die Entscheidung trafen, die alles veränderte.

Er erinnert sich, dass sie sich in jenem Augenblick so nah waren wie noch nie zuvor.

»Wenn du zu ihm fährst«, sagt sie, »komme ich mit.«

Louise

Ich glaube dir.

Die Worte gehen Lou ständig durch den Kopf. Drei Worte, vielleicht bedeutsamer als *Ich liebe dich.*

Zwei Tage, nachdem sie Allie die Wahrheit anvertraut hat, ist Allies Geburtstag. Lou kauft eine Torte und bringt sie Allie in ihr Behandlungszimmer im Krankenhaus. Es ist auch Bennys Geburtstag, und sie will nicht Gefahr laufen, ihm zu begegnen. Zwischen zwei Patienten zündet Lou eine Kerze auf der Torte an. Allie bläst sie aus, dann schneiden sie sie in Stücke und teilen sie mit den anderen Ärzten und den Pflegern. Weder Lou noch Allie sprechen über die Vergangenheit, doch in jedem einzelnen Wort, das sie wechseln, spürt Lou, dass Allie ihr glaubt.

Der nächste Tag ist der 4. Juli. In ihrer Kindheit verbrachten sie jeden 4. Juli im Sommercamp ihrer Großeltern am Morocco Pond. Sie gingen schwimmen und sahen das Feuerwerk über dem See. Es hieß Sommercamp, weil in Maine alle Sommersitze Camp heißen, von Hütten bis zu Villen, doch eigentlich war es ein großes Haus mit einem Privatstrand. Es wurde vor langer Zeit verkauft, und am öffentlichen Strand ist es zu voll. Darum will Irving im Garten ein paar Würstchen grillen, auch wenn Peggy keins essen wird. Jim, der Junge vom Fußballverein, hat Dana eingeladen, mit seiner Familie das Feuerwerk in der Stadt anzusehen. Eine Erleichterung für Lou, die keine Lust auf einen Streit mit ihrer Tochter hat, der wie eine Gewitterwolke über ihnen schwebt.

Am Morgen des Unabhängigkeitstags geht Lou runter zum Fluss. Nicht zum Wasserfall, sondern von der Fabrik aus flussabwärts, wo in der Nähe des Sportplatzes ein Weg am Ufer entlangführt. Unterwegs kommt man an Mietshäusern vorbei, auf deren Rasenflächen in Lous Kindheit Kinderspielzeug herumlag und Hunde angeleint waren. Die Leute, die dort wohnten, haben alle in der Fabrik gearbeitet, doch als Lou jetzt dort vorbeigeht, sind einige Häuser mit Brettern vernagelt, und eins sieht aus, als wäre es ausgebrannt. Ein verlassenes Auto ist aufgebockt. Auf einer Veranda sitzt ein Mann in einem fleckigen Unterhemd und raucht. Als Lou vorbeikommt, hebt er die Hand zum Gruß.

Ein paar Schritte weiter schlägt Lou sich seitwärts in die Büsche und geht dann einen mit Büschen bewachsenen Hang zum Fluss hinunter. Manchmal ist sie diesen Weg als Teenager gegangen, hauptsächlich wenn sie allein sein wollte. Damals wurde er nicht viel benutzt. Anders als am Wasserfall war das Wasser hier damals braun mit gelben Schaumkronen und floss träge. Der Schaum sammelte sich hinter den Felsen, hing im Unkraut am Ufer und bedeckte Stängel und Blätter. Er sah aus wie der Rauch, der aus den Schornsteinen aufstieg, und roch nach einer Mischung aus Chemie und verfaultem Fisch.

Im Morocco Pond und an den seichten Stellen oberhalb des Wasserfalls konnte man schwimmen, hier nicht. Die Leute sagten, wenn man eine Cola-Dose in den Fluss warf, würde sie sich in kürzester Zeit auflösen. Wenn man Fisch aus diesem Teil des Flusses äße, würde man krank werden. Es war der Preis für das gebleichte Hochglanzpapier, das auf Lastern aus Casablanca hinausrollte.

Als Lou Kind war, bestand Casablanca aus weiß gestrichenen Zäunen und einer belebten Hauptstraße, aus Ballspielen, Weihnachtsbeleuchtung und Schnee, der weiß herabfiel und sich allmählich grau verfärbte. Auf dem Footballfeld gab es eine Eislaufbahn mit einer kleinen Hütte, an der heiße Schokolade verkauft wurde. Es gab die Disko der Junior Highschool im Gemeinschaftshaus und im Sommer Ausflüge an den Strand. Wuchtige Felsen, auf die man klettern konnte und auf denen man sich fühlte wie auf dem Dach der Welt. Im Herbst verwandelten sich die Berge in bunte Flickenteppiche, und der Wald hinter ihrem Haus war die Projektionsfläche ihrer kindlichen Fantasie.

Doch wenn der Schnee schmolz, kam darunter der braune, öde, durchnässte Boden zum Vorschein, den er verborgen hatte. Es gab Tage, an denen der Rauch schwer über der Stadt hing und in ihre Lungen drang. Dieser Teil des Flusses unterhalb der Stadt war etwas, über das niemand sprechen wollte.

Außer ihrer Mutter und jetzt Allie hat Lou nur zwei anderen Menschen erzählt, dass sie vergewaltigt wurde. Das erste Mal erzählte sie es jemandem, als Dana vier war. Solange ihre Tochter in der Krippe war, arbeitete Lou tagsüber als Teilzeitkraft bei einer Versicherung. Abends besuchte sie Kurse am öffentlichen College, und dort lernte sie Raul kennen.

Raul war stark tätowiert. Tropische Blüten und Pflanzen rankten sich in allen Farben um seine Arme. Wie sie wollte er Lehrer werden. Er hatte schokoladenbraune Augen und vier Piercings in jedem Ohr. Tagsüber fuhr er für eine Bäckerei Waren aus. Das erzählte er ihr bei ihrer ersten Verabredung, die aus einem Kaffee vor dem Unterricht bestand. Lou hatte gelacht, sich dann sofort entschuldigt und eine lahme Erklärung der Art geliefert, dass, wenn das ihr Job wäre, sie die ganzen Croissants aufessen würde. Er sah sie mit seltsamem Blick an, ließ ihre Bemerkung jedoch unkommentiert. Bei ihrer dritten Verabredung engagierte Lou einen Babysitter für die ganze Nacht, und als sie auf seinem Sofa saßen, schenkte Raul ihr billigen Rotwein ein und fragte sie, warum sie neulich gelacht habe. »Hast du gelacht, weil du findest, dass ich albern aussehe?«, fragte er.

»Nein«, antwortete sie, überrascht, dass jemand, der nach außen hin so selbstbewusst wirkte, der sich so auffällig tätowierte, so etwas fragte. »Du siehst nicht albern aus. Du siehst toll aus.«

»Was ist es dann? Mein Job?«

»Nein, dein Job ist nicht lustig. Ich erzähle nur jedem, dass Danas Vater Berufskraftfahrer ist, obwohl ich noch nie einen kennengelernt habe. Darum fand ich es lustig, dass ich mich zu jemandem hingezogen fühle, der als Kraftfahrer arbeitet.«

Raul berührte ihr Knie. Er wollte Grundschullehrer an einer Sonderschule werden. Sein älterer Bruder hatte das Down-Syndrom und lebte zu Hause bei seinen Eltern. Die Tattoos auf Rauls Armen stellten Enriques Lieblingspflanzen dar, und er nannte ihr alle wissenschaftlichen Namen, die Enrique ebenfalls kannte.

»Kannst du mir sagen, warum du wegen Danas Vater lügst?«, fragte er.

»Weil ich nicht möchte, dass sie weiß, von wem sie wirklich stammt.«

Er fragte nicht weiter, doch einige Wochen später erzählte sie ihm mehr. In jener ersten Nacht nickte er nur, küsste sie und ließ sie die Führung übernehmen. Er gab ihr das Gefühl, dass sie ihm vertrauen konnte. Und obwohl es am Ende mit Raul nicht funktionierte, war sie ihm dankbar für seine Zärtlichkeit und für sein Verständnis. Und dafür, dass er der erste Mann war, mit dem sie als Erwachsene schlief.

Indem Raul ihre Geschichte akzeptierte, gab er ihr Sicherheit. Einige Jahre später, als sie an einem kühlen Aprilnachmittag mit Megan am Brighton Beach spazieren ging, erzählte Lou ihr, was passiert war, und Megan sagte: »Das ist mir auch passiert. Anders, aber das Gleiche.« Und sie erzählte Lou von ihrer Arbeit in einer Bar, von dem Kollegen und der Seitengasse und dass sie ihren Job verlor, als sie den Vorfall meldete. Und dann fassten sich die zwei an den Händen, rannten so schnell sie konnten und schleuderten dabei hinter sich Sandfontänen hoch, bis sie außer Atem waren und sich … nicht frei, aber besser fühlten.

Raul und Megan gaben Lou auf unterschiedliche Weise, mit Worten oder ohne, das Gefühl, nicht verrückt zu sein. Dass diese Erfahrung, die ihr ganzes Leben verändert hatte, real war. Es bedeutete, dass sie alles Unausgesprochene hinter sich lassen und nach vorn schauen konnte.

Doch als Allie »Ich glaube dir« sagte, war das anders. Denn anders als Raul oder Megan hatte Allie allen Grund zu zweifeln. Es ging um ihren Bruder, und Lou hatte dreizehn Jahre lang geschwiegen. Allie hätte sagen können, sie werde Benny nach seiner Sicht der Geschichte fragen, oder vielleicht, dass Lou Benny die Schuld für etwas gebe, das sie eigentlich gewollt habe. Doch das tat sie nicht.

Als Allie sagte »Ich glaube dir«, war es, als würde ein Gewicht von Lou genommen, das seit dem Abend ihres Schulabschlusses auf ihr gelastet hat. Und jetzt geht Lou leichteren Fußes über diesen Weg.

Der träge durch die Felsen fließende Fluss ist noch immer braun, doch er schäumt nicht mehr. Sie atmet tief ein und riecht Erde und etwas Fauliges. Brackiges Wasser. Vergehende Zeit.

Als Lou eine Bewegung wahrnimmt, bleibt sie stehen. Ein kleines Stück vor ihr steht ein Reiher im Wasser. Schlank und urzeitlich. Als er sie sieht, scheint er Lou zu betrachten. Für einen langen Moment rührt sich keiner von ihnen. Eine Mücke summt neben Lous Ohr, doch sie ignoriert es. Der Vogel könnte ein Stock oder ein Schatten sein, doch dann neigt er den langen Schnabel und richtet den Blick auf das Wasser anstatt auf Lou. Sie atmet, beobachtet ihn und empfindet es als Auszeichnung, dass er sich nicht von ihr gestört fühlt.

Schnell taucht der graue Kopf ins Wasser, dann hebt der Reiher den Hals. Ein silberner Fisch fällt in seinen Schnabel. Zucken, schlucken: Lou kann den Fisch als Klumpen durch den Hals des Reihers gleiten sehen. Und dann breitet der Vogel gelassen die Flügel aus und fliegt davon. Die langen Stelzen baumeln in der Luft, ein Schatten, der über den braunen, lebendigen Fluss stromabwärts in den grünen Wald fliegt.

Louis

Als sie von Portland abfliegen, liest Allie *Der Magier der Erdsee.* Lou hat ebenfalls ein Buch dabei, kann sich jedoch nicht aufs Lesen konzentrieren. Stattdessen kritzelt er in einem Notizbuch herum.

»Solltest du darin nicht *schreiben*?«, fragt Allie, nachdem sie ihren Anschlussflug in Philadelphia erwischt und etwas zu trinken bestellt haben und Lou wieder das Notizbuch herausgeholt hat. Er kann nicht gut zeichnen. Es sind nur Schnörkellinien und Labyrinthe, ein Abbild seiner mentalen Verfassung, der sich im Kreis drehenden Gedanken.

»Nicht in der Stimmung.«

»Darfst du warten, bis du in der Stimmung bist? Das kommt mir sehr undiszipliniert vor.«

»Verglichen mit dem Beruf einer Krankenschwester ist es das auch.« Er kritzelt. »Nein, ich warte nicht, bis ich in der Stimmung bin. Aber ich glaube nicht, dass ich jetzt gerade den Kopf dafür frei habe.«

»Arbeitest du an einem zweiten Buch?«

»Theoretisch ja.«

»Es war merkwürdig, *Licht im Winter* zu lesen. Ich hatte dich so lange nicht gesehen oder gesprochen. Ich habe ewig gebraucht, um es aufzuschlagen. Ich kaufte es, und es lag da und sah mich an, bis ich eines Abends ein bisschen betrunken war. Doch als ich es las, war es, als wärst du im Zimmer und würdest mit mir reden.«

»Danke«, sagt er. Wenn jemand sein Buch lobt, denkt er normalerweise, dass er es nur tut, um nett sein. Doch dieses Kompliment stammt von einer Person, die ihn gut kennt. Ihn gut kannte.

»Mich hat überrascht, wie emotional es ist. Nun, vielleicht nicht überrascht, eher … Ich weiß nicht. Es hat mich berührt, dass Gill ihr Geheimnis vor allen verbergen muss, sogar als sie sich in Pierre verliebt. Und all der Schnee und die Kälte da draußen, meilenweit entfernt von allem. Ich konnte es spüren. Und dann, als Gill es Pierre erzählt und sie ihre Liebe aus zwei Gründen geheim halten müssen. Weil sie zwei Männer sind und weil Gill als Frau geboren wurde. Und dann, was Pierre zustößt. Das ist so traurig. Das hast du wirklich gut beschrieben.«

»Um ehrlich zu sein, Allie, ich weiß nicht, ob ich das noch einmal hinkriege.«

»Garantiert. Vielleicht musst du dich erst eine Weile auf das wahre Leben konzentrieren. Aber du wirst noch einen Roman schreiben. Du hast immer geschrieben. Das wolltest du immer machen.«

»Du wolltest immer Ärztin werden«, sagt er sanft.

»Nun ja, das Studium ist teuer und dauert lange. Meine Mom brauchte mich, nachdem Benny gestorben war.«

»Du wärst eine tolle Ärztin geworden.«

»So helfe ich trotzdem Menschen. Wahrscheinlich bin ich den Patienten als Krankenschwester sogar näher und kann Sinnvolleres für sie tun. Und ich bin stolz auf das, was ich tue.«

»Das kannst du auch sein. Du machst das wirklich gut.

Und danke, dass du mich begleitest. Mir ist klar, dass du nicht mehr damit konfrontiert werden willst.«

»Schon okay«, sagt sie und nimmt wieder ihr Buch.

In den sechs Jahren, seit er aus Casablanca weggegangen ist, hat Irving China und Australien bereist. Er war in Indien und Venezuela, Kenia und Island. Er ist einmal um die Welt geflogen, dann noch einmal und hat haltgemacht, wo es ihm gefiel. Lou war froh, dass sein Vater reiste, weil er ihm so nicht sagen musste, dass er traurig, wütend und enttäuscht war. Er musste nicht mehr als wenige Minuten mit ihm telefonieren oder konnte ihm E-Mails schreiben.

Seit sechs Monaten ist Irving jetzt in Florida, davor war er in Kalifornien – in den Vereinigten Staaten sind das die Orte, die am weitesten von Maine entfernt sind und sich größtmöglich davon unterscheiden. Lou ist noch nicht dort gewesen, obwohl Irving stets Telefonnummer und Adresse mitteilt, wenn er den Ort wechselt, und E-Mails meist innerhalb von zwei Stunden beantwortet. Über Flickr schickt er Fotosammlungen und per Post eigenwillige Geschenke: Schachteln mit Weihrauch, eine Zeichnung von einem Straßenmaler, ein antiquarisches Buch auf Spanisch von einem Straßenhändler. Jedes Mal, wenn Lou ein Päckchen von seinem Vater öffnet, betrachtet er den Inhalt, wendet ihn in den Händen, stellt ihn in seinem Arbeitszimmer ins Regal und sieht ihn dann nicht wieder an.

Im Gegenzug hat Lou seinem Dad ein Exemplar seines Romans geschickt. Auch je ein Exemplar der fremdsprachigen Ausgaben, die bald darauf erschienen. Jedes Mal erhielt er eine Dankesnachricht. Irving ist höflich. Gewissenhaft. Er bittet um Verzeihung, ohne jemals »Es tut mir leid« zu sagen.

Am Flughafen von Orlando mieten Lou und Allie einen Wagen und fahren in das ungefähr eine Stunde entfernt gelegene Cape Canaveral. Allie führt sie mit ihrem Smartphone zu Irvings Adresse. Ein großer Block mit Eigentumswohnungen in Strandnähe, ein unscheinbares weißes Gebäude mit Balkonen, einem Swimmingpool und Palmen davor. Lou klingelt und hört sofort die Stimme seines Vaters durch die Gegensprechanlage. »Lou?«

Irving klingt ungeduldig, als hätte er bereits an der Tür auf ihn gewartet. Lou tauscht einen Blick mit Allie und erwidert: »Hallo, Dad«, und dann wird die Tür per Summer geöffnet.

Von innen ist das Gebäude ebenso nichtssagend wie von außen. Sie nehmen die Treppe in den dritten Stock. Irving steht in Strümpfen auf den weißen Fliesen vor der Wohnung. Er sieht aus wie immer, nur dass er an den Schläfen ein bisschen grau geworden ist. »Lou«, sagt er und schüttelt ihm die Hand. Dann umarmt er Allie.

Eine Hand auf Lous Schulter, die andere an Allies Ellbogen führt er sie in die Wohnung, als könnte er noch nicht recht glauben, dass sie da sind.

»Ich freu mich so, euch zu sehen!«, sagt er. »Was für eine Freude. Was für eine Überraschung. Es ist so lange her. Hattet ihr einen schönen 4. Juli?«

Die Wohnung ist klein und unglaublich ordentlich, mit cremefarbenen Möbeln, die Irving vermutlich mit der Wohnung übernommen hat. Kein Fernsehsessel. An der Wand hängen eine Uhr und ein pastellfarbenes Bild von einem Strand mit Palmen, das vermutlich ebenso zum Inventar der Wohnung gehörte. Der einzige Hinweis darauf, dass hier sein Vater wohnt, sind ein Stapel Wissenschaftsmagazine auf dem gläsernen Sofatisch und die Ausgaben von Lous Buch auf dem Regal neben dem Fernseher. Kein Meerblick. Die Fenster gehen zu einem Parkplatz hinaus.

»Nette Wohnung«, lügt Lou. Es ist ganz anders als erwartet. Dieser Ort ist nicht die Erfüllung eines lang gehegten Traums vom Reisen, dieser Ort ist eine Strafe.

»Was hat Sie nach Cape Canaveral verschlagen, Mr. Alder?«, fragt Allie.

»Irving, bitte. Du bist kein Kind mehr … Ich habe hier einen Freund, einen Ingenieur, zu dem ich seit dem College Kontakt gehalten habe. Zum Teil deshalb. Ich wollte immer schon die Raketen starten sehen.«

»Hast du viele gesehen?«

»Nein, überhaupt nicht. Ist das nicht komisch? Möchtet ihr einen Kaffee? Setzt euch doch, setzt euch.«

Allie nimmt in einem Sessel Platz, Lou auf dem cremefarbenen Sofa. Irving eilt geschäftig umher, kocht in der winzigen weißen Küche Kaffee und legt Kekse auf einen Teller. Und an diesem unpersönlichen Zimmer und den Supermarktkeksen erkennt Lou, wie einsam sein Vater ist. Lou begreift zum ersten Mal, was er ausgelöst hat, indem er Casablanca verließ, die Wahrheit verheimlichte, nicht zu Besuch kam, wütend war.

Sein Vater war davon überzeugt, das Richtige zu tun, als er wegging. Irving meinte, Peggy zu helfen, indem er sie von der Familie erlöste. Er bat nicht um Verzeihung für den Verkauf der Fabrik oder dafür, dass er seinen Kindheitsträumen folgte, sondern dafür, dass er überhaupt Erbe der Fabrik war. Er versuchte, in eine Zeit zurückzukehren, als noch alles in Ordnung war, als die Familien noch nicht zerstritten waren und ein junger Mann noch nicht tot war.

Irving kommt mit einem Tablett mit Bechern und Tellern, Milch und Zucker zurück, und Lou steht auf und nimmt es ihm ab. Er stellt es auf den Glastisch neben die Magazine und sagt: »Dad. Wir müssen dir etwas sagen.«

Louis

1997

Am Abend nach der Abschlussfeier in der Schule protestierte Lou nicht, als seine Eltern ihm sagten, er dürfe nicht mehr weggehen. Er sagte, er sei müde, und ging früh ins Bett. Als Irving und Peggy schliefen, stieg er aus dem Zimmerfenster und ließ sich an der Veranda auf den Rasen hinunter. Er nahm den Weg durch den Wald zum Wasserfall.

Der Parkplatz dort war voll. Aus den Lautsprechern dröhnte Musik, und die Leute lehnten an ihren Wagen. Sie tranken Bier aus Dosen und Flaschen, und die Mädchen reichten Allen's Coffee Brandy oder Literflaschen mit Cola herum, die sie hinter dem Rücken ihrer Eltern zu Hause mit Wodka gemischt hatten. Sie schenkten dunkle Flüssigkeit in rote Plastikbecher und prosteten sich zu. »Bloß weg hier«, sagten sie. »Endlich.« Alice Cooper sang davon, dass die Schule für immer aus war.

Lou ließ den Blick über die Gruppe seiner Klassenkameraden gleiten, konnte jedoch weder Benny noch Allie entdecken. Er kannte hier jeden, war aber mit niemandem enger befreundet. Die meisten der Leute verbrachten viel Zeit mit ihren Autos. In der Schule erzählten sie regelmäßig, wie sie wieder einmal den Cops entkommen waren, und erfanden Geschichten, wer mit wem auf der Rückbank ihres Wagens gevögelt hätte. Es waren die beliebten Typen, die weder gut im Sport noch in der Schule waren, die coolen, die verwegenen Typen, denen alles egal war. Mit anderen Worten, die Typen, die Lou beunruhigten, von denen er sich beobachtet fühlte. Fast alle stammten aus den Familien der Fabrikarbeiter, und er spürte ihre Blicke auf sich, als er über den Parkplatz und hinunter zum Großen Wasserfelsen ging. Er zog den Kopf ein und machte sich darauf gefasst, dass sie etwas sagen würden. Doch sie sagten nichts. Tranken einfach weiter ihr Bier.

Vermutlich war es ein Fehler gewesen herzukommen. Der Parkplatz war beleuchtet, die Felsen waren es jedoch nicht. Sie lagen im Schatten der hohen Kiefern, und es dämmerte. Hier am Wasser gab es jede Menge Insekten, sie umsummten ihn, setzten sich auf seine Haut und stachen ihn. Eine Viertelstunde wollte er warten, und wenn Benny bis dahin nicht auftauchte, nach Hause gehen. Er hatte eine eigene Plastikflasche dabei, halb mit Cola, halb mit Rum gefüllt, holte sie aus der Tasche seiner Sweatjacke und nahm einen Schluck. Es schmeckte nach Medizin. Lou beobachtete, wie der Fluss den Wasserfall herabstürzte. Damit sie alle zusammenbleiben konnten, hatte er sich für das College an der University of Maine in Orono entschieden. Aber würde nicht ohnehin alles anders werden? Vielleicht lernte Allie jemanden kennen, den sie lieber mochte, der besser aussah, offener war. Jemanden, der sie mehr verdiente. Vielleicht mochte Benny seine Baseballkumpel lieber als ihn, Lou. Vielleicht würden sie nichts mehr miteinander zu tun haben und sich nur noch sehen, wenn sie in den Semesterferien nach Casablanca zurückkamen.

Nach zwanzig Minuten tauchte Benny auf. Er trug seine Baseballjacke in den Schulfarben, Gelb und Blau, und hatte eine Flasche Southern Comfort dabei. Als Erstes sah Lou die Verletzung in seinem Gesicht: Die Wange war violett verfärbt, das linke Auge fast zugeschwollen. Das hatte er heute Nachmittag bei der Abschlussfeier noch nicht gehabt.

»Was ist passiert?«, fragte er.

Benny setzte sich neben ihn auf den Felsen und schraubte den Deckel der Southern-Comfort-Flasche ab. »Willst du nicht wissen, wo deine verdammte Freundin ist?«

Lou hatte wie üblich mit einem Witz gerechnet. Die Wut überraschte ihn. »Wo ist meine Freundin?«

»Sie wollte zu Hause bleiben und Filme schauen, anstatt auf dem Parkplatz mit diesen Losern zu trinken.« Benny nahm einen großen Schluck aus der Flasche und schüttelte sich. Er sprach schleppend, als hätte er schon länger getrunken.

»Was ist mit deinem Gesicht passiert?«, fragte Lou vorsichtig.

»Mein Dad hat mir eine verpasst.«

Lou starrte ihn an. »Er hat dich geschlagen?«

»Er schlägt mich die ganze Zeit, du Arschloch. Ist dir das noch nie aufgefallen?«

Der widerliche Geschmack von Rum und Cola. »Ich … Du hast immer gesagt, das kommt vom Baseball.«

Aber Lou wusste es. Er hatte es immer gewusst und hingenommen, was Benny sagte. Weil Benny wollte, dass Lou es glaubte, und weil es die weniger bedrohliche Variante war …

»Du bist ein Idiot«, sagte Benny. »Und dein Dad ist ein Arschloch.«

»*Mein* Dad?«

»Er ist nach der Feier zu meinem Vater gegangen. Hast du das nicht gesehen?«

»Nein, Mom wollte zum Essen, sie hat sich Sorgen gemacht wegen der Reservierung.« Aber Irving war tatsächlich später zum Wagen gekommen. Nervös. Lou dachte, er hätte etwas vergessen. »Was hat er getan?«

»Er wollte meinem Dad Geld geben.«

Lou wurde übel. Darum verhielt sich Benny so. »Warum?«

»Du weißt, warum. Er sagte, unsere Kinder sind Freunde, ich will helfen. Mein Dad hat ihm das Geld ins Gesicht geschleudert, dann ist er nach Hause gekommen und hat sich mit mir angelegt.« Benny trank noch mehr und schlug heftig nach einer Mücke. »Ich kann es nicht erwarten, aus diesem Drecksloch wegzukommen.«

»Bald sind wir weg«, sagte Lou, weil es das einzig Tröstende war, das ihm einfiel.

»*Du* bist weg.«

»Wie meinst du das? Du auch. Du hast dein Baseballstipendium. Wir gehen alle drei zusammen.«

»Allie ist angenommen worden, weil sie klug ist. Du, weil du zahlen kannst. Ich kann nichts, außer Baseball spielen. Das ist alles. Wenn ich nicht gut genug bin oder wenn ich verletzt werde, bin ich ganz schnell wieder hier. Zu Hause. Wenn der Streik jemals zu Ende geht, arbeite ich den Rest meines Lebens mit meinem Alten in der Fabrik.«

»Das wird nicht passieren.«

»Ach ja? Du bist also nicht nur reich, sondern kannst auch noch in die Zukunft sehen?«

Lou zuckte zusammen. »Tut mir leid, Benny.«

»Es tut dir leid? Du solltest das blaue Auge haben, nicht ich. Ich sollte *dich* verprügeln. Das hatte ich eigentlich vor, als ich hergekommen bin.«

»Warum tust du's nicht?«

»Weil du mein einziger Scheißfreund bist.«

Benny trank. Lou beobachtete ihn. Sah die Verletzung, alle Verletzungen, die er jemals erlitten hatte. Donnie Phelps war ein wütender Mann. Er lief mit zusammengebissenen Zähnen und geballten Fäusten durchs Haus und zog an seinen Zigaretten, als hinge sein Leben davon ab. Wenn es sich vermeiden ließ, sprach Lou nicht mit ihm. Er hatte gewusst, dass Mr. Phelps Benny schlug. Er hatte es gewusst und nie etwas gesagt, nie etwas getan.

Er war Bennys einziger Freund.

»Es tut mir leid«, sagte er wieder, legte Benny eine Hand auf die Schulter und rechnete damit, dass Benny ihm die Flasche ins Gesicht schleudern würde. Dass Benny ihn angreifen und verprügeln würde, wie er es gesagt hatte. Weil es nicht gerecht war. Nichts von alledem war gerecht. Doch Benny rührte sich nicht. Er wich nicht aus. Er ließ den Kopf auf die Brust sinken und krümmte sich voller Selbsthass zusammen. Lou spürte es auch. Es brannte in seinem Magen wie Krebs.

Ein Pfiff in der Dunkelheit.

»Hey, Mädels, legt ihr eine Show für uns hin?«

»Vögelst du mit dem Feind, Phelps?«

Lou sah sich um. Hinter ihnen waren Schatten zu erkennen, vielleicht vier oder fünf Leute. Im Gegenlicht war schwer zu sagen, wer es war, aber er erkannte Jake Flints Stimme, und ein Mädchen war dabei. Sie hatten Flaschen in den Händen.

Er nahm die Hand von Bennys Schulter. Ein süßlicher Geschmack stieg ihm die Kehle hoch.

»Lass uns gehen«, zischte er Benny zu. Benny rührte sich nicht.

»Verdammte Homos«, sagte jemand, räusperte sich und spie aus.

»Ich habe eine Freundin«, sagte Lou und bemühte sich, mit fester Stimme zu sprechen. Er blickte zur Seite. Sie könnten durch den Wald entkommen, sie mussten nicht über den Parkplatz gehen, oder waren da noch mehr Typen in der Dunkelheit?

»*Ich habe eine Freundin*«, wiederholte jemand mit Fistelstimme.

»Nur eine, Alder, oder vögelst du auch mit den ganzen Streikbrechern?«

»Streikbrecher.« Weiteres Ausspucken.

»Benny, lass uns gehen«, sagte Lou. »Lass uns von hier verschwinden.«

»Hast du deshalb bei Debbie keinen hochgekriegt, *Benedict?* Magst du deinen Streikbrecherfreund Louis lieber?«

»*Benny.*« Lou wollte Benny packen und hochziehen, überlegte es sich dann jedoch anders. Stattdessen umklammerte er die Plastikflasche mit Cola, als ob das helfen könnte. »Gehen wir.«

»Ich habe keine Angst vor euch«, murmelte Benny wie zu sich.

»Gehen wir. Leg dich nicht mit denen an. Komm, Benny. Lass uns nach Hause gehen, mit Allie was trinken. *Komm* jetzt!« Er wollte rennen, um jeden Preis von hier weg, nach Hause. Er wusste, wer diese Typen waren, es waren Arschlöcher. Die Drogen nahmen, sich prügelten, die betrunken in ihren Wagen in der Gegend herumfuhren. Aber er konnte Benny nicht zurücklassen. Nicht nach dem, was diese Typen gesagt hatten, nicht jetzt, wo Benny ein blaues Auge von seinem Dad hatte, nicht nachdem sein, Lous, Vater versucht hatte, Mr. Phelps Geld zu geben. Lou stand da, wollte wegrennen und Benny hochziehen, hatte jedoch Angst, was die anderen sagten, wenn er ihn anfasste.

Benny trank einen großen Schluck aus seiner Flasche. Dann stand er auf und wendete sich den Schatten hinter ihnen zu. In der Dämmerung war er eine bedrohliche Gestalt, breitschultrig, den Kopf angriffslustig gesenkt. Lou wich unwillkürlich zurück.

»Ich bin keine. Verdammte. Schwuchtel«, sagte Benny. »Und ich habe keine Angst vor euch. Kapiert?«

»Gehen wir«, flüsterte Lou. Benny konnte es in diesem Zustand mit jedem aufnehmen. Konnte jeden fertigmachen. Lou nicht. Lou hatte weiche Knie, zitterte und hatte Angst. »Bitte, Benny, lass uns gehen.«

»Weichei«, sagte jemand, es konnte Jake gewesen sein. Daraufhin holte Benny, der Baseballstar, der beste Arm, den die Casablanca Highschool jemals hatte, vielleicht sogar ganz Maine, mit dem rechten Arm Schwung und schleuderte so fest er konnte die Southern-Comfort-Flasche fort. Lou sah, wie sie durch die Luft flog, wie jemand die Hände hob, hörte einen dumpfen Aufprall, Klirren und wie jemand vor Schmerz aufschrie. Dann lief Benny an ihm vorbei, auf den Waldweg, und Lou rannte hinter ihm her.

Der Weg war uneben, Lou musste aufpassen, nicht zu stürzen. Sein Herz und Atem dröhnten so laut in seinen Ohren, dass er nicht wusste, ob sie verfolgt wurden, bis er sich umblickte und niemanden entdeckte. Er sah nur menschenleeren Wald. In der Ferne meinte er Lachen und Musik zu hören.

Lou war schnell, aber mit Benny konnte er nicht mithalten, nicht heute Abend. Um Felsen und Bäume herum rannte er hinter ihm her zum Garten der Phelps. Im Haus war es dunkel, nur im Wohnzimmer flackerte der Fernseher. Benny lief hinein, und als Lou die Fliegengittertür erreichte, rechnete er fast damit, dass sie verschlossen war, doch sie war offen.

Die Küche war leer. Auf der Arbeitsplatte standen eine Flasche Allen's Coffee Brandy und ein leerer Milchkarton. Aus dem Fernseher nebenan tönte Musik. »It Must Have Been Love« von Roxette. Die Tür zum Keller stand offen, und das Licht war angeschaltet. Schwer atmend stand Lou am Hintereingang, die Hand am Fliegengitter, und zögerte. Sollte er ins Wohnzimmer zu Allie gehen? Oder in den Keller zu Benny? Oder sollte er nach Hause gehen, wie seine Mom es wollte? Sich aus all dem Streit heraushalten und warten, bis die ganze Sache vorbei war, bis sie alle drei zusammen in Orono waren und sie sich wieder normal benehmen konnten?

Er ging zur Kellertür. Denn es war seine Schuld. Seiner Familie gehörte die Fabrik, die die Streikbrecher hereingelassen hatte. Und er wollte Benny manchmal küssen, wenn er ihn ansah. Er lag nachts wach, weil er Allie liebte und sie begehrte, aber von jenem Abend im Keller träumte, von dem Geruch von Bennys Haut. Ihn, Lou, bezeichneten sie als Schwuchtel, weil sie seine geheimen Gedanken lesen konnten und wussten, wie viel Angst er vor ihnen hatte.

»Benny?«, rief er leise und ging die Treppe hinunter.

Benny saß in dem karierten Sessel neben dem Sofa. Er hielt einen Revolver in der Hand.

Lou blieb am Fuß der Treppe stehen, die Hand auf dem Geländer. »Was machst du?«

»Wonach sieht es denn aus?«

»Warum hast du die Waffe herausgeholt?« Er blickte zu Mr. Phelps offenem Waffenschrank.

Benny betätigte jetzt mit dem Daumen die Auswerferstange, und mit einem Klicken klappte die Trommel seitlich heraus. Auf seinem Schoß lag eine Schachtel Munition. Lou beobachtete, wie er eine Patrone nahm und in eine der Kammern der Trommel schob.

»Hör auf, Benny.«

»Du hast Angst.« Bennys Stimme war ausdruckslos. »Du hattest auch am Wasserfall Angst. Was macht dir mehr Angst, das vorhin oder das jetzt?«

»Das jetzt. Weil du nicht mehr du selbst bist. Hör auf, Benny. Leg die Waffe weg.«

Benny lachte. Auch sein Lachen klang tonlos. Er neigte den Kopf über die Waffe, sodass Lou sein Gesicht nicht sehen konnte. »Du wolltest nicht kämpfen. Die haben dich beleidigt, und du wolltest wegrennen.« Er ließ die Trommel wieder einrasten und drehte sie mit dem Daumen.

»Diese Typen sind Arschlöcher. Vergiss sie. Trinken wir noch was und sehen uns einen Film an oder so.«

»Ich hasse dich.«

Lou zog scharf die Luft ein. Die Worte trafen ihn wie ein Schlag in den Magen.

»Ich bin dein Freund«, sagte Lou.

»Schon in Ordnung. Nimm's nicht persönlich. Mich selbst hasse ich auch.«

Benny hob den Kopf und drückte die Waffe an seine Schläfe. Sein Gesicht glänzte von Tränen.

Noch nie hatte Lou Benny weinen sehen.

In den kommenden Jahren sollte er noch viel über seine Entscheidung in diesem Moment nachdenken. Er hätte nach oben rennen sollen. Er hätte jemanden anrufen sollen – seinen Vater, die Polizei. Er hätte Benny irgendwie die Waffe entreißen müssen oder die richtigen Worte finden, den alles entscheidenden Satz, der alles in Ordnung brachte.

Doch er tat nichts dergleichen. Er trat zu dem Sessel, in dem Benny saß, und ging vor ihm in die Hocke, sodass er ihm in die Augen sehen konnte. »Benny, hör auf.«

»Du meinst, du wärst was Besseres. Okay, beweis es. Beweis, dass du ein Mann bist. In dem Revolver ist eine Kugel. Die Chancen stehen eins zu sechs. Richte sie auf meinen Kopf und drück ab.«

»Nein. Das kann ich nicht.«

»Dann mach ich es bei dir!«

»Bitte, Benny! Wir müssen das nicht tun.« Er schluckte schwer, sein Herz schlug schnell. »Ich liebe dich.«

Benny packte Lou am Hinterkopf. Er stieß den Lauf der Waffe in Lous Mund. Lou musste würgen. Er schmeckte Metall und Öl. Er versuchte zurückzuweichen, doch Benny war zu stark.

»Tu es!«, sagte Benny. »Oder ich schwöre bei Gott, dass ich abdrücke, und zwar so lange, bis ich dir den beschissenen Kopf wegschieße.«

Lou nickte, soweit ihm das bei Bennys Griff um seinen Kopf möglich war. Benny zog ihm die Waffe aus dem Mund, und Lou spuckte unwillkürlich aus, rieb sich den Mund.

»Okay«, hörte sich Lou sagen. »Okay … Ich tu's … Einmal …« Er zitterte. In seinen Ohren rauschte es laut. Tränen liefen ihm über die Wangen.

Dies war der erste Abend ihres Lebens als Erwachsene. Der erste Abend, an dem sie Männer waren. Er konnte sich an niemanden wenden. Alles, was in diesem Raum passierte, hing jetzt von ihm ab.

»Du zuerst«, sagte Benny. Er richtete die Waffe auf Lous Schläfe. Lou spürte den Lauf – ein kalter Kreis, dort, wo die Kugel in sein Gehirn eindringen würde.

Er schloss die Augen. Lauschte auf das Blut, das durch ihn hindurchströmte. Schmeckte noch immer die Waffe zwischen seinen Zähnen. Das leere Klicken war so laut, dass Lou den Kopf zurückriss, als wäre er von einer Kugel getroffen worden.

Er brauchte ein, zwei Sekunden, bis er begriff, dass nichts passiert war. Er öffnete die Augen, sah, dass die Waffe noch immer auf ihn gerichtet war und dachte: *Schießt er noch mal auf mich, weil es beim ersten Mal nicht geklappt hat?*

»Ich bin dran«, sagte Benny, drehte die Waffe um und hielt Lou den Griff hin.

»Ich will nicht«, sagte Lou. »Nein!«

»Ich bin dran«, sagte Benny noch einmal, beugte sich vor und schob Lou die Waffe in die Hände. »Nimm sie! Sei kein Weichei, du hast es versprochen.«

Er hatte es nicht versprochen, dennoch nahm er die Waffe. All das konnte nicht real sein. Sicher hatte Benny nur so getan, als hätte er eine Kugel geladen. Er wollte Lou Todesangst einjagen, wollte ihm beweisen, dass er ein Feigling war. Warum tat er das? Lous Hände zitterten, aber er versuchte, die Waffe mit beiden Händen ruhigzuhalten. Sie war noch warm von Bennys Händen, schwerer als sie aussah. Der Geruch von Öl schien den ganzen Raum zu erfüllen. »Was … was soll ich tun?«

»Du ziehst den verdammten Abzug.« Benny fasste den Lauf der Waffe und führte sie an seine Schläfe. Presste sie an seine Haut. »Drück einfach ab, mach schon.«

Lous Hände waren schweißnass. Er krümmte den Finger. Der Abzug schien bleischwer zu sein. Das Metall rührte sich nicht. Vielleicht lag es an seinen feuchten Fingern. Er beobachtete Benny, der nicht einmal die Augen schloss. Benny, der die Waffe an seine Schläfe drückte, als wollte er, dass es passiert, und er hatte noch Zeit zu denken: *Wenn du tot wärst, müsste ich nicht so ein schlechtes Gewissen haben wegen meiner Gefühle für dich.*

Ein Klicken. Nichts. Keine Kugel.

Die Erleichterung durchströmte Lou derart heftig, dass es ihm den Atem raubte. »Mein Gott …«, sagte er, setzte sich auf die Fersen zurück und ließ die Waffe sinken. Es war vorbei. Sie konnten es beenden, die Waffe weglegen, den Schrank zuschließen, etwas trinken. Er brauchte einen Drink. Benny auch, und sie konnten aufhören, sich wie Verrückte zu benehmen, das hier vergessen, sich wieder wie normale …

Da stürzte Benny nach vorn und entriss Lou die Waffe. Wieder richtete er sie auf sich, drückte den Lauf an seinen Kopf. Lou versuchte, sein Handgelenk zu umfassen und den Revolver fortzuziehen. Ihm zu sagen: *Schluss. Das Spiel ist zu Ende.* Es erfolgte eine Explosion. Der Rückschlag warf Lou rücklings auf den Boden, und als er hochsah, war da nichts als Blut. Blut, dunkle Haare und Knochen, Spritzer auf den Kieferpanelen. Bennys schlaffer Körper im Sessel, die Waffe auf den Teppichfliesen zwischen ihnen.

Er versuchte zu schreien. Doch kein Laut kam aus seiner Kehle. Die Explosion dröhnte noch immer in seinen Ohren, wie ein Donnern, als würde sich der Schuss gerade erst lösen.

Dumpfe Geräusche auf der Treppe. Lou drehte sich um und sah Allie auf der untersten Stufen stehen, die Hände auf den Mund gepresst. Sie starrte Benny an, sah zu Lou, dann fing sie an zu schreien.

Lou rappelte sich auf und lief zu ihr. »Ruf einen Krankenwagen, wir müssen einen Krankenwagen rufen«, sagte er, warf jedoch die Arme um sie und drückte sie fest an sich, damit sie aufhörte zu schreien. So konnte sie nicht gehen. Sie atmete schwer, dann schob sie ihn von sich.

»Was ist passiert?«, fragte sie, kurz davor, hysterisch zu werden.

»Er blickte an sich herunter, wischte sich die blutigen Hände an seiner blutigen Sweatjacke ab.

»In der Waffe war eine Kugel, und ich dachte, er würde sie weglegen. Ich dachte, er sei fertig, und dann hat er sie auf sich gerichtet.«

»Er hat sich erschossen? Benny?«

»Wo sind deine Eltern?«

»Die sind nicht da. Er ist …« Sie taumelte auf ihn zu. »O mein Gott, Lou. Er ist tot!«

Lou konnte nicht hinsehen. »Wir müssen einen Krankenwagen rufen.« Er lief zur Treppe, doch Allie hielt ihn an der Hand zurück. »Nein!«

»Was?«

»Nein! Noch nicht.«

»Aber wir können ihn nicht so liegen lassen …« Ohne hinzusehen deutete er auf Benny. Stattdessen blickte er auf das Foto mit den Fußspuren am Strand und dem Bibelvers.

»Lou, hast du ihn erschossen?«

Die Schuld traf ihn so heftig, dass er es kaum aushielt. Doch er zwang sich, Allie in die Augen zu sehen. »Nein. Er hat geschossen.«

»Okay. Ich glaube dir.«

»Aber ich … Bevor er es getan hat, habe ich die Waffe angefasst. Ich habe versucht, sie ihm wegzunehmen. O Gott, was, wenn ich …«

»Hör auf, Lou, hör auf damit!«

Sie war bleich. Ihre Sneakers nur wenige Zentimeter neben dem blutigen Teppich, auf ihrem Hemd Blut von ihm. Sie sah ihn an und atmete schwer. Ihre Augen waren schreckgeweitet.

»Lou, wenn die Leute herausfinden, dass du hier bei ihm warst, als es passierte, geben sie dir womöglich die Schuld.«

»Aber ich habe nicht …« Oder doch? Wieder ging er den Ablauf durch. Das Klicken des Abzugs. Die Erleichterung. Benny, der die Waffe nimmt. Sie auf sich richtet. Lou, der versucht, sie ihm zu entwenden. Die Explosion.

»Niemanden wird interessieren, was wirklich passiert ist. Du bist ein Alder. Du gehörst zur Geschäftsführung. Du darfst nicht hier sein. Letzte Woche hat man auf die Streikposten geschossen. Wenn die Leute erfahren, dass du hier warst, als …«

Ihre Stimme erstarb, sie blickte auf Benny hinunter, schluchzte einmal laut auf und hielt sich dabei mit der Hand den Mund zu.

»Okay«, sagte er. Ihm war klar, dass sie recht hatte. Und er war so oder so ein Feigling.

»Dann verschwinde! Vielleicht hat jemand den Schuss gehört.«

Er ging eine Stufe nach oben. »Allie …«

»Geh! Wir dürfen nie wieder darüber reden. Verschwinde, Lou!«

Er sah, wie sie sich neben ihren Bruder kniete. Eine Hand auf seine legte. Und dann lief er die Treppe hinauf und durch die Küche aus dem Haus, zog sich die blutverschmierte Sweatjacke über den Kopf und stopfte sie sich auf der Flucht unter den Arm, um seine Schuld zu verbergen.

Louis

Während Lou spricht, sitzt Allie ganz still in dem cremefarbenen Sessel, die Hände im Schoß gefaltet, und rührt sich nicht. Irving, der neben Lou auf dem Sofa sitzt, nimmt die Brille ab, putzt sie, setzt sie wieder auf und nimmt sie wieder ab. Er ist sich dessen nicht bewusst, und als Lou fertig ist, nimmt er sie wieder ab, obwohl die Gläser sauber sind.

Schließlich sagt er: »Warum erzählst du mir das? Warum jetzt?«

»Weil du dich für das, was passiert ist, verantwortlich fühlst«, sagt Lou. »Und das bist du nicht.«

»Wir haben von dem Tod des Jungen profitiert«, sagt Irving.

»Wir alle«, stimmt Lou ihm zu. »Die ganze Familie. Wenn er nicht gestorben wäre, hätte die Fabrik stillgelegt werden müssen. Das Haus, in dem Mom wohnt, deine Reisen, mein Buch – alles eine Folge von Bennys Tod. Aber es war nicht deine Schuld, Dad. Es war meine.«

»Es war nicht deine Schuld«, schaltet sich Allie ein.

Lou schüttelt den Kopf.

»Ich habe nie geglaubt, dass es deine Schuld war«, sagt sie. »Nicht eine Minute.«

»Du hast das dreizehn Jahre lang mit dir herumgetragen«, stellt Irving fest. »Ach, mein Sohn.« Ungeschickt legt er den Arm um Lous Schultern.

Als Kind ist Lou auf den Knien seines Vaters geritten. Er hat auf seinen Schultern gesessen und versucht, den Himmel zu berühren. Sein Vater hob ihn auf, wenn er fiel und sich die Knie aufschlug. Er brachte ihn abends ins Bett und gab ihm einen Kuss auf die Stirn. Doch dann wurde Lou größer, und die Berührungen seines Vaters veränderten sich. Eine Hand auf der Schulter, ein Klopfen auf den Rücken. Ein Händeschütteln. Als Großvater Alder starb, trug Lou zusammen mit Irving den Sarg. Sie gingen im Gleichschritt, Sargträger, parallel. Zwischen ihnen viel Platz.

»Aber warum jetzt?«, fragt Irving. Lou rückt von ihm ab, damit er seinem Vater ins Gesicht sehen kann.

»Weil wir dir noch etwas anderes sagen müssen. Du musst mit nach Hause kommen, nach Casablanca.«

Der nächste Flug geht erst am nächsten Morgen, und da Irvings Wohnung nur über ein Schlafzimmer verfügt, checken Lou und Allie in einem Hotel ein. An der Rezeption gibt man ihnen Zimmer auf derselben Etage. Erschöpft und schweigend fahren sie nach oben. Lou fühlt sich leer. Er lässt die Schultern hängen. Seine Schläfen pochen. Allie hat den Blick auf den Fahrstuhlboden gerichtet. Seit sie nach Cape Canaveral gekommen sind, hat sie kaum etwas gesagt.

Die Aufzugtüren öffnen sich, und sie treten in einen langen Flur mit einem gemusterten Teppich und kahlen Wänden. Sie hat Zimmer 305, er Zimmer 307. Er bleibt mit ihr vor der Nummer 305 stehen.

»Danke«, sagt er. »Ich weiß, wie schwer das für dich war.«

Sie sieht immer noch zu Boden. »Das war das erste Mal, das ich die ganze Geschichte gehört habe.«

»Es tut mir leid.«

Sie schüttelt den Kopf. »Ich habe immer gedacht, wenn ich nicht betrunken gewesen und vor dem Fernseher eingeschlafen wäre, hätte ich euch nach Hause kommen hören. Dann hätte ich es verhindern können. Bis heute war mir nicht klar, wie wütend, wie entschlossen er war. Ich weiß nicht, ob ich ihn an diesem Abend hätte aufhalten können. Vielleicht an dem Nachmittag, wenn ich mit ihm geredet hätte. Wenn ich nicht so sauer gewesen wäre, dass mein großer Moment ruiniert war. Vielleicht hätte das etwas geändert. Aber an dem Abend … Er hat dir die Waffe entrissen. Er wollte etwas tun. Wenn es nicht das gewesen wäre, hätte er etwas anderes getan.«

»Manchmal wünschte ich, die Kugel hätte mich getroffen.«

»Nein, Lou. Wünsch dir das nie.«

»Ich habe dich mit allem allein gelassen.«

»Weil ich dir gesagt habe, dass du das tun sollst. Es war das Beste so. Davon bin ich noch immer überzeugt.«

Dann sieht sie zu ihm hoch, und sie ist so traurig, dass er sie am liebsten wie früher in den Arm nehmen möchte. Ihr Kopf an seinem Herzen.

»Ich vermisse ihn noch immer«, sagt Lou. »Und dich auch.«

Allie schüttelt erneut den Kopf, doch diesmal huscht ein Lächeln über ihr Gesicht. »Du vermisst mich nicht«, sagt sie. »Ich habe dein Buch gelesen. Du vermisst Maine. Du vermisst es, irgendwo hinzugehören.«

Flüchtig berührt sie seinen Arm, dann wendet sie sich ab, öffnete ihre Zimmertür und verschwindet.

Am nächsten Nachmittag setzt er Allie zu Hause ab und fährt mit Irving weiter. Bevor sie hineingehen, dreht Irving eine Runde ums Haus. Lou fragt sich, ob sein Vater in Erinnerungen schwelgt oder ob er die Begegnung mit Peggy hinauszögert. Schließlich nickt er und sagt »Gut«, und sie steigen aus.

Vor der Tür steht eine Schüssel. Als Lou sie hochhebt, ist sie noch warm. »Ist die von Odette Baker?«, fragt Irving, und Lou liest den Zettel, der obenauf liegt. Sie *ist* von Odette.

»Woher weißt du das?«

»Ich kenne die Schüssel. Und den Duft ihrer schwedischen Fleischbällchen. Die hat sie in den letzten zwanzig Jahren zu jeder Party mitgebracht. Sie sind ziemlich gut.« Irving öffnet die Tür zur Küche. Mulder stürmt auf sie zu und wedelt mit dem buschigen Schwanz. Jeanne, eine der Hospizschwestern, räumt gerade die Spülmaschine ein.

»Oh, hallo, Irving«, sagt sie, als käme er soeben vom Einkaufen.

»Hallo, Jeanne. Kümmerst du dich um Peggy?«

»Ganz genau. Hallo, Lou. Sie ist wach und sieht fern. Ich habe ihr etwas Pudding gebracht, aber sie wollte nichts.«

»Danke für deine Hilfe, wir sind dir sehr dankbar«, sagt Irving. Lou rechnet damit, dass er sich umsieht, wie er es draußen getan hat, doch er steuert direkt auf die Treppe zu. Lou stellt die Schüssel auf der Arbeitsfläche ab, nimmt den Hund und folgt ihm.

In der Wohnung in Florida hat sein Vater wie ein Fremdkörper gewirkt. Ganz anders jetzt. Auch wenn er, soweit Lou weiß, seit Jahren nicht mehr hier war, springt er, zwei Stufen auf einmal nehmend, die Treppe hinauf und bewegt sich durch die Räume, als wäre er nie weg gewesen. Die

Tür zu Peggys Schlafzimmer steht offen, dennoch klopft er leise an.

»Hallo, Peggy«, sagt er und wartet im Türrahmen. Lou, der hinter ihm steht, sieht, dass seine Mutter auf dem Kissen den Kopf dreht. Seiner Mutter hat Lou gesagt, er würde sich in New York mit seinem Verleger treffen – für den Fall, dass Irving nicht mitgekommen wäre. Einen Moment hat er Angst, sie könnte wütend sein. Dass er einen Fehler gemacht hat.

Doch als sie sagt: »Irving«, klingt sie kein bisschen überrascht.

Irving räuspert sich. »Sieht aus, als hätte Ed alles im Griff. Das Haus ist gut in Schuss.«

»Er macht das toll.«

»Und die Regenrinnen haben den Winter überstanden?«

»Tadellos.«

Er nimmt die Brille ab und wischt sie an seinem Hemd sauber. »Es ist schön, dich zu sehen, Peggy.«

»Irving«, sagt sie wieder, und diesmal weiß Lou, dass er keinen Fehler gemacht hat. Irving setzt die Brille auf und geht zu Peggy. Er setzt sich aufs Bett, nimmt ihre Hand und neigt den Kopf darüber. Peggy hebt die andere Hand und streichelt seine Wange.

»Es tut mir so leid«, sagt er.

»Dafür gibt es keinen Grund«, erwidert Peggy, und Lou findet, dass dies ein guter Zeitpunkt ist, um mit dem Hund rauszugehen.

Louise

Dana hat noch nie Hummer gegessen, Lou nicht mehr, seit sie ein Teenager war, und so fährt Irving zwanzig Meilen zu dem Meeresfrüchtewagen in Norway und kauft dreieinhalb Pfund Schalentiere. Stolz bringt er sie in einer Kühltasche nach Hause, fast so, als habe er sie selbst gefangen. Dana hebt den Deckel an.

»Was ist das denn?«, sagt sie. »*Leben* die etwa noch?«

»Man muss sie lebend kochen«, erklärt Irving. »Nur so weiß man, dass sie frisch sind.«

»Iih. Wie machst du das? Schneidest du denen etwa die Köpfe ab?«

»Man wirft sie ins kochende Wasser.«

»Iih.«

»Aber sie sind köstlich«, sagt Irving. »Echter Hummer aus Maine. Die wurden erst gestern gefangen.«

Lou greift in die Kühltasche, holt einen Hummer heraus und hält ihn vorsichtig am Körper fest. Das Tier bewegt aufgeregt seine dünnen Beinen, rollt den Schwanz auseinander und wackelt mit den Scheren. Wie ein riesiges Insekt mit Fühlern und Stielaugen.

»Der ist eklig«, stellt Dana fest. »Warum hat er Gummibänder an den Scheren?«

»Damit er dir nicht die Nase abkneift«, antwortet Irving. Er tut, als wären seine Hände Scheren, mit denen er nach Danas Nase schnappt. Sie kichert, doch dann betrachtet sie wieder den Hummer und verzieht das Gesicht.

»Der ist braun. Der sieht aus wie ein dreckiger Käfer.«

»Wenn man sie kocht, färben sie sich rot«, erklärt Irving. »Du wirst es mögen.«

»Wie isst man die überhaupt?«

»Man knackt den Panzer und zieht das Fleisch heraus.«

»Du willst mir ernsthaft erzählen, dass man ein lebendes Tier kocht und es dann mit den bloßen Händen auseinanderreißt?«

»Genau.«

Dana denkt nach. »Das ist krass.« Mit dem Smartphone macht sie ein Bild von dem Hummer, den Lou hochhält, und schlendert dann davon, um es irgendwo zu posten. Dass Dana keinen Streit mit ihr angefangen hat, wertet Lou als Fortschritt.

»Du bist immer auf Thunfischsandwich ausgewichen«, sagt Irving zu Lou.

»Erzähl das nicht Dana. Ich will, dass sie mutiger ist als ich.«

»Du bist nach New York gegangen. Das ist ziemlich mutig.« Mitleidig betrachtet Irving den Hummer in Lous Hand. Vorsichtig nimmt er ihn ihr ab und legt ihn zurück in die Kühltasche. »Weißt du was? Ich habe gehört, dass sie hier in der Mittelschule einen Englischlehrer für die sechste Klasse suchen.«

»Ich habe einen Job, Dad.«

»Natürlich. Aber diese Kinder haben nicht viel. Hier im Tal haben sie kaum noch eine Perspektive. Es wäre gut, wenn sie jemanden hätten, der wie sie ist, aber mehr von der Welt gesehen hat.«

»Ich habe Brooklyn gesehen. Und das war es eigentlich auch schon.«

»Ich mein ja nur.« Irving hebt beschwichtigend die Hände. »Du hättest mehr Zeit, dein Buch zu schreiben.«

Lou holt einen Topf aus dem Schrank und setzt Wasser auf. »Wer hat dir erzählt, dass ich ein Buch schreibe?«

»Niemand. Ich weiß nur, dass du das immer wolltest.«

»Ich bin jetzt in Brooklyn zu Hause.«

»Aber Casablanca wird immer auch dein Zuhause bleiben.« Er durchsucht den Lebensmittelschrank. »Soll ich Dana für alle Fälle ein Thunfischsandwich machen?«

»Das ist vielleicht eine gute Idee.«

»Ich bin froh, dass sie wieder mit dir spricht.«

»Sie spricht nicht mit mir. Sie spricht in den Raum, in dem ich zufällig anwesend bin. Aber es ist ein Anfang.« Lou wäscht sich den Hummergeruch von den Händen und seufzt. »Kinder erziehen ist schwer.«

»Ich glaube … Nun, ich denke, man muss sie ihre eigenen Erfahrungen machen lassen, und wenn sie zurückkommen, ist es in Ordnung.«

Sie sieht ihren Vater an. Er hat sie nicht gefragt, warum Dana wütend auf sie ist. In all diesen Jahren hat er sie nie gefragt, warum Peggy und sie sich gestritten haben. In ihren wütenden Momenten, als sie allein und schwanger in New Jersey saß, dachte sie, dass er zu feige sei zu fragen, zu große Angst habe vor Auseinandersetzungen. Doch das war scheinheilig. Schließlich hat sie es ihm auch nie erzählt.

»Ich wollte nicht, dass du dich auf eine Seite stellen musst«, sagt sie.

»Ich würde mich nie auf eine Seite stellen. Peggy ist meine Frau, du bist meine Tochter, Dana ist meine Enkelin. Ich bin auf euer aller Seite.«

»Kann man auf allen Seiten gleichzeitig stehen?«

Irving zuckt die Schultern und schiebt seine Brille hoch. »In gewisser Weise ist das Liebe. Hör zu. Deine Mutter war wütend, als du von zu Hause weggegangen bist und schwanger wurdest. Sie hat sich wohl etwas anderes für dich gewünscht. Aber sie liebt dich, und sie liebt Dana, und das ist alles, was jetzt zählt, stimmt's?«

»Ich weiß nicht, Dad. Es ist kompliziert.«

Er nimmt die Brille ab, putzt sie und setzt sie wieder auf. Dann holt er einen Dosenöffner heraus. Seine nächsten Worte richtet er an die Thunfischdose. »Hat es damit zu tun, dass du lesbisch bist?«

Vor diesem Sommer hätte Lou gesagt, dass ihr Vater berechenbar wie ein Uhrwerk sei. Sie lacht überrascht auf. »Für einen Mann, der ohne Brille fast blind ist, siehst du eine Menge.«

»Früher war Casablanca ziemlich altmodisch. Aber auch hier oben sind wir mit der Zeit gegangen.«

»Allerdings kocht ihr immer noch lebende Hummer und reißt sie mit den bloßen Händen in Stücke.«

»Das ist ›krass‹, meint meine Enkelin.«

Sie geht zu ihrem Dad und umarmt ihn. »Ich bin bisexuell. Das ist aber nicht der Grund, warum ich aus Casablanca weggegangen bin. Und ich weiß, dass du hier oben ohne Mom ziemlich einsam sein wirst, aber ich muss auch an Dana denken.«

»Ich werde nicht einsam sein. Ich habe viele Freunde.«

Er klopft ihr auf den Rücken. Er *wird* einsam sein, und das macht für Lou alles komplizierter.

»Ich überlass das dir«, sagt er, »das zwischen dir und Dana, und das zwischen dir und deiner Mutter. Ich traue dir zu, dass du das hinkriegst.«

Louis

Allie wohnt außerhalb von Casablanca. Lou nimmt die Straße, die sich am Fluss entlangschlängelt, dann nach links abbiegt und einen Hügel hinaufführt. Bis zur Abzweigung zu ihrem Haus sind es noch einige Meilen – eine schmale Straße, auf beiden Seiten von hohen Bäumen gesäumt. Ihr Haus steht zurückgesetzt. Er wäre daran vorbeigefahren, wenn er ihren Briefkasten nicht gesehen hätte, auf dem PHELPS geschrieben steht.

Ihr Wagen steht draußen, also ist sie da. Es ist ein kleines Haus im Cape-Cod-Stil mit dunkelgrün gestrichenen Zedernschindeln. Weiße Fensterläden, ein Schaukelstuhl und ein großer Topf mit Geranien auf der vorderen Veranda. Hier draußen wäre ein schöner Ort für Kinder. Jede Menge Platz zum Spielen, und der Wald ist nah – Kiefern, Ahornbäume und Weißbirken. An einem Baum könnte man eine Schaukel anbringen und auf dem Rasen eine Rutsche aufstellen.

Allie wollte immer Kinder haben. Sie wollte Ärztin werden und mindestens zwei Kinder haben. Zwillinge, sagte sie immer. *Das liegt bei uns in der Familie*. Sie hat nie direkt gesagt, dass sie Kinder von *ihm* haben wollte. Wahrscheinlich, weil ihn das als Teenager erschreckt hätte. Doch er wusste, dass das ihre Vorstellung von der Zukunft war. Vielleicht von ihrer gemeinsamen, wenn sie zusammengeblieben wären.

Sie hat ihm nicht erzählt, warum sie keine Kinder hat. Er ihr auch nicht, warum er keine hat, dass nie der richtige Zeitpunkt war. Carrie war mit ihrer Karriere beschäftigt, er mit seinem Schreiben. Einmal fürchtete Carrie, schwanger zu sein. Zunächst hatte Lou Angst, und als er sich schließlich mit der Idee angefreundet hatte, stellte sie fest, dass sie doch nicht schwanger war. Er hatte nie darüber nachgedacht, ob er Angst hatte, weil er sich nicht bereit für ein Kind fühlte oder weil er schon damals wusste, dass ihre Ehe keinen Bestand haben würde.

Als Allie dieses Haus gekauft hat, musste sie allerdings an Kinder gedacht haben. Sie hat nie etwas getan, ohne alles genau zu durchdenken, und wenn Lou hier die Schaukel und die Rutsche und den Schneemann im Winter sehen kann, dann hat sie es auch gesehen.

Er parkt hinter ihrem Wagen. Wahrscheinlich hätte er vorher anrufen sollen, aber in Casablanca kommen die Menschen spontan auf einen Besuch vorbei, und ihm war nach ein bisschen Herumfahren. Sich wieder mit dem auseinanderzusetzen, was vor dreizehn Jahren passiert war, hat ihn unruhig gemacht. Ihm ist, als müsste er etwas tun, etwas in Ordnung bringen, doch seit sie aus Florida zurück sind, weiß er nicht, *was* er tun sollte oder wie. Er nimmt das in Folie verpackte Bananenbrot vom Beifahrersitz – es ist groß und schwer wie ein Backstein – und geht zur Veranda.

Bevor er sie erreicht, hört er einen Schuss.

Lou lässt das Bananenbrot ins Gras fallen. Er steht da und weiß nicht, ob er zu dem Geräusch hin oder davor weglaufen soll, und er denkt: *Jäger, es sind nur Jäger.* Doch es ist keine Jagdsaison, es ist Juli. Dann folgt ein weiterer Schuss. Ganz nah. Hinter Allies Haus.

»Allie!«, ruft er und läuft um das Haus herum. Im Rennen sieht er Benny vor sich. Was von Bennys Kopf noch übrig war. Dann biegt er um die Ecke und sieht Allie in Jeans und einer gestreiften Bluse, die mit einer Schrotflinte in den Wald zielt.

»Lou?«, sagt sie und lässt die Waffe sinken.

»Was ist los, warum schießt du?«, keucht er.

Sie zeigt auf eine Reihe Blechdosen auf einem Sägebock.

»Oh. Schießübungen.«

Er atmet erleichtert aus. »Ich wusste nicht, dass du schießt.«

»Das tue ich auch nicht. Ich habe diese Waffe noch nie benutzt. Von allen anderen Waffen meines Vaters habe ich mich getrennt, ich habe nur diese behalten. Weil die Leute gesagt haben, wenn ich hier draußen wohne, sollte ich eine Waffe haben. Es ist das erste Mal, dass ich sie geladen habe.«

»Aber warum? Ich meine …«

»Weil ich wütend bin, Lou.« Sie hebt erneut die Waffe, presst den Kolben an ihre Schulter und zielt auf die Dosen. »Ich musste das brave Mädchen sein. Die Starke. Ich durfte nie wütend sein. Nicht auf meinen Dad, der ein Widerling war und der uns erzählt hat, dass er tut, was ein Mann tun muss.« Sie schießt, und Lou zuckt vor Schreck zusammen. Die Kugel landet im Wald, ohne eine Dose zu berühren.

»Nicht auf meine Mom, die Angst hatte, sich gegen ihn aufzulehnen, und zu ängstlich war, um zu gehen. Ich kann nicht wütend auf sie sein, weil sie mich brauchte und ich nicht die Karriere machen konnte, die ich machen wollte. Oder weil ich keine Familie haben konnte.« Ein weiterer

Schuss. Diesmal hat er damit gerechnet, darum zucken nur seine Augenlider.

»Nicht auf Benny, weil Benny ein gottverdammter Held ist. Benny hat diese Scheißstadt gerettet, indem er dir eine Waffe in den Mund gesteckt und sich dann eine Kugel in den Kopf gejagt hat.«

Der nächste Schuss trifft einen Baum. Splitter fliegen durch die Luft, Blätter erzittern.

»Ich durfte nicht wütend auf dich sein, weil du es zugelassen hast, auch wenn du es nicht wolltest. Ich durfte nicht wütend auf mich selbst sein, weil ich erst aufgewacht bin, als ich den Schuss gehört habe. Nicht auf die ganze verdammte Stadt. Die gewartet hat, bis mein Bruder starb, um zu begreifen, dass Menschen wichtiger sind als Geld. Oder auf diese ganze verdammte Welt, die mir meinen Zwillingsbruder und dich genommen und mich allein zurückgelassen hat.«

Sie gibt mehrere Schüsse hintereinander ab, jedes Mal schlägt die Waffe gegen ihre Schulter und wirft sie zurück, doch sie geht immer wieder in Position und drückt erneut ab.

Eine einzelne Dose fliegt vom Sägebock.

Allie atmet schwer. Lous Ohren klingeln. Mit großen Augen sieht er zu, wie sie die Waffe auf den Boden legt. Sie verzieht wie angeekelt das Gesicht.

»Ich will nie wieder in meinem Leben eine Waffe abfeuern«, sagt sie. »Bitte entsorge die hier für mich, Lou. Danke.«

Damit dreht sie sich um und geht. Kurz darauf fällt die Tür hinter ihr zu.

Lou nimmt die Waffe. Sie ist warm. Zum ersten Mal merkt er, dass auf dem Boden auch eine offene Schachtel mit Munition liegt.

Seit jenem Abend hat er keine Waffe mehr angerührt. Er hat keine Ahnung, wie er diese hier »entsorgen« soll. Vermutlich sollte er sie zur Polizeistation bringen. Die werden wissen, wie man sie zerlegt, sie verkauft oder was auch immer man so mit Waffen macht. Er kann sich die Gesichter der Beamten vorstellen, wenn er ihnen eine tadellose Schusswaffe überreicht, einfach weil er sie loswerden will. *Er ist wirklich ein New Yorker geworden.*

Lou klemmt sich die Schachtel unter den Arm und trägt etwas unsicher die Waffe, den Lauf auf den Boden gerichtet. Auf dem Weg zum Wagen sieht er das in Folie verpackte Bananenbrot auf dem Rasen liegen. Allie ist wahrscheinlich nicht in der Stimmung für Bananenbrot, aber Candice Farmer hat es heute Morgen auf Peggys Türschwelle gelegt. Obwohl er sich nicht ganz sicher ist, ob er es weiterverschenken darf, kommt es ihm undankbar vor, es auf dem Rasen zurückzulassen. Er packt Waffe und Patronen in den Wagen und legt das Bananenbrot neben die Haustür auf Allies Veranda. Hier draußen in den Wäldern besteht die Chance, dass ein Tier es holt, ehe Allie es sieht, aber jetzt deswegen an der Tür zu klopfen, erscheint ihm einfach unpassend.

Louise

Bevor sie ins Auto steigen, hält Lou Dana zurück. »Ich weiß, du bist noch sauer auf mich, aber heute musst du gute Laune haben. Wegen Nana. Das ist ihr letzter Ausflug an den Strand.«

Dana grummelt vor sich hin, damit Lou weiß, dass sie ihr nicht vergeben hat.

»Sei einfach nett zu Nana«, sagt sie.

»Ich bin immer nett zu Nana.«

Das stimmt. Lou lässt es dabei bewenden.

Peggy ist ständig kalt, weshalb sie an einem sonnigen Julitag beim Ausflug an den Morocco Pond Leggings, eine Strickjacke, dicke Socken, Halbstiefel, einen Seidenschal und Hut trägt. Den Hut hat Dana ausgesucht: ein Strohhut mit breiter Krempe und einer Seidenblume am Hutband. Eine gute Wahl. Die restliche Kleidung ist nicht gerade modisch, denn Irving muss sie ihr leicht an- und ausziehen können und sie muss locker sitzen, um Katheterbeutel und Schmerzpumpe zu verbergen. Doch mit dem Schal und dem Hut sieht Peggy wie ein Filmstar aus, insbesondere wenn sie dazu ihre Sonnenbrille aufsetzt.

Als Lou Dana ermahnt, fröhlich zu sein, ermahnt sie sich im Grunde selbst. Allie, Irving und sie haben einen ziemlichen Aufwand betrieben, um zu planen, wie sie Peggy ins Auto hinein, wieder heraus und an den Strand bekommen. Lou freut sich, ihrer Mutter einen schönen Tag zu bereiten – vielleicht ist es einer ihrer letzten schönen Tage –, doch ihr ist bewusst, dass es ihr leichter fällt, schöne Dinge für Peggy zu planen, als tatsächlich nett zu ihr zu sein. Es ist leichter, ihrer Mutter in der Theorie zu vergeben als in der Praxis. Vielleicht, wenn sie die Sache mit Peggy ausfechten könnte, wenn sie ihr erklären könnte, wie verletzt sie sich damals gefühlt hat und dass diese Wunde im Grunde nie verheilt ist … Aber ihre Mutter ist schwach und hat Schmerzen, und es wäre nicht gut, ihr Fehler aus der Vergangenheit vorzuwerfen.

Aber wie kann sie ihr ohne diesen Schritt vergeben?

Lou versucht es dennoch. Gut gelaunt hockt sie auf der Rückbank des Wagens, ihr Vater fährt, und ihre Mutter sitzt auf dem Beifahrersitz wie ein gut verschnürtes Paket. »Ich fühle mich wieder wie als Fünfjährige«, scherzt sie. Früher sind sie im Sommer jedes Wochenende zum Haus ihrer Großeltern gefahren, an den privaten Teil des Sees. Das Anwesen wurde an Ortsfremde verkauft, als die Fabrik geschlossen wurde. Anders als in Casablanca sind die Immobilienpreise am See kein bisschen gesunken. Heute gehen sie an den öffentlichen Strand, an den Lou als Teenager mit Allie und Benny geradelt ist, um an Sommernachmittagen zu schwimmen und faul im Sand zu liegen. Es ist der Strand, an dem Lou zum ersten Mal einen Jungen geküsst hat. Der Strand, an dem sie in eine Glasscherbe getreten ist und sich eine so tiefe Schnittwunde zuzog, dass sie mit sieben Stichen genäht werden musste. Der Strand, an dem sie ihr erstes Bier getrunken hat, der Strand, an dem ihre Eltern sich nähergekommen ist.

Er ist nur fünf Meilen entfernt, am Wasserfall vorbei, um einen Berg herum, in ein weiteres Tal. Der Fluss, aus dem sich der Morocco Pond speist, versorgt auch den Pennacook River, der durch die Stadt fließt. Der See ist tief und kalt und von Bergen umgeben. Verglichen mit Sebago, Rangeley oder Mooselookmeguntic ist er klein, er misst nur ungefähr achthundert Meter im Durchmesser, auf der Südseite gibt es einen Strand. Der Rest besteht aus steinigem Ufer und Sümpfen, wo der Fluss in den See hinein- und wieder hinausfließt. Im Winter friert er zu und ist von Eisangelhütten übersät. Im Sommer tummeln sich Jet-Skis, Kanus und Schwimmer in den Wellen.

»Sie wird es nicht noch einmal zum See schaffen«, hat Lou zu Allie gesagt, als sie in den Schaukelstühlen auf der vorderen Veranda saßen und die Fahrt planten, während Irving drinnen nach Peggy sah. »Vielleicht ist das ihr letzter Ausflug überhaupt.«

»In dem Monat, seit du da bist, hat sie schnell abgebaut«, sagte Allie und strich Lou mitfühlend übers Knie. »Ich glaube, sie hat das Gefühl, loslassen zu können. Jetzt, wo du da bist.«

»Ich kann nicht loslassen.«

Allie schaukelte zurück und sah hoch zur Verandadecke. »Als meine Mutter starb, habe ich ihr gesagt, wie wütend ich früher auf sie war, weil sie uns nicht beschützt hat. Sie hat sich nicht *ein* Mal gegen meinen Vater gestellt. Doch kaum hatte ich es ausgesprochen, wusste ich, dass sie keine Wahl hatte. Er hätte sich niemals geändert, und sie hätte niemals die Kraft gehabt, ihn zu verlassen.«

»Meine Mom hatte eine Wahl. Ihr war die Stadt wichtiger als ich.«

»Hättest du Anzeige erstattet?«

»Das weiß ich nicht.«

»Vielleicht könntest du es noch tun.«

Lou sah sie überrascht an. »Ich glaube, das kann ich nicht. Ich möchte nicht, dass Dana es erfährt.«

»Ich …« Allie zögerte, schien ihre Worte mit Bedacht zu wählen. »Falls es hilft: Ich glaube nicht, dass er seitdem noch einmal etwas in der Art getan hat.«

»Das kannst du nicht wissen.«

»Nein. Das kann ich nicht. Ich dachte, ich wüsste alles über ihn, aber … das tue ich nicht.«

»Jetzt weißt du alles über mich.«

Sie schaukelten eine Weile ruhig vor sich hin. Es war ein heißer Tag. Der leichte Luftzug vom Schaukeln kühlte den Schweiß auf Lous Oberlippe. An einem schwülen Tag wie diesem fiel der fehlende Geruch der Fabrik besonders auf. Lou atmete tief ein. Seit Allie Bescheid wusste, fühlte sie sich sicherer.

»Es hat gutgetan, meiner Mutter zu sagen, was ich empfunden habe«, erklärte Allie schließlich. »Mehr sage ich nicht. Es hat gutgetan, ihr zu sagen, dass ich ihr vergeben habe.«

Lou schüttelte den Kopf. »Reden wir über den Morocco Pond.«

Allie sah aus, als wollte sie noch etwas hinzufügen, doch dann kehrte Irving mit Eistee zurück, und damit war das Thema erledigt.

Jetzt fährt Irving auf den Parkplatz am Strand. »Vorn gibt es einen Behindertenparkplatz«, sagt Lou.

»Wir haben keinen Ausweis.«

»Ich glaube, wir dürfen gegen die Vorschriften verstoßen, Dad.«

»Ich möchte nicht, dass jemand denkt, wir würden einen Platz besetzen, der uns nicht zusteht«, bemerkt Peggy, und

Irving wählt einen regulären Platz weiter vorn. Lou versucht einen entnervten Blick mit ihrer Tochter zu wechseln, doch Dana blickt demonstrativ aus dem Fenster und nicht in ihre Richtung. Eins muss man Dana Alder lassen: Sie kann ziemlich ausdauernd schmollen.

Irving holt den klappbaren Rollstuhl aus dem Kofferraum, und Lou sammelt Decken, Sonnenschirm und Kühltasche zusammen. Dana nimmt die Tasche mit Sonnencreme und Handtüchern und bleibt bei Peggy, als Irving ihr aus dem Wagen in den Rollstuhl hilft. Auf dem planierten Parkplatz lässt sich der Stuhl gut schieben, doch am Strand merken sie, dass sie ein kleines Problem haben: Die Räder versinken im Sand, und der Rollstuhl sitzt fest. Dana lässt die Tasche fallen, beugt sich hinunter und fasst die zwei kleinen Räder des Stuhls. »Heb an, Grandad«, sagt sie.

Lou lässt ebenfalls ihre Sachen fallen und hilft Irving, indem sie den anderen Griff nimmt. Zusammen tragen die drei Peggy, »Miss Western Maine 1976«, wie eine ägyptische Königin über den Strand ans Wasser.

Dana hilft, den Sonnenschirm aufzustellen, damit Peggy Schatten hat. Sie müssen ein Loch in den Sand graben und den Schirm von hinten gegen den Rollstuhl lehnen. Dadurch steht er schief, doch er erfüllt seinen Zweck. Irving breitet eine Decke auf dem Sand aus, und Dana nestelt an Peggys Hut und Schal herum.

»Puh«, sagt Irving und fächelt sich Luft zu. Sein Gesicht ist gerötet. »Ich könnte eine Runde schwimmen, und ihr?«

»Ich bleibe hier und arbeite an meinem Teint«, sagt Peggy lächelnd. Der rosa Sonnenschirm verleiht ihren Wangen etwas Farbe. »Vielleicht baue ich eine Sandburg.«

Lou setzt sich neben den Rollstuhl auf die Decke. »Geh ruhig, Dad. Ich bleibe ein bisschen hier bei Mom und genieße die Aussicht. Das letzte Mal bin ich als Teenager hier gewesen.«

Irving knöpft sein Hemd auf, nimmt die Brille ab und geht in seiner blauen Badehose ans Wasser. Soweit Lou es beurteilen kann, ist es noch dieselbe, die er schon in ihrer Kindheit getragen hat: ausgeleiert, der Bund mit einer Kordel zusammengehalten, die Säume unten ausgefranst.

»Wer wird sich darum kümmern, dass er sich anständig anzieht?«, fragt Peggy.

»Das mach ich, Nana«, erklärt Dana.

»Von Brooklyn aus?«

»Er soll mir jeden Tag ein Selfie schicken, bevor er rausgeht.« Dana küsst Peggy auf die Stirn. »Ich sehe mich ein bisschen um.«

Lou wirft ihr einen Blick zu, doch Dana achtet nicht auf sie. »Ich glaube, du solltest bei deiner Großmutter und mir bleiben«, sagt sie.

»Ich bin kein kleines Kind mehr. Man kann mich ruhig ans Wasser lassen ...«

»Das habe ich auch nicht gesagt. Ich finde nur ...«

»Du findest, dass ich mich dort aufhalten soll, wo du mich rund um die Uhr beobachten kannst«, zischt Dana. »Ich bin rechtzeitig zur Rückfahrt wieder da.«

Sie geht so schnell den Strand hinunter, dass der Sand hinter ihr aufwirbelt. Lou macht Anstalten, ihr zu folgen, aber Peggy hält sie zurück.

»Lass sie«, sagt sie. »Sie braucht etwas Raum für sich.«

»Nicht heute. Heute ist Familientag.«

»Das ist schon okay.« Peggy zögert. »Dein Dad sagt, dass du sie nicht Fußball spielen lässt.«

Lou weiß nicht, wie sie ihre Entscheidung rechtfertigen

soll, ohne Benny zu erwähnen, was sie heute nicht möchte. Also sagt sie nur: »Ja.«

»Sie kann deine Beweggründe nicht verstehen. Sie empfindet es nur als Strafe.«

»Sie sollte Vertrauen haben, dass ich weiß, was das Beste für sie ist. Ich bin ihre Mutter.«

»Mütter wissen nicht immer, was das Beste ist«, gibt Peggy zu bedenken.

Lou stutzt: »Mom, ich brauche nicht …«

»Lou, Liebes, ich muss dir etwas sagen. Darf ich?«

Das »Liebes« lässt Lou zögern. »Okay.«

»Ich habe viel nachgedacht in letzter Zeit, und ich weiß jetzt, ich hatte unrecht. Ich war im Unrecht damals. Du hättest für mich das Wichtigste sein müssen. Nichts ist wertvoller als das eigene Kind. Nicht das Geschäft, nicht die Stadt – nichts. Damals wusste ich nicht, was ich tun sollte. Durch den Streik habe ich meine Eltern verloren, und ich dachte, ich würde meine beste Freundin verlieren. Ich wusste nicht, dass ich auch dich verlieren würde.« Peggy atmet tief ein. »Ich dachte, wir tun das Richtige, wenn wir schweigen. Doch ich hätte zuerst an dich denken müssen. Mein ganzes Leben lang hatte ich Angst, Aufsehen zu erregen, und deshalb musstest du leiden. Es tut mir leid.«

Im Laufe der Jahre hat sich Lou oft vorgestellt, dass ihre Mutter das sagt. Sie hat sich vorgestellt, wie sie sich fühlen würde, wenn sie es tut.

Allie hat gesagt, sie habe ihrer Mutter erklärt, wie wütend sie auf sie gewesen sei, und das habe geholfen. Doch jetzt, als Lou endlich die Chance hat, es ihrer Mutter zu sagen, stellt sie fest, dass sie das nicht mehr braucht.

»Danke, Mom«, sagt sie. »Das bedeutet mir viel.«

»Nachdem ich dich bekommen hatte, habe ich zwei Babys verloren«, erzählt Peggy. »Ich habe immer so getan, als wäre das okay. Aber ich habe jeden Tag an sie gedacht. Ich dachte, ich könnte es nicht ertragen, noch etwas zu verlieren. Doch dann habe ich die falsche Entscheidung getroffen und dich verloren. Ich war wütend, dass du nicht zurückgekommen bist, nachdem Dana auf der Welt war, aber das war meine Schuld.«

»Du hast mich nicht verloren, Mom.«

Sie küsst ihre Mutter und legt die Arme um sie. Chanel No. 5, dasselbe Parfum, das ihre Mutter ihr aus Spaß auf die Handgelenke sprühte, als sie ein kleines Mädchen war und dachte, ihre Mutter sei das vollkommenste Wesen auf der ganzen Welt – die Person, die alles konnte, die eine unsichtbare Tiara auf dem Haupt trug.

Lou glaubt nicht, dass ihre eigene Tochter sie jemals für unbesiegbar oder allmächtig gehalten hat. Das fand sie immer gut, weil Dana auf diese Weise vermutlich weniger Grund hat, enttäuscht zu werden. Doch vielleicht ist es nicht gut. Vielleicht entgeht Dana etwas, weil sie keine Mutter hat, zu der sie voller Ehrfurcht aufblickt, die sie mit Parfum einsprüht und sie ihre hochhackigen Schuhe und ihre Seidenschärpe anprobieren lässt.

Peggy umarmt Lou ebenfalls. Sie küsst Lou auf die Wange und entfernt anschließend die Spuren von ihrem Lippenstift. »Allerdings finde ich … du solltest sie vielleicht doch Fußball spielen lassen.«

Lou weicht zurück. »Mom, du weißt, warum ich das nicht kann.«

»Ist er wirklich ihr Vater? Und wenn er es ist, verdient sie dann nicht die Chance, ihn kennenzulernen, auf welche Art auch immer?«

»Nein«, sagt Lou.

»In Ordnung«, erwidert Peggy. »Ich vertraue auf dein Urteil. Ich liebe dich, Louise.«

»Ich dich auch, Mom.«

Das hat sie seit dreizehn Jahren nicht mehr gesagt. Es fühlt sich deutlich besser an, als sie dachte. Es fühlt sich sogar noch besser an, als ihre Mutter sagen zu hören, dass es ihr leidtut.

Louis

Kaum sind sie am Strand, springt Mulder aus dem Wagen und läuft wie ein aufgeregter Welpe zum Wasser. Er rast über diverse Handtücher hinweg, springt über einen sich sonnenden Teenager und stürzt sich dann in die Wellen.

Peggy, die ihn vom Beifahrersitz aus durch die Windschutzscheibe beobachtet, lacht. »Der Hund ist im siebten Himmel.«

»Er war noch nie am Strand«, sagt Lou. »Ich bin überrascht, dass er weiß, wie das geht.«

Irving sitzt mit Allie auf dem Rücksitz. Er hilft ihr, den Rollstuhl aus dem Kofferraum zu holen, und sie zeigt ihm, wie man ihn auseinanderklappt. Sie schieben ihn um das Auto herum, damit Lou seiner Mutter aus dem Wagen hinaus und in den Rollstuhl hinein helfen kann.

Peggy ist so dünn. Viel dünner als bei seiner Ankunft in Casablanca vor einem Monat. Seit Irving aus Florida gekommen ist, versucht sie, ein bisschen zu essen. Gestern Abend hatte sie eine Schale Eiscreme – nur eine kleine Portion, aber sie hat alles aufgegessen –, und Lou schoss kurz der Gedanke durch den Kopf, dass es ihr vielleicht besser ginge, dass sie sich vor dem Ende vielleicht noch einmal fangen würde. Sogar, dass die Ärzte sich womöglich irgendwie irrten. Dass alles ein großer Irrtum war und Peggy eigentlich nur ihre Familie brauchte, um wieder gesund zu werden.

Wunschdenken. Peggy schafft die Treppe längst nicht mehr allein, und als Lou sie nach unten ins Auto getragen hat, war sie in seinen Armen so leicht wie eine Feder. Ein paar zusätzliche Kalorien konnten die Ausbreitung der Krankheit in ihrem Körper nicht aufhalten. Sogar die Fahrt hat sie erschöpft.

Als sie den Rollstuhl über den Sand tragen, Allie und Irving vorn, Lou hinten, kommt Mulder bellend zu ihnen zurückgelaufen. Er weiß nicht, was er von dieser eigenartigen, schwebenden Konstruktion halten soll. »Sei ein braver Hund«, sagt Peggy, woraufhin er aufhört zu bellen und jault, bis sie Peggy abgesetzt haben. Es ist ein schöner Tag, sonnig, aber nicht zu heiß, mit einer leichten Brise. Sie stellen einen Sonnenschirm auf, damit Peggy im Schatten sitzen kann, und Allie legt ihr eine Decke über den Schoß. Um das Haar hat sie einen Schal gebunden, sie trägt Sonnenbrille und den Lippenstift, den Carrie ihr geschenkt hat. Sie sieht ein bisschen aus wie Ingrid Bergmann. Die markanten Wangenknochen.

Sie legt den Kopf in den Nacken und atmet tief und lange ein. »Oh, ich liebe den Geruch der Luft hier. Sie ist so sauber.«

»Es ist immer mein Lieblingsort gewesen«, sagt Allie. »Außer, als wir in den Sommerferien um acht Uhr zum Schwimmunterricht hier sein mussten. Das mochte ich nicht. Es war eiskalt.«

»Jetzt ist es nicht eiskalt«, sagt Lou und beobachtet, wie sein Vater neben Peggy steht, als wüsste er nicht recht, was er tun soll. »Willst du schwimmen?«, fragt er Allie.

Vielleicht könnten seine Eltern ein paar Minuten für sich gebrauchen.

»Kommst du klar, Peggy?«, fragt Allie. Eigentlich ist heute ihr freier Tag, aber nachdem sie ihnen bei der Planung des Ausflugs geholfen hat, wollte sie mitkommen.

»Mir geht es bestens«, sagt Peggy. »Ich komme mir vor wie die Strandkönigin.«

Lou trägt eine Badehose. Er zieht sein Hemd aus und versucht, nicht zu auffällig hinzusehen, als Allie sich ihrer Shorts und des T-Shirts entledigt. Er denkt fast ständig an Allie: sie neben ihm im Flugzeug, in Irvings nichtssagendem Appartement, an dem Nachmittag, als sie mit dem Gewehr ihres Vaters herumgeballert hat. Sie haben miteinander geredet, aber nicht über diese Dinge. Sie hat ihn noch nicht einmal gefragt, ob er es geschafft hat, die Waffe zu entsorgen – was der Fall ist. Er ist sich allerdings sicher, dass die Polizisten in Lachen ausgebrochen sind, kaum dass er aus der Tür war, und wahrscheinlich lachen sie noch immer über ihn.

»Komm«, sagt Lou zu Mulder, und der Hund tänzelt auf dem Weg zum Wasser hinter ihnen her. Lou ist bewusst, dass er seiner Mutter zuliebe so tut, als würde er sich amüsieren, doch dann bellt Mulder und schnappt nach einer Welle, und er muss wirklich lachen.

Der sandige Boden im See ist weich unter den Füßen, und obwohl die Luft warm ist, ist das Wasser kalt. Er erinnert sich auch noch an jene Schwimmstunden. Der jugendliche Schwimmlehrer stand warm und trocken in Badehose und Sweatshirt am Strand und schrie die bibbernden Kinder an, die seiner Obhut überlassen waren: »Einfach reinspringen! Wenn ihr erst mal drin seid, wird es warm.« Und jedes Mal schrien sie, wimmerten und verschränkten die dürren, von Gänsehaut überzogenen Arme vor der Brust, doch es stimmte: Wenn sie einmal den Kälteschock überwunden hatten, war es tatsächlich nicht nur auszuhalten, sondern toll.

Allie spielt am Wasser mit Mulder, doch Lou stürzt sich in die Fluten. In New York schwimmt er auch – es ist seine Lieblingssportart, da zügiges Laufen in der Stadt schwierig ist –, allerdings immer nur im Pool. Es ist ungewohnt, in einem See zu schwimmen, auch wenn es der See ist, in dem er schwimmen gelernt hat. Es gibt keine Temperaturanzeige, kein Chlor, niemanden, der neben ihm seine Bahnen zieht. Das Wasser riecht frisch nach Mineralien, und der Wind treibt kleine Wellen vor sich her. Er taucht den Kopf unter Wasser, öffnet die Augen und sieht die Welt um sich im grünlich trüben Wasser.

Es ist nicht das gleiche Wasser, in dem er als Kind geschwommen ist: Der See hat sich erneuert, ist zugefroren und geschmolzen, das Wasser pausiert hier nur, ehe es stetig flussabwärts in den Penacook River fließt – zum Wasserfall und nach Casablanca. Doch es fühlt sich genauso an wie früher. Es trägt ihn, macht ihn schwerelos, alterslos, ein schwebender Körper in etwas, das größer ist als er selbst. Es gibt ihm das Gefühl, dass all die kleineren und größeren Probleme, mit denen er sich rumschlägt, keine Rolle spielen, unbedeutend sind angesichts des großen Weltenlaufs.

Dann springt Allie ins Wasser und kommt zu ihm, und beim Schwimmen streift ihre Hand die seine. Nun denkt er nicht mehr an die gemeinsamen Schwimmstunden, sondern an einen Nachmittag, Jahre später. Sie waren zusammen mit anderen Jugendlichen mit dem Rad hergefahren, doch nur sie zwei gingen schwimmen, während alle anderen am Strand Volleyball spielten. Anstatt zu schwimmen, bewegten sie sich auf der Stelle. Ohne dass ihre Köpfe sich berührten, hielten sie sich in den Armen, und einer erforschte mit den Händen unter Wasser den Körper des anderen. So lernte er heimlich, wie sich das erste Mädchen, das er geküsst hatte, das erste Mädchen, das er liebte, von ihm unterschied, und sie tat dasselbe. In aller Öffentlichkeit. Ohne dass jemand sah, was sie taten, denn das Wasser trug sie und verbarg ihre eifrigen Hände. Er war in ihrer Hand gekommen, und es hatte sich aufgelöst in der Strömung. Jahre später, als er das Buch über Maine schrieb – über die Landschaft und die Geschichte, den Schnee in den Wäldern, die sterbenden Bäume und den Flusslauf –, schrieb er über sie. Er schrieb über Gill Lafayette und Pierre Dubois und ihre heimliche Liebe in einem Holzfällerlager, ihre Unterschiede und Gemeinsamkeiten, doch er schrieb auch über Allie. Allie, die ihn und diesen von Gletschern und Eis geformten Ort kannte. Denn Wasser friert, fließt und formt eine Landschaft. Flüsse werden umgeleitet, Seen überflutet, Flüsse tragen die Erde fort, doch das Wasser selbst bleibt immer das Gleiche.

»Wer zuerst am Felsen ist«, sagt er, und Allie lacht und schwimmt los, und Lou folgt ihr.

Louis & Louise

Die Sonne funkelt auf der Oberfläche des Morocco Pond. Irving sitzt auf einer Decke zu Peggys Füßen und nimmt ihre Hand wie ein Verehrer. In der Stadt war es heute heiß, beinahe stickig. Sie mussten alle Ventilatoren anstellen und die Fenster im Haus öffnen. Doch hier oben am See weht eine frische Brise vom Wasser herüber, und im Schatten ist es angenehm. Peggys Hand ist kühl, als sie sie in seine legt.

»Pretty Peggy Sue«, sagt er und wird mit ihrem Lächeln belohnt. Es ist dasselbe Lächeln, das sie ihm geschenkt hat, als sie beide jung waren, an jenem Tag, als sie sich zum ersten Mal begegneten. Sie lag in einem rosafarbenen Bikini auf einem Handtuch neben ihrer besten Freundin, und er wusste, wer sie war. Jeder kannte Peggy Grenier, die Schönheitskönigin. Er hatte keine Ahnung, dass sie ebenfalls wusste, wer er war, sonst hätte er womöglich nichts gesagt. Nachdem er unsicher neben ihnen stehen geblieben war und »Hallo« gesagt hatte, dachte er einige peinliche Sekunden lang, sie würden ihn auslachen.

Doch dann hatte sie ihn stattdessen angelächelt. Seine hübsche Peggy Sue.

Ihre Schönheit haut ihn immer noch um, vor allem hier, wo der Wind ihre Wangen leicht gerötet hat.

»Dreiunddreißig Jahre sind seit jenem Tag vergangen«, sagt er zu ihr. »Das ist ein ganzes Leben. Ich weiß noch genau, wie es sich angefühlt hat, als ich dich sah, und ich weiß immer noch nicht, warum du gelächelt hast.«

Peggy nimmt ihre Sonnenbrille ab. Sie blinzelt ein bisschen in die Sonne, doch auch ihre Augen funkeln. Sie haben dieselbe Farbe wie der See.

»Du warst anders«, sagt sie. »Keiner der anderen Jungen war wie du. Du warst der erste Junge, bei dem ich dachte, dass ich vielleicht nicht gut genug für dich sei.«

»Du warst immer gut genug für mich. Zu gut.«

»Ich war ein gescheitertes Model. Ich wusste nicht, was ich mit meinem Leben anfangen sollte. Und dann kamst du und wusstest alles.«

»Ich wusste nichts. Nicht damals. Ich bin mir nicht sicher, ob ich jetzt viel mehr weiß, doch damals hatte ich sogar Angst, mit dir zu reden.«

Sie drückt seine Hand. In ihrem Druck liegt nicht sehr viel Kraft: nicht wie damals in den Flitterwochen, als sie am Old Orchard Beach haltgemacht haben, Achterbahn gefahren waren und sie sich verzweifelt an ihn klammerte. Noch nie hatte er sich so stark gefühlt.

»Ich habe viel nachgedacht«, sagt sie. »Du und ich sind zweiunddreißig Jahre verheiratet, aber ich habe dir nie gezeigt, wer ich wirklich bin. Ich habe stets eine Maske getragen. Immer habe ich versucht, alles perfekt zu machen, und gesagt, alles sei in Ordnung. Ich habe dir nie gezeigt, wie groß meine Angst war, alle zu enttäuschen.«

Er hebt ihre Hand an seine Lippen und küsst sie.

»Das wusste ich«, sagt er. »Du hast niemanden enttäuscht.«

»Ich hätte mehr tun sollen. Ich hätte einiges tun können. Aber jetzt ist es zu spät.«

Sie blicken aufs Wasser. Beobachten, wie die Sonne darauf tanzt. Den Umriss von Lous Kopf im Wasser, ihrem Kind, das jetzt erwachsen ist. Sehen zu den schattigen Kiefern auf der anderen Seite des Sees. An einem Sommernachmittag wie diesem ist es schwer zu glauben, dass die Sonne jemals untergeht.

Er hatte sich einst mehr Kinder gewünscht. Er hatte sich gewünscht, dass sie zusammen fortziehen würden. Vielleicht hat er sich insgeheim eine gebildetere Frau gewünscht, eine mit mehr Ehrgeiz, die gern reist, mit der er über Bücher hätte sprechen können, über Filme, über die Schönheiten der Mathematik.

Doch in diesem Moment ist es schwer vorstellbar, dass er je etwas Besseres hätte haben können als diese Frau, die seine Hand hält, die Verluste erlitten und überstanden hat, die wunderschön ist, mutig und liebevoll.

»Hast du jetzt Angst?«, fragt er sie.

Und sie sagt: »Nein. Jetzt nicht mehr.«

Louise

Dana folgt dem Weg zur Straße. Sie wischt sich den Sand von den Füßen und schlüpft in ihre Sandalen. Es ergibt wirklich keinen Sinn, dass ihre Mutter jetzt, wo sie hier irgendwo in der Walachai sind, auf einmal übervorsichtig wird. Seit ihrem neunten Lebensjahr geht sie allein mit ihren Freunden von der Schule nach Hause. Seit sie zehn ist, fährt sie allein mit der U-Bahn. Sie hat Drogendeals gesehen und den Blick abgewendet, sie hat die Straßenseite gewechselt, um Betrunkenen auszuweichen, sie kann bei Rot eine befahrene Straße überqueren (das würde sie ihrer Mutter allerdings nicht erzählen). Sie kennt den Unterschied zwischen Macchiato und Flat White, sie war mehrere Tage mit der Schule verreist, hat überall im Staat New York Fußball gespielt.

Aber Gott bewahre, wenn sie ein bisschen an einem Ort herumspaziert, an dem es mehr Elche als Menschen gibt. Oder ein harmloses Spiel mit einer Gruppe gleichaltriger Jugendlicher spielt.

Sie ist nicht sonderlich gut in der Schule. Ganz okay. Obwohl sie gern liest, kann sie sich nicht vorstellen, wie ihre Mutter Lehrerin zu werden, oder Programmierer wie ihr Großvater. Manchmal denkt sie, dass sie wahrscheinlich das Fernfahrerhirn ihres Vaters geerbt hat, doch das ist wahrscheinlich unfair den Berufskraftfahrern gegenüber. Sie ist weder musikalisch noch künstlerisch begabt, und sie ist nicht sonderlich hübsch. Fußball ist ihr Ding. Basketball mag sie auch, und Baseball (sie ist allerdings nicht besonders scharf auf Softball, obwohl das die Mädchenversion sein soll). Doch nichts geht über Fußball. Da sehen die Leute sie an, als wäre sie jemand. Wenn ihr Körper und ihr Gehirn genau so zusammenarbeiten, wie sie sollen. Wenn sie nicht Dana ist, oder noch nicht einmal ein zwölfjähriges Mädchen, sondern einfach nur sie selbst.

Sie läuft an der schmalen Straße entlang, die nur Platz für ein Auto bietet. Auf der linken Seite, der Seeseite, stehen Häuser. Überwiegend hübsche, bescheidene Holzhäuser, manche sind eher Hütten. Ihr Großvater hat ihr erzählt, dass ihre Urgroßeltern hier oben früher ein Haus hatten, damals, als ihre Familie reich war. Sie würde gern zurückgehen, ihren Großvater holen und ihn fragen, welches es war. Vielleicht das da, das große altmodisch aussehende in Blau mit dem Range Rover davor. Der Wagen hat ein Nummernschild aus New Jersey. Vielleicht kennt Großvater sie, vielleicht könnte er die Besitzer bitten, sie hereinzulassen, dann könnte Dana sehen, wo Grandad jeden Sommer verbracht hat, als er klein war.

Dana läuft weiter, bis die Straße endet. Die Rasenflächen der Häuser sind zur Straße hin offen, sodass man zum See hinuntersehen kann – doch das Haus am Ende der Straße ist von einer hohen Steinmauer mit einem Metalltor umgeben. Am Tor befindet sich eine Zifferntastatur. Das Tor steht jedoch offen, und es ist Musik zu hören. Rockmusik. Aerosmith. Wahrscheinlich sollte sie das nicht tun, doch sie streckt den Kopf durch das Tor – und da steht der Trainer und wäscht einen roten Sportwagen.

Er sieht auf, erkennt sie, und etwas huscht über sein Gesicht. Irgendwie wirkt er verärgert, woraufhin Dana einen Schritt zurückweicht und sagt: »Tut mir leid, Trainer, ich wollte nicht neugierig sein.«

Er stellt den Eimer ab und legt den Schwamm weg. »Kein Problem, Dana. Wie geht's dir?«

Ihre Mom sagt immer, sie soll nicht in fremde Gärten oder Häuser gehen und erst recht nicht in fremde Autos steigen, aber das hier ist der Trainer, und er ist auch noch der Bruder von Moms Freundin. Darum tritt sie durch das Tor. »Gut. Es tut mir leid, dass meine Mom mich nicht mehr mitspielen lässt.«

»Das ist die Entscheidung deiner Mom.«

»Eine bescheuerte Entscheidung«, sagt sie und gibt sich keine Mühe, ihren Unwillen zu verbergen.

»Hat sie … dir erklärt, warum?«

Dana schnaubt. »Dazu müsste sie mich als menschliches Wesen betrachten.«

»Oh.«

»Ich weiß, dass sie die beste Freundin von Ihrer Schwester ist«, wagt sich Dana vor. »Hatten Sie mit ihr Streit?«

»Ich … das ist lange her, wir waren Kinder. Ich kann mich nicht erinnern.«

»Es ist lächerlich, dass sie mich kontrollieren will, weil vielleicht mal irgendwas in der Highsschool passiert ist oder so.«

Sie hoffte, der Trainer würde die Andeutung verstehen und ihr etwas erzählen, doch das tut er nicht. »Als du zu uns gekommen bist, wusste ich noch nicht einmal, dass du Lous Tochter bist«, sagt er. »Ich wusste nicht, dass sie überhaupt ein Kind hat. Du siehst ihr nicht sehr ähnlich. Du kommst wohl eher nach Peggys Familie.«

»Ja, vielleicht sehe ich auch meinem Dad ähnlich.« Sie geht

noch ein, zwei Schritt weiter, bis sie neben dem Sportwagen steht. »Voll schön hier.«

Das ist es. Jetzt kann sie das Haus sehen: Es ist aus runden Baumstämmen gebaut, wie ein Blockhaus, aber deutlich größer, und es sieht ziemlich neu aus. Es hat Fensterläden, in die Kiefern geschnitten sind, und eine umlaufende Veranda. Der Garten sieht aus, als wäre er von einem Gärtner angelegt worden, mit Blumen und gestutzten Büschen. Die Garage, die ebenfalls aus Holz ist, ist offen, und dort parkt ein weiterer Wagen, ein weißer Truck mit viel Chrom. Sie sieht auch noch zwei Quads und Fahrzeuge, die wie ein Schneemobil aussehen.

»Haben Sie früher tatsächlich für die Red Sox gespielt?«, fragt sie.

»Ja.«

»Wie war das? Für eine Profimannschaft zu spielen?«

»Ziemlich gut, das kann ich nicht leugnen. Allerdings ist der Druck verdammt hoch. Man ist nur so gut wie sein letztes Spiel. Wenn man einen Fehler macht, bekommt man das von morgens bis abends zu hören.« Sein Gesicht zuckt. Das ist ihr vorhin schon aufgefallen, aber vielleicht ist das normal bei ihm. Wie ein Tic. »Baseball ist das Einzige, was ich je gut konnte.«

»Warum sind Sie dann Fußballtrainer?«

»Ich bin Trainer für alle möglichen Sportarten. Fußballtraining gebe ich an den Tagen, an denen ich kein Baseballtraining gebe.« Er lächelt sie an, nimmt wieder den Schwamm und schäumt den Wagen ein. »Willst du irgendwann Profi werden?«

»Das würde ich gern«

»Es gibt jetzt viele Möglichkeiten für Mädchen. Das war früher nicht so.«

»Niemand nimmt mich ernst.«

»Ach, hör nicht auf die Leute. Wenn du weißt, was du willst, mach es einfach. Am meisten bereuen wir die Dinge, die wir nicht getan haben.« Wieder das Zucken. Sonderbar, dass ihr das bislang noch nicht aufgefallen ist.

Sie geht zu ihm zur Kühlerhaube des Wagens und beobachtet ihn bei der Arbeit. Das Smartphone hat sie auf lautlos gestellt, doch es vibriert in der Tasche ihrer Shorts. Ihre Mom. Sie ignoriert es.

»Soll ich Ihnen helfen?«, fragt sie.

»Klar, wenn du willst.« Er wirft ihr den Schwamm zu und geht in die Garage, um einen weiteren zu holen. Dana seift derweil einen Scheinwerfer ein. Der Wagen ist eine Corvette. Dana versteht nicht viel von Autos. Farahs Vater hat einen Sportwagen, und laut Farah war ihre Mom wütend, als er ihn gekauft hat. Sie hat gesagt, er sei in der MidlifeCrisis und versuche seine unzulängliche Schwanzgröße zu kompensieren. Das war vor der Trennung. Vielleicht haben sie sich auch deshalb getrennt.

Vielleicht ist dieses Auto auch eine Midlife-Crisis. Dana ist sich nicht ganz sicher, wann die Mitte des Lebens ist. Aber Benny ist wohl alt genug, zumindest so alt wie ihre Mom. Nun ja, vielleicht bekommt man eine Midlife-Crisis früher, wenn einen alle Kids in der Stadt »Hosenpisser« nennen.

Er kommt zurück und taucht den Schwamm in das Seifenwasser. Sie arbeitet vorn, er an der Seite. Wieder vibriert ihr Telefon.

»Willst du nicht rangehen?«, fragt er.

»Nein.«

Er zuckt die Schultern.

»Gibt es Baseballkarten von Ihnen?«, fragt sie.

»Ja.«

»Haben Sie welche?«

»Ja, man hat sie mir geschickt. In Plexiglasformen zum Hinstellen.«

»Wie viel sind sie wert?«

»Keine Ahnung.«

»Haben Sie Kinder?«

»Nein.«

»Sind Sie verheiratet?«

»Stellst du immer so viele Fragen?«

»Ich betreibe nur Konversation.«

Er richtet sich auf und reibt sich mit der Rückseite der Hand, in der er den Schwamm hält, über die Stirn. »Es ist heiß hier draußen. Davon bekomme ich Kopfschmerzen. Hast du Durst?«

»Ein bisschen.«

»Ich hole mir ein kaltes Bier. Willst du eine Cola?«

»Okay.« Sie legt den Schwamm weg und macht Anstalten, ihm ins Haus zu folgen, doch er schüttelt den Kopf.

»Ich hole uns was. Bin gleich zurück.«

Als sie gerade den Schwamm wieder nehmen und sich im Voraus für die Cola bedanken will, sieht sie, wie plötzlich seine Gesichtsmuskeln erschlaffen und er die Augen verdreht. Er beginnt zu zucken, nicht nur eine Gesichtshälfte, sondern der gesamte Körper zuckt unkontrolliert, dann sackt er zusammen. Sie hört, wie er mit dem Hinterkopf auf den Boden schlägt.

»Trainer?«

Sie lässt den Schwamm fallen und rennt zu ihm. Er zuckt weiterhin, es ist eine Art Anfall, sein Mund öffnet und schließt sich, und er gibt kehlige, erstickte Laute von sich, als würde er sterben. *Bitte nicht sterben, bitte nicht.* Dann nässt er sich ein, und die Vorderseite seiner Jeans färbt sich dunkel. Und da ist Blut in der Einfahrt, mit jeder Sekunde mehr.

»O mein Gott, o mein Gott«, sagt sie, zieht das Telefon aus der Hosentasche, wählt den Notruf und kniet sich neben ihn.

Als Louise vom Schwimmen zurückkommt, hat Irving das Picknick auf der Decke ausgebreitet. Sie wickelt sich in ein Handtuch und nimmt sich ein Erdnussbutterbrot. »Ist Dana noch nicht zurück?«

»Ich dachte, sie wäre mit dir schwimmen«, sagt Irving.

»Nein, sie wollte sich ein bisschen umsehen.« Lou holt das Telefon aus der Strandtasche und wählt Danas Nummer. Es klingelt und klingelt, aber sie nimmt nicht ab. »Liebes, wir essen jetzt«, spricht sie auf die Mailbox. »Ich hebe dir ein Sandwich auf, aber komm bald, ja? Nana kann nicht den ganzen Nachmittag hierbleiben.«

Doch dann sind die Brote aufgegessen, die Sonne am Himmel sinkt tiefer, Peggy döst in ihrem Rollstuhl, und Dana ist noch nicht zurück.

Wieder ruft Lou sie an, ohne Erfolg. Sie leiht sich Irvings Telefon und schickt ihr eine Nachricht, falls Dana ihre Nummer ignoriert. »Ich gehe am Strand entlang und suche nach ihr«, sagt sie zu Peggy und Irving. »Vielleicht hat sie Freunde getroffen.«

Lou läuft in westlicher Richtung bis zum Ende des Strands, sucht nach bekannten Gesichtern und blickt hinaus aufs Wasser. »Haben Sie ein Mädchen gesehen?«, fragt sie eine Familie, die auf kreisförmig angeordneten Stühlen am Ende des Strands sitzt, »zwölf Jahre alt, dunkle Haare, in Shorts und einem roten T-Shirt? Vielleicht hat sie die

Haare auch unter ihre Mütze gesteckt und sah eher wie ein Junge aus.«

Die Frau hebt Kinderspielzeug auf und schüttelt den Kopf.

Der Strand endet hier mit der Bootsrampe, dahinter sind nur noch Felsen. Lou steigt auf die Rampe und sieht hoch. Vielleicht ist Dana auf die Felsen geklettert. Sie könnte gefallen sein, könnte ins Wasser gestürzt sein.

Sei nicht albern. Sie ist nicht mehr fünf.

Lou läuft am Strand zurück zu ihren Eltern. Peggy schlummert. Irving sieht besorgt aus, als wäre ihm wohler, wenn sie zu Hause wären. »Keine Antwort?«, fragt sie ihn, und er schüttelt den Kopf.

Rasch läuft sie den Strand in die andere Richtung hinunter. Dana ist zwar in die andere Richtung weggegangen, aber sie könnte einen Bogen über die Straße gemacht haben. Hier grenzt der Strand an einen Zaun, der das Ende des öffentlichen Teils markiert. Ab hier gibt es nur noch Privathäuser mit Seezugang. Lou folgt einem Weg zur Hauptstraße. Sie ist nicht stark befahren, vor allem hier nicht. Hauptsächlich wird sie von den Bewohnern der Sommerhäuser benutzt, und Lou erinnert sich, dass sie eine Sackgasse ist. Wo die Häuser enden, beginnt der Wald. Vielleicht wollte Dana sich die Häuser ansehen. Vielleicht hat sie einen Bekannten getroffen und ist mit zu seinem Haus gegangen.

Vielleicht hat sie aber auch jemanden kennengelernt und ist mit ihm mitgegangen.

Wieder ruft Lou Dana an und landet diesmal sofort auf der Mailbox, ohne dass es überhaupt geklingelt hat. Sie legt auf und sieht nach, ob sie einen Anruf von Dana verpasst hat, doch das ist nicht der Fall. Entweder hat Dana das Telefon ausgeschaltet, oder sie spricht mit jemand anderem.

Lou beschließt, die Straße bis zum Ende zu gehen, und wenn sie Dana nicht sieht, an Türen zu klopfen.

Sie ist gerade drei Schritte gegangen, als ein Rettungswagen mit Blaulicht an ihr vorbei in die Sackgasse rast.

»Dana!«, schreit sie und beginnt zu laufen.

Mit Blaulicht parkt der Rettungswagen am Ende der Straße vor einem Metalltor. Als Lou ihn erreicht, drängt sie sich atemlos zwischen dem Wagen und der Steinmauer hindurch.

Lou sieht weder den Sportwagen noch die Wassereimer und die Schwämme oder die Sanitäter, die vor dem Wagen arbeiten. Alles, was sie sieht, ist Dana. Sie stürzt zu ihrer Tochter und packt sie an den Schultern, sieht, dass ihre Hände voll Blut sind.

»Dana! Was ist passiert?«

»Mom«, sagt Dana, fällt Lou in die Arme und beginnt zu weinen.

Lou hält sie fest. »Bist du verletzt?« Warum kümmert sich niemand um Dana? Warum ist hier ein Rettungswagen, wenn sich keiner um ihr kleines Mädchen kümmert? Sie blickt sich um und sieht, wie die Sanitäter – ein Mann und eine Frau, wobei der Mann ihr vage bekannt vorkommt – aufstehen. Auf der Trage liegt eine bewusstlose Person. Es ist Benny Phelps.

»O nein«, flüstert Lou. Sie drückt ihre Tochter so fest, dass Dana einen erstickten Laut ausstößt. »Was hat er dir angetan?«

»Sie können stolz auf Ihre Tochter sein«, sagt die Sanitäterin, als sie Benny an ihnen vorbeirollen. »Womöglich hat sie ihm das Leben gerettet.«

»Was?« Noch immer hält sie Dana fest, doch sie beugt sich zurück und sieht ihrer Tochter ins Gesicht. »Was hast du gemacht?«

»Er hatte einen Anfall«, berichtet Dana. »Er hatte einen Anfall, ist gestürzt und hat sich den Kopf aufgeschlagen. Er hat geblutet, und ich habe den Notarzt gerufen. Und die sind die ganze Zeit mit mir am Telefon geblieben. Ich habe einen Lappen auf seinen Kopf gedrückt, um die Blutung zu stoppen.« Sie wischt sich mit der Hand über die Augen und schmiert sich Blut ins Gesicht.

Nicht ihr Blut. Bennys.

»Ich hatte Angst«, sagt sie. »Aber sie haben die ganze Zeit mit mir geredet, und der Rettungswagen war total schnell hier.«

Lou wischt mit der Hand durch Danas Gesicht und versucht, das Blut zu entfernen.

»Du hast das Richtige getan«, sagt sie. »Ist bei dir alles in Ordnung? Hast du dir auch wehgetan?«

Dana schüttelt den Kopf.

Die Sanitäter haben Benny in den Wagen geschoben, der Mann kommt zurück. »Wird er wieder gesund?«, fragt Dana ihn.

»Ich hoffe es. Wir bringen ihn so schnell es geht ins Krankenhaus. Ist mir dir alles in Ordnung?«

»Ja.«

»Ist das deine Mom?«

»Ja.«

»Sie hat einen Schock erlitten«, sagt der Sanitäter zu Lou. »Halten Sie sie warm. Bleiben Sie eine Weile sitzen, bevor sie irgendwohin gehen. Wenn ihr schwindelig wird, lagern sie den Kopf tiefer als das Herz. Etwas Zucker kann auch helfen.« Mit einem schnappenden Geräusch zieht er den Gummihandschuh aus. Dann zerzaust er freundlich Danas Haar. »Gut gemacht, Kleine. Vielleicht wirst du ja mal eine von uns.«

Er kehrt zum Rettungswagen zurück, steigt ein, und sie fahren mit Blaulicht davon. Als das Fahrzeug die Hauptstraße erreicht, hören sie die Sirenen.

Lou hilft Dana, sich auf den Boden zu setzen. Sie lässt sich neben sie sinken, einen Arm um ihre Schultern gelegt.

»Ist das Bennys Haus?«, fragt sie. Es ist alles so merkwürdig. Das Haus sieht wie eine überdimensional große Blockhütte aus, und kurz denkt Lou an die Bauklötze, mit denen Benny und sie früher gespielt haben: Lincoln Logs. Sie sahen aus wie kleine Baumstämme und hatten auf beiden Seiten Kerben, sodass man sie ineinanderstecken und alles daraus bauen konnte, solange es aus rechten Winkeln bestand. »Was hast du hier gemacht? Hat er dich eingeladen?«

»Nein, ich habe einen Spaziergang gemacht und gesehen, wie er sein Auto gewaschen hat. Dann haben wir uns unterhalten.«

»Das ist alles?«

»Ich habe ihm beim Autowaschen geholfen. Er wollte ins Haus gehen, um etwas zu trinken zu holen, und dann hat er so gemacht …« Sie zuckt mit Armen und Beinen. »Dann ist er gestürzt. Ich dachte, er würde sterben.«

»Ich rufe Allie an und sage ihr, dass er auf dem Weg ins Krankenhaus ist.« Aber sie holt nicht ihr Telefon heraus. Stattdessen drückt sie Dana an sich und küsst sie auf den Scheitel.

»Bist du … bist du wütend, weil ich einfach so weggegangen bin?«

Lou schüttelt den Kopf. »Ich bin stolz auf dich, Liebes. Du warst sehr besonnen und tapfer.«

Dana klammert sich an sie, wie sie es als sehr kleines Mädchen getan hat, wenn sie einen Albtraum hatte. »Er wird doch wieder gesund, oder?«

Lou streicht ihr übers Haar. »Bestimmt. Alles wird gut.«

Louis & Louise

In jener Nacht stirbt Peggy.

Lou hat sich schlafen gelegt und wird kurz nach Mitternacht von Irving geweckt. »Sie braucht dich«, flüstert Irving, und Lou steht auf und geht zu Peggy.

Die Nachttischlampe brennt und wirft einen goldenen Lichtkreis auf Peggys Gesicht. Sie hat die Augen geschlossen und atmet so langsam, dass Lou zunächst gar nicht sieht, dass sie überhaupt atmet.

Lou legt sich neben Peggy, den Kopf auf ihre Brust. Irving bettet sich auf ihre andere Seite und legt die Arme um sie. Peggy atmet flach, ihr Herzschlag ist kaum zu spüren. Lou liegt bei ihr, lauscht und wartet.

Nun sind es beide, Louis und Louise, die spüren, wie das Leben aus dem Körper ihrer Mutter entweicht.

Jetzt gibt es keine Vergangenheit mehr, kein Geschlecht, kein er oder sie. Es gibt keinen Verrat, keinen Schmerz. Keine Geheimnisse oder nicht erfüllte Hoffnungen. Nur eine Mutter und ein Kind. Das Kind, das in ihrem Körper heranwuchs, das von ihrer Brust trank, dessen Wehwehchen sie wegküsste, dessen runde Wangen sie streichelte, das sich in ihren Armen zusammenrollte und schlief. Keine mühsam erlernten Regeln, kein kostspielig angeschafftes Spielzeug, keine Kleidung in Rosa oder Blau oder Gelb oder Rot – nichts von den Dingen, die ein Leben in die eine oder andere Richtung lenken, hat jetzt noch eine Bedeutung. Nur das hier.

Peggy verlässt die Welt auf dieselbe Weise, auf die Lou auf ihr willkommen geheißen wurde: voller Liebe. Lou kam geräuschvoll auf die Welt, Peggy verlässt sie leise. Lou an einer Seite, Irving an ihrer anderen.

Ein letztes Zucken.

Es ist vorbei.

Louise

Kurz nach Sonnenaufgang geht Lou zu Dana ins Zimmer und setzt sich zu ihr auf die Bettkante. Sie streicht ihr das Haar aus dem Gesicht, und Dana schlägt die Augen auf. Offenbar liest sie etwas in Lous Gesicht, denn sie flüstert: »Ist Nana gestorben?«

Lou nickt. Sie zieht die Decke zurück und kriecht zu Dana ins Bett. Ein weiches, warmes Nest, das nach Kinderschweiß und Vanillezucker riecht. Lou zieht Dana an sich, lauscht auf ihren kräftigen Atem, den gleichmäßigen Herzschlag, spürt ihre Wärme und ihre Jugend. So lebendig und kostbar.

»Ist Grandad okay?«

Wieder nickt Lou. Sie ist jetzt ruhig, friedlich, aber wenn sie etwas sagt, muss sie vermutlich weinen, und sie will nicht vor Dana weinen.

Eine Weile liegen sie nebeneinander und sehen an die weiße Decke. Lou ist sich nicht sicher, ob sie hergekommen ist, um Dana zu trösten oder um von ihr getröstet zu werden.

»Nachdem jemand gestorben ist, hat man keine Angst mehr«, sagt Dana schließlich. »Als der Trainer geblutet hat, hatte ich Angst, aber ich habe keine Angst, Nana zu sehen.

Es ist nur ihr Körper. Es ist nicht eigentlich sie. Körper sind nicht wichtig. Wichtig ist, was hier drin ist.«

Sie tippt sich auf die Brust über ihr schlagendes Herz.

»Wie bist du nur so klug geworden?«, flüstert Lou. Schließlich weint sie doch nicht. Nicht jetzt.

Dana zuckt die Schultern. »Bin wohl so auf die Welt gekommen. Außerdem hat mir Jim das Bestattungsinstitut seiner Mutter gezeigt und den Raum, in dem sie die Toten herrichten.«

Lou atmet aus, beinahe muss sie lachen.

»Mom«, sagt Dana nach einem Moment.

»Ja?«

»Kannst du pfeifen?«

Lou hebt den Kopf an. »Wie kommst du denn darauf?«

»Allie hat das gesagt. Kannst du es? Ich hab dich noch nie pfeifen hören.«

»Ich weiß nicht, ob ich es noch kann.« Lou denkt nach. Sie schürzt die Lippen und pfeift, laut und deutlich, die ersten Takte von Beethovens »Ode an die Freude«. Es überrascht sie genauso wie Dana.

»Toll«, sagt Dana voller Respekt.

»Ich habe mich mit Nana gestritten«, erzählt Lou. »Als ich ein Teenager war, und wir haben praktisch jahrelang nicht mehr miteinander gesprochen. Ich will nicht, dass so etwas zwischen dir und mir passiert.«

»Ich auch nicht.« Dana zögert. »Wenn du wirklich nicht willst, dass ich in der Mannschaft von diesem Trainer mitspiele, ist das okay für mich. Ich würde sowieso jedes Mal nervös werden, wenn ich ihn sehe, weil ich daran denken müsste, was passiert ist.«

»Besprechen wir das … ein anderes Mal, okay?«

Dana nickt. Sie küsst ihre Mutter auf die Wange, was sie seit Monaten nicht mehr getan hat. Dann liegen sie nebeneinander, während es draußen langsam hell wird.

Louis

Am Morgen, nachdem seine Mutter gestorben ist, schwimmt Louis im Fluss. Nicht in Casablanca – im Pennacook bei Casablanca kann man nicht schwimmen. Ganz abgesehen davon, dass er vermutlich auch nach den Umweltschutzmaßnahmen in den Neunzigern noch immer nicht sauber ist, ist die Strömung zu stark, sie reißt einen fort. Doch ungefähr eine Meile stromaufwärts von Casablanca gibt es eine Brücke, darunter liegen große flache Granitfelsen, zwischen denen das Wasser flach ist.

Dort haben vor eineinhalb Jahrhunderten die Holzfäller die Stämme aus dem Pennacook gezogen, und in seinem Buch wird Pierre an dieser Stelle zwischen den Stämmen eingeklemmt und ertrinkt. Der Fluss hat die Steine ausgehöhlt, runde Rinnen und Becken geformt. Wenn der Wasserstand niedrig ist, kann man sehen, dass der Fels aus grauen, weißen und rosa Schichten besteht, dass die Gletscher ihn zusammengeschoben haben und das Wasser ihn geformt hat. Im Sonnenlicht glitzern Glimmer- und Quarzteilchen, als würden Sterne unter der Oberfläche funkeln.

Lou parkt den Wagen am Straßenrand bei der Brücke und steigt zum Flussufer hinunter. Er zieht sich bis auf die Badehose aus, geht über den funkelnden Granit und lässt sich in eines der Becken gleiten. Es ist tief, und er kann den Boden nicht sehen. Um ihn herum rauscht und schäumt der Fluss, doch hier ist es ruhig – und so kalt, dass es ihm den Atem raubt.

Kaum ist er im Wasser, weiß er, dass es ein Fehler war. Er ist hergekommen, um allein zu sein, und tut somit dasselbe wie immer, seit er damals aus Casablanca weggegangen ist: Er will allein sein, stark sein und seine Gefühle allenfalls in seinen Geschichten ausdrücken. Er taucht ins Wasser, um Tränen gar nicht erst zuzulassen.

Doch wohin hat ihn dieses Verhalten gebracht? Warum ist er hier und schwimmt ganz allein in einem Felsenbecken, während die Leiche seiner Mutter in Bigelows Bestattungsinstitut liegt und sein Vater allein in dem Haus ist, in dem sie einst zu dritt gewohnt haben? Wann hat er beschlossen, dass es das Beste ist, auf Abstand zu den Dingen zu gehen?

Lou steigt aus dem Becken. Einen Moment steht er da wie ein begossener Pudel. Dann trocknet er sich ab und fährt nach Hause.

»Das ziehst du nicht an«, sagt Carrie zu Lou, keine zwanzig Minuten nach ihrer Ankunft. Es ist der Tag vor der Beerdigung. Sie ist mit ihm nach oben in sein Zimmer gegangen und deutet vorwurfsvoll auf die Kleider, die er ihr zeigt: graue Hose und ein weißes Hemd.

»Was ist daran falsch?«

»Das ist deine einzige Mutter, und sie ist gestorben. Du ziehst gefällig einen Anzug an.«

Er sieht sie an, fühlt sich überfordert. Bei Mode gibt sie ihm immer dieses Gefühl. Das ist ein Grund, weshalb er selten etwas anderes als Freizeitkleidung trägt. »Du hast meinen Anzug nicht mitgebracht.«

»Weil dein einziger Anzug der ist, in dem wir geheiratet haben.«

»Und?«

»Erstens ist er blau, was für Hochzeiten in Ordnung ist, nicht aber für Beerdigungen. Und zweitens ist er sieben Jahre alt, und es ist respektlos deiner Mutter gegenüber, einen Anzug zu tragen, der älter ist als dein Hund. Und drittens ist es der Anzug, in dem du mich geheiratet hast, und es ist respektlos *mir* gegenüber, deinen Hochzeitsanzug bei einer Beerdigung zu tragen.«

»Was ist daran respektlos?«

»Glaub mir«, sagt Carrie. »Anzüge und Frauen, die einem etwas bedeuten, teilt man nicht. Hochzeiten oder Beerdigungen: ein Anzug pro Frau pro Ereignis. Das ist die Regel.«

»Ich habe meinen Hochzeitsanzug auch auf anderen Hochzeiten getragen.«

»Das zählt nicht. Du hast nicht geheiratet.«

»Darf ich unseren Hochzeitsanzug zu deiner Beerdigung tragen, wenn du vor mir stirbst?«

»Nein. Jetzt lass uns sehen, was dein Vater anziehen will. Ich wette, das ist noch schlimmer.«

Sogar Lou sieht ein, dass Carrie recht hat. Irving hat hinten in Peggys Kleiderschrank einen alten Anzug gefunden, den Peggy wegzugeben versäumt hat. Er sieht genauso alt aus, wie Lou ist.

»Ihr zwei geht einkaufen«, verkündet Carrie. »Ich bleibe hier, kümmere mich um den Hund und erledige die restlichen Anrufe auf eurer Liste.«

»Kann man in Casablanca überhaupt irgendwo einen Anzug kaufen?«, fragt Lou seinen Vater.

»Nicht, seit Taylor in den Achtzigern zugemacht hat«,

antwortet Irving. »Mein Vater hat dort ab und zu gekauft, obwohl meine Mutter immer wollte, dass er nach Portland fährt. In der Main Street gibt es noch Carlisles, aber die haben überwiegend Freizeitkleidung. Ich rufe Fred an und frage ihn, wo er einen Anzug kaufen würde.«

»Ist Fred gut anzogen?«, will Carrie wissen, und Irving sieht sie an, als hätte sie gefragt, ob Fred ein fliegendes Einhorn sei.

»Keine Ahnung, aber er ist der Leiter der Krankenhausverwaltung, darum ist er zumindest anständig angezogen.«

»Ruf Fred an«, sagt Carrie. »Ich google.«

Es stellt sich heraus, dass Fred und Google dasselbe sagen: Bruno Brothers in Lisbon Falls, ungefähr eine dreiviertel Stunde Fahrt. Carrie scheucht sie raus.

Lou und Irving setzen sich ins Auto und wollen gerade die Auffahrt verlassen, als Allie vorfährt, und sie halten an.

»Wohin wollt ihr?«, ruft sie ihnen durch das offene Wagenfenster zu.

»Anzüge kaufen«, erklärt Irving.

»Bei Bruno Brothers«, ergänzt Lou und sieht Allie fragend an.

Die nickt. »Gute Wahl. Ich wollte fragen, ob ihr für morgen noch irgendetwas braucht.«

»Frag die Chefin«, sagt Irving und deutet mit dem Kopf auf Carrie, die in der Haustür steht, als wollte sie sich davon überzeugen, dass sie auch wirklich losfahren.

»Sie ist eine gute Frau«, sagt Irving, als sie unterwegs sind.

»Ja, das ist sie. Sie denkt allerdings immer an andere und zu wenig an sich selbst.«

»Ich verstehe, warum du sie geheiratet hast.«

Lou wird klar, dass sein Vater von Carrie spricht, nicht

von Allie. Er klärt ihn auf. »Entschuldige, ich habe es dir nicht gesagt. Carrie und ich – wir haben uns getrennt.«

»Die Ehe ist kompliziert«, erwidert Irving nach einem Moment des Schweigens. »Man weiß erst, wie kompliziert, wenn man es selbst erlebt hat. Eigentlich sonderbar, oder? Schließlich sind so viele Menschen verheiratet. Man sollte denken, das kann so schwer nicht sein.«

»Aber es scheitern auch viele Ehen.«

»Ja. Das stimmt.«

Lou fährt, und sie reden nicht mehr viel. Obwohl sich ihre Gespräche in den letzten Tagen auf praktische Dinge beschränkt haben – die Planung der Beerdigung, das Essenmachen, die Todesanzeige, die Liste, wer zu benachrichtigen ist –, fühlt er sich seinem Vater näher denn je. Vielleicht sogar so nah wie nie zuvor. Als Kind war sein Vater stets ein freundlicher Mann, sanft und gerecht. Er las Lou Gutenachtgeschichten vor und trug ihn auf den Schultern, bis Lou zu schwer wurde. Sie rannten um die Wette, er aß jeden Abend mit ihnen und half Lou bei seinem ersten Autokauf. Doch er erwartete offenbar nie, dass Lou ihm etwas Persönliches anvertraute, und er selbst vertraute Lou auch nichts über sich an. Zuerst dachte Lou, so sei Irving eben. Dann dachte er, so seien Männer eben. Als Irving Peggy verließ, dachte Lou, dass sein Vater ihm nie verraten habe, was in ihm vorgeht, weil er insgeheim immer schon fliehen wollte.

Doch andererseits hat Lou Irving oder Peggy auch nie erzählt, dass er sich zu Männern hingezogen fühlt. Er hat ihnen nicht erklärt, woran seine Beziehung zu Carrie gescheitert ist, nie mit ihnen über seine Schriftstellerei gesprochen oder darüber, dass sich sein Roman für ihn anfühlte, als wäre es sein Kind – ein vielleicht etwas schwächliches, aber wunderschönes Kind. Er hat nie seine Angst erwähnt, dass er es womöglich nicht schafft, ein zweites Buch zu schreiben. Bis zu jenem Abend in Florida hat er verheimlicht, wie Benny gestorben ist.

Vielleicht sind Männer so, oder vielleicht haben sie sich beide entschieden, so zu sein. Vielleicht können sie sich auch entscheiden, anders zu sein.

Bruno Brothers ist ein recht vornehmes Geschäft in einer Straße mit Andenkenläden, Friseursalons, Getränkeshops und Pizzerien. Die roten Buchstaben auf dem Firmenschild sehen nach den Siebzigern aus, die goldene Schrift an den Fenstern eher nach den Fünfzigern, aber alles ist in tadellosem Zustand. Kopflose Schaufensterpuppen in Anzügen und Smokings füllen die Auslage. Als Zugeständnis an den Sommer hat jemand einer der Puppen keck einen Strohhut schräg auf den Hals gesetzt. Aus einer Brusttasche lugt ein Gänseblümchen aus Seide.

Als Irving die Tür öffnet, ertönt eine Glocke, und sofort kommt ein rundlicher Mann in Hemd, Weste und Krawatte auf sie zu. »Mr. Alder und Mr. Alder? Kommen Sie herein, ich habe Sie schon erwartet.«

Lou, der das Gefühl hat, in einer britischen Sitcom gelandet zu sein, fragt: »Warum?«

»Ihre Frau hat angerufen und Sie angekündigt. Sie sagte, Sie benötigen Anzüge für eine Beerdigung und sie traue Ihnen nicht zu, allein etwas auszusuchen. Darum hat sie mich gebeten, Sie zu beraten.«

»Ex-Frau«, korrigiert Lou, um klarzustellen, dass er sich eigentlich nicht von Carrie herumkommandieren lässt. Doch kaum hat er es ausgesprochen, kommt er sich lächerlich vor.

»Sehr schön«, sagt der Mann fröhlich. Er deutet auf Irving. »Also – schwarz für Sie und anthrazit für den jungen

Mann. Sie sagte, Sie bräuchten auch Hemden und Krawatten. Bevorzugen Sie bei der Krawatte eine bestimmte Farbe?«

»Grün?«, fragt Lou – nur um zu sehen, was passiert.

»Nein«, erwidert der Mann. »Sie haben rötliches Haar und möchten nicht wie ein Kobold aussehen. Warum gehen Sie nicht beide in die Umkleidekabine, und ich bringe Ihnen ein paar Sachen zum Anprobieren?«

Lou findet, dieser Mann sollte unbedingt Carrie kennenlernen. Ohne Widerrede treten Irving und Lou durch einen blauen Vorhang, hinter dem sich Kabinen mit Schwingtüren befinden, wie man sie aus Westernfilmen kennt. Am Ende der Kabinen befindet sich ein Ganzkörperspiegel. Lou muss sich eingestehen, dass er und sein Vater ein kleines bisschen verwahrlost aussehen.

»Wir haben ihm unsere Größen nicht gesagt«, bemerkt Irving.

»Ich glaube, das hätte er als Beleidigung aufgefasst.« Lou tritt in eine Kabine und fängt an sich auszuziehen. Er hängt das Hemd auf einen Haken, als der Mann, vermutlich einer der Gebrüder Bruno, hereinkommt und einen Anzug, ein Hemd und eine Krawatte über die Tür legt. Die Krawatte hat einen dezenten Violett-Ton. »Fangen Sie damit an«, sagt er. »Rufen Sie, wenn Sie etwas brauchen.«

Der Anzug ist aus weichem, leichtem Stoff in Anthrazitgrau und passt Lou perfekt, sogar die Hosenlänge stimmt. Er bindet die Krawatte und tritt zeitgleich mit Irving aus der Kabine, der in Schwarz gekleidet ist. Sein Vater hält die Brille in der Hand. Er sieht Lou an und blinzelt nervös, seine blauen Augen wirken merkwürdig nackt.

»Deine Mutter wäre sehr stolz«, sagt Irving, und plötzlich laufen ihm Tränen über die Wangen.

»Hey, Dad …«, sagt Lou besänftigend. Seine Augen brennen. »Hey!« Er macht im selben Moment einen Schritt nach vorn wie sein Vater. Sie treffen sich in der Mitte des kleinen Raums und nehmen sich in den Arm. Der vertraute Geruch von Gillette-Rasierschaum und Shampoo. Die Umarmung gerät ein wenig ungelenk, weil Lou größer ist als sein Dad, sodass sich Lous Kinn an Irvings Ohr befindet.

»Ich habe sie so sehr geliebt«, sagt Irving, presst sein Gesicht an Lous Schulter und durchnässt den Stoff des neuen Anzugs.

»Ich auch.«

»Ich habe nie aufgehört, sie zu lieben.«

»Ich weiß.«

Dann weinen sie stumm. Es ist schmerzhaft, doch es ist das, wonach Lou gesucht hat und was er in dem kalten Wasser des Flusses nicht finden konnte. Das ist der mächtige Strom, den er braucht.

Zerknittert und strubbelig treten sie aus der Umkleidekabine. Sie haben sich alle Mühe mit Irvings Taschentuch gegeben, aber die Vorderseite von Lous Jackett ist nass, und Irvings Haar klebt an der Stirn. Mr. Bruno steht an der Kasse, in diskretem Abstand zur Umkleidekabine.

»Wie … sind die Anzüge?«, fragt er deutlich zurückhaltender als vorhin.

»Perfekt«, sagt Irving. »Wir nehmen sie.«

Louise

Die Trauerfeier findet in Georgia Bigelows Beerdigungsinstitut statt. Louise trägt eins von Allies Kleidern. Es ist ihr ein bisschen zu kurz und eher dunkelgrau als schwarz, doch sie fühlt sich wohl darin und es tröstet sie. Es fühlt sich wie eine Umarmung an, ihr Kleid zu tragen – wie eine stützende Hand auf dem Rücken.

Sie hat sich vor der Trauerfeier ein wenig gefürchtet, doch es sind so viele Leute da, dass sie kaum Zeit zum Nachdenken hat. Jeder hat ein gutes Wort für sie: eine Erinnerung an Peggy, das Versprechen, für sie zu beten, ein Kompliment zu den Blumen, ein Händeschütteln, ein Schulterklopfen. Das ist vermutlich der Sinn von Trauerfeiern, denkt sie. Es geht um kleine Aufmerksamkeiten. Sie sollen einem das Gefühl geben, weniger allein zu sein.

Irving, Dana und Lou sind zu dritt die Fotos von Peggy durchgegangen und haben eine Diashow zusammengestellt, die im Besucherraum als Endlosschleife läuft. Irving hält eine Trauerrede – ein Taschentuch in der einen, die Notizen in der anderen Hand –, und obwohl er ein bisschen weint und sich hinter der Brille die Augen tupft, macht er seine Sache gut. Dana sitzt neben Jim, dem Sohn von Georgia Bigelow. Die Kinder tuscheln, was sich bei einer Trauerfeier eigentlich nicht gehört, doch Lou hält sie nicht davon ab. Wahrscheinlich wäre Peggy froh, dass Dana einen Freund hat. Der geordnete Ablauf der Feier ist beruhigend, ebenso die Broschüre, die sie in Händen hält, mit Peggys Foto darauf: Es zeigt sie mit Tiara und Schärpe. »Miss Western Maine 1976«.

Lou ist klar, dass die Trauer später kommen wird. Sie wird die innere Leere spüren, den Impuls, sich an jemanden zu wenden, der nicht mehr da ist. Die letzten dreizehn Jahre hat sie Erfahrungen damit gesammelt, nicht mit ihrer Mutter zu sprechen, doch die ganze Zeit über hatte sie trotzdem eine Mutter. Es gab stets die Chance auf Vergebung. Jetzt hat sie ihr vergeben, und ihre Mutter ist fort, und Lou empfindet es auf seltsame Art beruhigend zu wissen, dass die Trauer kommen wird.

Obwohl sie kein Mann ist, hat Lou darauf bestanden, den Sarg mitzutragen. So nimmt sie nach der Andacht ihren Platz vorn neben ihrem Vater ein. Am Griff hebt sie den Sarg an. Sie hat erwartet, dass es schwer ist, ist es aber nicht. Sie teilen sich die Last.

Auf dem Weg zum Leichenwagen, der den Leichnam ihrer Mutter zum Friedhof bringen wird, bemerkt sie eine Gestalt im dunklen Anzug am Rand der versammelten Menge. Das Gesicht kann sie nicht sehen, doch sie kennt die gedrungene Gestalt und den Gang, seit sie ein kleines Mädchen war. Benny kommt jedoch nicht näher. Und selbst wenn er näher käme – Lou spürt, dass sie der Gedanke nicht schreckt. Die Menschen um sie herum, Allies Kleid, das geteilte Gewicht des Sargs, die Entschuldigung ihrer Mutter, ihr eigenes Vergeben, sogar dass Dana einen Freund hat – all das macht sie unverwundbar. So hat sie sich lange nicht mehr gefühlt.

Dann schieben sie den Sarg auf Schienen in den Leichenwagen, und als sie sich umblickt, ist Benny fort.

Louis

Der Leichenschmaus findet bei ihnen zu Hause statt. Es gibt Hühnersalat, Eiersalat, Nudelsalat, Thunfischcreme. Schüsseln mit eingelegtem Gemüse, eine Schale mit Oliven neben einem Schnapsglas mit Zahnstochern, russische Eier mit einem Hauch Paprika. Eine Platte mit Salami- und Schinkenrollen, dazu Brot. Außerdem einen Blechkuchen, der bereits in Stücke geschnitten und auf Pappteller verteilt wurde. Kaffee aus Thermoskannen, mit und ohne Koffein. Exakt dieses Essen hat es in Casablanca seit jeher gegeben, wo immer die Menschen zusammenkommen – in den Gemeindesälen, im Versammlungsraum des Veteranenverbandes, in Schulturnhallen und bei Gartenpartys. Als die Caterer heute Morgen mit den mit Frischhaltefolie bedeckten Platten auftauchten, war Carrie erstaunt. »Ich wusste nicht, dass dieses Essen noch existiert.«

»In Casablanca schon«, sagte Lou, der darauf bestanden hatte, dass sie einen Caterer aus dem Ort beauftragten anstatt eines schickeren aus Auburn oder Portland.

Doch Lou hat weder Zeit noch Appetit, etwas zu sich zu nehmen. Die Kunst, im Stehen zu essen und sich gleichzeitig zu unterhalten, hat er noch nie beherrscht. Er schafft es, sich einen Becher Kaffee zu besorgen, und als sich die

Menge etwas lichtet, drückt ihm jemand einen Teller mit einem Stück Kuchen in die Hand. Er nutzt die Gelegenheit, um sich zu setzen. Das Sofa ist voll, auch die Esszimmerstühle, die an der Wand aufgereiht stehen, sind alle besetzt, doch wie durch ein Wunder ist der grüne Sessel frei. Ehe er jedoch auch nur ein Stück Kuchen essen kann, springt Mulder auf seinen Schoß und leckt ihm das Gesicht ab.

Allie hockt sich auf die Sessellehne zu ihm. Sie trägt ein schlichtes dunkelgraues Kleid mit kurzen Ärmeln, das Haar ist zu einem Dutt hochgesteckt. In der Hand hält sie einen Styroporbecher mit Kaffee. »Wie geht's dir?«, fragt sie.

Er hat sie den ganzen Tag kaum gesprochen. Sie hat sich deutlich im Hintergrund gehalten. Einige Male hat er ihr Parfum gerochen. Ziemlich früh heute ist ihm aufgefallen, dass die letzte Beerdigung, auf der sie zusammen waren, die von Benny gewesen ist. An jene Beerdigung kann er sich kaum noch erinnern. Einige Tage später hat er die Stadt verlassen. Er fragt sich, wie oft sie daran denkt.

»Danke, gut«, sagt er. »Und dir?«

Sie zuckt die Schultern und krault Mulder hinter den Ohren. »Nicht so gut wie diesem Kerl hier. Er ist auf den Tisch gesprungen und hat es geschafft, drei Russische Eier zu verschlingen, ehe ich ihn erwischt habe.«

»Tut mir leid.«

»Bei diesem Blick kann man nicht wütend sein.« Sie beugt sich hinunter, und Mulder leckt auch ihr Gesicht ab. »Er riecht nach Eiern.« Doch sie lächelt.

»Du wolltest immer einen Hund haben«, sagt er.

»Ich bin zu wenig zu Hause. Aber es war schön, Zeit mit ihm zu verbringen. Er wird mir fehlen.«

Mulder wedelt mit dem buschigen Schwanz. Lou streicht

ihm über den Rücken, während Allie ihn weiter hinter den Ohren krault. Er denkt, wie sehr er sich den ganzen Tag danach gesehnt hat, Allie zu berühren, wie sehr er sie seit Wochen berühren möchte, jetzt. Womöglich schon seit Jahren. Es ist so leicht mit dem Hund zwischen ihnen. Als er aufblickt, sieht sie nicht den Hund an, sondern ihn.

»Louis?«

Mit dem Schlüssel des Mietwagens in der Hand steht Carrie in der Küchentür und ruft nach ihm.

»Entschuldige mich«, sagt er zu Allie und setzt Mulder auf den Boden, damit er zu Carrie gehen kann. »Fährst du schon?«

»Mein Flug geht um fünf. Ich habe morgen eine Besprechung. Bringst du mich zum Auto?«

Draußen hat es angefangen zu nieseln, aber es ist ein warmer Regen. Carrie küsst ihn auf die Wange und wischt den Lippenstift fort. Eine vertraute Geste.

»Ihr zwei seid ein nettes Paar«, sagt sie.

»Ich und Mulder?«

Sie stößt ihn mit dem Ellbogen an. »Kennt sie dich? Dein Inneres?«

»Besser als jeder andere, glaube ich. Aber nicht so, wie du denkst. Das ist lange her.«

»Es würde mich eher beruhigen, wenn ich wüsste, dass ich nie eine Chance hatte, weil du die ganze Zeit noch an deiner Highschool-Liebe gehangen hast.« Sie stellt sich auf die Zehenspitzen und küsst ihn noch einmal, diesmal auf die Lippen. Es fühlt sich vertraut an und doch merkwürdig, als hätte sich ein dünner Schleier zwischen die Menschen gelegt, die sie einst waren und die sie jetzt sind.

»Du warst toll«, sagt er aufrichtig. »Danke, dass du gekommen bist.«

»Gern geschehen. Ich habe übrigens gelogen. Ich habe morgen keine Besprechung. Ich habe heute Abend ein Date. Ich fahre direkt vom Flughafen aus hin.«

Das schmerzt ein bisschen. Aber vielleicht ist das gut so – sie empfinden noch genug füreinander, dass sie so etwas nicht kaltlässt. Er nickt. »Viel Spaß.«

»Dir auch. Benutz ein Kondom.«

Darauf geht er nicht ein. »Dann sehe ich dich wohl das nächste Mal, wenn ich meine restlichen Sachen hole. Ich ruf dich an, wenn ich wieder in der Stadt bin. Wir können zusammen Mittag essen.«

»Keine Eile. Vielleicht solltest du eine Weile hierbleiben. Du hast ein bisschen zugenommen, du bist sogar ein bisschen braun. Dieser Ort scheint dir gutzutun.«

Noch einmal küsst sie ihn flüchtig auf die Lippen, steigt in den Wagen und fährt davon. Er steht da und schaut ihr hinterher. Von der Einfahrt aus sieht er die Autos der Nachbarn, die an den Straßenrändern parken. Das Haus gegenüber, in dem es an Halloween kandierte Äpfel gab. Den weißen Kirchturm, der sich vor dem Grau des Himmels abhebt, und den Rauch aus der Fabrik, der flussaufwärts treibt, zusammen mit den Regenwolken.

Dieser Ort scheint dir gutzutun.

Vielleicht ist er offener geworden, seit er hier ist. Trotz allem, was sie gesagt hat – Carrie durchschaut ihn. Oder die Wahrheit ist so offensichtlich, und nur er hat sie bisher nicht gesehen.

Als er wieder ins Haus geht, sucht er Allie, doch er kann sie weder im Esszimmer noch in der Küche finden. Mulder sitzt vor dem Buffet, den Blick auf die Platte mit Schinkenröllchen gerichtet, und wartet auf seine Chance. Lou schiebt sie vom Rand fort, mehr zur Mitte des Tisches. »Sei brav«, sagt er ohne große Zuversicht zu dem Hund und geht nach oben, um sich das Gesicht zu waschen.

Die Badezimmertür ist geschlossen. Er will gerade anklopfen, um festzustellen, ob besetzt ist, als sie sich öffnet und Allie vor ihm steht. »Oh«, sagt sie. »Ist … ist Carrie gegangen?«

»Ich wollte mich nur etwas frisch machen.«

»Gute Idee. Du hast da …« Sie wischt sich pantomimisch die Lippen ab, und er wischt sich seine mit dem Handrücken ab. Roter Lippenstift.

»Sie hinterlässt gern Spuren«, sagt Lou.

»Ich dachte … ihr seid getrennt.«

»Das sind wir auch.«

»Oh. Okay. Dann war das ein …«

»Ein Abschiedskuss«, sagt er.

Allie steht noch immer in der Tür. Er ist auch nicht aus dem Weg gegangen, um sie vorbeizulassen. Unten gehen die Gespräche weiter, und wahrscheinlich ist Mulder wieder auf dem Tisch, aber hier sind sie allein.

»Allie«, sagt er, und sie macht einen Schritt nach vorn, und es ist ganz natürlich, die Hand auf ihre Taille zu legen, sie an sich zu ziehen und sie zu küssen. Sie ist noch genauso, wie er sie in Erinnerung hat, der Mensch, den er vermisst hat, nur anders. Erwachsen, sie schmeckt nach Kaffee, ist warm und neu.

»Du hast mir so gefehlt«, flüstert sie. Dann weicht sie betreten zurück. »Es tut mir leid. Deine Mutter ist gerade gestorben.«

»Ich glaube, sie hätte nichts dagegen.« Wieder küsst er sie, diesmal länger.

Sie verschränkt ihre Finger mit den seinen und zieht ihn den Flur hinunter zu seinem Zimmer.

Als sie wieder nach unten kommen – Lou hat sich Shorts und sein löchriges Sufjan-Stevens-T-Shirt angezogen, Allies Haar ist offen –, sind alle Gäste gegangen, und Irving sitzt in der Küche und füttert Mulder mit Schinkenröllchen. Es fühlt sich an, als wäre eine Ewigkeit vergangen, doch als Lou den Kaffeespender betätigt, ist der Kaffee noch heiß.

»Oh, da seid ihr zwei ja«, sagt Irving, als ob sie noch auf der Highschool wären, und tut so, als würde er nicht bemerken, wie beide erröten.

Louis

Am Tag nach der Beerdigung seiner Mutter hört Lou nicht auf zu schreiben. Was immer ihn bislang blockiert hat, das Hindernis ist aus dem Weg geräumt. Er sitzt auf seinem schmalen Jugendbett, demselben Bett, das er sich damals als Teenager und gestern als Erwachsener mit Allie geteilt hat, und tippt Worte in seinen Laptop, die ihm so leicht zufliegen wie nie zuvor.

Er schreibt, wie er sich mit dreizehn in Allie verliebte und wie er sich dann erneut in sie verliebt hat. Darüber, dass er nie so glücklich war wie gestern, als er hier mit ihr in diesem Bett lag und sie miteinander flüsterten. Er schreibt über den Fluss, nicht den alten gefährlichen Eisstrom, über den er in *Licht im Winter* schrieb, sondern über den, der jetzt tatsächlich existiert. Der verschmutzt und wieder gereinigt und wieder verschmutzt wurde, dem Casablanca Leben und Wohlstand verdankt. Er schreibt über den Streik und wie sein Name und das Geld seiner Familie ihn bis zum Abend nach der Schulabschlussfeier beschützt hatten. Und er schreibt über den entscheidenden Abend. Was er getan und was er nicht getan hat. Was er wünschte, getan zu haben. Die Waffe in seinem Mund, die Waffe an Bennys Kopf.

Er schreibt über seine Schuld an Bennys Tod, die ihn seither jeden Tag begleitet. Wie sehr er Benny geliebt hat und wie sehr Benny sich selbst gehasst hat. Er schreibt darüber, dass er sich bis heute fragt, was gewesen wäre, wenn er in jener Nacht gestorben wäre. Oder was gewesen wäre, wenn er Casablanca nicht verlassen hätte und er die Wahrheit gesagt hätte. Vielleicht wäre der Streik fortgesetzt worden, vielleicht wäre alles noch schlimmer geworden. Familien hätten sich zerstritten, Geschäftsleitung gegen Arbeiter, die Fabrik wäre zusammen mit der Stadt zugrunde gegangen.

Vielleicht wäre auch nichts anders gekommen. Vielleicht hat Bennys Tod Casablanca nicht gerettet. Vielleicht waren es ganz unscheinbare Dinge, die die Wende herbeiführten. Vielleicht schlicht die Fähigkeit zum Kompromiss. Vom Arbeitskampf, von der Wirtschaft allgemein, versteht er nichts, aber er versteht, dass die Last der Schuld eine Stadt zusammengebracht und seine Eltern auseinandergetrieben hat. Denn das hat er selbst sein ganzes Erwachsenenleben lang gespürt.

Er schreibt über Allie, er fängt mit ihr an und hört mit ihr auf, weil sie es ist, die hierblieb und es übernahm, den Mythos um ihren Bruder am Leben zu erhalten. Lou konnte fliehen und brauchte nie mehr über die Vergangenheit zu sprechen, doch Allie musste jeden Tag ein bisschen lügen. Um ihrer Mutter über den Schicksalsschlag hinwegzuhelfen und um sie dann beim Sterben zu begleiten, verzichtete sie auf die Verwirklichung ihrer Träume. Sie kehrte in eine Stadt zurück, die in ihr immer nur die Zwillingsschwester des unter tragischen Umständen gestorbenen Jungen sah. Er schreibt über die Wut der Zwillinge – wie Benny seine Wut nutzte, um einzuschüchtern und zu zerstören, und wie Allie ihre Wut loswurde, indem sie zur Waffe griff, wobei niemandem Schaden zugefügt wurde, außer einer Konservendose. Er schreibt darüber, dass der wahre Held der Geschichte nicht Benny heißt, der sterben wollte, oder Lou, der hilflos versuchte, ihn aufzuhalten, sondern Allie, die Lou vor Anschuldigungen, vielleicht vor dem Gefängnis bewahrte. Allie, die den Rettungswagen für ihren toten Bruder rief, die ihre Mutter tröstete und ihrem Vater niemals Vorwürfe machte. Die durch ihr Schweigen Casablanca heilte, die ihre Träume begrub, hierblieb und sich jetzt um die Sterbenden kümmert. Allie, die Retterin der hoffnungslosen Fälle. Allie, die Lou geholfen hat, wieder zu sich selbst zu finden.

Er schreibt wie im Rausch, beschreibt unverarbeitete Gefühle und kleidet sie in eine Geschichte, nicht um sie zu verbergen, sondern um sie zu enthüllen. Das Zimmer verlässt er nur, um ins Bad zu gehen, einen Teller mit übrig gebliebenen Sandwiches zu vertilgen und einen Spaziergang mit Mulder zu machen.

Er geht durch den Wald hinter dem Haus seiner Eltern und lässt Mulder von der Leine, damit er herumschnüffeln und an den Felsen seine Markierungen hinterlassen kann. Zum ersten Mal geht er an den Ort, an dem sie früher zu dritt gespielt haben. Er ist nicht so groß und urwaldartig, wie er ihn in Erinnerung hat. Sogar im Sommer kann man zwischen den Bäumen noch leicht die Rückseiten der Häuser erkennen. Der Burgfelsen ist nur so hoch wie er. Neugierig geht er den Hügel hinunter und steht am Rand des Grundstücks, auf dem früher die Phelps wohnten. Es ist niemand da, doch das Haus ist blau angestrichen, und im Garten liegt Kinderspielzeug herum.

Als er sich nach Mulder umblickt, sieht er ihn nicht. Der

Hund ist es nicht gewohnt, frei herumzulaufen. »Mulder!«, ruft er und denkt, er könne nicht weit gelaufen sein. »Hierher!« Doch der Hund erscheint nicht. Lou geht zurück in den Wald, sieht in der Höhle nach und oben am Gesichtsfelsen.

»Mulder!«, ruft er noch einmal, und als noch immer kein Hund erscheint, schürzt er die Lippen und stößt einen schrillen, kräftigen Pfiff aus. Er ist überrascht, wie leicht es ihm fällt, wie laut es nach all dieser Zeit klingt. Der Pfiff hallt von den Rückseiten der Häuser wider.

Augenblicklich erscheint der Hund. Lou hebt ihn hoch und trägt ihn zum Haus zurück, damit er weiterschreiben kann.

Kurz vor Mitternacht ist er fertig. Er schließt den Laptop an den alten Tintenstrahldrucker seiner Mutter an und druckt die Seiten aus. Dann setzt er sich mit einem Glas Wein hin und liest sie durch. Sofort sieht er, dass es das Beste ist, was er je geschrieben hat. Viel besser als sein Roman, unendlich viel besser als die halbherzigen, bemühten Geschichten, die er seither zu schreiben versucht hat. Vielleicht täuscht er sich. Vielleicht liest er es noch einmal mit etwas Abstand, nachdem er eine Nacht geschlafen hat, und findet es nicht mehr so gut. Doch das glaubt er eigentlich nicht.

Er könnte es seinem Agenten schicken und versuchen, es im *New Yorker* oder einem Literaturmagazin unterzubringen. Noch während er darüber nachdenkt, weiß er, dass das falsch wäre. Die Leute, die diese Geschichte lesen sollten, leben hier in Casablanca. Wenn sie gedruckt wird, sollte sie im *Casablanca Herald* erscheinen, zwischen Fotos von Gemeindeveranstaltungen, Jubiläumsfeiern und Turnieren der Little League, zwischen Rezepten und Leserbriefen zum Thema Lehrer-Eltern-Ausschuss. In derselben Zeitung, die Lous erstes Gedicht veröffentlicht hat, als er elf war, und sieben Jahre später Bennys Todesanzeige druckte.

Doch das ist auch nicht richtig. Er hat die Geschichte nicht für Casablanca geschrieben.

Lou sucht sein Telefon und will Allie anrufen, doch dann merkt er, dass es schon nach Mitternacht ist, und so schreibt er ihr eine Nachricht und löscht sie wieder. Er schreibt eine neue – und löscht auch diese. Den ganzen Tag hat er so viel geschrieben wie nie zuvor, doch die Texte in den Nachrichten kommen ihm jetzt nur klischeehaft vor, klingen ihm zu sehr nach *dem Tag danach*. Zu spät wird ihm bewusst, dass er zwar den ganzen Tag an Allie gedacht hat, dass er über sie und seine Gefühle für sie geschrieben, sie aber nicht angerufen hat. Er ist ein Idiot.

»Mist«, murmelt er, und Mulder, der zu seinen Füßen geschlummert hat, sieht fragend zu ihm hoch.

Mit Carrie hat er es genauso gemacht. Er hat ihr geschrieben, anstatt mit ihr zu reden. Er hat sich mit seinen Gedanken eingeschlossen und es damit gerechtfertigt, dass er ein Werk erschaffen müsse. Und vielleicht gehört es ja zum Schriftstellerdasein, dass er seine Worte zu Papier bringt, anstatt sie den Menschen mitzuteilen, die sie hören sollten, doch das möchte er bei Allie nicht. So möchte er sein Leben nicht mehr führen.

Lou holt einen braunen Umschlag aus dem Schreibtisch seiner Mutter und steckt die Seiten hinein. Dann zieht er sich Schuhe an und fährt durch die mitternächtlichen Straßen, den Hügel hinauf und durch den Wald zu Allies Haus. Es ist dunkel und still, und er hält an der Straße vor ihrer Auffahrt, um sie nicht zu wecken. Sie könnte allerdings auch bei der Arbeit sein. Das weiß er nicht, weil er sich nicht bei ihr gemeldet hat, weil er ein Idiot ist. Vielleicht hat er die gerade zwischen ihnen wiedererwachte, zarte Flamme gelöscht, ehe sie überhaupt richtig zu brennen begonnen hat.

Er schaltet die Innenbeleuchtung des Wagens ein und schreibt auf den Umschlag:

Allie,
es tut mir leid, dass ich dich heute nicht angerufen habe. Dafür habe ich das hier geschrieben. Das ist für dich, und alles, was ich davor geschrieben habe, auch. Mach damit, was du willst. Ich ruf dich morgen zu einer anständigen Uhrzeit an.

Er will mit »in Liebe«, unterschreiben, doch obwohl aus den Seiten, die er geschrieben hat, seine Gefühle deutlich hervorgehen, ist diese Nachricht etwas anderes. Eher wie die Nachrichten, die er ihr zu schicken versucht hat, die alle so unbeholfen klangen. Darum setzt er stattdessen seine Initialen darunter und fügt nach kurzem Ringen noch ein Kuss-X hinzu.

Dann geht er zur Haustür und hält inne, als ihm einfällt, wie er das Bananenbrot auf der Veranda zurückgelassen hat. Sie hat es nie erwähnt. Vielleicht hat es doch ein Tier geholt. In Maine sind die Vordertüren Firmen, Vertretern und Gästen von auswärts vorbehalten. Es gibt Klingeln und Klopfer für Fremde, damit sie ihre Anwesenheit ankündigen können. Die Hintertür hingegen ist für das alltägliche Kommen und Gehen bestimmt, für die Familie. Darum schleicht Lou um das Haus herum – in der Dunkelheit vorsichtig einen Fuß vor den anderen setzend – und steckt den Umschlag zwischen Fliegentür und Haustür. Sie wird ihn finden, wenn sie morgens zur Arbeit geht oder wenn sie zurückkommt, um zu schlafen.

Louise

Vor der Beerdigung wurden sie jeden Tag von Post überschüttet, danach ließ die Flut deutlich nach. Dennoch denkt Lou, als – zusammen mit einem Katalog von LL Bean und einem Spendenaufruf des MIT – ein handschriftlich adressierter Umschlag eintrifft, dass es sich um eine späte Kondolenzkarte handelt. Er ist an sie adressiert.

Lou nimmt ihn mit in die Küche. Irving ist bei der Bank, Dana ist oben und sieht fern. Später wollen sie in den State-Park fahren und zum Baldpate hinaufwandern. Die Tage seit Peggys Beerdigung fühlten sich ähnlich an wie der Tag nach Weihnachten oder Thanksgiving, wenn alle wie gelähmt sind und nichts mit sich anzufangen wissen. Lou hat das Bedürfnis, die Familie, die ihr noch verblieben ist, nah um sich zu haben. Nachts sieht sie nach Dana. Was an Krankheit und Tod erinnert, wurde aus dem Esszimmer entfernt, und Irving schläft wieder oben. Auch an seiner Tür lauscht sie nachts. Manchmal hört sie ihn schnarchen. Manchmal weinen.

Es herrscht eine Leere im Haus, eine Leere, deren Zentrum das Esszimmer ist. Nachdem Lou Irving geholfen hat, das Zimmer mit Tisch, Tischdecke und Stühlen wieder normal einzurichten, meidet sie es. Doch nachdem ihre

Mutter gegangen ist, sieht Lou sie auch an anderen Orten: in der Küche an der Spüle, oben an der Treppe, beim Unkrautjäten im Garten. Es ist kein Geist – Lou glaubt nicht an Geister. Es ist eher wie eine Erinnerung, eine sichtbare Abwesenheit.

In diesen ruhigen Tagen hat Lou wieder zu schreiben begonnen. Sie setzt sich nicht hin, um etwas Bestimmtes zu schreiben. Sie schlägt einfach ihr Notizbuch auf und schreibt drauflos, wie sie es als Mädchen getan hat. Manchmal schreibt sie über den Fluss oder die Berge oder das Fantasie-Casablanca ihrer Kindheit. Manchmal schreibt sie über Dana. Manchmal über ihre Mutter. Darüber, dass sie nicht kochen konnte. Wie sie ihren Akzent gepflegt hat. Wie sie früher immer über die *Peanuts* in der Zeitung gelacht hat. Nichts Tiefschürfendes. Doch andererseits, wer sagt, welche Details die wichtigen sind, die, die alles verändern?

Sie probiert sich auch an Fiktivem und schreibt ein oder zwei Szenen über Gill Lafayette in dem winterlichen Holzfällerlager. Schnee, Holz, Stroh. Bohnen, gepökeltes Schweinefleisch, die lange Schlafkoje an der Seite der Hütte, die sich alle Holzfäller teilten. Sie beschreibt eine dunkle Winternacht, in der Gill in Kniebundhosen und Hemd einem Mann namens Pierre zuhört, der Geige spielt. Und plötzlich weiß sie, wie sie die Geschichte über eine Frau erzählen will, die als Mädchen geboren wurde und als Mann umgeben von Männern lebte. Weiß, was passieren soll, sieht den Konflikt, die Auflösung.

Es ist eine Liebesgeschichte. Es geht um Licht im Winter.

Und als ihr das klar wird, tauchen Dutzend Szenen in ihrem Kopf auf, und ihr Stift kommt kaum hinterher. Die Worte fließen, ihre Gedanken fliegen. Die Geschichte ist wahr, und Lou sieht die Wahrheit schärfer als je zuvor, schärfer als in dem Moment, in dem sie sie erlebt hat. Sie blinzelt, blättert die nächste Seite um und merkt, dass Stunden vergangen sind.

Jetzt schenkt sie sich einen Becher Kaffee ein, und während sie über die Verpflegung für die Wanderung nachdenkt, reißt sie den Umschlag auf. Darin befinden sich ein weiterer Umschlag sowie ein gefaltetes Blatt Papier. Auf dem Umschlag steht ein einziges Wort: *Dana*. Sie legt ihn zur Seite und faltet das Blatt auseinander. Blauer Kugelschreiber auf liniertem Papier, die Handschrift ist ein bisschen zittrig.

Liebe Lou,
dies ist eine Dankeskarte für Dana, weil sie mir das Leben gerettet hat. Ich weiß nicht, ob du möchtest, dass sie sie bekommt. So kannst du entscheiden, ob du sie ihr gibst. Sie ist ein gutes Mädchen. Du musst sehr stolz auf sie sein.

Ich gebe das Training auf, du kannst sie also wieder mitspielen lassen, wenn sie das möchte. Joan McDonald, die die Highschool-Mannschaft trainiert, wird es übernehmen.

Ich bin nicht sehr gut im Schreiben, aber ich möchte dir sagen, dass es mir leidtut. Vermutlich habe ich für einiges, was ich getan habe, bezahlt, aber wohl nicht für genug.

Benny

P.S. Mein Beileid auch wegen deiner Mom

Ihr Herz hämmert, die Hände sind schweißnass. Der Kaffee, den sie bereits getrunken hat, steigt ihr sauer die Kehle hoch.

Es tut ihm *leid?* Er denkt, er kann ihr eine Nachricht schreiben, sie mit der Post schicken, und dann ist wieder alles gut?

Sie knüllt den Zettel zusammen. Dann überlegt sie es sich anders und zerreißt ihn stattdessen in winzig kleine Stücke, sodass keins der Worte ganz bleibt. Anschließend zerreißt sie die Karte mit dem Umschlag, der an Dana adressiert ist, ohne ihn zu öffnen. Das ist schwieriger, weil die Karte ziemlich dick ist, aber das hält sie nicht ab. Sie bemerkt den Rand von etwas Blauem auf der Karte, sieht jedoch nicht nach, was es ist – eine Blume, ein Bär, ein Hase oder was auch immer. Sie fegt alle Schnipsel in ihre Hand und wirft sie in den Mülleimer. Dann holt sie den Müllbeutel heraus und bringt ihn in die Tonne in der Garage.

Vermutlich habe ich für einiges, was ich getan habe, bezahlt.

Wie? Indem er Erfolg hatte, reich geworden ist und Geld für ein Krankenhaus gespendet hat, als wäre er der Retter der Krebspatienten und der Wirtschaft dieser Stadt? Weil er einen Baseball an den Kopf bekommen hat und jetzt epileptische Anfälle hat? Wie soll sie das für ihre Albträume entschädigen, für die Scham, für das Geheimnis, das sie vor ihrer eigenen Tochter bewahren muss? Dafür, dass sie ihre beste Freundin dreizehn Jahre lang verloren hatte? Für all die Zeit, die ihr und ihrer Mutter gestohlen wurde, die sie nie mehr zurückbekommt?

Weniger als einen Tag hatte sie mit ihrer Mutter, nachdem sie ihr vergeben hat. Noch nicht einmal einen ganzen Tag, nur einen Nachmittag in der Sonne, dann war Peggy tot.

Lou hat nicht viel über den Tod ihrer Mutter geweint. Doch jetzt, hier in der Garage, mit dem Deckel der Mülltonne in der Hand, schluchzt sie und kann nicht mehr aufhören. Lous Klagelaute hallen von den Wänden wider. Da sie niemand sehen kann, weint sie, bis ihre Beine zittrig werden und das Herz schmerzt. Sie wischt sich mit dem

Saum ihres Lieblings-T-Shirts die Nase und weint weiter. Um die Jahre, die sie verloren hat, und um ihre Mutter.

Sie merkt kaum, dass das Garagentor aufgeht, doch durch ihren Tränenschleier sieht sie, dass der Wagen ihres Vaters hereinfährt. Als sie versucht, ihr Schluchzen zu unterdrücken, hält der Wagen, der Motor tickt. Irving steigt aus, und das Auto piept freundlich, um ihn daran zu erinnern, dass er den Schlüssel im Zündschloss stecken gelassen hat.

Irving geht zu Lou und schließt sie in die Arme. Sie lässt den Kopf sinken und presst das nasse Gesicht an seine Schulter. Wie als Kind, wenn sie sich die Knie aufgeschlagen, wenn sie schlecht geträumt hat. Wie gern hätte sie das getan, nachdem Benny sie vergewaltigt hatte: sich an die Brust ihres Vaters geschmiegt und geweint. Doch stattdessen ist sie gegangen.

»Schh, Lou-Lou«, murmelt er, wie früher. »Schhh, ist ja gut. Alles wird gut.«

»Hast du mit ihm darüber gesprochen?«, fragt Lou.

Lou telefoniert mit Allie. Es ist nach der Wanderung zum Baldpate, bei der Dana den steilen, steinigen Weg vorangegangen ist und oben angekommen »Wahnsinn!« gerufen hat. Dort teilen sich die Bäume, und man kann meilenweit über die grünen und blauen Berge bis nach New Hampshire sehen. Ganz oben, auf dem nackten Felsen, hat sich Lou neben Dana gesetzt und einen Adler beobachtet, der unter ihnen gemächlich auf den Luftströmen dahinglitt. Von dort oben kann man keine einzige Straße und kein einziges Haus sehen, nur die runden Berge, die die Gletscher vor Tausenden von Jahren geformt haben. Als Lou in ihrer Kindheit hier gewandert ist, waren jede Menge Schneisen zu sehen, wo Wälder für Papier gerodet worden waren. Doch seit die Papierfabrik geschlossen ist, sind an jenen Stellen kleine, helle Bäume nachgewachsen.

Nach der Wanderung ist Lou ruhiger. Die Berge, die Weite, ihre Tochter und ihr Vater, sie haben ihre Angst und ihre Wut etwas gelindert, doch fort sind sie nicht.

Mit dem Rücken an der Wand sitzt Lou auf dem Teppich im Wohnzimmer. Es ist derselbe Platz, an dem sie schon als Teenager immer mit Allie telefoniert hat, weil das Spiralkabel von der Küche, in der das Telefon an der Wand befestigt war, bis hierher reichte. Obwohl sie jetzt das Handy benutzt, sitzt sie aus Gewohnheit dennoch am selben Platz.

»Ich habe mit ihm darüber gesprochen«, sagt Allie am anderen Ende der Leitung. »Er ist mein Bruder, Lou. Mein Zwilling. Als ich ihn an unserem Geburtstag gesehen habe, habe ich mich mit ihm ausgesprochen.«

»Das hat euch sicher den Appetit auf den Kuchen verdorben.«

»Bist du sauer auf mich, weil ich mit ihm geredet habe?«, fragt Allie.

»Ich nehme es dir nicht übel, ich dachte nur …« Was hat sie gedacht? Dass Allie, weil sie ihr geglaubt hat, Benny nicht nach seiner Sicht der Dinge fragen würde? »Was hat er gesagt?«

»Nicht viel. Er hat es nicht geleugnet, wenn du das wissen willst. Aber ich wollte von ihm auch keine Details hören.«

»Hat er …?« Sie bringt den Satz nicht zu Ende, weil sie weiß, dass Allie auch so versteht.

»Ich glaube, er ahnt nicht, dass Dana seine Tochter ist. Er hat sie erwähnt, und ich habe gesagt, dass ihr Vater keine Rolle spielt.«

Lou stößt die Luft aus. »Okay. Danke.«

»Ich kann ihn nicht anlügen, aber ich glaube nicht, dass er mich fragen wird. Er spricht nicht gern über die Vergangenheit.«

»Er hat mir einen Brief geschickt. Um sich zu entschuldigen.«

Allie antwortet nicht gleich, doch Lou kann spüren, wie sie grübelt. Sie sieht Allies Gesicht vor sich, während sie darüber nachdenkt, ob sie etwas Freundliches oder die Wahrheit sagen soll. Dafür liebt sie Allie.

»Wie geht es dir damit?«, fragt Allie schließlich.

»Bist du dir sicher, dass du Onkologin bist? Du klingst wie ein Psychiater.«

»Hör auf. Wie geht es dir?«

»Ich war ziemlich wütend. Als ob ein Brief irgendetwas wiedergutmachen könnte. Eine paar mit Kugelschreiber geschriebene Zeilen.«

»Mir hat er noch nie einen Brief geschrieben.«

»Soll ich es deshalb besser finden?«

»Nein. Es soll nur heißen, dass er … es vermutlich ernst meint.«

»Es ist mir egal, ob er es ernst meint! Warum sollte es mich interessieren, ob es ihm leidtut? Das ist nicht mein Problem.«

»Ich bin auch wütend auf ihn«, sagt Allie ruhig. »All die Jahre dachte ich, ich könnte ihm vertrauen, doch das stimmte nicht. Er ist allerdings nicht mehr derselbe wie damals, als wir Kinder waren, Lou. Mit seiner Behinderung hat er es nicht leicht. Das Einzige, worin er jemals gut war, ist ihm genommen worden. Manchmal lachen die Kinder ihn aus. Sie haben schreckliche Namen für ihn. Ihm gehören diese ganzen Autos, aber er darf sie nicht fahren. Sein Leben ist ziemlich eingeschränkt.«

»*Armer* Benny.«

»Das habe ich nicht gesagt. Ich erwarte nicht, dass du ihm vergibst.«

»Gut.«

»Ich sage nur … bitte hasse mich nicht, wenn ich Verständnis für ihn habe.«

Lou weiß nicht, was sie dazu sagen soll.

»Ich bin auf deiner Seite«, fährt Allie fort, »aber er ist mein Bruder. Mein *Zwillingsbruder.* Ich liebe ihn. Er ist die einzige Familie, die ich noch habe.«

»Bis auf mich.«

»Ja. Aber ganz ehrlich, du gehst zurück nach Brooklyn.«

»Allie, ich kann nicht hierbleiben. Ich habe einen Job, Danas Leben ist dort. Und wie kann ich an einem Ort bleiben, an dem ich ihm jederzeit begegnen könnte? Es gibt zu viel zu sagen. Ich glaube, ich würde explodieren.«

»Du könntest ihm diese Dinge jetzt sagen.«

»Ich glaube nicht, dass ich das kann.«

»Vielleicht kannst du es ihm schreiben.«

»Vielleicht.«

»Du musst nicht darüber nachdenken, wie du mit ihm leben kannst«, sagt Allie. »Ich schon.«

Leise sagt Lou: »Wäre es dir lieber, ich hätte es dir nicht erzählt?«

»Es wäre egoistisch, Ja zu sagen.«

»Aber es wäre dir lieber.«

»Bevor du es mir erzählt hast, war mein Leben einfacher. Es ist schwerer, mit dem Wissen zu leben, was passiert ist. Aber ich würde mich niemals dafür entscheiden, es nicht wissen zu wollen.«

So ist Allie immer gewesen. Sie wollte immer alles wissen, alles begreifen. Sie war diejenige, die die Fakten kennen wollte, während Lou sie sich lieber ausdachte. Doch in diesem Fall geht es um mehr. Allie hat sich bewusst dafür entschieden, etwas wissen zu wollen, das sie verletzt. Und sie tut es für sie, Lou.

»Danke«, sagt Lou und schluckt heftig.

»Du musst dich nicht bei mir bedanken. So ist es nun mal, Lou.«

Lou zögert. »Es tut mir leid, dass du nicht weißt, was du tun sollst. Und ich bin nicht wütend auf dich, weil du deinen Bruder liebst. Meine Wut richtet sich ganz klar nur gegen ihn. Nicht gegen dich.«

»Meine auch. Bis auf …«

»Bis auf was?« Sie erinnert sich an Allies Wutausbruch auf dem Parkplatz des Supermarktes. Eine wütende Allie ist ziemlich beängstigend.

»Wenn du weg bist«, sagt Allie, »mit wem soll ich dann alte Filme schauen? Das wurmt mich ziemlich.«

Lou lacht. »Ich liebe dich«, sagt sie, und aus irgendeinem Grund bricht bei dem letzten Wort ihre Stimme. Eine Sekunde später begreift sie, warum. Weil sie Allie liebt. Allie ist der Teil, der ihr fehlt. Das ist sie immer schon gewesen. Auch das gehört zu ihrer Geschichte: Es ist eine Liebesgeschichte. Das hat Lou erst jetzt verstanden.

Wie früher, als sie Teenager war und ihr erstes Auto hatte – eine Klapperkiste, der viele weitere Klapperkisten folgen sollten –, fährt sie mit ihrem – ebenfalls klapprigen – Subaru durch die Gegend. Damals schien es, als könnte man hier nichts anderes tun, als herumzufahren. Die Jungs fuhren die Main Street auf und ab und parkten ihre Autos am Wasserfall, drehten das Radio auf und tranken Bier aus Papiertüten. Das tat Lou nicht. Lou fuhr quer durch den

Staat. Manchmal mit Allie, dann hörten sie laut Musik und sangen mit, manchmal allein. Die Route 27 nach Lisbon runter, um eine Dose Moxie zu kaufen, die sie auch im Food Trend, eine halbe Meile von zu Hause entfernt, bekommen hätte. Die Route 5 hoch nach Height of Land, wo sie sich auf den Kotflügel ihres Wagens setzte und die Landschaft betrachtete. Die Seen unter ihr schimmerten wie Edelsteine zwischen den Bäumen. Mit einem Auto war sie frei, der Staat gehörte ihr. Solange sie zum Abendessen zurück war, konnte sie überallhin fahren.

Heute denkt sie nicht an ein Ziel. Sie verlässt Casablanca, fährt am Ortsschild vorbei, immer weiter, und biegt ab, wo sie Lust hat. Früher kannte sie all diese Straßen. Vielleicht hat sie sie inzwischen vergessen, vielleicht verfährt sie sich in den Wäldern oder fremden Ortschaften, doch wenn das geschieht, findet sie doch früher oder später den Weg nach Hause. Als sie jünger war, dachte sie, alle Straßen würden von Casablanca wegführen, doch jetzt, wo sie älter ist, weiß sie, dass alle Straßen am Ende zurückführen.

Fahren ist eine Art nachzudenken. Die Bewegung befreit ihren Geist, vielleicht trägt auch die Weite dazu bei. In Maine gibt es jede Menge Wälder, einsame Landstraßen, Orte mit nur wenigen Häusern. In Brooklyn gibt es immer etwas zu sehen, und es ist leicht, sich ablenken zu lassen. Vielleicht hat sie sich genau deshalb entschieden, dort zu leben. Sie stellt das Radio an: Musik, die sie schon so oft gehört hat, dass sie nicht auf sie achtet, auch wenn sie mitsingt. Sie fährt und lässt die Gedanken schweifen. Dass sie nach vierzig Minuten zielloser Fahrerei, als die Sonne tief am Himmel steht, auf die Straße zum Morocco Pond abbiegt, ist keine große Überraschung.

Sie liebt Allie, also muss sie herausfinden, wie sie damit leben kann. Was bedeutet, sie muss herausfinden, wie sie mit Benny leben kann.

Doch darüber hinaus ist es einfach an der Zeit. Dreizehn Jahre lang ist sie vor dem, was in jener Nacht passiert ist, davongelaufen, und solange sie weiter davonläuft, lässt sie dieses eine Ereignis über sich bestimmen.

Sie hat sich schon oft gefragt, wer sie wäre, wenn sie an jenem Abend nicht in den Keller gegangen wäre. Wenn einfach Benny seinen Rausch ausgeschlafen hätte. Vielleicht wäre sie wie geplant aufs College gegangen und hätte einen Abschluss in Kreativem Schreiben gemacht. Vielleicht wäre sie nie Lehrerin geworden, vielleicht hätte sie jetzt ihren Roman beendet, ihn sogar veröffentlicht. Sie wäre mit Allie befreundet geblieben. Womöglich hätte sie schon vor langer Zeit begriffen, was sie für Allie empfindet. Vielleicht hätte sie etwas gesagt. Vielleicht hätte sie auch gefürchtet, ihre Freundschaft zu zerstören, und geschwiegen.

Wenn ihr Geheimnis nicht existierte und sie nicht solche Angst hätte, jemandem zu vertrauen, wäre sie vielleicht inzwischen verheiratet oder hätte zumindest eine dauerhafte Beziehung. Vielleicht hätte sie ein anderes Kind als Dana. Sie könnte ein ganz anderer Mensch sein.

Es gibt nur einen Weg, um sich Klarheit zu verschaffen. Um herauszufinden, wer sie ist oder wer sie sein sollte: Sie muss umdrehen und sich dem stellen, was passiert ist.

Also fährt sie am öffentlichen Strand vorbei in die Privatstraße. Sie rechnet damit, dass das Tor verschlossen ist – dass sie klingeln muss, damit er sie hereinlässt. Dass sie ihren Namen an der Gegensprechanlage nennen muss und er sie womöglich abweist. Doch als sie das Ende der Straße erreicht, steht das Tor offen. Obwohl Allie ihr erzählt hat, dass Benny keins seiner Autos fahren darf, parkt sie vorsorglich am Rand der Einfahrt. Am Eingang zum Anwesen holt sie tief Luft, dann tritt sie ein.

Die Garage ist verschlossen, das Auto nicht zu sehen. Diesmal ist alles ruhig – keine Sanitäter und keine Dana mit blutverschmierten Händen. Der Ort wirkt heute so anders. Der Rasen ist sorgfältig gepflegt und von Büschen und Blumen gesäumt. Hinter dem großen Blockhaus geht über dem See die Sonne unter. Das Licht flimmert in intensiven Rosétönen auf dem Wasser.

Lou geht zur Tür und hebt die Hand, um zu klopfen, doch dann verlässt sie der Mut. Was, wenn Benny sie tatsächlich hineinbittet? Seit jenem Abend ist sie nicht mehr mit ihm allein gewesen.

Sie besinnt sich anders und geht um das Haus herum. Wenn sie hier wohnen würde, würde sie auf der Veranda mit Blick auf den See sitzen und den Sonnenuntergang betrachten. Vielleicht tut er das auch.

Kaum ist sie um die Hausecke gebogen, sieht sie ihn. Die Veranda ist rundum von einem Fliegengitter umgeben, aber man kann leicht hindurchsehen. Benny sitzt in einem Korbstuhl und blickt hinaus auf den See. Sie kann sein Profil erkennen: das kurze drahtige Haar, die leicht gebogene Nase, die auch Allie hat, die kräftigen Schultern. Und dann sieht sie auch seine rechte Hand – und die Waffe, die er jetzt langsam an die Schläfe führt.

Vor dreizehn Jahren hat er die Waffe auf sie gerichtet, dann auf seinen eigenen Kopf. »Peng. Alles vorbei.«

»Benny!«, schreit sie, obwohl sie gleich darauf denkt: *Stattdessen wird er mich erschießen.*

Doch er richtet die Waffe nicht auf sie und lässt sie auch nicht sinken. Er blickt bloß zu ihr herüber.

»Oh«, sagt er. »Du bist es.«

»Was tust du da?«

»Wunderschöner Sonnenuntergang, nicht? Abendrot – Schönwetterbot'. Morgen wird ein schöner Tag.«

»Benny«, sagt sie noch einmal. »Was machst du da mit der Waffe?«

Ihr Herz schlägt heftig, und eine innere Stimme ruft ihr zu, wegzurennen, sich vor diesem Menschen in Sicherheit zu bringen, einem Menschen, der ihr schon einmal wehgetan hat. Doch sie zwingt sich weiterzugehen. Sie geht langsam zur Verandatreppe, lässt ihn nicht aus den Augen

»Ich hätte mich schon vor langer Zeit erschießen sollen«, sagt er. »Das hätte allen eine Menge Ärger erspart.«

»Ich finde, du solltest die Waffe weglegen.«

»Ich wollte mich umbringen. Stattdessen habe ich dich verletzt. Ich wurde von einem Baseball getroffen. Das hat meine Karriere ruiniert. Jetzt habe ich Anfälle. Kann nicht mehr Auto fahren. Kann nicht mehr Baseball spielen, und das war das Einzige, worin ich gut war.«

»Benny, hör auf, okay?«

»Genau hier. Da bin ich getroffen worden.« Er deutet mit der Waffe auf seine Schläfe. »Ein Line Drive. Schädelbruch. Ich habe es gehört. Manchmal höre ich es noch immer. Dieses grässliche Knacken.«

»Ich rufe die Polizei«, sagt sie und langt nach ihrem Telefon.

»Vergiss es. Eine Kugel ist schneller als jeder Polizeiwagen. Die nennen mich jetzt ›Hosenpisser‹. Hat Dana dir das erzählt?«

»Ja.«

»Warum bist du hier?«

»Ich … ich wollte mit dir abrechnen.«

»Na los.«

»Irgendwie ist das jetzt das Letzte, wonach mir ist.«

Sie blickt sich um, ob irgendjemand anders in der Nähe ist. Der Zaun um das Haus reicht bis zum Wasser. Das Nachbarhaus ist nicht zu sehen. Auf dem Wasser sind keine Boote, keine Kanus oder Schwimmer, die sie heranwinken könnte.

»Allie hat mich auch schon zusammengestaucht«, sagt Benny. »Nicht, dass sie richtig laut dabei wird, aber du weißt, wie sie ist, wenn sie enttäuscht ist. Das ist das Einzige, was sie von unserem Dad hat. Die Macht, einen mit einem Blick zu töten. Ich hingegen habe den ganzen Rest von meinem Dad geerbt. Den Jähzorn, das Trinken und das Talent, alles kaputt zu machen.«

»Machst du das hier den ganzen Tag lang?«, fragt Lou und versucht, sich seinem Tonfall anzupassen, in der Hoffnung, dass Provokation vielleicht mehr bewirkt als das gute alte Flehen. »Sitzt hier und bemitleidest dich selbst? Denn es gibt andere Leute, die du bemitleiden kannst.«

»Ja«, sagt Benny. »Dich zum Beispiel.« Er lässt die Waffe ein wenig sinken, greift mit der Linken neben sich auf den Boden. Lou weicht unwillkürlich zurück, dann merkt sie, dass es eine Flasche ist. Jack Daniels, der eckigen Form nach zu urteilen. Er legt die Waffe auf den Schoß und nimmt einen Schluck. »Willst du auch einen Schluck?«

»Nein.«

»Wäre aber besser.«

»Versprichst du mir, niemanden zu erschießen, wenn ich einen Schluck trinke?«

»Vielleicht.«

Vorsichtig, in der Überzeugung, dass sie einen Fehler begeht, steigt sie die zwei Stufen der Teppe hinauf und zieht die Fliegengittertür auf. Die Bohlen knarren, als sie auf die Veranda zu Benny tritt. Sobald sie ihm näher kommt, riecht sie den Alkohol.

»Du bist betrunken«, stellt sie fest.

»Ja. Hier.« Er reicht ihr die Flasche. »Setz dich, fühl dich wie zu Hause.«

»Ich glaube, ich stehe lieber.« Sie führt die Flasche an den Mund, benetzt jedoch nur die Lippen mit Jack Daniels, dann reicht sie Benny die Flasche zurück.

Er nimmt noch einen Schluck und stellt sie ab. Dass die Waffe noch immer auf seinem Schoß liegt, macht Lou Mut, obwohl sie, soweit sie das beurteilen kann, geladen und schussbereit ist. »Trinkst du viel?«, fragt sie.

»Manchmal. Ich soll eigentlich gar nichts trinken. Der Kopf.« Er hebt die Waffe, tippt damit an den Kopf – Lou atmet geräuschvoll ein. »Verträgt sich nicht mit den Medikamenten. Aber von den Medikamenten fühle ich mich betrunken, ohne die angenehmen Seiten des Trinkens. Wenn ich trinke, ist es Mist, wenn ich nicht trinke, ist es Mist … Hast du meinen Brief bekommen?«

»Ja.«

»Bist du deshalb hier?«

»Weil ich finde, dass es die lahmste Entschuldigung in der Geschichte der Entschuldigungen ist? Ja.«

Er stößt einen Seufzer aus. Allmählich kehrt Lous Wut zurück.

»Erwartest du etwa, dass ich *Mitleid* mit dir habe?«, fragt sie. »Nach dem, was du mir angetan hast?«

»Ich habe anschließend nicht einmal an dich gedacht«, sagt er. »Ich glaube, ich habe mich bemüht, es nicht zu tun. Wenn ich an dich gedacht habe, habe ich mir eingeredet, dass du es wahrscheinlich wolltest. Oder dass du es verdient hast.«

»Du hast mich vergewaltigt«, sagt sie, und in dem Moment, in dem sie es ausspricht, hat sie keine Angst mehr. Er hat noch immer die Waffe, aber sie hat ihm ins Gesicht gesagt, was er getan hat. Und das gibt ihr mehr Kraft, als sie seit langer Zeit hatte. »Ich wollte das nicht, und ich hatte es nicht verdient.«

»Ich wollte dir einen Dämpfer verpassen«, sagt er. »Ich wollte, dass du dich so fühlst, wie ich mich gefühlt habe. Dass du dich so sehr hasst, wie ich mich hasste. Nur so kann ich es mir jetzt erklären. Ich habe mich gehasst und habe jeden, der mir etwas bedeutete, dazu gebracht, mich ebenfalls zu hassen.«

»Und du meinst, es hilft, wenn du dir das Gehirn wegbläst und auf der Veranda verteilst?«

»Ich will dem ein Ende machen! Sieh dich an, du hast es geschafft, hier wegzukommen. Du hast ein Kind, du hast Arbeit. Ich bin zweiunddreißig Jahre alt. Ich habe keine Frau, keine Kinder, ich werde nie mehr Baseball spielen. Für den Rest meines Lebens muss ich Medikamente nehmen. Ich bin zu nichts nutze. Zu absolut nichts. Jeden Abend sitze ich hier allein und trinke. Das ist kein Leben. Ich habe es satt. Scheiß drauf. Es ist vorbei!«

Wieder hebt er die Waffe, und als er sie gegen die Schläfe presst, den Finger am Auslöser, möchte ein Teil von ihr rufen: *Es ist nicht mein Job, dafür zu sorgen, dass es dir besser geht. Dass du lebst. Dich daran zu hindern, das hier zu tun!*

Doch aus einem Instinkt heraus schreit sie: »Nein!«, und stürzt sich auf ihn. Sie packt ihn am Handgelenk, reißt die Hand mit der Waffe zurück und wirft dabei die Jack-Daniels-Flasche um. Dann geht die Waffe los, zuckt wie ein lebendiges Wesen und fällt auf den Boden zwischen ihnen. Sie lässt Bennys Handgelenk los und taumelt. Es klingelt in ihren Ohren, und sie fragt sich, ob jemand getroffen wurde.

Sie sieht zu Benny. Er sitzt noch, starrt sie an, als könne er nicht begreifen, was passiert ist.

»Herrgott, Benny!«, schreit sie. »Du wolltest es wirklich tun!«

Im selben Moment langt er nach unten, doch Lou ist schneller. Sie stürzt vor, hebt die Waffe auf. Sie ist in einer Pfütze aus Jack Daniels gelandet, und die Flüssigkeit läuft ihr über die Hand. Lou sieht hoch. Im Verandadach ist ein Loch.

»Erschieß du mich«, sagt er. »Mach du es. Los. Ich möchte es.«

»Wenn du wirklich glaubst, dass ich mich besser fühle, wenn ich dich umbringe, bist du ein noch größeres Arschloch, als ich dachte.« Sie hat keine Ahnung, was sie mit der Waffe tun soll, also hält sie sie einfach fest und richtet sie auf den Boden. »Du brauchst Hilfe, Benny. Richtige Hilfe. Die kann ich dir nicht geben. Ich nehme das hier …«, sie wackelt mit der Waffe, »… und rufe Allie an. Sie soll herkommen, damit du keine Dummheiten mehr machst.«

»Du … willst nicht, dass ich tot bin?«

Seine Stimme ist nur ein schwaches Flüstern. Und diesem Menschen hat sie erlaubt, dass er ihr Leben bestimmt, dass sie sich schämt.

»Ich vergebe dir nicht«, erklärt sie ihm. »Aber ich will auch nicht, dass du tot bist. Früher habe ich dich geliebt, und deine Schwester liebt dich noch immer.«

Benny scheint in seinem Sessel zu schrumpfen. Und im roten Schein der untergehenden Sonne sieht sie, dass er weint.

Vor der Veranda wartet sie auf Allie, die völlig aufgelöst ist. Zu ihrer eigenen Überraschung ist Lou in diesem Moment ganz ruhig. Sie hält noch die Waffe in der Hand, mit der Benny versucht hat, sich umzubringen. Sie schließt sie in ihrem Wagen ein, dann wendet sie sich Allie zu und nimmt sie in den Arm. »Gut, dass du da bist. Er wird sich wieder fangen«, sagt sie mit sanfter Stimme, obwohl sie sich da nicht so sicher ist.

»Ich weiß nicht, was ich noch machen soll«, flüstert Allie.

»Mach dir keine Sorgen«, sagt Lou. »Ich werde für dich da sein. Ich bin immer für dich da.«

Erst, als Lou ins Auto steigt und nach Hause fährt, die Waffe auf dem Beifahrersitz neben sich, merkt sie, dass ihre Arme zittern und ihre Zähne klappern. Sie muss einen Moment am Straßenrand halten und tief durchatmen, um sich zu fassen.

Auf dem Heimweg hält sie am Wasserfall. Inzwischen ist es dunkel, und der Ort ist verlassen. Sie steht bei dem Großen Wasserfelsen, auf dem sie Allie erzählt hat, was Benny getan hat, dem Ort, der früher ihre Welt begrenzte. Dann schleudert sie mit großem Schwung die Waffe in den Wasserfall. Dieses Ding, dieses Symbol der Macht und der Gewalt, das vom Vater an den Sohn weitergegeben wurde, soll vom Wasser ein für alle Mal unschädlich gemacht werden, die Welt soll es vergessen.

Dann fährt sie nach Hause, wo Dana auf dem Sofa liegt und ein Buch liest. Ohne eine Wort setzt sie sich neben sie, neben dieses Mädchen, das sie liebt. Dieses Mädchen, das in jener Nacht entstanden ist, in der so viele Dinge geschehen sind, und Lou weiß, dass die Vergewaltigung durch

Benny sie nicht geprägt hat. Sie nicht zu dem Menschen gemacht hat, der sie heute ist. Ihr Tochter hat sie geprägt, ihre Tochter, die ihr den Schmerz und die Angst genommen und in ein Wunder verwandelt hat.

Lou streckt die Hand aus und streicht Dana übers Haar, und Dana blickt von ihrem Buch auf und sagt: »Was ist?«

»Nichts«, erwidert Lou. »Ich habe nur gedacht, dass ich nichts anders machen würde.«

Louis

»Komm zum Friedhof«, hat sie gesagt, als sie ihn einige Tage später angerufen hat, mehr nicht. Sie hat nichts dazu gesagt, dass er sie nicht angerufen hat, nichts zu dem, was er geschrieben hat, oder zu der Tatsache, dass er in der Dunkelheit um ihr Haus herumgeschlichen ist, um den Umschlag dort zu deponieren.

Also fährt er zum Friedhof.

Heute Morgen hat er Peggys Papiere und ihren Computer durchgesehen. Als er ihr E-Mail-Programm öffnete, war das Postfach voll mit Nachrichten von seinem Vater. Er hat sie nicht gelesen, doch die Daten und die Betreffzeilen waren beredt genug: In den letzten sechs Jahren haben sich seine Eltern mindestens einmal im Monat gemailt, manchmal mehrmals pro Woche. Vermeintlich ging es um das Haus, das Auto und die Bankkonten, doch zwischen den Zeilen steht vermutlich einiges Unausgesprochenes.

Er hat mit seinem Vater darüber gesprochen, was mit dem Haus passieren soll. Es gehört Lou. Er kann es verkaufen, vermieten oder darin wohnen. »Möchtest du gern bleiben?«, hat er Irving gefragt, und Irving hat den Kopf geschüttelt und gesagt: »Nein, ich gehe lieber irgendwohin, wo nicht so viele Erinnerungen sind.« Und Lou wird klar, dass er selbst das Gegenteil möchte. Nach all den Jahren in Manhattan, wo er nicht die Namen seiner Nachbarn kennt, möchte er an einem Ort mit Erinnerungen sein, einem Ort, an dem die Leute sich auch an ihn erinnern.

Der Friedhof ist voll von bekannten Namen. Überwiegend von französischen und irischen, aber auch von englischen, schottischen, italienischen und polnischen – den Namen der Menschen, die vor all den Jahren nach Casablanca kamen, um in der Fabrik zu arbeiten, und die blieben, damit ihre Kinder, Enkel und Urenkel dasselbe tun konnten.

Die Alders haben ihr eigenes Familiengrab mit einem großen Granitblock, auf dem *Alder* geschrieben steht. Peggy hat frühzeitig dafür gesorgt, dass sie dort begraben wird. Angesichts der Tatsache, dass sie und Irving getrennt waren und dass Peggy sich nie sonderlich gut mit dieser Seite der Familie verstanden hat, fand Lou das etwas befremdlich, doch als Lou sie darauf ansprach, sagte Peggy nur: »Du bist ein Alder«, und das erklärte alles. Sie rechnete damit, dass auch Lou eines Tages dort beerdigt werden würde. Abgesehen von den Erinnerungen, die man auf der Erde zurücklässt, glaubt Lou nicht an ein Leben nach dem Tod, aber der Gedanke, dass all diese Generationen zusammen in derselben Erde liegen, empfindet er als seltsam tröstlich.

Peggys Grab ist mit Erde gefüllt und mit Torf bedeckt. Ihr eigener Grabstein steht noch nicht. Lou hat ein bisschen Sand vom Strand am Morocco Pond mitgenommen und verteilt ihn auf dem Grab. Dann richtet er sich auf, steckt die leere Tüte in die Tasche und geht auf die andere Seite des Friedhofs, wo Allie wartet – in einem blauen Kleid und mit Sonnenbrille.

Noch nie zuvor ist er an Bennys Grab gewesen, doch es überrascht ihn nicht, dass dort ein großer Granitblock steht, fast so groß wie der Stein der Familie Alder. BENEDICT KENNETH PHELPS steht darauf und darunter über einem Baseballschläger und einem Handschuh »BENNY«. *Für immer in unseren Herzen*, steht dort. Das kleinere Grab daneben gehört Allies Mutter und Vater: unter der Erde auf eine Weise vereint, wie sie es im Leben nie waren.

Als er auf sie zukommt, sieht Allie auf und lächelt ihn an, was ihn erleichtert. »Hallo«, sagt sie und lehnt sich vor, um ihm einen Kuss auf die Wange zu geben. »Hast du nach deiner Mom gesehen?«

»Ich habe ihr ein bisschen Sand mitgebracht.« Er würde sie gern auf die Lippen küssen, folgt jedoch ihrem Beispiel und küsst sie ebenfalls auf die Wange. »Warum wolltest du dich hier mit mir treffen?«

Sie holt den Umschlag aus der Handtasche. »Ich habe das gelesen«, sagt sie.

»Verstehe.«

»Es ist gut. Es ist richtig gut. Du solltest es veröffentlichen.«

»Willst du, dass ich es veröffentliche?«

Sie schiebt ihre Sonnenbrille auf den Kopf und sieht ihm in die Augen. Eine sanfte Brise weht ihr ein paar Strähnen ins Gesicht, und sie wischt sie fort. »Das ist schwierig für mich.« Sie zeigt auf Bennys Grab: die Größe, die Tragweite, das ewige Versprechen. »Ich will nicht lügen. Seit er gestorben ist, war alles schwierig. Er fehlt mir, aber manchmal nehme ich es Benny auch übel, dass er immer alle Aufmerksamkeit bekommen hat. Selbst als mein Dad ihn geschlagen hat. Zumindest wusste er, dass er existiert. Ist das krank?«

»Ich weiß nicht«, antwortet Lou ehrlich. »Ich habe keinen Vergleich. Ich glaube nicht, dass es krank ist.«

»*Er* war krank. Er war unglücklich. Aber jetzt, so wie sich die Leute an ihn erinnern, bedeutet sein Leben ihnen etwas. Sein Tod hat eine Bedeutung, und ich weiß nicht, ob ich ihm das wegnehmen will, Lou.«

»Okay«, sagt Lou. »Dann ist es nur Papier.«

Er nimmt ihr den Umschlag aus der Hand und holt die obersten Seiten heraus. Er reißt sie durch, dann noch einmal und immer wieder, bis nur noch Fetzen übrig sind, die vor Bennys Grab auf den Boden rieseln. Dasselbe macht er mit den anderen Seiten, reißt sie in dünne Streifen und winzige Stücke, wie Konfetti, das man bei Hochzeiten in die Luft wirft, oder große weiße Schneeflocken im sommerlichen Gras. Eine Opfergabe aus Wörtern und Papier. Als er fertig ist, reicht er ihr den leeren Umschlag zurück.

»Danke«, sagt sie. »Ein bisschen radikal. Du hättest es einfach nicht an einen Verleger schicken müssen.«

»Ab und zu mag ich große Gesten.«

Sie nimmt seine Hand und lehnt sich an ihn. Sie passt genau unter seinen Arm, ihr Kopf an seiner Schulter. »Weißt du, was ich wirklich gern tun würde?«, fragt sie.

»Was?« Er beugt sich ein wenig hinunter und atmet den Duft ihres Haars in der Sonne ein.

»Ich würde gern für eine Weile von hier wegziehen. Vielleicht nicht für immer. Aber für eine Weile. Um ich selbst zu sein.«

»Um du selbst zu sein oder um allein zu sein?«

Sie legt den Kopf in den Nacken, um ihn anzusehen. »Vielleicht beides. Das kommt darauf an. Ich hatte nie die Wahl zu gehen. Nach dem, was du geschrieben hast, klang es, als würdest du überlegen, hierzubleiben.«

»Was ich geschrieben habe, klang auch so, als hätte ich mich in dich verliebt.«

Sie lächelt ihn zärtlich an. »Ich bin nicht die Person, über die du geschrieben hast. Vielleicht liebst du diese Person, aber sie ist viel besser als ich. Du hast nicht genug Zeit mit mir verbracht, um zu wissen, wie ich wirklich bin.«

»Vielleicht kann ich es herausfinden?«

»Wenn du willst. Wenn du mit mir irgendwo anders hingehen willst. Vielleicht können wir es beide herausfinden.«

»Ich dachte, ich komme nach Casablanca zurück«, sagt er, »aber ich wollte zu dir zurück. Wenn du bei mir bist, ist mir ziemlich egal, wohin wir gehen.«

»Okay«, sagt sie. Sie drückt seine Hand. »Dann lass uns gehen. Ganz egal, wohin.«

Louise

Humphrey Bogart steht in einem Pariser Bahnhof. Er blickt auf eine Nachricht, die Sam ihm gegeben hat. Ilsas Worte verschwimmen und tropfen im Regen wie Tränen aus Tinte herab.

Lou und Allie sitzen auf dem Sofa unter der Häkeldecke, den Blick auf den Bildschirm gerichtet, zwischen ihnen eine halb leere Schale Popcorn. Irving ist nach oben ins Bett gegangen, woraufhin Dana sich in seinem Fernsehsessel zusammengerollt hat, das Smartphone vor der Nase. Unablässig versendet sie Nachrichten, liest, kichert, schreibt.

»Da sieht man es genau«, sagt Allie. »Das ist der Moment, in dem er der verbitterte, zynische Rick wird, den wir im ersten Teil des Films kennenlernen. Als Ilsa ihn ohne jede Erklärung verlässt.«

»Ach, ich weiß nicht«, entgegnet Lou. »*So* verbittert warst du nicht, als ich zurückgekommen bin. Oder doch?«

Allie boxt sie. »Halt die Klappe, Ingrid.«

»Von wegen *Ingrid*.« Der Zug mit Rick und Sam verlässt den Pariser Bahnhof, und der Dampf geht in das Bild von Rick über, der Bourbon trinkt, und das Pfeifen des Zuges in Klaviermusik … »As Time Goes By«. Dann blickt Lou zu Allie, die ebenfalls zum Fernseher schaut. Schwarz-Weiß-Bilder spiegeln sich in ihren Augen.

»Ich habe mich für die Stelle an der Mittelschule hier in Casablanca beworben«, sagt Lou. »Ich weiß nicht, ob ich sie bekomme. Allerdings bin ich die einzige Bewerberin, weshalb es sehr wahrscheinlich ist.«

Allie hält den Film an. »Du hast was?«

»Mich beworben. Ich muss die Stelle nicht annehmen. Sollte ich sie bekommen, kann ich sie sowieso erst nach Weihnachten antreten. Es ist nur … Dad wird einsam sein. Und Dana gefällt es hier, stimmt's, Dana?«

Dana zuckt die Schultern. »Brooklyn im Schnee ist eklig«, sagt sie. »Und ich möchte gern Ski fahren lernen.«

»Ich dachte, Casablanca wäre ein Kaff?«, sagt Allie. »Was hat diesen Sinneswandel bewirkt?« Wieder zuckt Dana die Schultern. Ihr Telefon vibriert, und sie kichert über die eingegangene Nachricht.

»Jim«, erklärt Lou. »Jim hat diesen Sinneswandel bewirkt.«

»Nicht *nur* Jim«, sagt Dana und tippt die nächste Nachricht.

»Gut, denn du bist zu jung, um dich schon festzulegen«, sagt Lou. Sie stupst Allie mit dem Fuß an. »Willst du nicht den Film sehen?«

Allie nimmt die Fernbedienung wieder in die Hand und lässt den Film weiterlaufen.

Allie sieht *Casablanca*, und Lou beobachtet sie dabei.

Lou hat diesen Film seit Jahren nicht gesehen. Nicht seit sie aus Maine weggegangen ist. Es war immer Allies Film. Allie sagt, sie habe ihn seither auch nicht mehr gesehen. Lou muss nicht zum Bild blicken, um zu wissen, was passiert, weil sich jedes einzelne Gefühl in Allies Gesicht spiegelt.

Ihr Fuß ruht bequem an Allies Wade, Allies Knie ist unter ihrs geklemmt. Beide tragen Jogginghosen und ihre Lieblings-T-Shirts, Lou das mit dem Loch an der Schulter. Wenn sie bliebe, könnte sie auch für Allie da sein. Um Benny kann sie sich nicht kümmern, aber sie könnte Allie helfen, sich um ihn zu kümmern. Sie würden beide weniger einsam sein. Denn in den letzten dreizehn Jahren ist Lou zwar nicht allein gewesen, aber einsam. Wie Rick und Ilsa in *Casablanca*, nur ohne die eleganten Klamotten.

Als Rick Ilsa fortschickt und das Flugzeug abhebt, das bittersüßeste Happy End aller Zeiten, blickt Lou zum Fernsehsessel. Dana ist eingeschlafen, das Telefon unter ihre Wange geklemmt. So viel zum Thema: Filmklassiker, die man kennen sollte …

Die Musik schwillt an, und Allie seufzt zufrieden und wischt sich mit dem Handrücken über die Augen. »Die Sache ist die«, sagt sie, als würde sie nur einen Gesprächsfaden wieder aufnehmen, »dass ich als Kind nie begriffen habe, dass Renault Frauen erpresst, um mit ihm zu schlafen. Das ist total widerlich. Und Ilsa steht voll unter der Fuchtel von zwei Männern. Den ganzen Film hindurch spricht sie nie mit anderen Frauen. Sie hat noch nicht einmal eine Freundin zum Reden.«

»Was hättest du ihr gesagt, wenn du ihre Freundin gewesen wärst? Sollte sie bei Rick bleiben oder mit Lazlo gehen?«

»Ich hätte ihr gesagt, sie sollte die beiden zusammen nach Amerika schicken, der Liebe abschwören und bei Sam bleiben, um von Rick's Café aus eine Widerstandsgruppe zu organisieren.«

»Ein Kuss ist nur ein Kuss«, sagt Lou, und womöglich ist es eine schlechte Idee, doch sie beugt sich vor und küsst

Allie auf den Mund. Nicht sexy, nur zärtlich. Die Hand in ihrem Nacken. Doch ohne Zweifel daran zu lassen, was sie mit diesem Kuss ausdrücken will.

Denn wenn etwas an diesem Film nicht stimmt, dann ist es der Liedtext: Ein Kuss ist nicht nur ein Kuss. Nicht zwischen den richtigen zwei Menschen, und Allie war immer die Richtige für sie.

Allie macht große Augen. Lou löst ihre Lippen, doch sie weicht nicht zurück, Allie ebenso wenig. Im flackernden Licht des Fernsehers, auf dem der Abspann läuft, blicken sie sich in die Augen.

»Oh«, sagt Allie. »Ich wusste nicht …«

»Du wusstest es«, sagt Lou. »Schon, als ich gesagt habe, dass ich Männer und Frauen mag, hast du daran gedacht.«

»Okay. Das stimmt. Aber …«

»Du weißt nicht, was du empfindest.« Lou nagt an ihrer Lippe, weil sie auch nicht weiß, was Allie empfindet.

»Ich habe noch nie eine Frau geküsst.«

»Es sind nur Lippen. Mich hast du schon mal geküsst.«

»Damals wusste ich nicht, was ich tue.«

»Ich weiß jetzt auch nicht, was ich tue.«

Diesmal beugt Allie sich vor, und Lou kommt ihr auf halbem Weg entgegen. Dieser Kuss ist intensiver. In ihm stecken die Zärtlichkeit, die Gemeinsamkeiten, all die Jahre – alles, was sie geteilt haben.

Allie unterbricht ihn, rührt sich jedoch nicht von der Stelle, sie lehnt ihre Stirn an Lous. Lou spürt ihren Atem auf ihrer Wange. »Ich weiß nicht«, sagt Allie. »Ich werde darüber nachdenken müssen. Ich liebe dich mehr als irgendjemanden sonst, aber … vielleicht muss ich gerade deshalb darüber nachdenken.«

»Wenn ich nach Weihnachten zurückkomme vielleicht.«

»Wenn ich dich im Herbst besuchen komme. Vielleicht ist es … leichter in New York.«

»Warten wir es ab«, stimmt Lou zu, und Allie kuschelt sich dichter an sie. Lou legt den Arm um sie. »Du warst immer da«, flüstert Lou in ihr Haar.

»Du auch.« Allie lehnt den Kopf an Lous Schulter und zieht die Decke über sie beide.

»Was möchtest du jetzt tun?«, fragt Lou. Warm, wohlig. Die Frau in den Armen, die sie liebt. Vielleicht für immer. Abwarten.

Allie hebt den Kopf, um zu ihr hochzusehen, und lächelt. Sie zeigt auf die Fernbedienung des Fernsehers. »Noch mal?«

Louis

April 2011

Allie isst Ananas. Sie balanciert die Dose auf ihrem dicken Bauch, spießt die Stücke mit einer Gabel auf und führt sie eines nach dem anderen zum Mund. Mulder verfolgt jeden Bissen auf dem Weg von der Dose in den Mund. Er hat noch nicht ganz begriffen, dass sich in Konservendosen auch etwas anderes als Hundefutter befinden kann.

Das Baby ist zwei Wochen überfällig. Dreimal täglich ruft Irving an. Wenn Allie nicht morgen Wehen bekommt, muss Lou sie ins Krankenhaus bringen und die Wehen werden eingeleitet. »Wir wollen das Baby doch nicht zu lange schmoren lassen«, sagte der nette Gynäkologe, als sie letzte Woche bei ihm waren, und Allie brummte: »Ich habe eher das Gefühl, es lässt *mich* schmoren.«

Es ist eine ziemliche Aufregung. Allie ist selig. Lou hat noch nie einen so glücklichen Menschen gesehen. Sie ist in der Schwangerschaft regelrecht aufgeblüht – strahlende Augen, rosige Wangen, klare Haut, glänzendes Haar. Ihre neuerdings großen Brüste entzücken sie (und Lou) genauso wie der stetig wachsende Bauch und die Schwangerschaftskleider, die ihn nur noch betonen. Sie hat Bücher über Schwangerschaft und Babys angeschleppt, neue Freude am Einkaufen entdeckt und mit heiterer Entschlossenheit geschwollene Knöchel und Schwangerschaftsstreifen ertragen.

Für Lou ist es eine Offenbarung. In Allie wächst ihr Kind heran, und er durchlebt alles, was er immer für Klischees gehalten hat – die Verwunderung, den Beschützerinstinkt und die Liebe. Es sind keine Klischees. Er schreibt jetzt täglich, doch er ist nicht mehr in seinem Kopf gefangen. Jedes Wort hat eine zusätzliche Bedeutung. Er ist Teil eines Wunders, des gleichen Wunders, das seine Eltern bei seiner Geburt erlebt haben müssen. Des gleichen Wunders, das jedem einzelnen Menschen widerfährt, und er fühlt sich mit ihnen allen verbunden. Er dachte, er müsste in Casablanca bleiben, um sich als Teil einer Gemeinschaft zu fühlen, doch das stimmt nicht. Allie spricht mit anderen schwangeren Frauen auf der Straße, mit Frauen, die Babys haben. Im Park ist er nicht mit seiner Geschichte allein, er fängt Unterhaltungen mit anderen Hundebesitzern an, erkennt sie zunächst an den Hunden und dann schließlich an ihren Gesichtern.

Natürlich war das Baby nicht geplant. Allie fand eine Stelle in einem Hospiz an der Upper East Side, einen Monat später machte sie den Schwangerschaftstest. Lou war zunächst verängstigt – sie waren gerade erst wenige Monate zusammen, und jetzt würden sie ein Kind bekommen. Natürlich kannten sie sich vorher schon ein ganzes Leben lang, aber was, wenn sie sich zu sehr verändert hatten?

Jetzt bringt Lou Allie eine weitere Dose Ananas und setzt sich zu ihr aufs Sofa. Sie ist anders, ja. Vor all den Monaten in Casablanca hat sie gesagt, er kenne nur ihre guten Seiten, aber er liebt auch alles, was er seither kennengelernt hat. Einschließlich der Art, wie sie die letzten vierundzwanzig Stunden Ananas gegessen und Himbeerblättertee getrunken hat, um die Wehen auf natürliche Weise herbeizuführen, damit sie morgen nicht künstlich eingeleitet werden müssen. Er hätte gedacht, dass sie entspannter sein würde. Schließlich kommt dieses Baby so oder so auf die Welt. Ihr neues Leben wird kommen, und Lou ist so glücklich mit diesem Leben, dass er keine Eile hat, das neue einen Tag früher zu beginnen.

»Bereit für die nächste?«, fragt er und hält die Dose hoch.

»Noch nicht. Ich komme mir selbst schon wie eine halbe Ananas vor.«

Er setzt sich neben sie. »Mary Margaret«, sagt er.

»Ich finde immer noch, es klingt nach einer Nonne. Peggy Sue, wenn es ein Mädchen ist.«

»Jeder wird ihr Buddy Holly vorsingen.«

»Es gibt Schlimmeres. Was ist heute unsere Wahl für einen Jungen?«

Das ist komplizierter. Es gibt so viele Namen, die man meiden muss. Das ist ein Grund, weshalb Lou dafür war, dass sie das Geschlecht des Babys beim Ultraschall ermitteln, aber Allie war vehement dagegen. Sie will sich überraschen lassen und dem Kind gegenüber keine Vorurteile haben, bevor sie es kennenlernt.

»Edward«, schlägt Lou vor.

Allie verzieht das Gesicht.

»Was ist falsch an Edward?«

»›Eddie‹ ist falsch an Edward. Wie wäre es mit einem Namen, der geschlechtsneutral ist? Leslie? Alex? Chris?«

»Irving?«

»Ich liebe deinen Vater, aber ›Irving‹ ist eine ziemliche Last für ein armes unschuldiges Kind.« Sie seufzt und lehnt sich an ihn. »Wir müssen abwarten, wie das Baby aussieht, wenn es herauskommt.«

»Wenn wir in diesem Tempo weitermachen, geht das Baby aufs College und wir diskutieren immer noch, wie es heißen soll.«

»Wir werden es wissen«, sagt sie.

»Meine Mom sagte immer, ich sei zwei Wochen zu spät gekommen, und sie dachte, ich käme niemals heraus.«

»Deine arme Mutter. Gib mir noch ein bisschen Ananas, ja?«

»Allmählich glaube ich, es ist ein Ammenmärchen, dass Ananas hilft.«

»Wenn ich eins in meinen Jahren als Krankenschwester gelernt habe, dann, die Ammen nie zu unterschätzen.« Sie stellt die leere Dose auf die Seite, wo Mulder an ihr schnüffelt. Sie krault dem Hund die Ohren und legt die andere Hand auf Lous Bein.

Eine Familie zu dritt, bald sind sie zu viert. Manchmal fragt sich Lou, ob alles, was passiert ist, auch passiert wäre, wenn Allie und er sich nicht hätten trennen müssen. Wären sie dann jetzt in derselben Situation, oder hätten sie schon zwei Kinder und ein Haus in der Vorstadt? Oder wären sie überhaupt nicht mehr zusammen? Sind sie füreinander bestimmt, egal, was passiert, oder hat ihr gemeinsames Geheimnis sie zusammengebracht?

Als Lou am Ring den Deckel von der neuen Dose zieht, kommt ihm eine Erinnerung. Wie Roy Pelletier sie auf dem Spielplatz getraut hat. *Spiritus sancti Domine*. Ein Ring mit Alufolie umwickelt, damit er um Allies Finger passte. Und er begreift, dass seine Fragen hinfällig sind. Er glaubt nicht daran, dass etwas vorherbestimmt ist. Er glaubt nur an das, was ist. Wir können einen Fluss kennen, aber nicht alle Tropfen in ihm, nicht jede Reise, die sie anstelle von dieser hätten machen können.

Er reicht Allie die Dose mit Ananas, und als sie nicht hinsieht, zieht er den Ring vom Deckel und lässt ihn in seine Tasche gleiten. Um ihn ihr später zu geben.

Louis & Louise

Über Generationen hinweg hing das Porträt von Louis Alder im Haus der Alders vor dem Arbeitszimmer, in dem alle Entscheidungen, die Casablanca Paper Company betreffend, gefällt wurden. In einem Goldrahmen, zwei Armlängen breit und hoch genug, um jedem zu zeigen, dass es sich hier um einen wichtigen Mann handelte, eine bedeutende Persönlichkeit. Den Gründer einer Dynastie, die nie sterben wird, den Vater einer amerikanischen Stadt, die nach einer berühmten Stadt in Afrika benannt war. Der erste Lou Alder trug einen schwarzen, dreiteiligen Anzug mit weißem Hemd und schwarzer Krawatte, und seine Miene drückte aus, wie groß das Imperium war, über das er herrschte. Seine Hand ruhte auf einem Buch, das aus dem Papier seiner Fabrik hergestellt war.

Wäre der erste Louis Alder als Louise auf die Welt gekommen, gäbe es ein solches Porträt nicht. Eine von Louise Alder gegründete Dynastie hätte im Jahr 1862 ganz anders ausgesehen. Als Debütantin, als Tochter der Alders aus Pennsylvania, hätte Louise standesgemäß geheiratet und Kinder bekommen, Generationen von Kindern mit anderen Nachnamen. Vielleicht hätte sie Visionen und Pläne gehabt, Träume von einer Stadt am Fluss, doch niemand malte ehrfurchtgebietende Porträts von Hausfrauen. Man hätte mit einem feinen Pinsel ein kleinformatiges Porträt von ihr in einem weißen Kleid gemalt und es mit einer Haarlocke von ihr aufbewahrt. Die Erinnerungen, die sie hinterließ, hätten aus Liebe bestanden, nicht aus toten Bäumen und Papier. Es gäbe kein Familiengrab der Alders auf dem Friedhof, keinen Damm am Pennacook River, keine Fabrik, die Rauch ausstößt.

Oder vielleicht wäre die Geschichte auch genauso verlaufen, nur mit anderen Darstellern. Die Fabrik, der Damm, das Papier, die Chemikalien und die Krebserkrankungen, der Fluss bei Eis und bei Sonnenschein – all das hätte jemand anderer erschaffen. Oder vielleicht hätte Louise Alder, die erste Lou Alder, die ungewöhnliche Kraft besessen, ihre Träume zu verwirklichen – sie hätte ein Tal in Besitz genommen, den Fluss genutzt, ihr Vermächtnis aufgebaut.

Männlich und weiblich, breite Pinselstriche und schmale. Keine dieser Geschichten ist wahr – oder beide sind es gleichermaßen. Wir dürfen uns nicht abhängig machen von Verallgemeinerungen, von Definitionen. Kein Schicksal ist unabänderlich. Es gibt nur Menschen – Menschen mit ihren unzähligen Möglichkeiten und Widersprüchen, mit ihren Wünschen und Ängsten, mit ihren Handlungen, die noch Jahre nachwirken und die Welt verändern.

Doch wenn Geschichten wahr sind, trifft die nächste Geschichte sowohl auf Louis als auch auf Louise zu.

Nach David Alders Tod lag das Porträt von Louis Alder, dem ersten Lou Alder, auf dem Dachboden von Peggys und Irvings Haus. Dort fanden es Lou und Allie bei einer Hausbegehung mit Irving, die sie machten, weil sie das Haus verkaufen wollten. Sie nahmen es mit in ihr Haus in New York oder in Casablanca und hängten es sich ins

Esszimmer. Dort war es Zeuge, wie sie erst mit einem, dann mit zwei Kindern aßen. Es beobachtete sie, wenn Lou den Laptop auf den Esstisch stellte und hier, im Lebenszentrum des Hauses, ein Buch nach dem anderen schrieb und dabei immer wieder die Brille hochschob, wie es schon Irving stets getan hatte. Das Porträt sah Küsse, Sekt und Tränen, Geburtstage und eine Hochzeit, schmutzige Finger, angebrannte Abendessen, Lachen und Hausaufgaben.

Als sie in ein größeres Haus umzogen, in Casablanca oder New York, begleitete sie das Porträt. Es gehörte zu ihrem Leben, so dass sie ihn kaum noch wahrnahmen, den ernsten Vorfahren, die Last der Vergangenheit, die keine Last mehr war.

Es blieb im Esszimmer von Lous und Allies Haus hängen, bis sie beide sehr alt und ihre Kinder erwachsen waren und eigene Kinder hatten, jedes ebenfalls mit seiner eigenen Geschichte.

Danksagung

Wieder einmal gilt ein Riesendankeschön meiner Agentin Teresa Chris und meiner Lektorin Harriet Bourton. Beide haben volles Vertrauen in mich und bringen mich dazu, das Beste aus mir herauszuholen. Es ist immer eine große Ehre, mit ihnen zu arbeiten.

Ich danke Lauren »The Gin Fairy« Woosey, Jen »The Whole Cheese« Breslin, Olivia Barber, Jo Carpenter, Rebecca Grey, Kati Nicholls, Paul Stark, Clare Hey, Katie Espiner und dem gesamten Team bei Orion sowie bei Hachette Eire und Hachette Australia, die allesamt in jeder Hinsicht wunderbar sind. Es ist ein großes Vergnügen, für euch zu schreiben.

Während ich an diesem Buch arbeitete, führte ich mit vielen Menschen faszinierende Gespräche über die Erwartungen an Geschlechter, doch besonders mit Leon James Harris und mit Lucy Dyer. CN Lester zuzuhören und sein/ihr Buch *Trans Like Me* zu lesen, war ebenso lehrreich wie anregend.

Lizzie Huxley-Jones hat mein Manuskript mit viel Feingefühl auf die Darstellung der Non-Binären hin gelesen. Mein*e Protagonist*in Lou ist ein*e binäre*r Cisgender, doch Lizzie beriet mich, wie ich meine Sprache und meine

Vorstellungen stärker so gestalten kann, dass sich auch Menschen, die trans, non-binär, queer und /oder intersexuell sind, angesprochen fühlen. Jedwede Fehler in dieser Hinsicht gehen auf mein Konto, nicht auf Lizzies.

Dieses Buch spielt im Jahr 2010, es entstand jedoch unter dem Einfluss einer besonderen politischen Stimmung, dem Aufkommen der #MeToo-Bewegung, und es ist sowohl von dieser Bewegung als auch von meinen eigenen Erfahrungen geprägt. Meine Schwestern, Brüder und Geschwister: Ich glaube euch. Danke für euren Mut. Me too.

Ich danke Naomi Alderman und David Higham Associates für die Erlaubnis, das Zitat aus *Die Gabe* als Motto zu benutzen. Romane sprechen zu Romanen, und die Romane, die mit mir gesprochen haben, während ich an diesem arbeitete, waren *Die linke Hand der Dunkelheit* von Ursula K. Le Guin und *Orlando* von Virginia Woolf.

Mein Dank gilt der GRAMPA-Tafel in Mexico, Maine, und Arthur Meader vom Bestattungsinstitut Meader & Son in Rumford, Maine. Obwohl am Ende weder die Szenen bei der Tafel noch im Bestattungsinstitut im Buch vorkommen, habe ich von diesen Menschen eine Menge über das Leben, den Tod und das Mitgefühl in einer Stadt in Maine gelernt, in der Papier hergestellt wird. Ich danke meinem Freund aus Kindertagen Stewart Smith und einigen anderen, die mit mir über den Streik im Jahr 1986 in der Boise Cascade Mill gesprochen haben.

Mein Dank gilt meiner Mom und meinem Dad, Jennifer und Jerrold Cohen, die nicht Peggy und Irving sind, die sich jedoch in einem Sommer am Ufer des Roxbury Pond kennenlernten und seither zusammen sind.

Ich danke Monica Wood, Rich Kent und Barry Longyear,

Autoren aus meinem ganz persönlichen Casablanca, die vorangegangen sind und mir gezeigt haben, dass es geht.

Teile dieses Romans entstanden, während ich von Janie Milman und Mickey Wilson im »Chez Castillon« in Frankreich versorgt und inspiriert wurde und von Debbie Flint im »Retreats for You« in Devon. Ich danke »The Romantic Novelists' Association« für die Unterstützung, die sie mir und anderen Autoren von Liebesromanen gewähren.

Ein Buch zu schreiben erfordert eine Menge Mut, und dieses erforderte eine besonders große Portion, die ich mir von anderen geliehen habe. Wie immer danke ich meinen lieben schreibenden Freunden: meinem »Evil Twin« Rowan Coleman, Miranda Dickinson, Kate Harrison, Tamsyn Murray, Cally Taylor, Claire Dyer und meiner Pride-Partnerin Brigid Coady. Ich danke Harriet Greaves, die dafür sorgt, dass ich gesund bleibe und laufe, und Ruth Ng, die dafür sorgt, dass ich gesund bleibe und lese, und Andrea, Cherish und all meinen Freunden, die sich um die Kinder gekümmert und mich mit Gin versorgt haben. Mein Dank gilt meiner wunderbar schrägen Fannibal-Familie, insbesondere Muffy, AK, Mura, Lotus, Bentley, Mischa, Jimmy, Brian, Wilson, Jack, TE und Bev.

Und Dave, Nate und Meg: Ich liebe euch.